U0534128

日本经典文库

虞美人草

〔日〕夏目漱石——著
李振声——译

图书在版编目(CIP)数据

虞美人草/(日)夏目漱石著;李振声译.—北京:
人民文学出版社,2018
(日本经典文库)
ISBN 978-7-02-013710-7

Ⅰ.①虞… Ⅱ.①夏… ②李… Ⅲ.①长篇小说-日本-现代 Ⅳ.①I313.45

中国版本图书馆 CIP 数据核字(2018)第 012745 号

责任编辑　朱卫净　王皎娇
封面设计　高静芳

出版发行　人民文学出版社
社　　址　北京市朝内大街 166 号
邮政编码　100705
网　　址　http://www.RW-cn.com

印　　刷　上海利丰雅高印刷有限公司
经　　销　全国新华书店等

字　　数　277 千字
开　　本　850×1168 毫米　1/32
印　　张　13.5
版　　次　2018 年 7 月北京第 1 版
印　　次　2018 年 7 月第 1 次印刷

书　　号　978-7-02-013710-7
定　　价　59.00 元

如有印装质量问题,请与本社图书销售中心调换。电话:010-65233595

一

"好远啊！一开始是从哪儿上来的？"

说话的这位，用汗巾擦拭着额头，止住了脚步。

"我也记不清一开始是从哪儿上来的了，从哪儿上还不都一样？反正山就在那儿，一眼就能望见的。"

脸和身板都长得方方正正的那位，漫不经心地回应道。

耸起浓重的眉头，从帽檐翘棱的茶色呢子料礼帽下仰脸眺望，头顶的上方，朦胧的春天的天空，飘浮着澄澈见底的湛蓝，柔和得就跟风一吹便会摇曳起来似的，叡山①，便屹然耸立在这湛蓝之中，不动声色的，有一股子"我自岿然，其奈我何？"的劲儿②。

"好一座固执得可怕的山啊！"方正的胸板前倾着，身子稍稍倚住樱木手杖，"看上去就跟近在眼前似的，简直不费吹灰之力！"这一回的话锋里，似乎有点儿不把叡山放在眼里的意思。

---

① 即比叡山，位于京都的东北方。夏目漱石日记明治四十年四月九日（1907年4月9日）条，对该日行踪作如下记述："上叡山。从高野登山。转法轮堂。叡山菫。草木采集。八濑女/根本中堂。在学校，央人觅求昼食，无人应答。"
② 夏目漱石《断片》明治四十年（1907年）间留有如下俳句，直译为："山不动/云动/贯古今。"

"'近在眼前'？那可是今儿一大早从旅馆出来那会儿起，就已经出现在了眼前的。上京都来，要是看不见叡山，那还得了？"

"所以说看上去一目了然，莫非我说错了？别再浪费口舌了，就这么走去，自然到得了山顶的。"

身板单薄的男子没作回应，他摘下帽子，在胸前扇着风。平日里遮掩在帽檐下，曝晒不到晕染出金黄菜花的春天的强烈阳光的宽宽额头，显得格外的苍白。

"喂，你这会儿就歇上了，那怎么行？得赶紧上路啊！"

同伴尽情地听任春风吹拂汗津津的额头，恨不得汗黏的黑发能在风中倒伏着飞散开来似的，在那儿手攥汗巾，顾不上分清楚哪是额头哪是脸庞，吭哧吭哧地来回擦拭着，一直擦拭到颈窝的尽头，对对方的催促显出一脸的毫不在意：

"你说那山，固执？"他问道。

"嗯，就好像纹丝不动地给派定在了那儿似的，你说是不是？就跟这样儿似的……"说着，方正的肩膀越发地方正起来，没攥汗巾的那只手则拳骨紧攥成海螺状，摆了个纹丝不动的姿势。

"你说纹丝不动，是说它能挪动却不挪动的情形吧？"说着，他从细长的眼角那儿斜乜着，俯视了对方一眼。

"是啊。"

"那山，它挪动得了吗？"

"啊哈，你又来啦！你呀，就是为了扯这些无用的话头才转世投生到这个世上来的！好啦，该上路啦！"说罢，待粗粗的樱木手杖"嗖"地扬起在肩头上，他人便上了路。瘦高个儿将汗巾收进了袖兜,也跟了上去。

"今儿个,还不如在山端的平八茶屋①里消磨上一天哩。这会儿上去,顶多也就能爬个半山腰。到山顶是几里②?"

"到山顶,一里半。"

"从哪儿算起?"

"从哪儿,谁记得清?反正就这么高一座京都的山。"

身板单薄的什么也没说,默不出声地笑了笑。方正的那位继续盛气凌人地唠叨着:

"跟你这种只会筹划不会实施的人一块儿旅行,那还不得到处错过机会。只要跟你结伴出行,就有的麻烦了。"

"跟你这种莽撞的胡乱闯荡的人结伴出行,那人家才真叫倒霉哩。跟人结伴而行,究竟该从哪儿上山,该看些什么地方,然后该选哪条道儿下山,不都得第一时间就该大致了解的吗?"

"说什么呢,对付这么丁点儿的小事,也用得着筹划?充其量不就是这么座山吗?"

"就说这么座山吧,山高到底是几千尺呢?你清楚吗?"

"我哪弄得清?这么无聊的事——你该清楚吧?"

"我也不清楚。"

"这就对了嘛!"

"你别这么虚张声势的好不好?你不是也不清楚吗?就算

---

① 位于京都左京区山端川岸町的一家料理店,傍近高野川,以烹饪河鱼料理知名。夏目漱石日记明治四十年(1907年)四月十日条:"平八茶屋(携虚子冒雨驱车。溪流,山,鲤鱼羹,鳗)。"

② 旧时一日里,相当于三千九百米。

这山高咱俩心里都没底,那上山该看些什么,得花多少时间,总得心里多少有个底才行,要不,也就无从按事先筹划的日程进行了。"

"行程不能按事先筹划的进行,那重新调整行程不就了结了。有你净这么琢磨些不着边儿的事情的闲工夫,这行程可够让你重新调整上好几遍的啦!"说罢,犹自扬长而去。身板单薄的男子则一直默不作声,被落在了身后。

由七条横贯至一条,从这些频繁写进咏春俳句里的春日京都的街衢穿行而过,透过如烟的柳色,将高野川①河滩上漂洗在温暖清水里的洁白布匹一一数遍,顺着这条绵亘着一路迤北而去的路,走上差不多二里来路的光景,路的两旁便会有山峰兀自逼近过来,奔突在脚下的潺湲水声,也便会七转八弯地,瞻之在前,忽焉在后地响起。进得山来,但见春意阑珊,抬头眺望,山巅上仿佛还残留着雪的寒意,一条蜿蜒奔走在峰峦脚下的阴暗山道上,大原女②正提拎着衣服的下襟从对面走来。牛也在走来。京都的春天,就跟牛撒了泡尿似的,没完没了,悠长而又寂静。

"喂——"落在后边的男子停下了脚步,在那儿招呼着走在前边的道伴。这一声"喂"便顺着白光耀眼的山路,让春风吹送着,晃晃悠悠地传了开去,撞在了茅草丛生的尽头

---

① 高野川,发源于京都左京区大原翠黛山,经高野与贺茂川合流。夏目漱石明治四十年(1908年)三月三十一日致小宫丰隆书简中有句云:"高野川鸭川但见砾石一片/曝晒于砾石间的布匹上春风骀荡。"
② 专指从京都北部的大原、八濑一带头顶柴木等物前往京都街市出售的女性。

处的山崖上,这当儿,移动在百米开外的那方方正正的身影,便一下子停了下来。身板单薄的男子,长长的手臂从肩头高高伸出,摇晃了两下,示意对方"往回走!""往回走!"刚觉着暖洋洋的日光映在了樱木手杖上,又一下子闪烁在了肩膀上之际,方正的身影却已经折回到了他的面前。

"怎么啦?"

"没什么!上山走这条道儿!"

"是从这儿上山?奇怪啊!要走这独木桥,你不觉得奇怪?"

"你都瞧见了,像你那样胡乱莽撞地走去,只怕是会走到若狭国①的地界上去的!"

"就算走到若狭国的地界,那又有什么关系?莫非你还精通地理不成?"

"我刚才跟大原女打听过了,说是过了这桥,再顺着那条小道,往前翻上一里的山路,就到了。"

"'到了'?到哪儿啊?"

"叡山上啊!"

"那到的又是叡山上的什么地方呢?"

"这我就不清楚了。不上山,又怎么会知道?"

"哈哈哈哈,看来,就算你这么喜欢未雨绸缪的,到头来,也还是打探不到那么周详的。这也许就是所谓的'智者

---

① 日本古时北陆道七国之一,今福井县西南部。京都有一条若狭街道,顺着高野川上游的八濑川从京都穿越而过,而甲野、宗近攀爬的比叡山则属傍近京都府的滋贺县,两者一南一北,相去甚远,这里的话,显然是夸张的说法。

千虑，必有一失'吧？那就照你说的，过桥去？我说，那就上桥吧！怎么样？你能行吗？"

"你说我不行？可真够损的。"

"不愧是个哲学家嘛！我说，要是脑子再清楚些，那就更够格啦！"

"随你便，爱怎么说就怎么说好了。那让你走头里。"

"你跟在我后头？"

"行了行了，你走头里。"

"你要愿意跟在我后头，那咱们就走。"

颤颤巍巍架设在溪涧上的独木桥上，两个身影，一前一后，跨越而过，隐没在了山间繁茂的草丛里，那条但凭一缕纤细的力量、艰难地插向山顶的羊肠小道上。山草还残留着去年的寒霜，就这么枯萎着，不过，让薄云消散的天空撒下的阳光给一蒸腾，有股子让人脸颊发烫的暖意。

"喂，我说，甲野！"说着，他回过头去。甲野单薄的身板直愣愣地矗立在那儿，跟纤细的山道显得恰好相配，在那儿望着山下。

"唔。"甲野应了一声。

"这下你该服输了吧？你这孬人！瞧那下边！"樱木手杖，像往常一样，从左到右地挥舞了一圈。

顺着来回舞动的手杖梢头所指示的方向，遥远处的高野川闪闪发光，仿佛一道刺眼的白银，河道两旁，让正绽放得浓烈馥郁的菜花给涂抹得酽酽稠稠的，就跟燃烧得快要崩裂了似的，衬着这样的一层背景，缥缈的远方，勾勒出一脉浅黛的远山。

"果然是好景色！"甲野像往常一样地扭过他那瘦长的身板来，差点儿没在六十度的陡坡上趔趄着滑倒，这才站稳了。

"不知不觉地，都已爬这么高了？爬得好快啊！"宗近这么说道。宗近，是那长得方方正正的男子的名字。

"就跟人似的，不知不觉地，说堕落就堕落了，或者是不知不觉地，说开悟就开悟了的，你说是不是？"

"就跟昼尽夜至，春往夏来，少年变成老朽，还不都是一回事？这么说，我可是早就明白了这个理儿的了。"

"哈哈哈哈，那你多大岁数啊？"

"先别问我，还是问你自己。"

"我知道自己的岁数。"

"我呀，自己有数。"

"哈哈哈哈，看样子是存心想隐瞒啊！"

"我隐瞒？我心里清楚着哩！"

"所以，我要问你多大岁数嘛。"

"还是你先说！"宗近就是不肯松口。

"我二十七！"甲野脱口而出。

"真的？那，我二十八。"

"也不年轻啦。"

"别胡扯了，不就差了那么一岁吗？"

"所以嘛，咱俩难分伯仲，彼此都老大不小的了。"

"唔，彼此彼此？难分伯仲，这还差不多，要只是我……"

"你就这么在意？就凭你这在意的样儿，就还没到那老大不小的份儿哩。"

"说什么呢？正爬在半山腰的，可不作兴你这么奚落人！"

"喂,你都挡了我上山的道了,你倒是让点道儿啊!"

一位女子,神情安闲地念叨着"劳驾,让过一下!"从曲里拐弯不到五间①的一段坡道上下来。高出身子一大截的大捆柴火,严严实实地压在了她那油黑浓密的头发上,连手都不扶一把,就这么擦着宗近的身子交肩而过。定神注视那干枯丛密的茅草发出嘎吱嘎吱声响的背影,落在眼里的是斜挎在深色藏青棉衣上的鲜红的束衣袖的带子。隔着一里之遥,"就在那边",那看上去就像是粘在了她手指尖上的一处稻草屋顶,该就是这个女子的家了吧?依然还是天武天皇②亡命时的往昔模样,这八濑③的山村故乡,就这么终古不变地,笼罩在了弥漫的薄雾之中,好一派恬淡娴静的景象。

"这一带的女子,都好漂亮啊!真叫人吃惊!都跟画里边的人儿似的!"宗近这么说道。

"刚走过去的那位女子,应该就是大原女吧?"

"说什么呢?人家可是八濑女!"

"我还从没听说过有什么八濑女的。"

"就算你没听说,人家千真万确还是八濑女。你要觉得是在诳你,下回碰到了,你可以打听打听。"

"谁说你诳人了?可人们不都是在那儿把这些女子笼统地称作大原女的吗?"

---

① 间,日本旧时长度单位。一间约折合现在一米八二的长度。
② 天武天皇(631—686),日本第四十代天皇。据《日本书纪》记载,天武天皇文武双全,德才兼备,还擅长天文学,精通占星术。
③ 京都左京区某地名,位于比叡山西麓的溪谷一带,是京都名胜区之一。

"你真以为是这样?你担保?"

"这么称呼,那才有点儿诗意,也风雅些。"

"这么说,眼下你多半是在把它当作雅号用?"

"雅号,那敢情好啊!这世界上五花八门的雅号多了去了!立宪政体啦,泛神论啦,忠、信、孝、悌啦,名目繁多,应有尽有。"

"那倒也是,像荞麦面馆,一下子窜出了这么多'薮荞麦'①,牛肉铺子都叫'伊吕波'②,还不都跟这一个套路。"

"就是嘛,就跟咱们彼此冒称'学士'头衔儿似的,简直如出一辙。"

"真够无聊的,要是到头来也就落得这么个结局的话,这雅号,倒还不如干脆废了它的好。"

"可从今往后的,你不是还在打着主意想邀取个外交官的雅号吗?"

"哈哈哈哈,这雅号可不好邀取。这都得怪考官里找不出一个有点儿雅趣的家伙哪!"

"你都几回没考上了?三回?"

"胡说什么呢!"

"那么,是两回?"

"你怎么回事啊?明明心知肚明的,还要跑来跟我打听。

---

① 一种与更科荞麦面齐名的荞麦面,在当时的东京颇有人气。
② 本店开在当时东京芝区(今港区)三田四国町,另有二十多家分店散布在东京市区各处的一家颇有名气的牛肉店。店主为木村庄平,众儿子日后也颇有出息,曙、庄太为作家,庄八为画家和随笔家,庄十二则为电影导演。

不说大话，我也就没考上过这么一回。"

"那是因为你才考了一回，再考下去……"

"想到不知道还得考上多少回，我这心里也挺发怵的。哈哈哈哈。我说，我的雅号就随你怎么叫吧，那你呢，打算要个什么雅号来着？"

"我吗？上叡山啊！——喂，我说你能不能别那样，人走在头里，隔脚却把石头给蹬翻了下来，人家走在你后头的，老得提心吊胆着。——啊啊，可把我给累惨了，我得在这儿歇会儿！"说着，只听得"唰"的一声，甲野便仰脸躺倒在了枯萎的莽草丛中。

"咦，你这就认栽了？光是嘴上会唱名目繁多的雅号，可爬起山来，就这么不中用了。"宗近的樱木手杖，照例又在横躺着的甲野的脑袋上方"笃笃笃"地敲击了几下。每敲击上那么一下，手杖端头被孵倒的芒草便"沙沙"作响。

"快起来！就快到山顶啦！就是想休息，那也得挨个及格的分数再好好休息不迟。快，赶紧起来！"

"唔。"

"就只吭声'唔'？咦？怎么回事？"

"我都快要吐了。"

"你就打算这么吐着认栽吗？哎呀，还真拿你没办法，那我也歇上一会儿吧。"

甲野漆黑的脑袋挤在了枯黄的草丛里，任凭帽子和伞滚落在坡道上，在那儿仰脸眺望着天空。苍白、瘦削而鼻梁高挺的脸庞，与遥无涯际的苍天之间，除了飘浮着倏忽间便会消散得无影无踪的薄云之外，再也找不到一颗障眼的尘埃。

呕吐本该是冲着地面的，可在甲野望向苍天的眼睛里，却唯有远离大地、远离尘俗、远离古往今来所有人世的万里云天。

宗近脱下米泽出产的碎白花纹的外褂，对齐袖子折叠后，先搁在了肩头，又寻思了一下，猛地一用力，从怀中伸出两只手来，随着"嘿"的一声发力，左右两个肩膀便裸露在了外面，里边是件背心，背心的内里露出乱糟糟的狐皮，那还是朋友上中国去的那会儿给捎回来的礼物，叮嘱他好好珍重的一件背心，说是俗语有云，"千羊之裘，不若一狐之腋"，你得一直穿着它。尽管这做了里子的狐皮，你只要朝它那凌乱驳杂、动不动就掉毛的成色瞅上那么一眼，就会明白那不过是质地粗劣的一张草野狐皮而已。

"您这是上山去吗？要替您指路吗？嘻嘻嘻嘻，怎么躺在这么个稀奇古怪的地方？"又有穿深色藏青布料的人走下山来。

"喂，甲野，人家都说了，'怎么躺在这么个稀奇古怪的地方？'连女人都在笑话你啦，还不快给我起来！"

"女人嘛，就是会戏弄人。"

甲野依然眺望着天空。

"你这么泰然自若地赖着不走，我可受不了！还想吐吗？"

"起来走动的话，还会想吐的。"

"你可真够麻烦的！"

"所有的呕吐都是让'动'给引发的。俗界万斛之呕吐，皆由此一'动'字而来。"①

---

① 万斛，意为无量。夏目漱石在小说《草枕》《三四郎》里也曾借人物之口提及："沾上了'动'之一名，则品格必卑下无疑。运庆的金刚也好，北斋的漫画也罢，皆因此一动字而告失败。"

"这么说，你并不是真的想吐？你可真够无聊的。想到真要到万不得已，还得把你背下山去，我这心里就多少有些犯怵。"

"多管闲事！我让你这么做了吗？"

"你这人哪，就是不可爱。"

"什么叫可爱，你懂吗？"

"我不懂？还不是在那儿拿定了主意，就连身子多挪动半下都会觉得老大不情愿的，你就是这么个蛮不讲理的人。"

"所谓的可爱——那不过是一道柔软的武器，是专门用来打败比自己显得强势的对手的。"

"照你这么说，那对人简慢无礼，岂不就成了随意欺凌比自己显得弱势的对手的一道锐利武器了？"

"有你这样的逻辑的吗？人只有想着举手投足的那会儿，可爱才是不可或缺的。明知道自己一走动就会呕吐的人，还用得着可爱吗？"

"你可真会玩弄诡辩！要这样，我就只好恕不奉陪了，行不行？"

"随你便吧。"甲野依然在那儿眺望着天空。

宗近把脱下的两只外裰袖子裹在腰间，又使劲儿披起缠住汗毛浓密的小腿的竖条纹的下襟，将它们一块儿塞进了白绉绸的腰带里。一开始就被对齐袖子折叠了起来的短外裰，则挑挂在了手杖的端头，不客气地嚷了一嗓子"一剑走天下"便急匆匆地来到了十步开外处的陡峭山道的尽头，轻盈飘然地朝左一拐，便消失了身影。

这之后，便是一片寂静。待万籁俱寂，待甲野意识到自己将一脉生命交托给了这片静谧的当儿，与朗朗乾坤的某处始终息息相通着的血潮，便庄严肃穆地涌动了起来，于无声无息的寂定①里，视形骸为土木，依稀带有几分活气。这活气，舍弃了只要你活在这个世上就会感觉得到的，那与生俱来就得承受的种种负累，如同山云出岫、天空朝夕变幻那样，超越了所有的拘泥。除非你一脚踏进了历尽古今、穷极东西的世界之外的另一个世界——要不然，还不如索性变作一块化石，一味尽情地吸摄赤、橙、青、紫，索性化作对还原为五彩原色浑然无知的一团漆黑的化石，再不然，干脆就死上它一回。死是世间万物的终结，也是世间万物的肇始。积时为日，积日为月，积月为年。归根结底，都不过是最终将这一切堆积成一座坟墓而已。坟墓这边的所有纷扰，都不过是隔着一道肉体墙垣的因果业报，就好像在那儿给早已枯朽的骸骨灌注以徒劳无益的慈悲的油膏，让这些被遗弃的尸骸通宵达旦地跳舞，既滑稽又可笑。生性喜欢耽溺于奇思遐想的人，思慕的尽是邈远地方的事儿！

　　漫无边际地在那儿遐想着的甲野，好不容易站起了身子。他还得赶路，还得前去跟心里其实并不怎么乐意去的叡山打上个照面，还得脚下打起无数个根本就没必要的泡来，给这两三天徒劳无益的登山踪迹，留下一份苦涩的纪念。这种苦涩的纪念，若要一一清点起来的话，就算挨到头发苍白，也未必清点得过来。就是裂骨入髓，也未必销声匿迹得了。脚

---

① 佛家语，指远离妄想的一种境界。唐代明道玄觉《永嘉集》："住寂定以自资，运四仪而利物。"

板下正徒劳无益地鼓起十个、二十个泡来的当儿——皮靴的半个后跟儿却让一块乱石的锋利棱角给磕住了,正俯身望去,乱石突然翻了个面,刚踩踏在上面的脚便随着一声"哎呀"趔趄了二尺来长。

不见万里道

甲野一边小声吟咏着诗句,一边挂着那把伞,刚攀爬到了崎岖山道的尽头,一个急转弯,一道陡坡便突然逼近在了帽檐前,就好像是在招徕着正从山下爬来的人们前去天界走一遭儿似的,带着这么一种风情,矗立在了那儿。甲野呼扇着帽檐儿,仰起脸来,打量着这条笔直的坡道尽头处的山巅,又端详着山巅的上方,无边的春色,正漫无涯际地弥散在淡淡的天空中。

但见万里天 ①

此时的甲野,就像前一刻那样,轻轻吟咏出了诗的下句。攀爬上杂草丛生的山峦,刚从杂树林中攀爬了四五个石阶,天色便从肩头一下子黯淡了下来,只觉得脚下踩蹬着的地面整个儿变得湿漉漉的。山道自西往东,划过山脊,一转眼的工夫,待草丛消失不见,便一下子来到了一片森林。将

---

① 明治四十年(1907年)三月十四日,夏目漱石辞去大学教职、进入《朝日新闻》社的前夕,曾在致小宫丰隆的书简中留下了"不见万里道但见万里天"的墨迹。

近江的天空映染得很深郁的这片森林，平静着纹丝不动时，那上面的一层层的树干，更上面的一层层的树枝，重重叠叠地绵亘数里，俨然将往古岁月的翠绿，年复一年地全都堆叠在了一起，望去都绿得发黑了。掩埋着二百来道山谷，掩埋着三百来架神舆、不下三千名恶僧，依然繁富有余的树叶底下，更是悉数掩埋着众多三藐三菩提①的佛陀。那凛然耸立在半空的杉树，则是从传教大师最澄②那会儿起就已经在那儿了。甲野从这杉树下独自穿行而过。

路两旁伸手遮拦着行人去处的杉树树根，穿土裂石，深深扎进了地基里，又凭借剩余的精力，折返回来，铺设起一条每级约二寸来宽的幽暗行道来。攀缘山岩的梯子，铺就了天然的枕木，踩上去只觉得特别的舒适，甲野一边感慨着山中神祇对自己的这份恩赐，一边直觉得气都快要喘不过来了，直往上攀爬了好多级。

山道让杉树一路逼仄着，石松像是从幽暗中溢出来似的，

---

① 梵语阿耨多罗三藐三菩提的略称，含绝对智者之意，是称颂佛陀智德的名号。
② 最澄（767—822），日本天台宗祖师。近江（今滋贺县）人。14岁出家，游学南都（奈良），后于东大寺受具足戒。因性喜山林而入比叡山，钻研佛教各宗经论而推崇一乘思想，创建根本中堂，称比叡山寺，号一乘止观院。唐贞元二十年（804年），由通译僧义真伴随，与空海大师同行入华，从天台宗九祖湛然大师之弟子道邃、行满等受天台教义，并从道邃大师受大乘菩萨戒，后从顺晓上师授密法。翌年返国，于高雄山寺设灌顶台传授密教，为日本传授秘密灌顶之始。806年获准设年分度者（按年限定诸宗、诸大寺之出家人数），于华严、律、三论、成实、法相、俱舍等南都六宗外，新增天台、法华宗二人，正式创立日本天台宗。

爬得满地都是，跨过繁密得缠住行人双脚的石松，缘着撕扯得长长的茎蔓延伸过去，在那手触摸不到的地方，正待枯朽的羊齿类植物，正悠悠然摇曳在不见有一丝风儿的白昼里。

"在这儿！我在这儿啊！"

头顶上方突然传来了宗近的呼喊，就跟一匹天狗在那儿吠叫似的。踩着草木年久日长腐殖而成的地面，每走上一步，高帮皮靴都会架不住地整个儿陷没进去，甲野拄着蝙蝠伞，好不容易攀爬到了天狗之座①。

"善哉！善哉！我可是在这儿等了你老半天了！怎么磨蹭了这么久？"

甲野才应了一声"啊"，便立马甩下蝙蝠伞，一个屁股墩儿坐在了那伞上。

"还想呕吐吗？要还想呕吐的话，在吐出来前，赶紧先看一眼那边的风景！只要看一眼那风景，保证你就会觉得过意不去而改变主意的。"

说着，手杖的端头便像往常一样，朝杉林间指划过去。遮天蔽日的苍老树干，亭亭如盖，挺拔整齐地排立着，透过杉林的缝隙，近江的湖水②闪烁出明晃晃的光亮。

"果不其然！"甲野凝眸注视着。

真像一面铺展开来的镜子啊，可这么说还很难惬人心意。就像是在存心忌讳着这叫人铭刻了"琵琶"二字的镜子的明亮似的，叡山上的天狗们，便借着让宵夜偷来的神酒给灌醉

---

① 比叡山山顶的俗称。
② 据下文即可知，这里指的是近江境内的琵琶湖，也是日本最大的淡水湖。

了的那股醉劲儿，将酒气满满当当地喷在了整个湖面上似的——一待沉入明亮的镜子的底部之后，便会有巨人将弥漫在田野和山间的春日烟霭，聚集在他画画的调色器皿里，但见他随手一抹，便涂抹出了潋滟春色，而这春色，又被冥冥蒙蒙地拖曳到了十里之外。

"果不其然哪！"甲野还在翻来覆去地喏嚅着。

"就只是'果不其然'？你可是个让你看什么都提不起神来的主儿啊！"

"什么让你看不让你看的？又不是你一手抟造出来的东西。"

"哲学家里边尽出你这种不知感恩图报的，一天到晚地只顾着做六亲不认的学问，就跟不食人间烟火似的……"

"实在抱歉——六亲不认的学问？哈哈哈哈！嗨，看到白帆了！你瞧，背后是那小岛上的青山——纹丝不动似的。就算你眼睛一眨不眨地一直盯着它，也都纹丝不动着。"

"好无聊啊，这船帆！迟迟疑疑的，一点儿都不爽气，这可跟你太相像了。不过，看上去倒是挺好看的。咦，这边也有啊！"

"那边还有哩，就在对面，那紫色的岸边。"

"唔，有，有。真够无聊的，到处都是。"

"就跟在做梦似的。"

"说什么呢？"

"'说什么'？还不是说这眼前的景色！"

"唔，是吗？我还以为你又想起什么心事了呢。要我说，最好还是赶紧把它们给打发了事，省得跟做梦似的，游手好闲个没完,那可不行!"

"说什么呢?"

"莫非,我这也是在说着梦话哩,啊哈哈哈!我说,将门①不可一世的那会儿,那是在哪儿啊?"

"怎么说也得是在那边,那边可以从山上俯瞰京都,不会是这边。那家伙也很蠢。"

"你说将门?哦,那倒也是,跟不可一世比起来,倒还是呕吐更有点儿哲学家的派头。"

"哲学家呕吐得出那玩意儿来吗?"

"真要成了哲学家,还不得绞尽脑汁,成天思考来思考去的?活脱脱一个面壁沉思的达摩来着。"

"烟水冥蒙的那个岛,叫什么名儿?"

"你说那个岛?那岛也太缥缈了,多半就是竹生岛②吧?"

"真的?"

"什么呀,那是我信口胡诌的!给它取个雅号如何?我的意思是,只要质实些就行。"

"这世界上哪来什么质实的东西?正因为没有,这才需要雅号啊。"

"世间万事皆浮梦,哎呀呀!"

---

① 平将门,日本古代平安朝中叶的一名武将,后反叛藤原政权,天庆二年(939年)建宫殿于下总国,自称新皇,君临关东,翌年即为平贞盛所讨伐(史称天庆之乱),战败而死。至今四明岳山上仍残留有将门岩。据说当年将门就站在这块山岩上,俯瞰着京都,大有一举夺取天下的野心。
② 琵琶湖中靠北的一个小岛,方圆约两公里,以竹、松、杉繁茂,祭祀辩才女神而闻名。

"唯有死亡,才玩不得半点儿虚假!"

"快别说了!"

"要不跟死亡撞到了一块儿的,这人哪,心猿意马的,真还不知道会折腾到哪一天呢。"

"随他去折腾个没完没了好了,跟死亡撞在一块儿,我才不愿意!"

"就是不愿意,它也会找上门来的,到了找上门来的那一天,就自然会想到,'敢情,还真有这样的事儿?'"

"谁会这么想?"

"自然是喜欢玩些小把戏的人呗。"

下得山去,踏进近江的原野,那是宗近的世界,而甲野的世界呢,则是从这日头照不到的幽暗高处,远远眺望到的,那遥不可及的明媚的春天的世间。

二

掩映着妍红的阳春三月，那酣酲的白昼，女子俨然是从春色中绅绎出来的浓郁紫色①之滴，趁着天地打盹的空隙，鲜艳欲滴地正待滴落下来。正在眺望着梦境的一头乌发，则远比梦境中的还要来得润泽，梳挽得纹丝不乱的鬓发，插着一支纤细的金簪，雕刻成紫堇草模样的贝雕簪头，熠熠闪烁着忽绿忽紫的色泽。寂静的白昼让人心思恍惚，但见漆黑的眸子倏忽轮动了一下，眺望着的人这才"啊呀"一声从中醒过神来。半滴紫色正待洇湿开去，瞬息之间，犹如一道疾风，暗地里发起了威来似的，则是一双深邃的眼睛，掩映在春色之中同时又在那儿统摄着春色。一旦循着这双眸子追溯而去，穷尽了它那带有魔力之境的所在，那也就是到了埋骨桃源、再也无从重返尘寰的那一天了。可这并非只是一场梦境。模

---

① 紫色，作为小说女主人公高傲不逊的性格的一种象征，将在随后的章节中不时地呈现。小说中，喜欢穿紫色服饰的藤尾也被称作"紫色女"。友人小宫丰隆在读到第二十节稍稍过后，曾在书简中告诉夏目漱石，读者似乎也都一下子让藤尾给迷住了。夏目漱石在回信中，则说了如下一段对读这部小说显得至关重要的话："每天都在写《虞美人草》。藤尾这女子不配得到那份同情。她是个令人嫌厌的女子。虽有诗意，却并不温顺，还没心没肺的，弄死这家伙乃是这部小说的最终主旨。要是无法干净利落地弄死她，那就得救她一把。可得救了的话，像藤尾这样的，作为人，还是差劲了些。"

糊朦胧而又浩渺无涯的梦境中，一颗璀璨的不祥之星，闪烁着紫色，朝眉睫间逼近过来，口中念念有词道："望着我，直到你死去的那一刻！"

女子身穿一袭紫色的和服。

寂静的白昼，女子静静地抽去了书签，将一卷书口处酽厚地烫了层金箔的书摊开在膝盖上，在那儿读着。

她跪在墓前说道：是我用这双手——用这双手给你下的葬，如今，这双手也已失去了自由。只要不被掳去遥远的国度，我会永远用这双手替你扫墓，为你焚香的。我们活在世上，就是再锋利的刀剑，也休想把我们分割开来，唯有死亡才会那样的残忍。罗马的你让人给埋葬在了埃及，而身为埃及人的我，却要被人埋葬在你的罗马。你的罗马——它拒绝了我们的恩爱，令人悲痛欲绝。你的罗马竟已成了这样寡情薄义的罗马！可纵然如此，若是罗马神祇还有一份仁慈心肠，眼看我苟且偷生，任人游街示众，蒙受羞辱，那他们在云端之上，想必也是不会坐视不管的。我成了你的仇敌炫耀他们胜利的装饰品，而埃及的神明也已抛弃了我。唯有本来属于你的我这残败不堪的生命才是我的仇敌！我要祈求仁慈的罗马神祇——让我销声匿迹吧！让你我永远消失在这再也不会蒙受羞辱的陵墓深处吧！

女子抬起头来。俏丽的苍白脸颊上，隐隐约约敷了层淡妆，单眼皮的眼睛深处，像是掩藏着某种不胜承担的东西似的。男子焦虑不安着，急欲就这藏掖着的东西一探究竟，全部的身心都让这女子给掳获了过去。相形见绌的他半拉着嘴。待女子紧抿的嘴唇松动开来，此人便只得准备向对手乖乖地缴械投降。就在这女子的下唇故作妩媚地将欲翕动而尚未翕动的那一刻，那将被追诘的一方，便已先自注定了招架不住的窘迫。

犹如搏击长空的鹰隼，女子扫视了男子一眼。男子傻傻地笑着。胜负早已见出分晓。口角泡沫横飞地拼命与人争胜，或如围棋中黑子白子般死缠烂打，那是招数中最笨拙的。激励将士，鼓噪进军，无奈之下与人签订城下之盟，则是诸多招数中最平凡不过的。话语甜蜜却话中带刺，或一个劲儿地劝人喝酒却暗中盛上一杯毒液，那就连招数都算不上了。交战极为酣烈之际是容不得对阵的两军间有一语相交的余裕的。拈花微笑①，一挨一拶②，虽非去此有八千里之遥的释迦之国，却终归无复言语之一途。只要看出你有瞬息的踌躇，乘虚而入的恶魔便会在你的思虑的要害处，写上"迷"，写上"惑"，写上"失去了的人之子"，并在你惊觉着有什么大事不妙的当

---

① 释迦在灵鹫山上为众人说法之际，拈花，眨眼，众人不识其意，唯独摩诃迦叶破颜微笑。故"拈花微笑"一词，有超越语言，心心相印、心领神会和以心传心之妙的意思。
② 佛禅中用语，即一进一退。丛林中，弟子与师傅互以言语和动作的或轻或重、进退问答，来勘验对方悟性的深浅，后转换为相较技艺、或与人应对之义。《碧岩录》第二十三则："一机一境，一出一入，一挨一拶，要见深浅，要见向背。"又四十九则："雪峰、三圣，虽然一出一入，一挨一拶，未分胜负在……"雪峰、三圣，都是杰出的禅者。

儿遽然抽身离去。万丈地狱的鬼火将腥臊的青磷喷向笔端，勾描出的文字，就跟鬼画符似的，任凭你用刷帚洗刷白麻般地洗刷，也终难洗刷得去。

笑到最后，男子都已收煞不住那笑了。

"小野！"女子叫唤了男子一声。

"哎？"马上应了一声的男子，半噙着的嘴巴都还没来得及阖上。唇上沾着的笑意，多半是下意识地浮现在了那儿的。内心的波动，正在无所事事中化为杂乱无章的草书①，眼见得这杂乱无章将尽未尽，正在那儿为第二波的杂乱无章未能如期而至而心烦意乱着的当儿，便顺水推舟着，喉咙里滑出了这声"哎？"来，套个近乎。

女子本是个难缠的主儿，可让他这么"哎"了一声的，一时间竟也找不到话头。

"什么事？"男子又追问了一声。不追问的话，好不容易说话说得挺投合的，又得搭不上话了，搭不上话，心里就又得惴惴不安了。像这样跟人面面相觑着，就是贵为王侯，通常也免不了会生出这样的感觉的。更何况，眼下除了这一身紫色的女子，再也没有别的人出现在男子的眼睛里，还要这么追问，本来就够蠢的。

女子还是默然不作一声。

壁龛那儿张挂着的一幅容斋②，稚童发髻上松枝交错的近

---

① 此处似乎是以急促凌乱的汉字草书的形姿，形容和状写人物嘴角浮现的笑意。
② 菊池容斋（1788—1878），日本江户时代末期的画家，以擅长历史题材的绘画及山水画而著名，还著有《前贤故实》《枕纸》等书。

侍，替主人捧着刀剑，一派往古时代的悠闲和宁静。狩猎装束，骑着茶褐色马驹的主人，该是位居六卿，过惯了平安日子的，看上去也俨然是安然不动的模样。只有这男子在那儿心神不定着。第一支箭射飞了，第二支箭也不知道射中了没有，要是也射飞了的话，那还得重新来过。男子敛神屏息地盯着女子的脸，满心期待着这张瘦削的鹅蛋脸，虽说肉嘟嘟的嘴唇里会说出的话到底是好是坏，还觉得疑虑重重的，可还是心心念念着能有遂人心愿的应答。

"您还在？"

女子用沉静下来的语气问道。这应答让他觉得意外。就好比朝着天空张弓搭箭，结果箭羽却差点儿落在了自己的头上。男子在那儿浑然忘我地注视着对方，那女子倒好，似乎从一开始就一直埋头在膝头上打开的那本书里，压根儿就没留意到自己身前这个男子的存在。虽说一开始是女子觉着烫金的书口好看，这才把它从原先攥着它的男子的手中给抢去后，读了起来的。

男子只得应了声："哎。"

"这女人真打算上罗马去？"

女子望着男子，因为觉着匪夷所思而面呈不悦。就好像小野非得替克莉奥佩特拉的行为承担一份责任不可似的。

"她没去啊，她没去啊。"

就像是在替那个和自己毫不相干的埃及女王辩解。

"没去？换了我，也不会去的！"女子总算表示了赞同。小野这才艰难地从一段幽黑的隧道里钻了出来。

"只要读过莎士比亚写的剧本，对这女人的性格也就一清二楚了。"

小野一钻出隧道,就随即打算骑上自行车飞驰而去。鱼跃于渊,鸢翔于天。小野是栖居在诗国里的诗人。

金字塔的上空在燃烧,狮身人面女像搂拥着荒沙,鳄鱼藏身于长河,两千年前的妖姬克莉奥佩特与安东尼相拥相抱,鸵鸟羽扇轻拂着冰肌玉肤,此情此景,既是宜于入画的好题目,也是用来写诗的好材料。小野最拿手的就是这个了。

"只要读过莎士比亚笔下的克莉奥佩特拉,你的心境就会变微妙的。"

"变得怎样微妙呢?"

"就好像让人拽进了古老的洞穴,正一筹莫展着在那儿迷迷瞪瞪的当儿,眼前映出了紫色的克莉奥佩特拉,显得光彩照人。就像是从斑驳褪色的浮世绘中浮现了出来,独自一人似的,恍若'啪'地一声燃起的一簇紫焰。"

"紫色?你总是提到紫色。为什么是紫色呢?"

"没什么'为什么',我就是这么感觉的。"

"那么,就是这种颜色了?"女子"唰"地掀起一半铺摊在绿色榻榻米上的长袖,冲着小野的鼻尖翻舞了一下,问道。小野的两眉间,克莉奥佩特拉的气息突然扑鼻而来。

"咦?"小野一下子醒过了神来。就仿佛杜鹃掠过天空,穿过雨阵,迅疾得驷马难追,那奇异的色彩只晃了一下,便收敛了起来,那双美丽的手又搁在了腿上,静谧得连脉搏都感觉不到似的,搁在了那儿。

扑鼻而来的克莉奥佩特拉的气息,渐渐地从鼻子的深处散逸开去。这冷不防让人从两千年前的往昔时代给召唤了来的身影,恋恋不舍地遥遥追随着,小野的心儿完全让那淑娴高雅给迷住了,让那两千年前的彼方给吸摄了去。

"这不是和风细雨之恋,泪眼婆娑之恋,长吁短叹之恋,而是暴风雨之恋,千年历书中从来不曾记载过的狂风暴雨之恋,是锋利的匕首之恋。"小野说道。

"锋利的匕首之恋,也呈紫色?"

"匕首之恋并非紫色,紫色之恋方为一柄匕首。"

"你的意思是,爱情一旦砍伤,就会流淌出紫色的血?"

"我的意思是,爱情一经激怒,匕首便会闪出一道紫色的锋芒。"

"莎士比亚都这么写了吗?"

"这是我对莎士比亚写的剧本的评述——安东尼和奥克泰维娅在罗马举行婚礼的时候——使者前来通报婚礼的消息的时候——克莉奥佩特拉……"

"那紫色,敢情让嫉妒给浸染得更浓烈了吧?"

"紫色一经埃及赤日炎炎的烤炙,寒气逼人的匕首便会发出光亮来。"

"色泽的深浅要调成这样,你看行不行?"说罢,便不由分说地再次翻舞起长袖。小野的话让她给打断了一下。她就是这么个人,就是她在有求于你,也会随时抢白你的。女子解气地望了男子一眼,挺得意的。

"那,克莉奥佩特拉她又怎么来着?"刚抢白了那男子的女子,又重新松开了手中的缰绳,小野只得又飞快地朝前奔驰起来。

"她刨根究底地跟来使打探奥克泰维娅,她的询问和责备的方式,都鲜活地表现出她的性格,让人觉得饶有趣味。譬如说,奥克泰维娅的个头,是不是有她那么高挑啦?头发是什么颜色?脸庞圆不圆润?说起话来是不是轻声轻气的?以及青春几何啦?对那来使一路穷追不舍的……"

"那这个什么都要追问到底的女人,自己又是多大的岁数呢?"

"克莉奥佩特拉,这年好像整三十吧。"

"要这样,那跟我差不多,都老太婆啦!"

女子歪着脑袋嘻嘻笑着。男子就像是让那奇异的笑靥给裹挟了去似的,在那儿显得一筹莫展的。顺着她的话吧,那是在撒谎,不顺着呢,又显得太过平淡无奇了。直到蟠结在洁白牙齿上的一道金色的光亮渐次消失,男子依然没有做出任何的应答。女子今年二十四岁。早在这之前,小野就已经得知,女子跟自己相差三岁。

容颜姣好的女子,年过二十之后还一直未能找到夫家,枉自虚度了一二三个年头,时至今日,韶华已届二十有四,依然待字闺中,真让人觉得不可思议。春院阑珊,栏前花影正浓,但见眼前迟日将尽的风情,一边却在那儿怀抱古琴,面含幽怨,这是耽误了婚嫁的世间女子身上司空见惯的表情。尘尾不时地弹拨出虚幻的乐器声,琴柱发出酷似琵琶的音响,饶有兴味地谛听这并非本色的音色,还这么心神愉悦的,便越发地让人觉得不可思议了。事情的底细本来就不得而知,唯有从这男子和女子彼此间的话语背后,去偷窥上一眼,或胡乱猜测上一番,以便暗中替这暧昧恋情的八卦,卜一凶吉而已。

"人要是上了岁数,嫉妒恐怕就会与日俱增的吧?"女子

027

故作庄重地向小野发问道。

小野依然手足无措的模样。诗人须得熟谙人性，解答女子的疑问本该是他义不容辞的职责。不过，知之为知之，不知为不知，不知道的事情他当然回答不出来。那种属于中年人的嫉妒，他还从来没有见识过呢，就算再多凑上几个诗人和文士，同样也无济于事。小野是文学家，他得心应手的，只是驾驭文字。

"怎么说呢？大概也是因人而异吧。"

他含糊其辞地应付了这么一句，免得顶撞了对方。这么一来，女子便不依不饶了起来：

"我要成了老太婆——眼下不就是老太婆了？嘻嘻嘻嘻——可真要到了那岁数，还不知道会怎么样呢。"

"你嘛——你，嫉妒，这怎么可能，眼下——"

"就嫉妒过呀！"

女子话中透出寒意，斩断了悄无声息的春风。正游走在诗的国度里的男子，突然间一脚踩空，跌落到了尘世凡界，一旦跌入尘世，他也便成了一名凡夫俗子而已。对手正在那高不可攀的山崖上俯视着自己。他根本就无暇去揣想，到底是谁一脚把自己给踹落到了这儿的。

"清姬① 化身为蛇，那是几岁？"

"是啊，总得十几岁了吧，要不，都入不了戏啊。多半是

---

① 安珍、清姬，日本古时纪州（今和歌山县）道成寺传说中的人物。僧人安珍前往熊野参诣，途中投宿在纪伊国牟娄清姬的家中，为清姬所爱慕，后清姬化身为蛇，尾随安珍进入道成寺，盘在寺内的吊钟上，将安珍烧死。

十八九岁吧?"

"那安珍呢?"

"安珍嘛,多半不会超过二十五吧?"

"小野。"

"哎。"

"你今年几岁?"

"我?我嘛……"

"莫非不寻思,就记不起来了?"

"不,看你说的——我和甲野同庚,可是千真万确的。"

"对了,对了,和哥哥同年。不过,哥哥看起来可是要比你老多啦!"

"哪儿啊,哪有这样的事儿。"

"我说的可是真的!"

"你这是存心拣好听的跟我说吧?"

"对呀,那你也拣好听的跟我说。不过,我不是说你长得年轻,是说你气质显得年轻。"

"真能看出这么回事?"

"活脱脱一个小孩子!"

"可怜兮兮的——"

"看起来好可爱!"

女子二十四,跟男子的三十正好鼓桴相当。弄不清楚是非曲直的道理究竟何在,自然也弄不清楚该如何运转世界,又该怎么让它消歇下来。在这古往今来永无止境发展着的巨大舞台上,自己究竟占了怎样的位置,又扮演了怎样的角色,压根儿都是茫然无知的。也就是一张嘴,生来就伶牙俐齿的。

应对天下大势,推进国家前行,在众目睽睽之下办理公务,这些都不是女人所能胜任的。女人最拿手的是一对一的把戏,一旦交起手来,常胜不败的一定是女人,落败的一定是男人。让人豢养在"具象"的笼子里,啄食着"个别"的粟米,在那儿欢愉地扑扇着翅膀的,那是女人。在鸟笼的小天地里去和女人比试鸣啭,倒毙的则是男人。小野是诗人,就因为是诗人,他的半个脑袋才探进了鸟笼。比试鸣啭,小野唯有完败的命。

"好可爱啊,就跟安珍一模一样!"

"安珍?那也太过分了。"

男子推拒着,不愿认可。

"你还不服气?"女子只是眉眼嬉笑了一下。

"可是……"

"可是什么呀?他哪儿招人嫌厌啦?"

"我可不会像安珍那样抽身一跑了之的。"

这是用来招架的一种刀法,就因为错过了抽身逃跑的时机。这黄口小儿,就是让他撞上了机会,也都不知道该如何巧妙脱身的。

"嘻嘻嘻嘻,要我呀,就会跟清姬似的,一路穷追不舍的。"

男子默然无语。

"可眼下要我化身为蛇,年岁好像嫌大了些。"

来得不是时候的春天的雷电从这女子身上一跃而出,迅雷不及掩耳地穿透男子的胸膛。那是紫色的雷电。

"藤尾!"

"怎么啦?"

招呼着的男子与被招呼着的女子相对而坐。六帖榻榻米的屋子，让浓绿的树丛给遮隔着，就连过往的车辆声，也都变得隐隐约约的。唯有他俩，生存在这寂寞的浮世中，以榻榻米的茶色镶边为界，隔开二尺的间距，在那儿相对而视，这当儿，人世社会便从他们身旁远远地引退了开去。此时此刻，救世军敲击着鼓点，正集队行进在市区的大街上。医院里，奄奄一息的腹膜炎患者行将断气。俄罗斯的无政府主义在投掷炸弹。火车站上，小偷让人逮了个正着。某处遭遇回禄之灾。某处新生婴儿呱呱坠地。练兵场上新兵遭人叱骂。有人纵身自杀。有人杀人。藤尾的哥哥和宗近，正攀爬在叡山的山道上。

流贯着重重花香的深巷，一对彼此呼唤着的男女的身影，清晰地跃动在陷入死亡深渊的春日的光影之上。此时的宇宙，是他们两个人的宇宙。青春的血潮，顺着无数血脉奔涌而来，心脏的门扉伴随着爱而翕张，又伴随着爱而闭合，将这对纹丝不动的男女，栩栩如生地勾描在了无边的空无之上。两个人的命运就在这岌岌可危的刹那间被注定了下来。是东是西，只须身子微乎其微地挪动一下，便只能是这样了。那呼唤着的，不可等闲视之，那被呼唤的，同样不可等闲视之。彼此间横亘着一道甚至远比生死还要危急的难关，这烟雾弥漫着的爆炸物，究竟该由谁来投掷出去？纹丝不动的两个人的身体，此刻成了两团火焰。

玄关那儿传来了一声"您回来啦"，碾着碎石的车轮便一下子给刹住了。拉门拽开的声响。走廊里一路小跑的声响。身子一直紧绷着的他俩，这才松弛了下来。

"妈妈回来了。"女子依然坐在那儿,若无其事地说道。

"啊,是吗?"男子同样若无其事地回应了一声。只要心思不曾直白外泄,就不怕有把柄拿捏在人家手里。说了收回却又说了出来的谜语,是做不得呈堂的有力证据的。这虚与委蛇着的两个人,一边默许着彼此的有所倾心,一边则不动声色地安心了下来。天下太平无事。谁都无法在他们背后指指戳戳的。如果有人出来指戳,那也是这指戳的人居心叵测。天下本来就很太平。

"您母亲,好像上哪儿去了?"

"是的,出门买点儿东西去了。"

"打扰得太久了。"站起身来之前,先是端正了一下坐姿。男子很在意西装裤子的褶缝,唯恐给坐皱了,所以一直尽可能地不那么正襟危坐着。仿佛两根用作支柱的棍儿似的,只听得"嗨"地一用力,为了撑起身子站立起来,原先中规中矩地搁在膝头上的两手,让雪白的衬衣袖子给遮掩住了指甲,双排的景泰蓝纽扣,从深灰条纹的袖口那儿裎露了出来,看上去十分抢眼。

"哎呀,您别急嘛,妈妈回来了也没我什么事的。"女子似乎并没有去跟回家的母亲招呼一声的意思,这男子呢,本来也不乐意就此起身离去。

一边嗫嚅着"可是",一边在内插口袋里寻索了一番过后,掏出一支卷得很粗的烟来,香烟的烟雾将后面的话差不多都给遮掩了。更何况,这是支带了圈金过滤嘴的埃及出产的香烟。趁着喷出的浓烟还在化为圆圈、山脉和云团的当儿,说不定站立起的身子还能重新坐下,并得以乘便拉近横亘在自己与克莉奥佩特拉之间的那段距离。

淡淡烟雾，掠过黑色唇须，源源不断地流溢而出，果不其然，克莉奥佩特拉对他体贴地吩咐道：

"您请坐，多待会儿！"

男子默不作声地重新盘腿坐下。

春日对他俩都显得十分漫长。

"近来，这家里只有女人，冷清得让人受不了。"

"甲野君什么时候回家？"

"什么时候回家？我哪知道啊。"

"有他的音信吗？"

"哪有啊。"

"眼下这么好的季节，想必在京都玩得很开心吧？"

"您要是也一块儿去了，那该有多好，可——"

"我——"后面的话让小野给含糊掉了。

"你干吗不一块儿去呢？"

"倒也没什么特别的原因。"

"那儿不是您过去很熟悉的地方吗？"

"哎？"

小野的烟灰不客气地掉在了榻榻米上。在他惊讶地发出"哎"的一声时，不经意间，手抖动了一下。

"您不是在京都待过好多年的吗？"

"因为这，很熟悉？"

"对啊。"

"就因为过去太熟悉了，都已经不想再上那儿去了。"

"您可真够薄情寡义的！"

"哪儿啊,哪有这样的事儿。"小野有点儿较真起来,一口将埃及烟吞进了肺里。

"藤尾!藤尾!"

前面屋子里传来了呼唤声。

"是你母亲在叫你吧?"小野说道。

"哎。"

"我该回去了。"

"为什么?"

"可你母亲,不是有事在喊你吗?"

"就算有事在喊我,那又有什么关系呢?您不是我老师吗?老师是来教我的,谁回来,都管不到您头上的。"

"可我没怎么教啊——"

"您教了。就算只教了这些,那也够多的啦!"

"真是那样吗?"

"克莉奥佩特拉什么的,您不是教了我很多?"

"像克莉奥佩特拉这样的,你要觉得喜欢的话,我还有好多。"

"藤尾,藤尾!"母亲一迭声地在叫唤着。

"对不起,失陪一下。待会儿我还有请教您的地方,您稍等。"

藤尾起身离去,将男子留在了这六帖榻榻米的屋子里。壁龛地板上安置着的古萨摩①香炉里,似乎还残留着不知哪

---

① 指日本陶器萨摩烧的初期制品,系江户时代初期,由来自朝鲜的陶工在鹿儿岛烧制而成。

天燃剩下的线香的印痕，掉落在那儿的香灰，依然如故地保持着它的原貌，还没被搅碎，藤尾的屋子里，什么时候都是安安静静的，八端绸①边料制成的坐褥还在那儿散发着温热的气息，正等待着它的主人返回，让轻拂的春风悄无声息地、闲闲地吹拂着。

小野默默地瞅了一眼香炉，又默默地瞅了一眼坐褥。架浮在榻榻米上的坐褥的方格子显得有些凌乱，一个角下像是压了个光灿灿的物件。小野稍稍偏着脑袋，端详着这发出光亮的物件，在那儿琢磨着。端详来端详去的，该是一块表吧。这之前可是一点儿都没有留意过。说不定，还是藤尾起身离去的那会儿，柔软的绸缎蹭了坐褥，这才把藏在里边的东西给带了出来的。可也用不着将表藏在坐褥下呀。小野再次试着朝坐褥底下窥了一眼。只见一串绞成松针状的表链，弯弯绕绕着，朝外的一面折射出缕缕纤细的光线，凹凸有致的金属细工鱼子纹表框，则从那中间隐隐约约地浮现了出来。千真万确，那是块表。小野觉得纳闷。

黄金的色泽因为纯净而显得浓稠。喜欢富贵的人，想必喜欢的就是这样一种色泽，祈求荣耀的人，想必也会以这种色泽作为首选。而邀得盛名的人，想必也要用这一色泽来点缀装饰。就仿佛磁石吸铁，此一色泽终将吸摄住世上所有的苍头百姓。你要不对这色泽折腰的话，你就成了一坨没有弹性的橡胶，作为单个的人，你就会在这个世界上四处碰壁。这可是大吉大利的色泽，小野琢磨道。

---

① 一种黄褐色条纹绸缎。

就在此时,前面的屋子那边,有绸缎发出的沙沙声,顺着弯弯曲曲的檐廊,渐渐移近了过来。小野赶紧挪开了直勾勾窥视着的眼睛,装作一脸的浑然不知,在那儿面对面地端详着容斋的画轴。两个人的身影,出现在了屋子的门口。

印染着三个家徽的黑绉绸从削肩上披挂下来,色泽暗淡的和服衬衣的后衬领那儿,但见古色古香的发髻在那儿熠熠生辉着。

"啊呀,您在啊!"母亲微微颔首致意,落座在了傍近檐廊的坐褥上。庭院里虽不见有黄莺清啭,可到处打扫得干干净净的,倒也找不出一处障人眼目的尘土,一株长得太过高耸的松树,旁若无人地傲立在那儿。这松树和母亲,不由得让人生出两者俨然一体的联想来。

"藤尾她老是没完没了地给您添麻烦——再说又是那样的任性,完全还是个不懂事儿的孩子,所以嘛——快,您请坐随意些——我呢,一直想过来招呼您一声,可毕竟上了岁数,所以嘛,只得跟您赔个不是了——这孩子实在不懂事,我也是一筹莫展的,老不听话,缠磨人——不过,英文倒是托您的福,好像很喜欢的样子——近来说是挺难的书也都能看懂了,她自个儿还挺得意的。她有个哥哥,本来也可以教她的,可是——啊呀,兄妹俩,就是教不了也学不成的——"

母亲能说会道,滔滔不绝,小野连个感叹词都插不进去,只得听任她花言巧语地一路飞快地说下去,至于说到什么地方才会打住,小野自然是不得而知的。藤尾则默不作声地在那儿一页页翻读着一开始从小野手中借来的那本书。

女王在墓前献上花，吻过墓地，叹息着自己的满腹忧伤，下令为她准备沐浴，浴后又吩咐为她备下晚餐。此时，一名身份低贱的仆人送来了盛放着无花果的小篮子。女王吩咐他将信送至恺撒手中，信中自然是女王请求让自己与安东尼合葬在同一座陵墓里。无花果繁茂的绿叶底下，火焰般的舌头带着尼罗河泥水的寒冽的一条毒蛇，正暗藏在那儿。飞奔而来的恺撒的使者，排闼而入，放眼望去——穿戴高贵服饰的女王，早已香消玉殒，横卧在了金榻之上。宫女阿伊利斯就倒在女王的脚边。另一位宫女卡米翁，则在那儿无力地托住女王头上那顶仿佛汇聚了月黑之夜的所有露水、正摇摇欲坠着的万千珍珠镶嵌而成的王冠。排闼而入的恺撒的使者问道，"到底发生了什么事？""这是埃及在位者的临终一幕，唯有这样的方式才配得上她高贵的身份！"卡米翁话音刚落，便倒下身子，合上了眼睛。

"'这是埃及在位者的临终一幕！唯有这样的方式才配得上她高贵的身份！'"这最后的一句话，如同烟雾缭绕着行将燃尽的薰香，正曳向冥冥虚空的最后一缕轻烟，整个书页，像是笼上了一层淡淡的烟霞。

"藤尾！"不明就里的母亲唤了她一声。

男子终于无所拘束地将视线转向了让母亲叫唤着的那位，而被叫唤的那位正埋头在书页上。

"藤尾！"母亲又唤了她一声。

女子的眼睛这才从书页上挪移开来。呈波浪形的厢发①，白皙的额头，下面是俏丽纤细的鼻梁，再下面是编织着薄薄一层口红的嘴唇——滑过嘴唇，是与脸颊尽头处接合得天衣无缝的下巴——摺下这些，是柔弱地朝后退缩去的咽喉——就这样，依次凸现在了现实世界里。

"干吗？"藤尾回问了一声。站在白昼与黑夜交界处的人，做了个介于白昼与黑夜之间的应答。

"您瞧，多安闲自在的人哪！这书真这么让你入迷？还是待会儿再看吧！你这样子，也太没礼貌了吧？像你这样，对世界上的事情一概不闻不顾，尽是逞着自己的性子来，可真叫人受不了。这书还是跟小野先生借的吧？好漂亮啊！可别给弄脏了！这书哪，要是不爱惜的话——"

"我爱惜着哩。"

"那敢情好，要还像前些日子的那样……"

"那都得怪哥哥！"

"甲野君他怎么啦？"小野的嘴这回总算派上了用场，他开口发问道。

"哎呀，我跟您说啊，这兄妹俩都是逞着自己性子来的主儿，一天到晚，就光知道跟个小孩子似的吵吵闹闹的——前些日子还把他哥哥的书给……"母亲朝藤尾瞅了一眼，似乎在那儿踌躇，到底要不要把这事儿给抖搂出来。做长辈的，都喜欢用这一手带点儿体贴味儿的恫吓，这是他们对付自己

---

① 明治三十五、三十六年（1902、1903 年）间在日本女子大学、女子美术学校的学生中风靡一时的一种西洋式发型，前发及鬓发呈前突状。

年少的孩子的一种把戏。

"把甲野君的书怎么了?"小野放心不下地问道。

"要我说出来吗?"长辈半含着笑意,一边忍住不说,那架势,就像是用一把玩具匕首威逼着对方似的。

"还不是把哥哥的书给撂在院子里了!"藤尾撇下母亲,没好声气地冲着小野的眉宇间,把回答给掷了过去。母亲在那儿苦笑着。小野大张着嘴巴。

"她这臭脾气,她哥哥也清楚着哩,所以——"对这破罐子破摔的女儿,做母亲的也只得让她三分。

"听说甲野他一时半刻的还回不来。"小野见风使舵,找机会换了个话头。

"他呀,就像是在跟人玩'泥牛入海无消息'的把戏似的——就因为他一天到晚唠叨着身体不好,我就说了,与其这样,倒还不如干脆出门旅行去,说不定身体倒会好起来——可他就是听不进去,不愿动身,好不容易拜托了宗近,才把他一块儿带了去的,可这下倒好,又跟你来了个'泥牛入海无消息'!这年轻人哪……"

"也不关年轻不年轻的事,哥哥他就是特别!他的哲学就很超绝,难怪人也就与众不同啊!"

"那倒也是,虽说我这做母亲的也不知道是怎么回事,可是——再说了,那个叫宗近的,可是逍遥惯了的,这才真是个'泥牛入海无消息'的主儿呢,真够让人头疼的。"

"啊哈哈哈,他可是个快活人,特别有趣!"

"说到宗近,先前那个东西,你放哪儿了?"母亲抬起眼来,紧了紧眼神,将屋子四下里扫视了一遍。

"这儿。"藤尾偏了偏腿,轻轻支起双膝,青绿的榻榻米上,八端绸缎的坐褥被拨拉到了一边。色泽富贵、盘叠成三重的表链的正中,雕有鱼子饰纹的表壳便堆放在了那上面。

伸过右手去,只听得耀眼的物件一声戛然作响,从手掌间滑落出去的表链,不紧不慢地眼看着就要掉落到榻榻米上的当儿,这滑落了一尺来长的表链便让人给止住了,借着余力,表盘朝两边晃荡了起来,随同镶嵌在端头的石榴石饰件一起,长长的表链晃晃悠悠地晃荡了两三下。晃出第一波的时候,殷红的珠子打在了女子白皙的手腕上,晃第二波的时候,便跟打了个椭圆形的旋涡似的,轻轻碰到了她的袖子,眼见得第三波正待消歇下来的当儿,女子突然站立了起来。

小野茫然地打量着这掺杂了好几种色泽、正在那儿迅疾晃动的绮丽景色,藤尾却突然紧挨着他,坐在了他的面前:

"妈妈。"她一边朝身后转过头去,一边说。

"要这样,那才更加显山露水哩!"

说罢,又回到了她原先坐着的地方。

织成松针状的金表链儿,便绾在了小野西装背心胸前左右两个纽扣眼里,让略带些黑色的麦尔登呢料子质地一映衬,璀璨得熠熠生辉。

"怎么样?"藤尾问道。

"还真别说,再合适不过了。"母亲说道。

"这到底是怎么啦?"小野就跟堕入了五里雾中似的,问道。

母亲嗤嗤地笑了起来。

"你要吗?"藤尾眉眼间流盼着秋波问道。小野默然无语,未作应答。

"那好吧,那就把它摘了吧。"藤尾再次站立起来,从小野胸前摘下了金表。

三

　　天下着雨，柳枝低垂，缕缕烟雾吹拂进了栏杆。衣架上挂着的藏青色西装的下边，暗黑幢幢，一团黑袜子正蹲伏在那儿，里子的三分之一翻露在了外边。壁橱狭窄的格架上边，搁了只硕大无比的云游僧的背囊，没扎紧的背带，松松垮垮、没精打采地耷拉着，边上的牙粉和白色的牙刷，就像是在一旁招呼着"您早！""您早！"似的。关得严严实实的拉门玻璃的外边，白色的雨丝被拖得细细长长的，泛着光亮。

　　"京都这地方，冷得叫人受不了！"宗近在旅舍的浴衣外边套了件平纹丝绸的棉袍，背倚壁龛的松木柱子，就这么大大咧咧地盘腿而坐，一边朝外边张望着，一边在跟甲野搭讪。

　　甲野用驼毛围毯裹住自己的下半截身子，乌黑的脑袋一头倒在了充气枕头上：

　　"与其说冷，还不如说直让人犯困。"

　　说着，脸稍稍掉转了个方向，刚梳洗过还湿着的脑袋，让充气枕头的弹力给颠动得，竟跟那双脱扔在边上的袜子成了一丘之貉。

　　"一天到晚老躺着，你上京都来，莫非就是为了上这儿来这么躺着的？"

　　"嗯，的确是个安逸的地方。"

　　"安逸？行啦行啦，你母亲却在替你操心着哪！"

"哼!"

"你就打算回声'哼'就完事了?就为了让你安逸,人家得操多少苦心,那都是外人意想不到的。"

"我说,那块匾额上的字,你认识吗?"

"你还别说,这字真还挺怪的。是'僝雨僽风'吧?还从来没见过这样的字哪!两个字都是单人旁,多半是人做了什么的意思吧?也不知道是什么人,写了这几个好没有道理的字?"

"谁知道哩。"

"也用不着去知道。还是那扇纸拉门有意思些,满满当当地糊了层金箔,真够奢华的,可这儿那儿的,又都打着皱褶,可真叫人讶异。看上去活像是蹩脚草班戏里的道具似的。那边呢,还活灵活现地画了三支竹笋,你说这到底是怎么回事?我说甲野,这可有点儿神秘哩。"

"怎么个神秘?"

"我也说不清楚。也许,就因为画着的那东西,不知道它是个什么意思,所以才觉得神秘吧。"

"不知道它意思那就没什么好神秘的,是不是?知道它有意思,那才神秘呀。"

"不过,哲学家什么的,就喜欢把没意思的东西当神秘看,还拼着老命在那儿琢磨个没完。就跟青筋直暴地在那儿琢磨着哪个疯了的给想出来的将棋①残局似的。"

"照你这么说,这竹笋,也是哪个疯了的画匠给画的?"

---

① 将棋,日本象棋。

043

"哈哈哈哈，真要如此明白事理的话，那也就不会有什么烦闷了吧？"

"这人世间，和这竹笋，能是一回事儿吗？"

"我说，古代传说里，不是有个高尔丁死结的故事？你可知道？"

"你都把人家当初中生看啊？"

"我可没把你当初中生看，也就是随口问一下罢了，你要知道的话，那就说说看。"

"你可真会唠叨！我知道着哩！"

"所以才叫你说嘛。就因为哲学家尽是些喜欢糊弄人的人，就算一问三不知的，也还死不承认，简直是固执到了家……"

"还不知道谁固执到了家呢。"

"管他是谁，你且说来听听。"

"高尔丁死结，那是亚历山大时代的一段故事。"

"嗯，还真知道。然后呢？"

"有个叫高迪亚斯的乡下农夫给天神朱庇特进贡了一辆战车，可是……"

"嗨，嗨，等一下，有这事儿吗？然后呢……"

"'有这事儿吗？'我说，你不知道这事儿？"

"我不知道得那么详细。"

"怎么回事？你自己都不知道，还来考我了？"

"哈哈哈哈，学校里上课那会儿，老师教得没这详细，想必那老师也没了解得这么详细。"

"可这乡下农夫呢，拿藤蔓将辕杆和车轭给绾了个谁都无法打开的死结。"

"难怪人们叫它高尔丁死结,原来是这么回事。亚历山大嫌解死结费劲,就拔出佩剑把它给砍断了。哦,原来是这么回事。"

"亚历山大可没说过嫌解死结费劲不费劲的话。"

"随你好了,没说过就没说过。"

"亚历山大听到了这样的一道神谕:'谁解开这道死结,谁就将成为东方的帝王!'于是便说了声:'真要那样,也只好使上这一招了!'……"

"这一段我也知道!老师上课时讲过这一段。"

"要那样的话,也就用不着我再往下讲了吧?"

"行啊行啊。我在想,这人哪,要不能像亚历山大那样拿得定主意的,'真要那样,也只好使上这一招了!'还真不行。"

"那样,不也挺好?"

"要觉得那样也挺好的话,就没什么好跟你争的啦。这高尔丁死结,任你绞尽脑汁的,也别想解得开它。"

"砍了它,不就能解开了?"

"一刀砍去——就算没解开,啊呀,那也省心啊!"

"省心?这世界上最卑怯的,就莫过于这省心二字了!"

"照你这么说,亚历山大岂不成了一个很卑怯的人物?"

"亚历山大又怎么啦?你真觉得他有那么了不起吗?"

两人一时无话可说。甲野翻了个身。宗近依旧大大咧咧地盘腿而坐,摊开旅行指南。雨斜斜地下着。

让古城京都变得格外静寂的细细雨滴越发地稠密了起来,

就好像是在应和着在空中翻露出鲜红的肚腹、倏忽间冲天而去的燕子的背影似的。此时，上京和下京，濡湿在淅淅沥沥的细雨里，三十六峰①青翠深处，唯有溶入了友禅染②艳红的河流，带着声响，灌注进菜花丛中③。"你在河上游，我在河下游……"有人哼着谣曲，在门口漂洗芹菜，解下遮掩住了眉头的手巾，一抬眼便能望见那呈现为"大"字图案的篝火④。"松虫"和"铃虫"⑤，也只是在长满了不知多少个世代的春天的青苔、总也少不了黄莺鸣啭的灌木丛里，留下了一撮坟茔。鬼魂出没的罗生门⑥，自从鬼魂不再光顾之后，就连山门也不知在哪个年代让人给拆毁了。让渡边纲⑦给揪住了的妖魔的胳膊，也早已失去了踪影。只有春雨，一如其古昔时代的模

---

① 即东山三十六峰，通常指位于京都东部，北起如意岳、南至稻荷山这一带的丘陵。夏目漱石明治二十八年（1894年）十一月三日俳句寄赠正冈子规："三十六峰／兀自耸立／秋雨时断时续。"
② 友禅染，在丝绸上印染花鸟、草木、人物等图案的日本印染之一。
③ 曝晒在河滩上的友禅染织物的艳丽色彩溶化进了贺茂川中。东山的青翠，友禅染的艳红，菜花的金黄，鲜艳的色泽在这里交相辉映。
④ 指京都的大文字山，即东山三十六峰北端的如意岳，因每年八月十六日盂盆兰会都会在山腰间点燃起"大"字形篝火而获名。
⑤ "松虫""铃虫"，均为后鸟羽上皇（1180—1239）手下的女官，信奉佛教，后离开御所，在京都东山鹿谷的安乐寺出家，至今安乐寺内还存留有供奉和收藏其遗骸的五层寺塔。
⑥ 即罗城门，平城京的正门，位于今京都市南区罗城门町一带。朱雀大道即南起罗城门，北抵朱雀门，直达大内。因平安京逐渐朝东北拓展，包括罗城门在内的西南一带渐趋萧条和荒芜，以致出现了鬼魂出没其间的种种传言。
⑦ 渡边纲，平安朝中期的武人，源赖光的四大天王之一，以曾在罗生门砍下过妖魔的胳膊的传说在谣曲中流传而知名。

样,还在那儿下着,下在了寺町①的寺院里,下在了三条大桥②上,下在了祇园的樱树上,下在了金阁寺的松树上。在旅舍的楼上,则冲着甲野和宗近他俩在那儿下着。

甲野躺在被窝里写他的日记。横着装订的日记簿,茶色布封面,沾了些汗垢的边角,折了一下似的翻开,待翻过两三页,出现了三分之一还空白着的一页,甲野便从这儿开始写起。他手中攥着铅笔,畅快地写下:

一夜楼角雨,
愁煞古今人;

写下后,思忖了片刻。看样子,是在琢磨着再添上转句和结句后,做成一首绝句。

撂下手中的旅行指南,宗近在榻榻米上弄出吓人一跳的"咚咚"声,便跑到游廊里去了。游廊上正好摆了张藤椅,那架势就像是等着谁来落座似的,湿乎乎地摆放在那儿。透过疏落有致的连翘花望出去,望得见邻居家的客厅,格扇门紧闭着,里边传出玎琮作响的古琴声。

忽聆弹琴响,
垂杨惹恨新。

---

① 指寺町大街,是京都贯通南北的一条主要街衢。
② 该桥架设于三条贺茂川上,近世以降,一直是东海道、东山道和北陆道的起点。

甲野另起一行，写下了这十个字，可又觉得不称心，随即画了道杠，把它们勾了去。接下来写了这么一段普通的文章：

宇宙是个谜。解谜的人都很随意。随意地解谜，随意地安心下来，这样的人真是有福气。真要怀疑起来，就连自己的父母，身上也都有着解不开的谜，就连兄弟，也都成了解不开的谜，就连妻子，甚至包括作如是观的自己，也都成了谜。人来到这个世上，就非得接受这份谁都无法解开的谜，就为了任由它烦扰到你头发苍白都无从解脱，并且天天得烦扰你到深更半夜，人生在世，为的就是这个。你要解开父母双亲这道谜，就得与父母血脉相连。你要解开妻子这道谜，又得去和妻子心心相印。你要解开宇宙这道谜，就得去与宇宙同心同体。你要是做不到这一点，那父母、妻子和宇宙，对你说来，就都成了一个个的疑团，一道道无法解开的谜，一重又一重的痛苦。都已经有了父母、兄弟这样无从解开的谜了，却还要满心欢喜地添加上妻子这道新谜，这跟自己本来就绌于理财，却还要去替人打理钱财的，又有什么两样？岂止是增添了妻子这道新谜，并且你还在任由这新谜去生出更新的谜来，就好比你替别人打理的钱财在那儿源源不断地生出利息，你亲手打理的却是别人的钱财，这才叫痛苦啊……所有的疑团，都得舍弃自身之后方可有望解开，只是，该如何舍弃自身，却成了个难题。去死？选择死，那也太无能了。

宗近旁若无人地坐在藤椅上，在那儿倾听着邻家的古琴声。御室御所①的料峭春寒中，那把镌刻有"青山"二字铭文的琵琶的风雅故事②，自然是他所不知晓的；十三根琴弦紧绷的南部③桐木制成的菖蒲形④，枕着象牙的泥金绘的琴马，他也浑然不识其有怎样的不凡气度；宗近只是在那儿漫不经心地倾听着。

斑斑驳驳覆掩着墙垣的连翘黄花的对面，丛平竹的竹篁里，是一只长满苔藓的洗手盆，不足三坪⑤的小小庭院里，四处蔓延着叡山青苔。古琴声便是从这庭院里传了过来的。

雨，都是一样的雨，冬雨会冻住挡雨的斗篷，秋雨则让灯芯草变得细软，夏雨洗濯着裈鼻猴⑥，春雨呢——就俨然一根扁银簪掉落在了榻榻米上，贝合⑦的内侧闪烁出朱红、

---

① 位于京都右京区御室大内町的仁和寺。为延喜年间（十世纪初期）宇多天皇所建，其退位后，即隐居于寺内。也是自古以来京都观赏樱花的最佳场所之一。
② 指平家公达但马守经政（亦称经正）的故事，因自幼擅长琵琶，在御室御所受守觉法亲王宠遇，后者还将一把镌刻有"青山"二字铭文的稀世珍贵的琵琶交由他保管。经政死于战乱后，每逢御所举办管弦演奏，替他祈求冥福时，其亡灵必因追慕音色而现身，并向人诉说他在冥间的诸多苦恼。
③ 旧南部领，位于今青森县东部至岩手县中部一带。
④ 古琴的一种形制名，依据琴体大小而定。一般适合于弹奏近代筝曲，为八桥、生田、山田流所常用的，称作"本间"；形制较"本间"略为短窄，独为生田流所弹奏的，则称"琵琶形"。
⑤ 日本的土地面积单位，一坪为九平方米。
⑥ 俗称兜裆布。
⑦ 一种最初流行于平安朝贵族间的游戏名。内侧绘有各种图案的蛤贝饰品，被用作和歌对句游戏的道具。

金黄和靛蓝的光泽，抚琴人则在一旁琤琤玐玐地拨捻着琴弦，又琤琤玐玐地把琴弦给拂乱。宗近聆听到的，便是这琤玐声。

　　眼所见者，乃形。

甲野又写下了新的一行。

　　耳所闻者，乃声。形与声，皆非物之本体。无从证得物之本体者，无论是形，抑或是声，都是没有意义的。一旦从中捕捉到某种本体，如上所述的形与声，也便成了一种全新的形与声。此即为象征。所谓象征，乃是便于人们用眼睛和耳朵，见出和听到本来空无所有的所在，那不可思议的神秘……

拨捻琴弦的手渐渐地变得迅疾急促起来，就好像是在那儿弥合起雨滴的间歇似的，洁白的指甲在琴柱上来回飞舞，弹到曲调感情浓烈的地方，粗弦和细弦的音色便彼此纠结在一起，听上去就像是交相纷争乱斗着似的。"聆听无弦琴的演奏，方始领悟得'序破急'①的意义"，待甲野写完这一句，倚着藤椅子，一直在那儿俯视着邻家的宗近，这才从游廊那儿朝房间里嚷了声：

----

① "序破急"，即起始、中间、结束。雅乐和能乐，形式上均由这三部分构成，导入之后，徐徐展开，最后以急骤告终。

"喂，甲野，别老是忙着摆弄你那些歪理了，还是来听听那边弹奏的古琴吧，弹得棒极了！"

"啊，刚才我就听到了。"甲野"啪"地合上了日记。

"你躺在那儿怎么听？我要你上游廊里来，快过来！"

"什么呀？这儿挺好的，你少烦我。"甲野依旧歪斜在充气枕头上，并没有打算起身的迹象。

"喂，东山那边，好像也一目了然来着！"

"是吗？"

"啊呀，鸭川那儿，还有人在涉水过河哪！好有诗意啊！喂，有个家伙在涉水过河哩！"

"他要涉水就让他涉水去好啦。"

"我说，不是有首俳句，'盖被 / 睡姿'① 什么的？可哪儿又有不盖被子入睡的？你倒是过来说个例子我听听。"

"你可真够烦人的！"

"你瞧，就跟你说这么会话的工夫，加茂川的河水就一下子涨上来啦！啊呀，不得了！那桥好像要垮了，喂，桥要垮啦！"

"就是垮了，又碍我什么事？"

"不碍你的事？那今儿晚上都看不成都踊② 了，也不碍你的事？"

---

① 芭蕉门弟子服部岚雪（1654—1707）的俳句，直译大致为："盖被 / 睡姿 / 东山。"
② 都踊，指每年春季在京都祇园甲部歌舞演场举行的艺妓舞妓的表演盛会。始于明治五年（1873年）京都博览会，后成为京都每年春季的定例活动。

"不碍！不碍！"甲野看上去一脸的不耐烦，他翻了个身，照例又从一旁端详起那金箔格扇门上画着的竹笋来。

"你要真这么沉得住气的话，那我也就拿你没辙了。看来，我只好缴械投降了。"宗近终于服了软，走进屋子来。

"喂！喂！"

"又有什么事了？你烦不烦啊？"

"你听了那古琴了吧？"

"我不是说了吗？我听了。"

"我说，弹古琴的可是个女子！"

"那还用得着说啊。"

"多大年纪？你猜。"

"多大呢？"

"你要这样爱理不理的，那可就太没劲了。你要愿意说的话，那就把话挑明了，说你愿意说。"

"谁这样说了？"

"你不说？你要不说，那都由我来说。那呀，可是个梳了岛田髻①的女孩！"

"屋子门窗开着？"

"说什么呢，屋子可是关得严严实实的。"

"这么说，你又跟平日似的，在给人家胡乱起雅号了吧？"

"本名嘛，还不都是由雅号变来的？我见到这女子了。"

"怎么会？"

---

① 近代出现在东海道岛田宿一带艺妓间的发型，后在尚未出嫁的女孩间颇为流行，故这里特指尚未婚嫁的女孩。

"嘀,想听了?"

"说什么呢,你不说我也不求你的。与其听你说这事儿,还不如琢磨这竹笋有意思些。这竹笋,躺着看去总觉得矮了一截,也不知道是怎么回事。"

"多半是因为你躺着看它的缘故吧。"

"两扇格扇门上画了三支竹笋,那是什么缘故?"

"也许是画得差劲,多饶了它一支吧。"

"竹笋画成这么深蓝色的,又是什么缘故?"

"莫非是个谜,是说吃了会中毒?"

"果真是个谜?那你不参详参详?"

"哈哈哈哈,有时倒也参详来着。我说,刚才不就想跟你参详这岛田发髻之谜来着?可我看你根本就不热心,不让人解开谜团的,这跟你哲学家的身份可有点儿不相称噢。"

"想参详就参详嘛,用不着这么装模作样的!我才不是那种给人低头赔不是的哲学家哩!"

"那好吧,且容我鄙之勿甚高论地先参详参详,回头再让你跟我低头赔不是吧——要我说啊,这古琴的主人呢——"

"唔。"

"我见到了。"

"这你刚才就说过了。"

"是吗?那我也就没别的要说的了。"

"没有了?那敢情好啊。"

"不,这可不成。我还是说了吧。昨天哪,我洗过澡后,正光着膀子在游廊上凉快——你想听,是吧?——漫不经心地四下张望着鸭川①东岸一带的景色，觉得心旷神怡的当儿，不经意地，眼睛一下子落在了下面隔壁的邻居那儿，那女孩正倚着半开半合的纸拉门，在那儿朝庭院里张望着。"

"长得漂亮吧。"

"啊，漂亮！虽比不上藤尾，可比系公长得漂亮。"

"是吗？"

"就光说声'是吗？'，未免也太没有爱人之心了。总该说声'啊呀，可惜了！要让我也瞅上一眼的话，那该有多好！'那才差不多。"

"啊呀，可惜了！要让我也瞅上一眼的话，该有多好！"

"哈哈哈哈，就因为也想让你见识见识，刚才我才喊你上游廊来的，可你——"

"你不是说纸拉门关得很严实吗？"

"可说不定中间也会有打开的时候呢？"

"哈哈哈哈，换了小野，也许就会一直守着，守到纸拉门打开的那一刻。"

"那倒是。要是让小野也来见识见识的话，那就好了。"

"京都这地方，他这样的人待着最适合了。"

"嗯，活脱脱就是小野的气质。你要招呼他，'老兄，快来！'他就在那儿推诿来推诿去，就是不上你这儿来。"

"他好像说过，想趁春假这段时间抓紧用功什么的。"

"春假里，用功得成吗？"

"要那样，什么时候都用功不了。文学家心浮气躁，怎么

---

① 京都一条河流名。

用得了功。"

"这话说得可有点儿不中听,你也不是什么都能沉得下心来的人——"

"不,单单只是个文学家,一天到晚沉醉在云里雾里的,神思恍惚着,又怎么找得到让云雾给罩掩了的事物的本来样子呢?所以啊,心思自然就沉稳不了。"

"沉醉在云里雾里?哲学家成天愁眉苦脸地净想些没用的事情,说不定是沉醉在了盐水里了。"

"就像你自己也见到了的,说是上叡山,却岔到若狭地界上去了,像你这样的,敢情是沉醉在了黄昏下的骤雨里啦!"

"哈哈哈哈,沉醉的方式如此繁多,真是奇妙啊!"

甲野乌黑的脑袋此时终于离开了枕头。一直让那头湿漉漉、乌黑锃亮的头发挤压着的枕头中的空气,便借着弹力重新鼓胀起来,枕头随即在榻榻米上稍稍打起了旋,驼毛围毯便也跟着滑落了下来,半边里子给翻露在了外面,围毯下,浮现出一根简慢地缠在腰间的平纡的窄腰带。

"你别说,还真是沉醉了。"端端正正跪在枕边的宗近,当即予以品评道。对方伸出两截胳膊肘子,支起瘦削的身子,就这么身子让手掌给撑住了,在那儿自己在自己的腰际,环视了一遍:

"还别说,还真跟喝醉了酒似的。你这一本正经端坐着的模样,倒是难得一见哩。"

甲野从单眼皮的细长眼缝间,睨视了宗近一眼。

"我呀,因为神志清醒,这才——"

"你也就是坐姿清醒些罢了。"

"心里也清醒着哩。"

"穿着和式棉袍,一本正经地端坐着,明明都已经醉得不行了,还在那儿自鸣得意说自己挺清醒的,这不是更不正常吗?醉了就该有个醉了的样子嘛。"

"是吗?你要这么说,那我就对不起啦。"宗近马上换了个大大咧咧盘腿而坐的姿势。

"你能放弃愚蠢,这很好,让我钦佩。做了蠢事还要自以为得计,那才够可笑的,你跟他们不是一路的。"

"'从谏如流'这个词,说的就是我这种人啊。"

"醉了都能说出这等话来,看来还不碍事。"

"像你这等光会说大话的人,那又怎么样呢?纵然心里明白自己已醉得神志不清,可哪儿还坐得稳自己的身子,无论随意而坐还是正襟危坐,恐怕都不成了,我说得没错吧?"

"那好啊,那我敢情就这么一直杵在那儿好啦。"甲野神色有些寂寞地笑了笑。原本正说到兴头上的宗近,一下子便肃然动容起来。只要一见到甲野脸上浮现出这样的笑容,宗近便不由得肃然动容起来。异常丰富的表情里,必有某种东西会打动你的肺腑。不是因为脸颊上的肌肉在那儿争相跃动,不是因为头上的毛发全都倒竖了起来,也不是因为冲破了泪腺关隘后,越发增强了涕泪滂沱的效果,虚张声势的表情,就好比壮士闲极无聊,挥剑砍斫地面似的,那是浮浅的举动,是在本乡座① 上演的一出新派大众闹剧。甲野的笑则和这种

---

① 当时位于东京本乡区(今文京区)春木町一丁目的某剧场名,新派话剧,如根据夏目漱石的长篇小说《吾辈乃猫也》和红叶的长篇小说《金色夜叉》改编的同名话剧,便都是在该剧场上演的。

舞台上的笑有着天壤之别。

难以捉摸的情绪波动，经由细如发丝的管道，好不容易从内心深处流溢而出，在世俗人间的白昼，灵光闪现般地留下了它的影子。与大街上川流不息的表情截然不同，待它刚一探头，惊觉了眼前是个世俗的世界时，便会马上折返回深宅幽巷中去。若能抢在它还没来得及折返之前就一把揪住了它，那你就是拔得了头筹，你没能揪住，就一辈子别指望能把甲野给参详透了。

甲野的笑，是那种淡淡的，与其说柔和，不如说是冷冷的笑。它在老实温顺的深处，在瞬息呈现，又瞬息消逝中，清晰地勾描着甲野的平生。也只有甲野的知己朋友，才领悟得到这种瞬息的意义："哦，是这么回事啊！"把甲野放在一个裁截好了、伸展开来的境况里，就算是他的生身父母，也都会迟疑起来："这，是他吗？"就是兄弟姐妹，也都会觉着陌生的。把甲野放在这种裁截好了、伸展开来的境况里来刻画他的性格，那从一开始就注定了只能是一种庸俗小说的写法。都已经到了二十世纪了，他可由不得你逗着性子随意剪裁和伸展的。

春日的旅行从容而悠闲，京都的旅舍则一派静谧，两人闲散无聊着，彼此便不时地拿着对方开涮。这些天来，宗近了解了甲野，甲野也了解了宗近，这便是俗世人生了。

"敢情就一直杵着？"宗近口中这样啜嚅着，手中捻弄起驼毛围毯的织边长穗来，过了一会儿，眼睛看着别处，像是在发问，又像是在自言自语：

"就这么一直杵在那儿？"

就像是在冲着驼毛围毯说话似的，口中翻来覆去地说着"一直杵在那儿"这句话。

"就这么一直杵在那儿，那我也只好老老实实认命。"

甲野这才抬了抬身子，朝对方转过身去：

"要是伯父他还活在世上，也许还没事——"

"说什么呢，老爷子要还活着，说不定反而更麻烦！"

"那倒也是啊——"宗近把"啊"字曳得长长的。

"反正，只要这个家都给了藤尾，也就一了百了啦。"

"这么一来，你日子怎么过？"

"我呀，就这么杵着算了。"

"你还真打算就这么杵着？"

"嗯，反正呢，继承了家业，也是这么杵着，不继承家业，也是这么杵着，根本就无所谓。"

"可是，这不行！你这么做，岂不是要让伯母觉着难堪？"

"我母亲？"

甲野的脸上露出了奇异的表情，在那儿望着宗近。

要说可疑，就连自己都在让自己受骗上当，更何况，自己以外的外人，也都在利害得失的街衢上，戴上了防尘面罩，提防着吃亏上当。厚厚的面罩后面，终难揣测得个究竟，自己亲近的朋友，在那里这样评说着自己的母亲时，他到底是戴了面罩在这么说呢，还是没戴面罩就这么想的呢？就连自己都免不了会觉得，那个让自己受骗上当的魔鬼就藏在自己身上什么地方，但这样的念头，就是在二三知交，或者是父亲一系的亲戚面前，也都不会不谙世事地轻易泄露天机的。宗近这话是在套我吧，他是在打探我心底里对继母的看法吧？真要窥见了我心里是怎么想的，他宗近仍跟原先那样待我，那也就罢了，可他真要是个想套我话的人，等到如其所愿地套出了我的话，保不准到时候会怎么拆我的台哩！宗近说这话，是他为人直率，表里如一，母亲在那儿探探口风的话，让他给当了真了，恐怕是出于这样的反应吧？以他平日里的所作所为推测，多半也就是这么回事。总不至于是受了母亲的指使，要在我这阴暗得就连自己都觉着害怕的内心深渊，扔一把测锤进来探测一下深浅。他还不至于这么卑鄙。不过，这人哪，越是正直，还越是容易让人当枪使。就算清楚什么叫卑鄙，也不愿听任别人摆布的，可还是出于对我的一片好心，错会了母亲的用心，并且在母亲的授意下，将这终将令彼此深感不悦的结果，赶在它终将到来的那一天之前，先在家里给兜底儿抖露了出来。未必就不是这么回事儿。不管怎么说，还是谨言慎语为好。

两人久久未发一语。邻家的古琴依然在那儿弹奏着。

"这古琴，好像是生田流①吧？"甲野没着没落地问道。

"天冷下来了，还是穿上狐皮背心吧。"宗近也没着没落地说道。两个人，一个说东，一个道西，驴唇不对马嘴的。

敞开宽袖棉袍的前胸，从壁橱搁板上取下了款式有些异样的背心，偏着身子正套进一只胳膊的当儿，甲野这样发问道：

"这背心，可是手工缝制的？"

---

① 古琴曲流派之一。发源于京都的生田检校（1655—1715），系吸收了其时流行的带有地方谣曲风味而形成的三味线乐曲的一种演奏风格。明治时代盛行于大阪、京都一带，与盛行于关东一带的山田流相颉颃。

"唔，皮子还是朋友上中国去那会儿捎回来送我的，这面子是系公替我缝制的。"

"这可是真货！做工挺考究的！系小姐到底和藤尾不一般，她手里出来的东西，实实在在的，真不错！"

"不错吧？嗨，她要出嫁了的话，我还真有点儿不好办哩。"

"有人替她说过媒吧？"

"说媒？"宗近瞅了甲野一眼，用一种不屑再往下说的口气，懒懒地说了声，"自然不会没人替她说媒的——"话还没说完，就打住了。

甲野便换了个话题：

"系小姐要嫁了人，伯父他不是也很不方便吗？"

"不方便也只好认了，反正，总归会有那么一天，是要不方便的。不说这个了，那你就不想找个媳妇吗？"

"我吗？可我没法子养活她啊。"

"所以呀，你就该按你母亲吩咐的去继承家业——"

"那可不成！我母亲一吩咐什么的，我就觉着烦。"

"奇怪啊，就因为你老是拖泥带水的，说话没个准儿，连累得藤尾都没法儿出嫁，是不是？"

"不是没法儿出嫁，是她不想出嫁。"

宗近默然无语地，在那儿耸了耸鼻子。

"又要让我们吃海鳗啦。天天吃海鳗的，这肚子里尽是海鳗的细鱼刺儿。京都这地方真是个愚蠢的地方，我看，还是见好就收、打道回府吧？"

"回去也行啊。可就为了海鳗，还是别回去的好。不过，你的嗅觉倒是很灵敏，你嗅到海鳗的腥臊了？"

"你没嗅到？厨房里一天到晚烤个没完的。"

"真要把你这等灵敏的嗅觉告诉我老爷子的话，说不定他也就不会在海外命赴黄泉啦。看样子，我老爷子的嗅觉还是太迟钝了。"

"哈哈哈哈，我说，伯父的遗物，是不是已经送过来了？"

"按理说，是该送过来了。公使馆那个叫佐伯的应该会送来的。不会有什么东西的——也就是几本书吧？"

"那块表呢，会怎么处置？"

"对了对了，你是说伦敦买的那块他自己觉得挺炫耀的表？这表多半会送来的吧？这表，藤尾小时候就当作玩具，她一拿到这表，就再也不肯放手了。表链上系着的那块石榴石，更是让她爱不释手的。"

"推想起来，这可是块颇有些年头的表啦。"

"多半是这么回事吧，还是老爷子第一次出洋去的时候买下的。"

"那就给我留作伯父的纪念吧！"

"我也是这么想的。"

"伯父这回出洋去的时候，是跟我说好了的，说是等他回来，就把它送我，作为我毕业的贺礼。"

"我也都还记着。不过，这个时候它说不定正在藤尾手里被当成玩具玩着哩……"

"藤尾跟那块表就这么难舍难分吗？哈哈哈哈，我可什么都不在乎的，饶是那样，也要把它给要过来。"

甲野默不作声地在宗近的眉宇间久久地注视着。中午的饭桌上，不出宗近所料，果然又端出了海鳗。

四

甲野日记一则：

见色者不见形，见形者不见质。

小野是察看着色相而生存在世的一个人。

甲野日记一则：

生死因缘了无期，色相世界现狂痴。①

小野是栖居在色相世界里的一个人。

小野出身幽暗。甚至还有人说他是个私生子。从身穿简袖和服上学去的那天起，他就没少让小伙伴们欺负过，无论走到哪儿，还少不了会有狗冲着他狂吠不已。父亲早就没了。在外头受尽了别人冷眼的小野，无家可归，万般无奈之下，只得仰承别人照应。

漂荡在幽暗河底的荇藻，自然不会知道白帆行驶的河岸边朗日高照的情景。它忽而摆向这边，又忽而倒向那边，任

---

① 此句实出于夏目漱石作于明治三十三年（1900年）的汉诗《无题》中。明治三十七年（1904年）七月十八日，夏目漱石还曾将此诗通过书简寄赠友人菅虎雄氏。

由波浪的拨弄，只要时相顺从而不忤逆，倒也相安无事。等到习以为常了，便不再对波浪心存芥蒂，也无暇寻思这波浪究竟属于何物，自然更不会去追究这波浪何以要把自己折腾得如此痛苦了。就算追究了，处境也还是好不了。唯有听命于命运的吩咐，"你就生长在这幽暗的地方吧！"于是便生长在了那幽暗的地方；"你就朝夕折腾着吧！"于是就在那儿折腾着——小野便是这河底的荇藻。

在京都，他得到了孤堂先生的照顾。先生让他穿上了碎白花纹布的和服，每年替他支付二十元的学费，还时常教他读书，让他学会了在祇园绕着樱树转悠，让他抬头瞻仰知恩院① 天皇亲笔题写的那块御匾时，心中领悟了这才叫高贵，还让他吃上了足够他分量的饭菜。河底的荇藻，终于离开了泥土，浮出了水面。

东京这地方真够叫人头晕目眩的。一个人只需在明治时代待上区区三天，他的见闻就要比往昔元禄时代的百岁长寿者多出许多。别的地方的人走路，都是脚后跟着地在那儿走，可东京人是踮起了脚尖走路的，他们拼命地赶路，侧着身子赶路，性急的还会一头飞撞过来。在东京，小野腿脚敏捷地四处溜达着。

待腿脚敏捷地四处溜达过一圈后，定睛一看，世界已变了个样了。再怎么揉眼睛，这世界还是变了样儿了。"好生奇怪呀！"你要这么觉得的话，那多半是在世界变得糟糕了的时候。小野不假思索地只顾着赶路。朋友们称道他才华横溢，

---

① 位于京都东山区林下町的一处净土宗寺院名。

教授也对他寄予厚望,在他寄宿的地方,人们都是一口一个"小野先生"地在招呼着他的。小野不假思索地只顾往前赶路。唯有勇往直前,才有望得到天皇陛下御赐的那块银表①。荇藻浮出水面,绽放出洁白的花朵,它对自己的漂浮无根却并无察觉。

这世界是个色相②的世界。只要品尝把玩了这色相,你也就品尝把玩了这世界了。这世界的色相,伴随着自己的出人头地,映在眼里,便越发地流光溢彩起来。像这样活着,光鲜得甚至抢了锦缎的风头,那才算活出了模样,生命才显得尊贵。小野的手巾上,时常散发出天芥菜③的花香。

这世界是个色相的世界。形体不过是色相的残骸。光顾着琢磨残骸,却不解个中滋味和奥妙,就好比有人只会在那儿拘泥着酒器造型的孰方孰圆,却全然不懂得该拿泡沫直冒的美酒怎么办才好似的。就算你把酒具琢磨得再透彻不过,也还是无法把它给喝下肚去,而酒不沾唇,酒味便会都跑光了的。光顾着注重形式的人,就好比抱了里面只盛满了道义的深不可测的酒器,逡巡在大街上似的。

这世界是个色相的世界。它是虚幻的"空华"④,人称"水月镜花"。所谓的"真如实相",不过是不见容于这个世道

---

① 明治三十二年(1899年)至大正七年(1918年)间,日本天皇每年均要出席东京帝国大学卒业典礼,并向优等生颁发镌刻有"恩赐"字样的银表。
② 佛教语,指肉眼所能认知的、由形和色所构成的现实世界。
③ 植物名,原产于秘鲁,明治中叶始引入日本,花卉可供观赏,也可用作香水原料。
④ 空华,佛教语,指由烦恼而构想出来的一种华丽的妄想。

的奇零之徒，一心想要把他们因为不受世人待见而由此萌生的怨恨，都在"黑甜乡里"①给雪除了，这才胡思乱想地给编造出来的。就好比盲人摸鼎，就因为无从见识颜色，他才心心念念着想去究明鼎的形制的。一个缺胳膊断腿的盲人，就连抚摸都是无从指望的事情，那么，一心想着绕过耳目视听去探究事物的本体，也只能是这种缺胳膊断腿的盲人的所作所为了。小野的书桌上有一丛插花。窗外的柳树吹拂着翠绿。小野的鼻尖上架着一副金边眼镜。

绚烂至极归于平淡，此乃自然之秩序。咱们这些人啊，早些年间，都曾让人"宝宝"长"宝宝"短地呵护疼爱过，差不多都长成于七彩的浮世绘中，先是从四条派②的淡彩起步，在云谷流③的水墨画中步入老成，最终呢，便是虚幻无常地跟棺材亲近了起来。只要回想起往事，里边就会有妈妈，有姐姐，有糖果，还有鲤鱼旗。越是回想，场面也就越发的华丽。小野的情形却并非如此。他所走的道，完全是跟这条自然而然的路径倒了个个儿的，他是从幽暗的泥土中挣断了根须，这才漂浮到了这波浪让阳光映照着的明晃晃的河岸边的——就为了出生在河道窟窿深处的缘故，让他足足付出了二十七年的光阴，这才一级级地挨近了这美丽的人间俗世。

---

① 佛家语，意为白日梦中梦见的世界。
② 江户后期盛极一时的日本画流派之一。创始人松村吴春居住于京都四条，故得名。画派风格是将圆山应举的写生和南画的技法融为一体。
③ 日本画流派之一。由安土桃山时代的画家云谷等颜（1547—1618）继承雪舟的衣钵而创立，以障壁山水画驰名。

透过过往岁月的节疤洞眼，去窥视这二十七年的历史，那么越是遥远的地方便越是显得一片黯然。唯有一星半点的嫣红，在那中间隐隐约约地摇曳着。自从来到了东京，就因为对这一星半点的嫣红的依恋，他才不厌其烦地在那儿翻来覆去地回味着这段寒冷的记忆，一次又一次地透过岁月的节疤洞眼去窥视那过往的岁月，并怀着满心的思念，挨过那漫长的白昼和黑夜，有时则是连绵的秋雨。如今——这一星半点的嫣红，都已退离到了遥远的地方，色泽也差不多消褪殆尽。对这透过节疤洞眼去窥视过往岁月的事，小野早已觉得心灰意懒了。

封堵起了过往岁月的节疤洞眼后，小野对现在的境况还是挺心满意足的。要是觉得现在并不如意，这人呢，便会着手去创造未来。小野的现在就像玫瑰，就像玫瑰的蓓蕾，小野没必要去创造什么未来。只要让这含苞欲放的玫瑰尽情绽放开来，自然而然地，那也就成了他的未来了。你若志得意满地从这窥视未来的节疤洞眼中眺望上一眼的话，那么，这玫瑰就已经在那儿绽放着了，就好像只要你伸出手去，就马上能摘到它似的。"赶紧把它给摘了！"耳边有人在这样催促道。小野拿定了主意，他要着手写出他的博士论文来。

是因为论文写成了才当上博士的，还是因为当上了博士才写得出这论文的，这问题得去请教博士才说得清楚，可不管怎么说，这论文是非写不可了。还不能光是普通论文，还得是博士论文才行。学者里头，成色最足的就要数博士了。每次透过那洞眼去窥视未来的当儿，眼前便会燃烧起"博士"两个金色大字，而"博士"的旁边，便会有一块金表从高空中悬挂下来，殷红的石榴石在金表下端摇曳着，化作一团心脏的火焰。漆黑眼眸的藤尾伸出纤细的手臂，正在一旁频频招手。所有这一切，俨然美轮美奂的一幅画。诗人满心向往着能成为这画中的人物。

远古时代有个名叫坦塔拉斯的，书上记载说，此人因作恶多端而受到惩罚，倒足了霉运。他被浸泡在齐肩深的水中，头上尽是都快压坠果树枝头的累累果实，甘美无比。坦塔拉斯觉得口渴，眼看着就要喝到水了，那水却退走了。坦塔拉斯觉得肚子饿，正待张口咬那水果，水果却纷纷逃离开去。坦塔拉斯的嘴挪动一尺，对方也便挪动一尺；凑前去两尺，对方也便后退上两尺，别说再挨近个三尺四尺的了，即便撑到了千里之外，坦塔拉斯依然还是饥肠辘辘，喉咙干渴得直冒青烟，直到如今，似乎还正在那儿撑着水和水果，一路紧追不舍呢——每次透过那洞眼去窥视未来的时候，小野总觉得自己就跟这坦塔拉斯的干儿子似的，不仅如此，藤尾还时不时地不给你好脸色看，紧蹙的长眉，就像是让人给截去了一截儿似的，在那儿严厉地瞪视着你；有时候呢，石榴石又会"啪"的一下燃烧起来，女子的身影便让这火焰裹挟着失去了踪迹；有时候呢，眼看着"博士"二字的色泽渐次褪去，剥落，化为一片黯然；再有的时候呢，这金表又会跟陨石似的，从遥远的天际坠下，砸了个粉碎。这时候，会听到一声清脆的"啪哒"。小野是个诗人，他所勾描的未来，什么样的场景都有。

书桌前，盛开的山茶花覆掩着彩色的玻璃小花瓶，小野托着腮帮，像往常那样，在这花丛的深处，窥视着自己的未来。好几种未来的场景里边,今天看到的,似乎越发显得黯淡。

"女子说:'我想送你这块表——'小野伸出手去:'请给我吧。'女子的手掌'啪'地打了那手一下,说:'抱歉,我已经许诺了别人。''那好吧,表我就不要了,只是您……'小野刚想追问个究竟,女子便马上接口说道:'我吗?我当然是不会离开这块表的。'说罢,便匆匆朝前走开了。"

将自己的未来构想至此,小野不由得对这过于残酷的一幕感到了惊骇,待他稍稍抬起刚才一直托在手里、都已经有几分酸痛了的下巴,打算将未来重新再构想一遍的当儿,纸拉门却"哗啦"被打开了。"您的信。"女佣放下信后,便转身离开了。

看到收信人的位置上是用子昂流[1]书法写着的"小野清三先生"这几个字,小野便猛地两肘一使劲儿,倚在书桌上的身子像蹦了起来那样往后仰去,被他当作窥视未来的洞眼的山茶花,也一时间摇晃了起来,一叶浓艳的嫣红悄无声息地掉在了罗塞提[2]的诗集上。完美的未来,便倏忽间土崩瓦解了。

小野伸出左手,扶住了书桌,偏过脸去,远远打量着手上这封收到后还没来得及启封的信,却迟疑着不想把它给翻转过来。即便没翻转过来,他还是猜出了个大概,正因为猜

---

[1] 指师宗中国元代书画家赵孟頫(字子昂,1254—1322)的书法流派。
[2] 罗塞堤(1828—1882),英国画家、诗人。绘画属于拉斐尔前期派,以《圣经》、神话为题材,赞美浪漫、神秘的感情;诗源于民谣,受但丁很大影响。

出了个大概,他就越发迟疑地不想把它给翻转过来了。一旦翻过来坐实了自己的推测,就是想反悔也都来不及了。不是有过这么个小乌龟的故事吗?只要它一探出脑袋,就老会挨人揍的,既然怎么都是挨揍,还不如干脆把脑袋龟缩在甲壳里,就算挨揍的命运近在咫尺,可该躲的还得躲着,哪怕只能躲个一时片刻的,敢情也好啊。这么说来,眼下的小野就是这么个一心想要躲避着真实判决的学士乌龟而已,哪怕只能躲避一时片刻,那也求之不得。乌龟迟早会探出脑袋来的,眼下的小野呢,也迟早得把信封给翻转过来。

就打量了这么片刻的工夫,小野就已经手痒难熬了。贪享得这片刻的平安过后,小野越发地想把这信封翻转过来,以便让这份平安犹自平安下去。他横了横心,把信封倒扣在了书桌上。信封背面显豁地映出了"井上孤堂"这四个字。写在洁白信封上的这几个笔墨酣畅的粗大草体字,从纸上一跃而起,就跟深深扎进了他眼睛里的一排针尖儿似的,直冲小野的眼睛飞来。

招架不住的小野,只得甘拜下风地从书桌上抽离了双手,只是脸还正对着书桌上的那封信。书桌和双膝隔了道一尺见方的间距,两者间的关联被切断了。从书桌上抽回来的两只手,绵软无力的,看上去就像是要从肩头上掉落下来似的。

这信,到底要不要拆开呢?现在要是有人要他拆开,他便会对他说上一番拆不得的理由,也好乘机让自己心里觉得安妥些。不过,要是无法让人折服的话,那么说到底,也就折服不了自己。装神弄鬼的柔术师,只要从来都不曾在大街上把人给撂倒过,那他也就无从亲自证实他柔术师的身份。

经不起争辩的争辩就跟这经不起打斗的柔术一样。小野很想能让京都那边的朋友上这儿来玩一下。

楼上那书生又开始拉起了小提琴。这些天，小野也正琢磨着想去学学小提琴的，可今天却压根儿提不起这兴致来。这书生真够悠闲自在的，小野心里好生羡慕。山茶花的花瓣，又凋落了一片。

拿起玻璃花瓶，打开格扇门，来到了游廊下。先是把花丢弃在了庭院里，接着又把瓶里的水也一块儿给倒了，插花瓶还在手里攥着，其实呢，他正寻思着将这插花瓶也一并顺手丢弃了事。他就这样手里攥着花瓶，在游廊下伫立着。庭院里有桧柏，有院墙，对面便是一幢二层楼的建筑。晾在干爽的庭院里的那把雨伞，粗环形花纹的黑色边缘粘了两瓣落花。还有林林总总的别的。这所有的一切，都显得毫无意义，呆滞，死板，就跟机器似的。

小野拖曳着两只沉重的脚重新走进了屋子里。他没有落座，就在书桌前那么伫立着。过往岁月的节疤洞眼刷地一下翕张了开来，那段往日的历史，不绝如缕地，遥遥地出现在了他的眼前。幽暗中"啪"地燃起了一星火苗，摇曳着移近过来。小野刚在匆忙中弯腰伸出了手去，那信就被拆开了。

拜启：值此柳暗花明之好时节，奉书谨贺贵体愈益壮健。鄙人顽强如恒，小夜亦健康平安，可勿挂念。去年年末曾向您表示了准备移居东京之意，其后因琐事缠身，迟迟未能成行，延至今日，诸事既已皆作妥善处理，故理当不再犹豫，将于近日启程，特此奉告。自二十年前离开东京之后，除了有过两次造访及五六天的逗留，对故乡早已音问疏隔。因人地生疏，抵达后，想必会有诸多麻烦事宜前去相扰。

居住经年之住宅，有邻居茑屋氏商请予以转让，虽尚另有他人前来商请者，但最终还是给了邻居。行李之外的占地方的物件，也都已在当地一一出售，但愿搬家时尽可能简便轻易。唯小夜所持之古琴一把，应本人要求，准备一并携至东京。此一对故物难弃难舍之女性心情，当堪乞望谅察为盼。

正如您所知道的那样，小夜是五年前才被唤来此地的，她是在东京上的学，故而对此次的搬家便格外的心切。有关她本人的前程，她也已大致应允，此处不赘。其他诸事，望见面后再作商议。

时值博览会①之际，东京想必极为杂沓。启程时本想尽可能地选乘夜行快车，然则快车乘客多非我辈平头百姓，故打算乘坐途中会歇上一两个晚上的慢车上京。日期和时间，容当确定后再陆续告知。

容先草此，匆匆不一。

读完来信，小野依然在书桌前伫立着。展开后尚未折叠回去的信函，便随同耷拉着的右手悬垂在了那儿，写有"清三先生"至"孤堂"字样的信纸，在桌面上铺垫着的浅蓝薄

---

① 指明治四十年（1907年）3月21日至7月31日在上野公园所举办的东京劝业博览会。

呢绒上，跟起伏的波浪似的折叠了两三下。顺着自己的手，途经那半截信函，一直到书桌上的绒垫被信纸给映白了的那一块，小野都挨个儿俯视了一遍。待俯视的眼睛逐一扫视到了尽头，他不得不扭转过眼睛，将视线投向罗塞提的诗集，眺望起散落在诗集封面上的那两瓣嫣红来。让这嫣红诱导着，正待朝那本该搁在右边角落上的彩色玻璃花瓶望去。可插花瓶不知了去向，已不在那儿，前天插在里边的山茶花也已失去了踪影。他失去了窥探美好未来的洞眼。

小野在书桌前坐了下来。慵倦地收卷起恩人的信，信散发出一股怪味，一种年长日久的霉陈味儿。那是过往岁月的味儿。拽住这行将遗忘殆尽、在那儿踌躇徘徊着的味儿的发梢，眼看着就要被拽断了的一丝细弱的缘分，将今天和往昔又一下子给扭合了起来，是这样的一股味儿。

若是倒溯着寻思起来，一直寻思到这半辈子过往历史那漫长的令人孤独和沮丧的尽头处，那么，越是寻思，这心情也会越发地变得暗淡。长成如今这爆出了枝芽的树干，你用锋利的刀锥，从末端去砍断那些叶脉不畅的枯枝，这对树干来说是件值得庆幸的事，可人的记忆的命脉，你若用尖刀去砍断它，那就不仅没那个必要，而且还是很残忍的。神祇雅奴斯[①]长着两张脸，他既能看见身前的东西，也能看见身后的东西。幸运的小野只长着一张脸。当他从过往岁月那儿背转过身子来时，映入眼里的便唯有一派温熙的前程，可一旦转过头去，凛厉的北风依然在那儿呼啸着。好不容易刚从这

[①] 古罗马神话中的门神。

寒冷的地方摆脱出来没几天，想不到又得让这严寒，从那寒冷的地方给追撵了上来。过往岁月要是都能淡忘了的话，那该有多好。让自己裹挟在温煦而又光彩照人的未来之中，哪怕只和过往岁月隔开一步的间距，那该有多好。依然活着的过往岁月，被静静地镶嵌在了一片死寂的过往岁月中，虽然也在那儿担忧着它会不会活动起来，可还是一味地在口中嗫嚅着，也许没事儿吧？一天天地从它那儿撤离开去，又一天天地回头顾念着身后这连绵不尽的全景画面，还好，他所担忧着的过往岁月并没有出现丝毫的动静，这让他总算松了口气。可是，且将对过往岁月的担忧收起在一边，朝那窥视过去的洞眼里瞅上一眼的话——居然有东西在活动。就在自己不时舍弃着过往岁月的当儿，那过往岁月却在那儿朝自己挨近了过来，一步步地逼近了过来，越过那死寂、枯萎了的前后与左右，就如同暗夜照明的灯笼的灯光，在那儿摇曳着，蠕动着挨近过来。小野在屋子里打起了转来。

大自然是不会把自己给耗尽的。物极必反。大自然的敌人乃是一成不变。小野在屋子中间打起了转来，还没来得及转到半圈，女佣的脑袋便从纸拉门那儿探了进来。

"来客人了。"女佣笑吟吟地通报道。干吗总是这样笑吟吟的呢？小野觉得好生蹊跷。说声"早上好!"是笑吟吟的，道声"您回来啦!"也是笑吟吟的，招呼"吃饭啦!"还是笑吟吟的。逢人便好没来由地跟人赔着笑脸的，那准是有事想求你。这女佣确实是在向小野索求着某种报酬。

小野装作心不在焉的，只是看了她那么一眼。女佣觉得很失望。

"要请客人进来吗？"

小野嗯嗯啊啊着，没给出一个明确的答复，这又让女佣觉着失望。女佣动辄笑吟吟的，那是因为她觉得小野和蔼可亲。不和蔼可亲的来客，在她眼里简直就是一文不值。小野也心知肚明着女佣的这番心思。时至今日，他之所以一直能维系住自己在女佣那儿的人缘，便是基于他对女佣心思的心知肚明。小野就是这么个人，他连女佣对自己的这份好感，都不愿意随随便便任它失去了。

古时哲人尝言：同一空间，将无法为二物所同时占有。和蔼可亲与忐忑不安同时栖宿在小野的脑髓里的事实，与古昔哲人创立的学说正相悖反。和蔼作后退状，不安便乘虚而入。女佣便撞见了这尴尬的场面。认为和蔼只是在那儿惺惺作态罢了，不安才是真人露出真相的，那不过是冒牌哲学家的识见。和蔼随房东登堂入室，经由说合和解，最终将房子的租赁权让渡给了不安。可纵然如此，小野还是让这女佣撞见了自己尴尬的一面。

"可以让客人进来吗？"

"嗯，那倒也是啊。"

"跟他说，您不在家？"

"是谁？"

"浅井先生。"

"是浅井？"

"说不在家？"

"那倒是啊。"

"您是要我说您不在家？"

"怎么说才好呢？"

"随你怎么说吧。"

"那就见上一面吧。"

"那好，我去让他进来吧。"

"哎，等一下！哎！"

"您有什么吩咐？"

"啊，就这样。行啦行啦。"

什么时候想见朋友，什么时候又不想见朋友，要是心里拿捏得准的话，倒也就不会觉得有什么为难的了。你要不想见，那就用"不在家"搪塞一下，也就一了百了。只要不伤害到对方的感情，小野还是不怯于用"不在家"来作搪塞的。只是令他尴尬的是，又想见又不想见，脚刚迈了出去，却又马上收了回来，遇到这种时候，就连女佣都会瞧扁了自己。

走在大街上，跟人迎面相遇时，双方稍作躲让，便交肩而过，又各奔东西了。可有时候也会一块儿躲让到了右边，或者是一块儿躲让到了左边的，为了不撞在一起，这边便收回脚来准备往相反的方向让去，而此时的对方也正准备躲让到对面去，都想换个方向躲让，结果却又撞到了一起，不由得暗暗叫了声"糟糕"。刚想重新调整脚步时，对方又在同一个时间作出了同样的调整，两边都在迟疑着该往哪儿躲，结果脚下就跟挂钟的钟摆儿似的，举棋不定地在两边犹豫着，直闹到双方都恨不得拉下脸来，冲对方爆上句粗口："你这讨厌的混蛋！"

向来颇有人缘的小野，也都差不多要让女佣拉下脸，爆上句"你这讨厌的混蛋"的粗口来。

浅井走了进来。浅井是小野在京都时就已结识了的老朋友。棕褐色的帽子本就有些要分崩离析的样子，让他攥在右手的手心里，看上去都快要攥碎了。帽子刚被抛在了榻榻米上，人便大大咧咧地盘腿坐下，一边嚷道：

"天气真好！"

小野早已把天气给忘在了脑后。

"天气是不错！"

"博览会去了吗？"

"哎呀，还没去呢。"

"去看看吧，挺有趣的！我昨天刚去，还吃到冰淇淋来着。"

"冰淇淋？是吗？准是因为昨天天气热的缘故。"

"接下来想去吃一顿俄式大菜。怎么样？一起去吧？"

"今天？"

"唔，今天也行啊！"

"今天啊，我还有点儿……"

"又去不了了？用功得太厉害了是会累出病来的。你这是想早日当上博士，好娶个漂亮的媳妇吧？好你个重色轻友的家伙！"

"说什么呢，哪来这样的事。根本就用功不了的，正烦心着哩。"

"敢情是得了神经衰弱了吧？脸色也那么难看。"

"是吗？难怪心里挺堵的。"

"我没说错吧？这一下又得让井上家的小姐给牵肠挂肚的

啦。赶紧吃顿俄式大菜去，想要身体好起来的话——"

"怎么呢？"

"'怎么呢？'井上家小姐不是要上东京来吗？"

"是吗？"

"什么是吗不是吗的，这消息肯定早就告诉了你的。"

"他们告诉你了？"

"嗯，告诉我了。没告诉你吗？"

"哎呀，告诉是告诉了。"

"什么时候告诉你的？"

"也就是前两天。"

"都快办婚礼了吧？"

"说什么呢？怎么可能啊？"

"你没那打算？那又是为什么？"

"为什么？这里边有许多意想不到的情况。"

"什么情况——"

"行了，等有了空，再慢慢跟你说吧。井上先生大力栽培过我，只要能办得到，我什么事都愿意替井上先生去办的，可结婚这事儿，不是想着就能一下子办得了的。"

"可你们不是都有过承诺的吗？"

"这事儿呢，本来一直想找个机会跟你说道说道的，可——其实我是觉得先生他可怜，这才——"

"那，可不是？"

"哎呀，我想等先生来东京后，再慢慢跟他谈这事儿。像这样，只是由着对方一厢情愿地拿主意，我也为难——"

"怎么个一厢情愿在拿主意呢？"

"看那信上说的,似乎都已拿定主意了的样子。"
"那先生他也太老古板了。"
"自己拿定了的主意,就容不得再有改动,很固执。"
"这段日子,估计他过得也挺窘迫的吧?"
"怎么说呢?也还没窘迫到这个份上。"
"对了,现在几点了?替我看一下表。"
"两点十六分。"
"两点十六分?——这就是恩赐的那块表?"
"啊。"
"都让你赶上了这么好的事。我要是也能有这么块表就好啦。有了这玩意儿,在世人心目中,分量也就完全不同啦。"
"哪有这样的事。"
"啊呀,当然有啦。再怎么说,那也都是天皇陛下给打了保票的,自然货真价实。"
"待会儿你打算上哪儿去?"
"哦,天气不错,想四处走动走动。怎么样?一块儿出去走走?"
"我还有点儿别的事——可是,和你一块儿出门吧。"
在门口,和浅井道过别后,小野便朝甲野家走去。

五

进得山门一径走去，两旁古老的翠绿，便骤然间朝肩头袭了过来。形状各异的天然石头，规整地排列出近两米的宽度，落在这平坦如砥的石径上的错落的脚步声，只有甲野和宗近他俩的。

顺着细长笔直、遥无尽头的石径，极目眺望，遥远的尽头处，抬头便是一座寺院。墨绿色的厚重屋脊板，一左一右地朝里翻转着，两道巨大的屋翼，就这么惊心动魄地辐辏在了同一根屋脊上，屋脊的上边，骑跨着一道舒张着小屋翼的小屋脊，也不清楚到底是用来通风，还是用来采光的。甲野和宗近不约而同地抬起头来，从这让人觉得最饶有趣味的侧面，端详起这座精舍来。

"美轮美奂！"甲野停下了他的手杖。

"那正殿虽说是木结构，可不像是轻易就毁坏得了的东西。"

"反正，似乎一切都修建得恰到好处，你说是吧？跟亚里士多德①讲的FORM，说不定正相符合哩。"

"那也太玄乎其玄了。他亚里士多德爱怎么说就怎么说好

---

① 亚里士多德（公元前384—前322），古希腊大哲学家、科学家和教育家之一。柏拉图的学生，亚历山大的老师。

了，我无所谓，只是这一带的寺院，总觉得什么地方有些奇妙，好生奇怪啊。"

"这跟那种用旧船板来垒墙①啦，挂御神灯②什么的，趣味完全不同！这可是梦窗国师③一手建造的寺院。"

"抬头望着那座正殿，不知不觉这心情便会变得有点儿奇异起来，敢情，都成了梦窗国师啦。哈哈哈哈。说起这梦窗国师，那我倒还说得上话。"

"就因为可以设身处地体验上一回梦窗国师和大灯国师的心境，上这样的地方来逍遥一番才不算枉费时间和精力。仅仅来观光一下，那又能体验到什么呢？"

"梦窗国师要是也成为一道屋脊，一直活到明治时代的话，那该有多好啊。这可要比廉价的铜像不知道强上多少倍哩。"

"就是嘛，那可是一目了然的事。"

"怎么？"

"什么'怎么'？你瞧这寺院里的景色，没一处是歪歪唧唧的，到处都是堂堂正正的。"

"就跟我的为人完全一模一样似的。难怪一走进这座寺院，我的心情就好像变舒畅了，是不是？"

"哈哈哈哈，也许吧。"

---

① 一种江户下町风习。
② 手艺人、艺人有在檐前张挂写有"御神灯"字样灯笼的风习，用以消灾避祸。
③ 梦窗疎石（1275—1351），日本镰仓末期、南北朝时期的临济宗高僧。

"要这么说，那梦窗国师挺像我的，而不是我挺像梦窗国师的。"

"随你怎么说都行啊。好啦，歇上一会儿吧。"甲野说着，坐在了莲池上架着的石桥的栏杆上。栏杆的半腰处是一棵粗大的枝叶叠为三重的三阶松，甲野透过那三寸来厚的枝叶，对着脚下的池水。石头上斑驳的青苔爆出一层浅绿，深深地渗透进那杂糅着灰色的紫色质地里，桥下干枯荷莲的黄色梗茎，轻松自如地从去年的寒霜中探出身子，挺立在了阳春三月里。

宗近掏出火柴，又掏出烟，"刺啦"一声，将燃剩下的火柴梗扔进了池水。

"梦窗国师可不会这么恶作剧的。"甲野小心翼翼地将手杖头抵在了他的下颌下。

"这么说来他还比不上我。他倒是应该跟宗近国师学学。"

"你呀，与其去当国师，还不如去当骑着马四处抢劫的土匪更强些。"

"让外交官去做打家劫舍的马贼勾当，这可有点儿荒唐，那好吧，敢情我就打定主意，堂堂正正地到北京去做外交官得了。"

"就是那种精通东亚事务的外交官？"

"就是精通驾驭东亚策略的那种！哈哈哈哈。像我这样的，最终是不合适上西洋去的，这可如何是好？等学完后，还不知道能不能有你父亲的那番作为哩。"

"跟我老爷子似的，把老命都给搭在了外国的，这还了得。"

"说什么呢,反正我把后事都交托给你了,有什么可在乎的?"

"这一下,可够我麻烦的了。"

"又不是光去送死的,我这可是在为国家捐躯,就要你替我料理下后事,莫非还不答应?"

"我呀,连自己的事情都照应不了。"

"你就是太任性!你脑子里替没替日本想过?"

这之前的谈话虽也不乏严肃的一面,可这严肃又是笼罩在一层逗趣玩闹的云雾里的。此时,逗趣玩闹的云雾终于消散了开去,严肃的一面从云雾下浮现了出来。

"你思考过日本的命运吗?"甲野在手杖的端头上用了把劲,原本倚在手杖上的身体稍稍朝后挪移了开去。

"命运,那可是神祇考虑的东西。这人嘛,只要起到了像个人的作用,那也就行啦。你瞧瞧日俄战争!"

"有时候觉得,只要把感冒给治好了,那人也就都能长命百岁的了。"

"你是说日本会短命?"宗近逼近过来问道。

"那不是日本和俄罗斯在打仗,是种族和种族在打仗!"

"这还用说。"

"你看看美国!看看印度!看看非洲!"

"照你的逻辑,就因为伯父他死在了海外,我也就得死在海外了?"

"事实胜于雄辩。谁都免不了终有一死,你说是不是?"

"死和被杀,是一回事吗?"

"人差不多都是在不知不觉中被杀的。"

嫌弃着一切的甲野，用手杖的端头，在那儿"笃笃笃"地敲打着石桥，就像是打了个寒战似的收耸起肩膀。宗近也一下子站起了身子。

"你看那边！看那座正殿！那不是峨山和尚独自托钵化缘重建的那座正殿吗？他圆寂的那年好像都还没活到五十吧？一个人要是横不下心来去做事的话，就连把横在桌子上的筷子给竖起来都办不成。"

"你看那边，那可比正殿还要——"甲野依然落坐在栏杆上，指着相反的方向说道。

世界被切成了圆片，山门的门扉朝两边飒然洞开——红红绿绿的女人，还有孩子，正从这山门中间穿行而过。京都人倾心于嵯峨的春色，他们正缤纷络绎地赶往岚山赏春。

"你是说那个啊！"甲野回应道。两人重又走进了色相的世界。

天龙寺的门口，左拐是释迦堂，右拐则是渡月桥。京都就连地名都很美。他俩顾盼着两旁商店里琳琅满目地摆放着的标有铭牌的特产，携着出游已七日有余的一身行装，朝车站①的方向走去。迎面相遇的都是从京都赶来的人群。每隔半个小时，二条那边便会开来一列打着"切莫错失了花期！"广告语的火车，将此刻刚刚抵达的这群红男绿女，悉数载送到岚山的樱花前卸下。

"真美啊！"宗近早已把天下大事给淡忘在了脑后。也只有京都才会有装扮得如此华丽的女子。就是天下大事，也会

---

① 指山阴本线（嵯峨线）的嵯峨车站。

在京都女子的美艳面前黯然失色的。

"京都人朝夕都在跳着京都舞俑，日子过得自在啊！"

"所以说，再适合小野不过了。"

"不过，京都舞俑的确不错。"

"是不错啊，看上去挺活泼快乐的。"

"不，这京都舞俑，一眼望去，似乎少了份异性的感觉。女子都要装扮成这般艳丽的话，那她们的天然本色也就都让妆饰给弄没了。"

"那倒也是啊，理想中京都舞俑的极致，便要算京都土木偶人了。土木偶人就因为不是活物，倒也不招人嫌厌。"

"总是淡妆轻抹地在那儿四处活动着的那种人，天然本色的成分是最多的，所以也就不太平。"

"哈哈哈哈，这种人，恐怕只要是个哲学家，都会觉得没安全感的吧？不过，京都舞俑对外交官说来并没有什么危险。我对你的看法赞同之至。咱们携手来这平安快乐的地方游玩，啊呀，真是有幸啦！"

"人的成分里边，自然当以'第一义'[①]的活动为佳，可在通常情况下，却总是'第十义'这样的东西在莫名其妙地活动，难怪要令人觉得嫌厌的了。"

---

① 源于佛教语，原指彻底圆满的真理。《胜鬘宝窟》卷上之末："理极莫过，名为第一；深有所以，目此为义。"《楞伽经》卷二："第一义者，圣智自觉所得，非言说妄想觉境界。"隋·慧远《大乘义章》卷一："第一义者，亦名真谛，第一是其显圣之目，所以名义。"唐诗中屡见此词，如李颀《题神力师院》诗："每闻第一义，心净琉璃光。"后多用"第一义"指某家某派最高最深之理义。

"那咱俩彼此属于第几义呢?"

"要说咱俩嘛,跟别人比要算是出类拔萃的,当不会低于'第二义''第三义'。"

"就咱俩这样的?"

"我跟你说话虽然老没正经的,可里边还是有些有意思的东西的。"

"多谢啦。可要说这'第一义'的,那到底又是什么样的活动呢?"

"'第一义'吗?这'第一义'呢,不见流血它是不会现身的。"

"那才叫危险哩!"

"荒唐无聊的想法,待人用血清洗过后,这'第一义'便会跃然而出。人哪,就是这么个轻薄的东西。"

"那是用自己的血呢,还是用别人的血?"

甲野没有作答,只是扭头打量起商店里摆着的抹茶茶杯来。这茶杯当真是抟土手造之物?足足摆满了三层货架的,一时间都让他犯起了迷糊来。

"像你这种老是恍然走神的家伙,就是用再多的血来洗涤,恐怕也都无济于事。"宗近仍在那儿纠缠不休着。

"这——"甲野拿起一只茶杯在那儿端详着,宗近却连招呼都不事先打一个,就猛地用力扯了下他的衣袖,茶杯在地上砸了个粉碎。

"啊呀!"甲野望着地上的碎片。

"嘿,砸坏了?这种东西,砸坏了也没什么大不了的。你快来瞧,快!"

甲野跨出店家："怎么了？"他朝天龙寺那边回过头去，只见那边尽是京都土木偶人的背影，一个紧挨着一个，在那儿络绎不绝地行走着。

"怎么了？"甲野又问了一声。

"都已走过去啦。好可惜啊。"

"谁走过去了？"

"还不是那个女子。"

"哪个女子？"

"就是旅舍隔壁的那个。"

"隔壁的？"

"就是弹古琴的那个，你很想见上一面的那个女孩。我也挺想让你见上一面的，可就因为你摆弄那不值钱的茶杯——"

"那倒是可惜了。在哪儿啊？"

"'在哪儿'？还找得到她的人影？"

"这女子，可惜了。可那茶杯，我也挺不忍心的。这都怪你。"

"要怪我的事多着哩。那种茶杯，等你收拾了的话，那就赶不上啦。这种碍手碍脚的货，旧的不去，新的还不来呢。这世界上，最让人看着不顺眼的，就要数这爱好茶道的风雅人的茶具了，尽是些古怪别扭的货。真恨不得把天下的茶具全都给收集了来，统统砸了了事。你要愿意，我看倒不如顺便再去砸上它一两个的。"

"哼，一个怕也要好几分钱哩！"

他俩偿付过茶杯的钱，便来到了车站。

京都的火车将兴冲冲的人群送来赏花后，重又从嵯峨折返回二条。不折返的火车,就得穿山越岭,驶往丹波①那边去。两人买了前往丹波的车票,在龟冈车站下的车。保津川的坐船游急湍,照例便是从这一站开始顺流而下的。顺流而下的河水,眼下流淌得倒还和缓,望去碧油油的,别有一番情致。河岸开阔,长满了乡间孩子都会去采摘的问荆草。船夫把船拢靠在岸边,在那儿等候客人上船。

"好奇妙啊,这船!"宗近说道。船底是一块平整如砥的木板,船舷离水面不到一尺。烟灰盆被撂翻在了红毯子上,两人容腿脚有了便于舒展的余地后,这才落座。

"可以朝左边坐过来些,别担心,没事的,波浪打不到您的。"船夫这么关照道。船家共有四人,最靠船头的那个手握一支三四米长的竹篙,接下两个在船舷右侧划桨,站在船舷左侧的一个,手里也握着一样长短的竹篙。

船桨发出嘎吱嘎吱的声响。刨削得很粗糙的槲树船桨的脖颈上箍了圈很粗的藤蔓,余下的一尺来长的圆把手,让两只用劲的手给攥在了手心里。紧攥着的手,骨节隆起,黧黑黧黑的,松树枝杈般爆出的青筋,俨然在为划船运足全身的力气。让藤蔓给摁住了颈项的船桨,每划动上一下就会弯折得很厉害,但又始终挺直着它那倔强的颈项,就这样,和藤蔓厮磨着,和船舷厮磨着,每划出一桨,都会发出嘎吱嘎吱的声响。

河岸拍打起两三道波浪,将呜咽无声的河水马不停蹄地一程程朝前送去。一波又一波的河流,缄默无语地往前赶着

---

① 日本古代山阴道八国之一,现部分属京都府,部分属兵库县。

它们的路。头顶的上方，那耸立着的山峦，俨然成了春日里环围着山城的一道屏风。受到围堵的河流，无奈之下，只得流进了群山之间。正在那儿纳闷着，刚才还让帽子给挡着的太阳，怎么一转眼就没了踪影了呢？这当儿，船儿却早已驶进了山峡之中。从这儿往下，便是保津川的激湍险滩了。

"就要来啦！"透过船夫的身子，隔着二十来米的距离，宗近朝那逼仄的山岩间张望着。水声轰轰喧嚣了起来。

"果不其然！"就在甲野的脑袋探出船舷去的当儿，船已经溜进了激湍险滩之中。只听得船舷右侧的两个船夫"哎呀"了一声，那劈风斩浪的手便一下子迟缓了下来。船桨贴在舷帮上顺流漂荡了起来。站在船头的那位则将竹篙横在了手里。船倾斜着，流矢般地朝下游冲去，蹲坐在舱底的屁股下传出了"踢踢踏踏"的声响，就跟急促的碎步似的，两人正担心着这船儿会不会分崩离析了的当儿，它却已经从湍流险滩中穿行了出来。

"你看那儿！"往宗近指点的身后看去，只见足足有百来米长的一道白色泡沫，倒栽下来，彼此啮咬在了一起，幻化为千万颗珍珠，在那儿争先恐后地争抢着照进山谷间的熹微阳光。

"好壮观啊！"宗近觉得特别的过瘾。

"和梦窗国师相比，哪个强些？"

"和梦窗国师相比，好像还是这儿更了不起些。"

船夫极为淡然。在这搂抱着松树、摇摇欲坠却又终未坠落的山岩前，不辞劳苦地掉棹而来，又操棹而去。穿越的急湍险滩千折百回，每折过一道弯，便又会有一道新的山崖跃然出现在了眼前。也闹不清到底是一道石头山崖，还是松林山崖，抑或是杂木林山崖，根本容不得行旅中的客人有细加指点的闲暇，迅疾的激流便早已驱赶着船儿再次跃入了奔腾的急湍之中。

一块巨大的圆形岩石。躲开了青苔层层叠叠的侵扰，任凭急湍击打着裸露的深紫色身躯，溅出一片飞沫，下半截沐浴在料峭的春寒里，守在那俨然翠绿分崩离析的湍流之中，就仿佛是在那儿喝道：且放船儿过来！船儿认准了这块巨岩，迫不及待地一头撞去，对前方翻卷着漩涡的湍流，将被岩石撞个粉碎，则浑然无所察知。削凿成斜坡后深深下陷的河底到底会有多幽深？对船上的行客来说，眼下波浪的行踪，远远要比这个问题更难揣摩。船是在石岩上撞个粉碎呢？还是让湍流翻卷着，轰然沉没在那深不见底的彼方呢？——船儿只是一个劲儿地朝前驶去。

"要撞上啦！"就在宗近猫腰站起的那一刻，紫色巨岩早已撞了过来，压在了船夫黧黑的脑袋上。只听得船夫"嗨！"的一声在船头使了把劲，船儿便趁着眼看着就要被撞得粉碎的那股势头，一头扎进了在那儿吞吐着波涛的巨岩的庞大肚子里。待船夫将横卧的竹篙重新竖直，两手高高扬起在肩膀上时，船儿便也跟着骨碌碌打了个旋。只听得一声怒骂："这畜生！"竹篙头便撑开了那巨岩，紧挨着不足一尺间隔的岩石的边襟，船儿倾斜着滑了过去，跌落在了巨岩的前方。

"说什么都要比梦窗国师那边来得精彩哩！"

宗近一边坐了下来，一边这么说道。

刚从湍流险滩中冲了出来，迎面便遇见一条空船溯流而来，既不用竹篙，船桨自然也被闲搁在了一边，船夫收起了死命抵住和攥紧岩石棱角的拳头，细长的纤绳，从肩头斜斜地绷在了藏青棉衣外，正顺着长长的河谷，使劲儿牵曳着那条返程的船儿，一步步挨近了过来。岸边除了河流，再难找出一块立脚之地，船夫或是纵身跳上石头，或是贴着岩崖在那儿攀爬着，腰背死命地向前佝偻着，以至脚下的草鞋也都深深地陷了进去。垂着的双手、指头都浸在了受到阻挡的湍流所翻卷起的湍急旋涡里。也说不清到底经过了多少个世纪"嗨哟嗨哟"的死命踩踏，山岩自然而然地被砥砺出了一道道的石阶，有了好让拉纤的船夫在上面踩踏得安稳些的脚窝。先前的长长竹篙在一处处山岩上飞渡而过，据说，正是为了不耽误这种拉纤的船儿能够一无阻挡、一鼓作气地迅疾行驶。

"水势稍稍平缓些了。"甲野放眼望向左右两岸。找不到一处可以攀援的山岩的悬崖峭壁上，遥遥地传来了砍柴刀的声响。有个黑幢幢的影子在空中高高地活动着。

"就像只猴子似的。"宗近喉结高突，在那儿抬头望着山峰。

"那上边都熟谙了的话，干什么还不都是手到擒来的。"甲野手罩着眼，也在那儿张望着。

"像这样劳碌上一天的，也该能挣上几个钱的吧？"

"也能挣上几个吧。"

"咱们从船上跟他打听一下，怎么样？"

"这河流太湍急了，哪有你打听的余裕。这船光顾着一个劲儿地疾驶着，亏得还有这么段平缓些的河面，要不还真受不了。"

"我倒嫌这船还没坐够。刚才那会儿,这船一头撞向山岩的肚腹,在那儿打着旋的当儿,还真是让人觉着痛快淋漓!当时我真想跟船夫借过那船桨来,亲自让船儿再打几个旋儿的。"

"真要让你给打起了旋儿来的话,那这会儿咱俩可早就升天成佛啦。"

"胡说什么呀,那才叫痛快淋漓!跟赏玩京都偶人相比,不是要痛快许多?"

"那是因为自然的所作所为,始终是'第一义'的活动。"

"所以说,自然乃人之范本。"

"说什么呢,人才是自然之范本哩!"

"你要这么说,那你跟京都偶人仍是一路的。"

"京都偶人好啊,近乎自然,某种意义上说,是属于'第一义'的。可让人心烦的是……"

"又哪儿让你心烦了?"

"还不是有好多叫人心烦的?"甲野凑过身去这样说道。

"真要觉得心烦,那也没办法。也只配你没有范本了。"

"过激湍险滩那会儿你大呼痛快淋漓的,敢情就是因为有范本在啊!"

"你这是在说我吗?"

"就是啊!"

"要这么说,那我岂不成了'第一义'人物了?"

"过激湍险滩那会儿,是'第一义'。"

"莫非过了险滩,就又成了凡夫俗子了?嘿,我说——"

"还在自然摹写迻译人之前,人就已经在那儿摹写迻译自然了,所以这范本呢,本来就存在于人的自身。过激湍险滩时你觉得壮观和痛快,便是藏身在你心胸间的那份壮观和痛快的感觉,'第一义'地活动了起来,然后附体到了自然那儿的结果!这便是'第一义'的摹写迻译,'第一义'的解释了。"

"所谓的'肝胆相照',便是因为彼此都是在'第一义'水准上活动吧?"

"差不多就是这么个意思。"

"那你,有过'肝胆相照'的时候吗?"

甲野默然无语地凝视着船底。古代的老子曾经说过:"知者不言,言者不知。"

"哈哈哈哈,敢情,我跟保津川是'肝胆相照'了一场!痛快!痛快!"宗近一而再、再而三地击掌嚷嚷道。

河流从错杂隆起的岩石边上流淌而过,俨然让岩石一把搂住后又撕裂了开来似的,那半碧绿半透明的光琳漆器①般的波浪,勾描出酷似新爆芽的幼蕨一般的曲线,缓缓地越过了嶙峋的岩石。河流终于渐渐临近京都了。

"等绕过那道鼻梁,就到了岚山咯!"船夫将长长的竹篙插进了船舷,这样说道。在嘎吱作响的桨橹的推送下,就像打着滑似的,船儿从深渊之中挣脱了出来,两边的岩石自然而然地让出了一条道来,船儿便在大悲阁②下靠拢了岸。

两人从松树、樱花和成群结队的京都偶人中间攀缘而上。瞅准空隙,从连衽成帷、举袂成幕的衣袖下钻了过去,直到

---

① 尾形光琳创始的一种螺钿漆工艺。
② 位于京都岚山半山腰处千光寺内的一座观音堂。

穿过松林、踏上渡月桥的当儿，宗近的手里还依然攥曳着甲野的衣袖。

背倚着两个人才合抱得起来那棵粗大的赤松，以大堰的波浪烘托出花影的亮丽，开在桥堍边的那家挂着苇帘的茶屋里，安闲地歇息着一位梳着高岛田①发髻的女子。瓜子脸，头上古色古香的发髻，暂时尚为当今之世所优容，俨然一朵不堪临风的花卉，正低首垂眉地避过人群，在那儿独自端详着当地特产的团子。一身浅淡的缎子料外褂，一旦端庄地并拢起两膝，便无从看得清那掩在外褂下的交相重叠的内衣的色泽。只是衣领那儿，露出了不知什么纹样的一道半领，显得格外的醒目，一下子便吸引住了甲野的眼睛。

"就是她！"

"是她？"

"就是那个弹古琴的女子！黑外褂的那个，一准就是她的老父亲。"

"是吗？"

"她可不是京都偶人，她是东京人。"

"为什么这么说？"

"是旅舍里的女佣这么说的。"

三五成群的几个鲁莽汉子，装出让酒葫芦给灌醉了的模样，放肆地大声哄笑着，舞动着胳膊从身后推攘了上来。甲野和宗近侧过身子，让这伙不可一世的家伙走了过去。眼下，正是色相世界臻于鼎盛的时辰。

---

① 一种发髻式样的名称。

六

些许愁容倏然映在了圆润的脸庞上，衣领间，浅茶绿的兰花正冲肌肤吐露着幽香，花香洒落在穿和服的人的胸前。系子便是这样的一个女子。

给人指示事物时，通常会用手指。四根指头折向掌心，余下的一截食指则指向目标，说："就是它！"此时，手指所指示的东西一目了然，不会发生混淆。要是同时伸出五截手指，口中说道："你瞧，就是那个！"虽说也指对了东边或西边的，可人家还是会对你的指示感到迟疑。系子似乎便是这么个指示目标时五截指头老是并拢在一起的女子。她指东西给你看的时候，虽不便说你觉得她是指错了地方，可还是觉着不对劲儿。所谓不够十全十美，说的便是这种用来指点事物的手指过于短细的情形，而所谓太过十全十美，则大致是用来指示事物的手指又失之过长的情景吧。系子似乎就是这么个五指同时并拢在一起的女子。既说不上十全十美，也说不上太过十全十美。

指人时，纤细的手指，指尖若很瘦削的话，那么，很显然，感觉便会渐次聚集在指尖上，形成聚焦点。藤尾的手指，俨然一根锐利的缝衣针，由嫣红的指甲间穿凿而出。见了这手指的人，一时间便会隐隐作痛起来。手脚笨拙，则过不了桥，手脚太过灵巧，又会翻出桥栏去，而翻出桥栏便会有落水之虞。

藤尾和系子，便在这间六席榻榻米的屋子里，展开了一场五指对针尖的战争。所有的对话都是一场战争。女人之间的对话，就更是一场战争了。

"好久没能见您了，我可是常常在盼您来呢。"藤尾以主人的口气这样说道。

"家里就父亲在，要忙这忙那的，所以这么久都没能去看您的……"

"还没上博览会去过？"

"不，还没哪。"

"那向岛①呢？"

"哪儿都还没去过哩。"

一直窝在家里的，居然还这么心满意足，藤尾思忖道。系子每回答上一句话，眼角便会泛出笑意来。

"真有那么多事儿？"

"虽说也没什么大不了的事儿，可是……"

系子的答话，大致上说到一半便打住了。

"老闷在家里面的，对身体可不好！春天一年也就只有这么一回的！"

"那倒也是，我也这么想，可就是……"

"虽说一年总会有那么一回，可要活不到明年的话，岂不

---

① 东京墨田区位于隅田川东岸河堤的某地名，当时是与上野齐名的春季观赏樱花的好去处。出版于明治四十年（1908年）的《东京导游》下卷里即有这样的介绍："列举东京之名胜，必无可疑地，当首推上野与向岛为一对胜地。"

只有今年这一回了吗?"

"呵呵呵呵,快别说这死呀活呀的扫兴话。"

两人见话里都贯穿了"死"的字眼,便急忙往一边躲闪开去。上野既有道儿通向浅草,又有道儿通向日本桥。藤尾打算把对手带到墓地的另一侧去。可系子呢,却连墓地还有另外一侧都还浑然不知。

"过一阵子,等哥哥娶了媳妇回来,我就好出去看看了。"系子说道。顾家的女性,只会做出这样顾家的回答。生来就在那儿做好了准备,随时都得把男子给服侍得好好的,这世界上再也找不出有比这样的女子更可怜的人了。藤尾心底里"哼"了一声。自己这眼睛,这衣袖,自己读的诗,读的歌,都跟那锅碗瓢盆、炭笼什么的,不是一路的。它们活动于美的世界,属于美的光影。一旦被人冠以"实用"二字,那这女子——这娇美的女子——便会花容失色,觉得受到了极度的侮辱。

"那么一① 他打算什么时候娶媳妇进门呢?"话语敷衍着朝前推进了一步。系子在回这话之前,先抬头望了一眼藤尾。战争渐渐拉开了帷幕。

"我想,只要有人愿意嫁进门来的话,随时都会去迎娶的吧?"

这一下该轮到藤尾,开口前先看上系子一眼了。针尖是用以防备不时之需的,轻易不会从眼眸深处蹦出。

"呵呵呵呵,他呀,再出挑的媳妇,还不是发句话就能马

---

① 一是宗近的名。

上给找到的!"

"真要那样,那敢情好啊,只是——"系子半是乘虚而入道。藤尾得替自己预留条退路。

"您就没揣摩过,她会是谁吗?——要是一他打定了主意想要迎娶谁,那我就正儿八经替他张罗去!"

还没等弄清楚粘竿到底够不够得着的当儿,那只鸟儿便好像早已逃掉了。不过,还是得逼近去察看个究竟。

"那敢情好啊,那就拜托您去替他物色人选吧!您是我姐姐,您拿的主意——"

系子情急之中,话说得多少有些过了头。二十世纪的对话,那是一门相当微妙的艺术。你要憋着不说,人家则莫名究竟,可话说过了头,又会遭人反感。

"您才是我姐姐!"藤尾一下子割断了对面伸来的这根试探的绳索,又把它扔了回去。系子还没有醒悟到这一层。

"怎么会呢?"她觉得纳闷。

射出去的箭矢脱落了标靶,这是你功夫不到家。明明射中了标靶,却还在那儿装作并无多大胜算,那叫不够气魄。在女子的心目中,比起功夫不到家来,不够气魄才是更让人沮丧的一件事。藤尾稍稍咬了咬下嘴唇。推进到这一步便就止步不前了,这是凡事志在必得的藤尾所万万不会答应的。

"那您这是不愿意做我的姐姐了——"她佯装不知地问道。

"哎哟!"系子一脸茫然出神的神色。对手在心底里嘲笑着:"瞧你那样儿!"一边引身而退。

甲野和宗近经由一番折冲这才敲定了下来的格言中,有这么一条：无从在"第一义"上活动的人，也便无从得以肝胆相照。他俩的妹妹，此时正在肝胆的外廊进行着一场战争。这到底是一场会把人拽进肝胆去的战争呢，还是一场会把人驱赶出肝胆的战争呢？而哲学家的评述则是，二十世纪的对话，都是一场场致使肝胆彼此黯然失色的战争。

说话间，小野也赶来了。小野让过去的岁月给一路追撵着，一直在寄宿的屋子里来回打转。眼见着再怎么打转也似乎难以脱身逃离的当儿，却撞上了过去岁月里的友人，他便尝试着要在过去与现在之间做出一番调停。好像是调停得了的事，又好像是调停不了的事，就为了这个，自己依然忐忑不安。按他的胆量，自然不会有勇气去揪住在身后追撵着的过去岁月的，无奈之下，小野只得匆匆忙忙跑了过来，指望着能在未来这儿找到自己的依托。俗谚道，托得天皇老子的福，便不会有你办不成的事儿！小野一心指望着自己能得到未来这真命天子的荫庇。

小野踉踉跄跄地赶来了。只是，踉踉跄跄的用意很难解释得清楚，是个遗憾。

"怎么了？出什么事了？"藤尾问道。小野尚未来得及在自己的内心忧虑之上披覆上一袭印有"从容"二字家徽的和服。方才提到过的那位哲学家早就发过话了，说，像这种带有家徽的和服，二十世纪的人哪，至少都得备上个两三件的。

"您的脸色好难看啊！"系子道。一心指望着可以依托的未来，此时却倒戈起来，准备对他的过去刨根究底上一番，一点儿情面都不给。

"已经有两三天没能睡上个安稳觉了。"

"是吗?"藤尾道。

"怎么啦?出什么事了?"系子问道。

"这段日子,他正赶着写论文哩!——我说,是因为这件事才没睡安稳的吧?"藤尾的话里,有回答,也有询问,两者兼而有之。

"是啊,是啊。"小野顺水推舟地应道。小野便是这么个人,只要是条船,只要船家唤他上船,他都不会回绝。大部分的言不由衷的诳人话,便都是这渡口的船。正因为有船,他才会乘上去的。

"原来是这样。"系子轻轻回应道。写论文这种事,也不管你写的是什么样的论文,都跟一个囿于家庭琐事的女子沾不上半点儿边的。囿于家庭的女子所担心的,只是他脸色显得很灰暗。

"毕业了,也还这么忙?"

"他毕业那会儿颁得块银表,所以呢,这以后,还得凭论文去颁得块金表哩!"

"那敢情好啊!"

"可不是嘛?哎,小野先生,我说得没错吧?"

小野微微一笑。

"这么说来,难怪您没和哥哥及这边的钦吾君一块儿上京都去玩了。哥哥这人哪,可真叫悠闲自在。他要能少花些时间蒙头睡大觉的,那就好啦。"

"嘻嘻嘻嘻,纵然是这样,总要比我哥哥好。"

"钦吾他比哥哥不知道要好多少哩!"系子半是无意识地这么说着,待说完,这才突然察觉到自己说漏了嘴,一块纯白纺绸的手巾在膝头上搓揉成了一团。

"嘻嘻嘻嘻。"

装饰在门牙角上的金丝从翕动的嘴唇间映现了出来。对手整个儿陷入了自己的战术布局之中。藤尾唱响了第二支凯歌。

"京都那边还没有音讯?"这一回是小野在发问。

"没有。"

"可明信片什么的,好像也该寄张回来的呀。"

"还不是黄鹤一去便杳无消息了的?"

"谁这么说来着?"

"啊呀,前些天,妈妈就这么说来着,他们俩呀,就跟翩然黄鹤似的,飞走后就杳然没有了消息了。系子,我说宗近呀,活脱脱就是只翩翩然的大黄鹤。"

"谁这么说?是伯母吗?黄鹤一去杳无音讯的,一准多了去了,所以呀,这事儿还真叫人牵肠挂肚放心不下的,你要不给他早点儿娶个媳妇进门的话,说不定他就翩然飞到不知道哪儿去了呢。"

"那赶紧物色一门亲事吧!小野先生,您说是不是?你们俩合计着替他找个称心如意的媳妇吧。"

藤尾意味深长地看了小野一眼。两双眼睛撞在一起的那一刻,小野的眼睛颤巍巍地抖动了起来。

"好吧,我去替他找个称心如意的媳妇吧。"小野掏出手巾,稍稍抚弄了一下他那薄薄的唇须。一阵幽香扑鼻而来。据说,香气太刺鼻的,都是些上不了档次的货。

"京都那边总有认识的人吧?那就让京都那边的熟人替一

先生物色一个不就行了？不是说京都有的是好看的美女吗？"

小野的手巾，稍稍失去了威势。

"哪儿啊，其实也没那么好看。等他们回来了，问一下甲野君就知道了。"

"哥哥才不会谈论这种话题哩！"

"那就问问宗近君——"

"哥哥说了，美貌惊人的美女数不胜数！"

"宗近君以前没去过京都？"

"没去过，这回还是头一次，他给我写信说——"

"咦，这么说，他可不是什么黄鹤一去便杳无音讯的了！不是都给你写了信的？"

"什么呀，就一张明信片！寄了张上面印着京都舞伎的明信片，还在端头写了行字：'京都女子都很美！'"

"真的？真有那么美？"

"这么多白皙的脸蛋儿都凑在了一块儿，谁跟谁，压根儿就没办法分辨得清楚！乍一看或许还觉着好看，可——"

"乍一看去，凑在一块儿的尽是些白皙的脸蛋儿，漂亮虽说漂亮，可脸上都看不出有什么表情的，看着也就兴味索然了。"

"他还写了些别的！"

"这可不像是个懒人的做派啊，他都写了什么——"

"说是旅舍隔壁的古琴弹得比我要好听多了。"

"嘻嘻嘻，他好像欣赏不了古琴的呀！"

"他还不是在讥讽我？就因为我琴弹得不好——"

"哈哈哈哈，宗近君还真会埋汰人！"

"岂止这些，人家还写了，'那人长得可比你漂亮多了！'你说气不气人？"

"一说什么都是这么直来直去的，我呀，在他面前就得甘拜下风。"

"不过，他倒是没有少夸您哦！"

"咦？都说什么来着？"

"他说了，'她可比你漂亮，只是比不上藤尾。'"

"啊呀，讨厌死了！"

藤尾眼睛里闪出了得意和轻蔑交相掺杂的光亮，"刷"地往回收起了颈项，但见一头酷似马鬃的黑发翻卷起了波浪，唯有雕刻成紫堇草模样的贝雕簪头，星星似的，在那儿闪烁出令人爱怜的光泽。

小野的眼睛和藤尾的眼睛再次撞到了一块儿。个中的意味，系子却浑然不解。

"小野君，三条那儿是不是有家叫'茑屋'的旅舍？"

此时的小野，正茫然失神于这深不可测的乌漆漆的眸子中，整个身心都倾注在了这让他一心指望着可以攀附的未来的身上，可刹那间"门板翻转"①，轰然一声之中，他又跌落回了过往的岁月里。

为了逃离追攥在身后的过往岁月，他躲进了俨若紫云缭绕的袖香炉的烟雾里，压根儿就无暇去分辨这缥缈的乐趣，更遑论对之生出贪婪之心来，至多也只是在彼此的对视中你

---

① 歌舞伎中的表演场景，一张门板上两面绑着两个角色，快速翻转门板，起到摇身一变、一人扮演两个角色的效果。

来我往一番，待从尚未做完的梦中惊醒过来，自己却又被扔回到了过去的岁月之中。俗谚云，草丛有蛇，不得随意踏青。

"那'茑屋'是怎么回事？"藤尾转向系子追问道。

"什么，你问'茑屋'？据说就是钦吾和哥哥下榻的那家旅舍。所以，要说到底是个什么样的去处嘛，可以跟小野先生打听一下。"

"小野先生您知道？"

"是三条的那家？三条的'茑屋'，哦，对了，我记得好像是有这么一家……"

"这么说，这家旅舍不怎么有名啊。"系子天真无邪地看了小野一眼。

"那倒是。"小野看上去挺诚恳地回应道。

接下来该轮到藤尾了。

"没什么名气，又有什么不好？待在深宅客房里的就能听到人家的古琴了——只是对哥哥和一，根本就是对牛弹琴！要是换了小野先生的话，一准会觉得心旷神怡的吧。春雨淅沥的闲静日子，舒舒坦坦地躺在那儿，听着旅舍隔壁的美女在那儿弹她的古琴，这日子过得还不够诗意吗？"

小野一反常态地沉默无语着，甚至连眼睛也没有朝藤尾那边瞥上一下，就这么无所事事地在那儿望着壁龛的棠棣。

"这真是太好啦！"系子替他回应道。

不解诗意之为何物的人，是不配去触碰这些饶有趣味的话题的。要是你从这整天囿于家庭琐事的女子口中只求听到一声"真是太好啦！"便就觉得心满意足了的话，那从一开始，你就不该去谈论什么春雨啦、深宅客房啦、古琴声啦什么的。藤尾心中愤愤不平道。

"稍稍想象一下，便能勾勒出一幅有趣的画面来！那该是个什么样的地方呢？"

囿于家庭琐事的女子，怎么会想起这样的问题来呢？她那心思也太莫名其妙了。对这无聊的问题，除了待在一边默不作声之外，再也找不出更好的办法了。于是，小野不得不出来搭讪道：

"你觉得该是个什么样的地方呢？"

"我？我嘛，对了——我觉得最好是在深宅的楼上——在游廊的四周，可以稍稍望见那加茂川的——三条那儿不是就能望见加茂川的吗？"

"那倒是，有的地方能望见。"

"加茂川的岸边应该会有柳树吧？"

"对，有柳树。"

"那柳树，远远望去，就跟烟雾似的。烟雾的上面便是东山——是东山吧？一座圆圆的山，很美——这山啊，碧绿碧绿的，就跟给神祇上供的青团似的，云蒸霞蔚地朦胧着，然后呢，云蒸霞蔚之中，隐隐约约的，是一座五重宝塔——这座宝塔叫什么名儿来着？"

"哪座塔？"

"什么哪座塔的？东山右侧的山旮旯里的那座，你没见过吗？"

"我可是一点儿都记不起来了。"小野在那儿纳闷着。

"有啊，一定有的。"藤尾说道。

"可是，那弹古琴的不是就在旅舍隔壁吗？我说。"系子脱口说道。

女诗人的幻想一下子就让这句话给点破了。囿于家庭琐事的女子，就是为了捣毁这美的世界，才降生到这个世界上来的。藤尾稍稍蹙了蹙眉头。

"您太性急了。"

"哪里，您说得太精彩了！那接下来，这座五重宝塔，到底是怎么回事啊？"

这五重宝塔自然是什么事儿都不会有的。这世界上也会有这样的人，上刺身这道菜时，他只瞥上一眼，便让人把它给撤回厨房去了。眼前这位很想打听清楚五重宝塔后来到底怎么了的人，却是让实用主义给调教过的，她是决不会放过品食刺身这道菜肴的机会的。

"那，五重宝塔的事不说也罢。"

"挺有趣的呀！五重宝塔挺有趣的呀！你说是不是，小野先生？"

扫了别人的兴头，就得给别人赔上个不是，这是人之常情。女王的逆鳞一旦受到了冒犯，你就是用锅、用釜、用滤酱的筛子去安抚，那也都是安抚不了的。得赶紧将那毫无实用价值的五重宝塔小心翼翼地安置在那云蒸霞蔚的烟霞里才是。

"五重宝塔，就这些？这五重宝塔到底怎么回事啊？"

藤尾的眉头突然抽动了一下。系子都快想哭了。

"我这是拂了您的兴头了吧？——都怪我不好！您说的五重宝塔，实在是太有意思了！我这可不是在说恭维话！"

刺猬是碰不得的，你越碰它，它的刺儿就越扎人。小野得挺身而出，不让这怒气爆发出来才是。

重提五重塔只会陡然增人恼怒。古琴呢，又是自己想避忌的话题。到底该如何从中斡旋才能恰到好处呢？小野在那儿琢磨着。让话题避开京都，固然对自己有利，可无缘无故地采用这种讲不出个所以然的撤离战术，同样也会让系子看不起自己的。看来，只得随顺对方的话题，并且还得让话题进行下去，前提是不能给自己带来痛苦。这种银表的手腕，耍弄起来好像也太有难度了。

"小野君，你是明白我意思的，对吧？"藤尾不依不饶地问道。系子因为不明究竟，被撂在了一边。替这两位女子斡旋，那是因为不想让一场令人不悦的话语争斗就发生在自己的眼皮底下。俏丽的眉目间爆出了交锋的火花的这两位，你只要没把她们放在眼里，看低她们一头，那自然就没必要出手斡旋。除非让撂在一边的那位给纠缠得乱了方寸，否则，自己绝不会有那份鼓动她投入作厮杀阵势的热心。只要她安分老实，被人撂在了一边也好，让人看低一头也罢，都用不着替她操什么闲心。小野觉得没必要把系子太当回事儿。自己只须和把话挑明了的藤尾保持步调一致，就绝对错不了。

"明白是明白，可——诗的生命要比真实来得更加确定无疑。只是压根儿不懂得诗的人，却占了这个世界的绝大多数。"小野这样说道。他说这话倒不是存心要对系子表示轻蔑，只不过是更为看重藤尾的好恶罢了。再说了，他这样回答，说的也是实情，只是这样的实情，多少会让弱者觉得不好受。为了诗，为了爱，做出这样的牺牲，小野在所不惜。道义是不会闪烁在弱者的脑袋里的，系子也实在太怯懦了。

这下，藤尾才觉得心里舒畅了些。

"那，还想接着往下听吗？"

俗谚云，害人者亦害己。小野无论如何也只得回了声："想啊。"

"楼下只有三块踏脚石交叉在那儿，走过去，是安了木框的一口水井，一树珍珠樱花刚绽放开来，一碰到汲水的吊桶，便簌簌落落着，像是要撒落到井里边去似的……"

系子默不作声地在那儿倾听着。小野也默然无声地在那儿倾听着。樱花盛开季节微微发暗的天空渐渐地滑落了下来。重重叠叠的云团覆盖着阳春三月，天色阴沉沉的。白昼渐渐昏暗了下来。和防雨窗板隔着五尺间距的篱笆的端头，挺立着一溜儿色彩奇异的辛夷花。透过树丛仔细望去，不时会有三三两两的雨丝，断断续续地映现出来，斜斜地，刚以为看真切了，倏忽便没了踪影。从天上落下来的那会儿都没能接得住，等掉到了地上，就别指望再接得住了。雨丝的生命，只有一尺来长。

人的心绪会随着居住环境的改变而改变。藤尾的想象便随同这天空沉郁了起来。

"您倚着楼上的栏杆观赏过珍珠樱花？"藤尾问道。

"还不曾这样观赏过。"

"遇到下雨天，咦，好像有点儿下雨了。"她朝庭院望去。天空越来越暗了。

"然后呢，那树珍珠樱花的背后便是建仁寺的围墙了，围墙里边传出了一阵古琴声。"

古琴终于现身了。系子心里说了声："果不其然！"小野则暗暗说道:"这一下——"

"从楼上的栏杆往下看去,隔壁那家的庭院也尽收眼底。顺便说说这庭院的布局吧,好不好?呵呵呵呵。"藤尾朗声大笑了起来。清冷的雨丝从辛夷的花卉上一掠而过。

"呵呵呵呵,都听得不耐烦了?怎么,天色变暗了!樱花时节的天,就像是在跟人变魔术似的!"

乌云逼近了过来,渐渐化作一根根的细丝。雨丝敏捷地穿过树丛,倏忽间,又有雨丝从后面接踵而来。一转眼的工夫,好多根雨丝齐刷刷地穿越而过。雨,终于急骤了起来。

"咦,这雨看样子还真的下起来了呢。"

"那我得先走一步,雨下大了。才听到一半就中途退场了,很失礼,您讲得实在太有趣了!"

系子起身走了。讲述着的话语便随着春雨而土崩瓦解了。

七

火柴擦出火苗后,遽告熄灭。几段彩锦,待一一翻卷过,留下的只是一片素色。春日的游兴,在两个年轻人身上已是意兴阑珊。身穿狐皮背心行走世界的这位,与揣着日记、一脸"人生不满百,常怀千岁忧"神情的那位,正一起踏上归程。

古老的寺院,古老的神社,神祇的森林,掩映着佛陀的丘陵,浑然不解紧张和忙碌为何物的京都,终于挨到了太阳落山的那一刻。这是一个让人倦怠的傍晚。待日光消失殆尽后,剩下的唯有星星了,纵然如此,这星星也是若隐若现的,好像一眨眼就会消融在那慵懒的天空中似的。过往的岁月,便在这沉睡的世界深处活动了开来。

人的一生会有无数个世界。有时候进了泥土的世界,有时候则动荡在风的世界里,有时候又会来到血的世界,沐浴一番腥风血雨。将一个人的世界聚合成方寸大小的一团,任其与别的清浊混杂的一团团世界构成层层相关的联系,便活生生地呈现出了千人千面的现实世界。各自的世界都将各自的中心安置在因果的交叉点上,然后向左右两边画出相应的圆周。以愤怒作为圆心画出的圆周迅捷如飞;以爱情为圆心一笔挥就的圆周,会留下火焰在空中燃烧过的痕迹。有的人是拽着道义的绳索在那儿活动着,有的人则在暗中设下了居心叵测的圈套。前后、左右、上下、纵横地活蹦乱跳着的世界，它们之间交错、磕碰的情景，俨然分别来自风马牛不相及的秦国和越国的羁旅客在某处同船共渡时的场景。而甲野和宗近二人，是三春行乐尽兴后返回东京。但孤堂先生和小夜子，则是唤醒了沉睡着的过去岁月后前往东京。两个彼此本不相干的世界，就这样，在晚上八时开出的夜间列车上，没来由地撞到了一块儿。

各自为政的世界，一旦邂逅、碰撞、起了龃龉，有时候便会有切腹自杀、自取灭亡的情形发生。自己的世界和异己的世界，一旦邂逅、碰撞、起了龃龉，两造间，有时候便会崩塌瓦解，有时候甚至会砉然开裂，四下爆散开去，或者像射出去的箭矢那样，拖曳着热量，彼此分离于遥无涯际的远方。如此可怕的邂逅、碰撞和龃龉，一生中只要让你撞上那么一回，就让你无须登台亮相，便足以成为一出自编自导的悲剧的主角了。上苍惠赐的性格，便是从这一刻起，在"第一义"的水准上跃然活动了起来。发生在晚上八时出发的夜行列车[①]上的这场邂逅和碰撞，虽还不至于会有这样的剧烈，可要说只是日常聚散时衣袖间难免会有的小小碰擦这么点儿缘分的话，那也犯不着让他们在星空深邃的春夜，在那个就连名称都显得格外寂寥的七条，各自邂逅、相遇一番了。小说乃是对自然加以雕琢的产物。自然本身是不会变成小说的。

[①] 指明治三十九年（1907年）开通的往返于东京新桥与神户间的东海道上速度最快的急行列车。

这两个既非绝缘又非关联的世界，如梦似幻般地，在这有二百里漫长行程的火车里邂逅、碰撞在了一起。至于车上准备装载的是牛还是马，又是如何准备将这些彼此不知底细的陌路人的命运搬运到东京去的，对这列火车来说，自然更是它漠然处之的琐事一桩了。无所畏惧的钢铁车轮轰然转动着，随后便一头冲进了黑暗之中。一张张期待着别后重逢的恬静的脸，一张张依依不舍着离别的脸，一张张视羁旅为家常便饭、对往来奔波早已不再上心的脸，都被这夜行火车不分彼此地捆绑到了一起，一个个被当作木偶人来对待了。只有夜色是看不见的，火车接连不断地喷吐出浓重的黑烟。

沉睡着的夜色中，还在那儿活动着的人们，纷纷提着灯笼，朝七条这边移动了过来。待人力车的车把一落下，车上黑黝黝的人影便一下子亮堂了起来，并走进了候车室。黑黝黝的人影一个个从暗地里呈现出来。整个候车室都让这熙熙攘攘着的黑压压的人影给填满了。待火车开走后，被留在了身后的京都，想必会是一派寂静无声的情景吧。

火车将京都的活动都聚集到了七条这个点儿上，仿佛要赶在天亮之前，将这汇集而来的二千来个活动着的世界，不由分说一股脑儿地推挤到敞亮通明的东京去，一个劲儿地在那儿喷吐着烟雾。黑黝黝的人影开始溃散开来——团块四分五裂着，化解成了一个个的点儿。点儿左右涌动。一转眼的工夫，车厢门哐啷啷惊天动地地合上了。忽然间，站台就像一扫而空似的，变得空旷了许多。从车窗里边望去，只有车站上的大时钟落在了眼里。接着，从身后遥远处传来了哨子声。火车便吭哧吭哧地开动起来。众多的世界将会彼此交织成怎样的关系呢？火车茫然无知地一头扎进了黑暗里。甲野、宗近、孤堂先生，以及惹人爱怜的小夜子，就乘坐在这同一列火车上。茫然无知的火车轰隆隆地转动着车轮。茫然无知的四个人的彼此不同的四个世界在邂逅相遇后，一并扎进了黑夜之中。

"人山人海的，都挤在一块儿了！"甲野一边扫视着车厢，一边这样说道。

"唔，京都人大概都在赶乘这趟火车上博览会去吧？上了这么多的乘客！"

"就是嘛，候车室人山人海的！"

"这会儿，京都大概很清寂了吧——"

"哈哈哈哈，那倒是，京都确实是个闲适清静的地方。"

"待在这么个闲适清静的地方，居然也会挤成这样，真是不可思议。你别看它那个样儿，别的地方有的那些事情，没准儿也少不了它的份儿。"

"就算再怎么闲适清静，也总会有人活着，有人死去，你说是不是？"甲野将左腿架在了右腿上。

"哈哈哈哈，这么说，人生下来，就在张罗着死了？住在茑屋隔壁的那父女俩，啊呀，我总觉得就是属于这一类的，那日子过得实在也太清寂了，在一起连句话儿都没有，都这样了，还说要上东京去，真是不可思议。"

"说不定也是去看博览会的吧？"

"不，听说是收掇起了家当，在搬家。"

"咦，什么时候？"

"我也闹不清楚是什么时候，又没去跟女仆打听得多么详细。"

"那女儿，不会是去嫁人的吧？"甲野自言自语地这样说道。

"哈哈哈哈，说不定是去嫁人的吧。"宗近将那只游方僧行囊搁在了行李架上，方才一边坐下身子，一边笑着这样说道。甲野转过半张脸去，隔着玻璃窗望着窗外。只见窗外一片黑暗，火车无牵无挂地穿行在黑暗之中，只有火车在那儿轰鸣着，而人则显得无所事事。

"车开得真快！时速多少，你可知道？"宗近大大咧咧地盘腿坐着问道。

"开得有多快呢？外面太暗了，根本看不清。"

"外面暗，车子就开不快了？"

"看不见可以参照的东西，所以不知道开得有多快。"

"就算看不见，可这车还是开得很快！"

"那你是知道有多快了？"

"嗯，我很清楚。"宗近虚张声势地重新调整了一下盘腿而坐的姿势。话语再次中断。火车加速行驶着。对面行李架上，不知谁的礼帽就一直这么歪斜在那儿，高轩的圆顶正一个劲儿地震颤着。车上的侍应生不时地在车厢里穿行而过。乘客大多相向而坐，面对着面。

"哎，我说，这车再怎么说，也都开得飞快哩！"宗近重又开启了话头。甲野半是睡眼惺忪着应了声：

"嗯？"

"再怎么说，也都——开得飞快哩！"

"是吗？"

"嗯。就是啊——开得飞快哩,对不对?"

火车轰隆隆地疾驰着。甲野只是抿嘴一笑。

"坐快车就是觉着舒畅,不是快车的话,就没那个感觉。"

"你这不是又胜了梦窗国师一筹?"

"哈哈哈哈,那可是在'第一义'水准上活动来着。"

"跟京都的电车完全就是两回事,你说是不是?"

"京都的电车?那玩意儿,自然是没辙了,压根儿连'第十义'的水准都挨不上边的,就这玩意儿,还在那儿开来开去的,真是不可思议。"

"就因为有人要坐嘛!"

"就因为有人要坐?这也太过分了。还别说,就铺设这玩意儿,据说还是全世界最早的哩。"

"居然还有这一说?这都算全世界最早的电车,未免也太幼稚了。"

"要说京都铺设电车是全世界头一份,那它的不长进也算得上是全世界头一份了。"

"哈哈哈哈,它跟京都倒是挺般配的。"

"可不是嘛,它是电车的名胜古迹,是电车行业的金阁寺。'十年如一日',这本来是夸人的话,可——"

"不是还有'千里江陵一日还'的诗句吗?"

"'百里历程壁垒间'①!"

"那可是西乡隆盛的诗句。"

---

① 1877年西南战争兵败,西乡隆盛死于城山之前,留下《逸题》一诗,以表明他的心迹:"孤军奋斗破围还,一百里程垒壁间。我剑已折我马毙,秋风埋骨故乡山。"

"是吗？难怪总觉得有点儿奇怪。"

甲野一时间没有作答，只是沉默着。对话再次中止了。火车一如既往轰隆隆地疾驰着。各自为政的这两个人的世界，一时间摇曳着消逝在了黑暗之中，就在这同一个时刻，剩下的另两个人的世界，便从那俨若一缕游丝、晃动着射向绵绵长夜的电灯光下浮现了出来。

就因为出生在明净月光西斜的时辰，这才给她取名为小夜的。母亲亡故后，父女俩在过着俭朴日子的京都家里，都已经给母亲张挂过五回盂盆兰会节的灯笼了，今年秋天，则会在睽违多年后的东京，燃起麻秆迎接母亲的亡灵。小夜一边思忖着这事儿，一边撩开左右长袖，伸出她那双白皙的手来，像往常那样交叠在了一起。悲切和哀伤聚满了她那娇小的肩头；积郁的愠怒，则滑落在了颈项间她那头丝绸般光洁柔软、浸润着慈悲之情的秀发里。

骄奢的人为紫色所招引。感情浓郁的人追随的是黄色。在这连贯起关东关西春天的二百里的铁路上，心里维系着一丝"唯有爱才是真诚的"心愿的小夜子，头发上系着的丈长①一路让火车震颤着，穿行在漫漫的长夜之中。过去的五年，就恍若一场梦境，只是这场俨然用饱酣欲滴的画笔随意涂抹而成的往昔梦境，已深深地渗洇在了记忆深处，以致每次翻开当时涂抹下的情景，色泽似乎依然还是那样鲜明地渗洇在画面上。小夜子的梦境，要比她的生命来得分明。春寒中，小夜子一直将这分明的梦境揣在她那温暖的怀中，并任

---

① 一种用和纸做成的发饰。

由这奔驰着的黑漆漆的一长列火车，向东载送而去。运载着梦境的火车，一个劲儿地向东疾驰着。携带着梦境的人，唯恐稍有不慎就会把它给掉落了似的，紧紧搂抱住这团燃烧之物，在那儿向前疾驰着。火车不顾一切地疾驶而去，冲向原野上的绿色，冲向山间的云雾，冲向星星闪烁的夜色，在那儿疾驰着。怀揣着梦境的人，怀揣着，疾驰着，明亮的梦境，便从那遥远处的黑暗里分离了出来，不断地被抛掷到前面的现实世界去。疾驰着的火车，在分分秒秒地缩短着梦境与现实的间距。小夜子的旅程，也终将因明亮的梦境与现实猝然相遇、臻达难分难解之境，而画上休止符。夜色依然深沉。

坐在身边的孤堂先生，倒没有揣着如此举足轻重的一份梦境。跟往常那样，他攥着下颌上几根稀疏发白了的胡子，似乎正打算沉湎在往昔岁月的怀想中。往昔岁月已幽居了二十来个年头，不是轻易就肯露脸的。茫茫红尘中似有什么东西在那儿挪动着，是人还是狗？是树还是草？根本就无从分辨得清楚。人的往昔岁月，只有模糊到了像连人、狗、树、草都无从分辨得清楚的地步，才算是真正成了往昔岁月。人越是对什么都恋恋不舍，对当初被人无情抛弃的情景也都觉得留恋，便会越发难辨人、狗、树、草。孤堂先生用力地拽了下他那斑白的胡须。

"你来京都，是几岁的事？"

"从学校退了学后就马上来了京都，应该刚好是十六岁那年的春天吧。"

"这么说，今年该是……"

"第五年了。"

"是吗，都已经五年了？日子过得真快！总觉得好像就是眼前的事，可——"他又使劲拽了一下胡须。

"到了京都，您就带我们去了岚山，是吧？和妈妈一块儿——"

"是的是的，那时樱花都还没来得及绽放哩。这么说的话，现在这岚山，跟当时可是很不相同啦！当时好像连团子这种当地有名的小吃都还没有呢。"

"哪儿呀，当时就有团子的呀，咦，咱们不是还在三轩茶屋边上吃过吗？"

"真有这事？我可什么都不记得了。"

"喏，小野君还不是因为专挑青团吃，还让您给笑话了？"

"还真有这么回事，当时小野也在，你妈妈她也还硬朗着呢。啊——真没想到，这么早就会过世的。这世界上没有比人更难琢磨的东西了。小野也好像是从那会儿起才完全变了样儿的。怎么说也已经有五年没见面了……"

"不过他身子挺硬朗的，这就好。"

"那倒是，自从来了京都，他的身体就硬朗多了。刚来那会儿脸色还很苍白，而且好像总是提心吊胆的，等住惯了后，慢慢也就自在些了……"

"他生性柔和。"

"是很柔和，也太柔和啦。不过，毕业成绩拿的可是优等，还颁得了块银表，哎呀，挺风光的。还真替我争气的。虽说他人不错，可要是就这么撂在一边没人照应的话，都不知道最终会走上哪条道哩。"

"那倒是咧。"

明亮的梦境旋转起来，在心胸间画起了圆圈。梦境并没有死寂，它从五年前的深处，从浮雕般的深刻记忆中挣脱了出来，一下子蹦到了近在咫尺的眼前。女子凝眸注视着直往眼前逼近的梦境，前后左右、上上下下地打量着它那明亮得让人觉得晃眼的光景。她沉醉在自己的梦境之中，浑然忘记了年老的父亲的胡子。小夜子沉默了下来。

"小野他应该会上新桥来接咱们吧？"

"他一定会来的。"

梦境又重新跳跃了起来。虽然极力克制着——"快别蹦跶了！"可梦境还是混杂在夜色里，摇曳着，在昏暗中疾驰着。老人的手从胡须那儿挪移了开来，不一会儿便合上眼睛睡着了。人、狗、树、草浑然难辨的年长日久的世界，不知不觉地垂下了黑色的帷幕。而那个在娇小的胸脯里不断蹦跶、旋转、让人使劲摁着却还是一个劲儿疾驰着的世界，俨然映照在黑暗里的一团火，熠熠生辉。小夜子也搂抱着这个光亮的世界，睡了过去。

长长的火车撞开周遭合围来的夜色，顶着逆风，向前疾驶而去，车尾有力地甩打着追撵在身后的冥府神祇，终于从黑暗中挣脱了出来，拂晓的袅袅青烟，从前方，漫山遍野地升腾起来，竞相奔凑过来。就在你一边讶异于茫茫原野兀自向着漫无涯际的天空挤逼过去，带着一股子永远不会停歇的一路向上的冲动，一边消抹去残留的梦意，将眼睛迅捷地投向那半空之中时，太阳便明晃晃地升起来了。

金鸡在太空里啼唱《神之代》，扑棱起它那足有五百里宽的翅翼，升腾的云雾披覆着下界，朗然浮现在太虚正中的万古积雪渐次崩塌下来，挟着它那力压八州原野的气势，朝左右两边延展开去，下半截身子则掩埋在了苍茫之中。皎洁的白雪炫耀般地在空中流贯着，待一段流贯到了尽头，便会倾斜着折叠出发紫发蓝的褶皱，在那皎洁的素白底色上拉开几道不规则的口子，就这样一路开裂而去。从车窗抬头望去，顺着四处蔓延开去的云影，从山脚下苍茫发暗的原野，闪电般地穿过那深蓝、深紫的皱褶，一直望至那最高的纯净皎洁的所在，惺忪睡意不由得为之豁然全消。皎洁的白雪，此刻正将车上所有的人招引到它那晶莹明亮的世界中去。

"嗨！看到富士山了！"宗近出溜下坐席，"哗啦"一声卸下车窗。晨风嗖嗖，从山脚下那片开阔的原野，直往车厢里吹了进来。

"嗯，刚才那会儿我就已经看到了。"甲野脑袋上兜了条驼毛毯子，语气意外的冷淡。

"真的？你没睡？"

"睡了一小会儿。"

"你这是干吗？脑袋上兜了这么个玩意儿——"

"冷呗。"甲野躲在本来用来遮盖膝头的围毯里这么回答道。

"我肚子都饿了，还不知道车上开没开饭哩？"

"要吃饭，得先洗个脸才是……"

"这还用说。你呀，就会说些正确的废话。让我也看一眼富士山，行不行？"

"这可比叡山强多了。"

"叡山？哎呀，叡山嘛，不过是京都的一座山罢了。"

"口气还挺不屑的哩。"

"哼哼。啊呀,瞧这壮美的,这人哪,要不上这儿来看上一眼的话,也就枉为做人了。"

"它的稳重和安详,才不是你所能达到的哩!"

"你是说,我撑死了也就只是保津川那样的档次?保津川也行啊,至少比你强上一个档次。你呀,差不多就跟那京都的电车一个档次。"

"京都电车虽上不了档次,可毕竟还在那儿跑动着,比我要强些。"

"你就一点儿都跑动不了了?哈哈哈哈。赶紧撂下你那驼毛围毯,自然就跑动得起来了。"宗近取下行李架上的那只云游僧行囊。车厢里的人声嘈杂了起来。直往明亮世界疾驰而去的火车,在沼津车站停歇了下来。他们洗了把脸。

半张瘦削的脸探出了窗外。稀疏的胡须,一根根黑白掺杂着,吹拂在了晨风里:

"喂,要两份盒饭!"他说道。孤堂先生的右手攥着几枚银币,待递了过去之后,左手便交替着接过了薄木片做成的饭盒。女儿则在车厢里倒着茶水。

"还不知道是什么样的盒饭哩。"揭开盒盖,盒盖内侧粘着白米饭粒,饭盒里边,淡茶色的山药横陈其间,边上的一片煎蛋,黄黄的,都快被挤压成七零八落的,给凑合着塞进了盒饭里。

"我还不想吃。"小夜子放下了手中的筷子和木匣。

"啊!"老先生从女儿手中接过茶杯,望着戳在膝头的盒饭上的筷子,"咕嘟"喝了一口茶水。

"就快到了吧。"

"啊，要不了多久了。"山药朝胡须那边移去。

"今天的天气可真好！"

"啊，赶上这么个好天气真够幸运的。富士山都看得清清楚楚的。"山药又从胡须那儿移进了饭匣里。

"您说，小野他应该会事先替咱们找好住处的吧？"

"唔，肯——肯定找好了的。"老先生口中同时兼顾着嚼饭和应答这两件事。这顿饭持续了好一会儿。

"我说，咱们这就上餐车去吧？"隔壁车厢里，宗近拢了拢他那件米泽织锦飞白花纹的衣领，对甲野说道。身穿西装的甲野便立起了他那瘦高个儿的身子。跨过翻落在通道上的一只手提皮包的当儿，甲野回过头来提醒了宗近一声：

"喂，小心别绊跤！"

推开玻璃门，便踏进了隔壁的那节车厢，甲野正准备径直穿行而过，正走到车厢的一半时，身后的宗近使劲一把攥住了他西装的后摆。

"那饭都已经有点儿凉了。"

"饭凉了倒也没什么，就是太硬。若像爸爸这上了年岁的，吃硬东西，是会堵在胸口干难受的！"

"您喝口茶吧……要我替您倒杯茶吗？"

年轻人默不作声地走进了餐车。

昼夜混杂、交错穿梭在这十方世界的小世界，朝着那茫茫天涯的尽头疾驶而去，却又慨叹着抵达尽头竟是那样的遥遥无期，这中间，俨若蚕儿不厌其烦地吐丝织就的一排蚕茧，这四个人所构成的小小宇宙，也背靠着背，陌路相向地，一排儿乘坐在这麻木不仁的一路疾驰而去的深夜的火车上。待白日将星辰扫落殆尽,干净地剥去了太空的表皮,所有的一切,便无所隐遁地浮现在了白日里,于是,车窗里的四个小宇宙,便成双作对地彼此交肩而过。交肩而过的那两个小宇宙,此时正隔着白餐布,在那儿一个劲儿地摊平着盘子里的火腿煎蛋。

"喂,我说,她在车上!"宗近这样说道。

"唔,她在车上。"甲野边望着菜单,边回应道。

"看样子真的是要上东京去。昨儿晚上好像没在京都车站碰见过他俩啊。"

"啊呀,当时压根儿就没留意。"

"还不知道就在隔壁车厢里。真还没让咱少碰见哩。"

"这碰面的次数也太频繁了些!这火腿尽是些肥的,你那份也是这样吗?"

"啊呀,还不是跟你差不多。最多也就你我之间的那点儿差异吧。"宗近掉转过叉子,将一大片火腿塞进了嘴里。

"咱俩还都各自点了份猪肉哩。"甲野多少有些没心没肺地将那白沓沓的肥肉塞了一嘴。

"猪肉倒也没什么,只是觉着奇怪。"

"听说,犹太人不吃猪肉。"甲野突然跳到了毫不相干的话题上。

"犹太人不犹太人的先别去管他,倒是那女子我觉得有点儿奇怪。"

"就因为让你碰见的次数太多了些?"

"唔。侍者,来份红茶!"

"我喝咖啡。这猪肉也太难吃了。"甲野又把那女子的话题给撂在了一边。

"就这样的,都碰过几次面了?一次,两次,三次,少说也已碰过三次面了。"

"要是写小说,倒可以用这做个楔子,由此展开故事什么的。可光凭这个,哎呀,那也好像太无聊了……"甲野这么嗫嚅着,喝了口咖啡。

"说不定正因为光凭这似乎挺无聊的,咱们才各自都点了份猪肉吧?哈哈哈哈。可现在都还难说,没准儿,你就爱上了那女子……"

"就是啊。"甲野把对方的话给打消在了半路上。

"就算眼下还不是这么回事,可碰面碰得这么频繁,想必要不了多久就会扯上关系的。"

"是和你吗?"

"打什么岔呀,我说的不是那种关系,是另外的关系,是感情交往之外的关系!"

"是吗?"甲野左手支着下巴,右手端着的咖啡杯就这么凑在鼻尖,心不在焉地望着前方。

"真想吃个橘子。"宗近说。

甲野默然无语,过了会儿才说道:

"那女子说不定是去嫁人的吧?"说话的神情里并不见有丝毫的担心和不安。

"哈哈哈哈,我去替你打听一下好不好?"但看上去他似乎并没有真心想去跟人寒暄、打听的意思。

"嫁人?莫非她也是个急着想嫁人的?"

"所以得打听一下嘛，要不，又怎么知道呢？"

"你妹妹那儿怎么说？看样子也想嫁人了吧？"甲野神情严肃地问起了这桩挺玄妙的事情。

"你是说系公？她呀，压根儿就是个不懂事的小孩子，不过，跟我这做哥哥的倒是特别亲，替我缝制了狐皮背心，还替我做这做那的。她呀，别看她那样儿，缝纫手艺还真是顶呱呱！怎么样，要不要让她替你做副衬垫？"

"是这样啊。"

"你不想要？"

"唔，倒也不是不想要，只是……"

衬垫就这么不了了之了，两人离开了餐桌。穿过孤堂先生那节车厢的当儿，老先生的眼前摊开了一份《朝日新闻》，小夜子则正将煎蛋送进小巧的嘴里。各自为政活动着的四个小世界，在火车上再度擦身而过，有人似乎在替自己未来的命运感到忐忑不安，也有人则对之满不在乎似的，就这样，各自怀抱着似乎根本无从预料的明日世界，抵达了新桥火车站。

"刚才跑过去的那位好像是小野吧？"走出车站的时候，宗近这样问道。

"真的？我可没留意到——"甲野答道。

四个小世界，在车站上结束了这一趟的旅程，随后，便各奔东西去了。

八

　　一树浅葱樱，将庭院的黄昏越发映衬得朦胧了起来。擦拭得干干净净的廊庑上，紧闭着的纸拉门外，静谧无声。屋子的里边，小巧玲珑的长火钵上坐了一个带把手的铁壶，正烧着水，火钵前摆着绞缬染纺绸的坐褥。甲野的母亲正端坐在那坐褥上。麻利地向上挑起的眼梢尽头处，一条神经质的青筋，仿佛是从脑后绕出，一下子蹿到了额头上来似的，上半截则被裹在了浅黑纹理的细腻皮肤里，因而光从外貌上看，她是个极为温和的人——把针藏进海绵里，让人用劲捏去，然后你就得替那双娇柔的手敷上膏药，并抚慰道，伤口很快就会好的！要是做得到的话，就该用嘴唇搵住那流血的伤口，以此表明你并无恶意！出生在二十世纪的人，必须明白这个道理。"露骨者亡。"甲野在日记里曾写过这样的话。

　　寂静的廊庑里响起了脚步声。"这会儿下楼来了？"正揣想着的当儿，穿着紧绷的短布袜的一双细细长长的腿，便出现在了视线里，只见她一边回头轻轻踹开让廊庑给绊住了的色泽格外鲜艳的厚厚的和服下摆，一边"哗"地拽开纸拉门。

　　依然端坐在那儿的母亲，朝向门口，半倾斜下她那浓黑的眉毛，说了声：

　　"是你啊，进来吧！"

　　藤尾默不作声地合上了身后的拉门。隔着火盆，就势在母亲的对面坐了下来,这当儿,铁壶里的水一个劲儿地嘶叫了开来。

母亲望了眼藤尾。藤尾正低头看着火钵边上一张一折为二的报纸。铁壶依然在那儿嘶叫着。

话多之际少真言。相对而坐的母女俩,就这样听凭铁壶在一旁嘶叫着,廊庑一片寂静。浅葱樱正在那儿招引着黄昏。春天正络绎消逝而去。

藤尾终于抬起了头。

"他回来了?"

母亲和女儿的眼睛,突然间撞到了一块儿。真实便掩映在这惊鸿一瞥之中。灼热难耐之际,骨头便裸露了出来。

"哼。"

"笃笃笃",这是在磕长烟管里的烟灰。

"他到底准备怎么样?"

"到底准备怎么样?他心底里在想些什么,就连妈妈也琢磨不透啊。"

云井烟无所顾忌地从鼻梁高耸的鼻孔里喷了出来。

"就是回来了,还不是跟原先一样?"

"是没什么两样的。他这一辈子也就那样儿了。"

母亲那根神经质的青筋从皮肤的内里浮现到了表面。

"他对继承家业,就真的那么讨厌?"

"哪儿啊,也就是嘴上说说罢了!就是因为这样,事情才棘手哪!一说起那事儿,他就变着法儿对咱俩冷嘲热讽的……可要是这家里的财产啊什么的真的一概都不要的话,那他也该自个儿去找份工作做做,也好养活自己,你说是不是？整天疲疲沓沓的，毕业到现在，都已经两年了，就算你哲学天资再高，可到底该怎么安置自己，都还一直拿不定主意，犹犹豫豫地，就是拿不出个主意来。也难怪妈妈一见到他就忍不住动起肝火来……"

"看样子，您跟他委婉地说这些，他根本就没听懂。"

"就算听懂了也会装作没听懂的。"

"真讨人嫌！"

"真是的。他要是说什么都不愿意体谅一下咱们的话，那你这边，我就根本没办法替你去张罗……"

藤尾克制住自己没有回话。爱情孕育出所有的罪恶。就在克制住自己没有回话的这一刻，她已在心里拿定了准备牺牲一切的主意。母亲继续说道：

"你今年不是也已经二十四了？到了这个年龄还不出嫁的，还真不多见哩。只要我跟他商量到这事儿，也就是一提到你该出嫁的事儿，他便马上会让我别说了，说是他希望让藤尾来照顾妈妈。真要那样的话，那就得自己去找份活儿干干呀，你说是不是？可他倒好，就知道天天把自己关在屋子里睡大觉。并且还在那儿跟人放出话来，说是家里的财产都给了藤尾，自己打算出去流浪什么的。就好像是咱们在和他作对，要把他给轰出家门似的，别人还不都得这么觉着啊？"

"他这是上哪儿去说了这话了？"

"他上宗近家老爷子那儿去时就是这么说的！"

"说话行事的，哪有半点儿男人的腔调？他还不如早点儿把系子给娶过来的，倒还合适些哩。"

"他真有娶系子的心思？"

"哥哥的心思压根儿就琢磨不透！不过系子倒是愿意嫁给哥哥的。"

母亲取下嘶鸣着的铁壶，拿起火钳。密密麻麻地布满了锈垢裂纹的萨摩①茶壶，勾描着两三道流溢着蔚蓝色的波纹，洁白的樱花随意散落着，茶壶的里边，搓揉烘焙得很纤细的宇治绿茶，就这么让白昼的沸水给泡涨着，层层叠叠积压在了一起，在那儿晾着。

"再给你加些茶叶进去吧？"

"您别……"话音刚落的藤尾，迅疾地将虽已味道寡淡，但毕竟余香犹存的茶叶，交叠在了色泽和茶壶差不多的茶碗里。泛黄的茶水叩击着碗底的那会儿，倒还没怎么觉着，待茶水漫至碗沿，色泽便变深了，聚集在稠酽茶水表面半边的浮沫，便静滞在了那儿。

母亲耙搂着灰烬堆，捣碎灰烬里的佐仓炭的白色残骸，又将裹在里边的红炭芯聚拢在一边。从这带着热乎劲儿的崩塌了的洞穴中，挑拣着样子圆正些的黑木炭，身手显得十分的活泼。屋子里的春光，在这对母女间，始终显得十分的安详和恬静。

这部小说的作者向来嫌厌无趣的对话。说些挖苦人的刻薄话，是不会给这充斥着猜疑与不和的黯淡世界带来一丝半缕的精彩的，他压根儿就没有诗人的那种风流，能让令人心愉神悦的春色，经由华美之笔流溢在纸上。就因为不是居住在一个职司闲花素琴之类风雅春色的人所歌吟的世界里，所

---

① 古地名，位于今日本鹿儿岛县西南部。

以，一旦要把那些没有半点儿意境和韵味可言的粗鄙词语加以胪列连缀，此时的感觉，就如同沾了泥的笔端，在手下碍难挥写似的。此处描写宇治出产的茶叶，描写萨摩出产的茶壶和佐仓出产的木炭，不过是在浮生中偷得片刻的闲暇，给读者提供弹指一挥间的短暂解脱和慰藉的便利。只是这地球，从往昔起，就已在那儿旋转着，明明暗暗，不舍昼夜。要用最简短的叙述勾描出这对母女让人并不愉悦的另一面，则是令这部小说的作者深感苦恼的一份义务。现在，这支刚才还在那儿品尝着茶叶和摹写着木炭的笔，又不得不重新收回到母女俩的对话这儿来了。而此刻她们的对话，至少得比先前的那番对话多少有趣些才行。

"说到宗近家嘛，这人也是个很滑稽的人哩。学问什么的都做不来，就会说些大话——就这么个人，还老觉着自己不同凡响的！"

马厩与鸡棚毗邻而居，母鸡如此评骘马儿："听说这马儿啊，既不懂得打鸣，也不懂得生蛋。这话真还没让它说错。"

"外交官都考砸了，还一点儿都不害臊！要换了别的随便是谁，说什么也得发奋用功一番了吧，可他——"

"就跟铁炮玉①似的。"

意思虽不甚明了，却是句杀伐果敢的评断人的话。藤尾光滑的脸颊上涌起了波浪，她抿嘴在笑。藤尾是个解得诗意的女子。糕点中的铁炮玉，是将黑砂糖搓圆了做成的。兵工

---

① 铁炮玉，即炮弹，在日语中是个双关语：除指子弹、炮弹外，还含有有去无回、人走后就像泥牛入海没了消息等义。这里显然含有后一种意思。

厂里的炮弹，则是由熔化的铅所铸成。不管怎么说，铁炮玉就是铁炮玉。可母亲却认真起来，她闹不清楚女儿为什么要发笑。

"你觉得他怎么样？"

不料女儿的笑却引发了母亲的疑问。俗语云，知子莫若父母。可这话说得并不对。彼此没有碰撞、龃龉和分歧的世界，即便是父母，也会形同陌路，就好比古代中国人和天竺人似的。

"我怎么看？也没别的什么看法。"

母亲的眼睛在眉毛下锐利地盯住女儿。藤尾很清楚母亲这么看着自己意味着什么。熟谙对手的人是不会在对手的面前大事张扬的。藤尾故意镇定自若地，在那儿等着母亲自己摊牌。这母女俩，都挺会耍手腕的。

"你愿意嫁过去吗？"

"嫁给宗近家？"藤尾反问道。她这似乎是准备着把弓拉足了，再放箭出去，才有意这么问的。

"啊。"母亲轻声回答道。

"我才不愿意！"

"你不愿意？"

"还用得着问愿不愿意的？他那种身上找不出半点儿风雅的人！"藤尾干脆利索地切断了话头，就跟把竹笋切成圆片那样。绷紧的眉头蹙了一下，像是在抱怨"够了，就此打住吧"。阻隔在了紧锁着的嘴唇里面的某种东西，刚闪回了那么一下，便遽告消失了。母亲则随声附和道：

"像他这样没出息的，我也不喜欢。"

不风雅和没出息，那本来是性质不同的两码事。铁匠铺的师傅"叮"地轻锤一下，一边帮锤的徒弟就得跟上"当"地重锤一下，而师徒俩锻锤着的却是同一把刀剑。

"还不如趁着这会儿，一口回绝了他，你说是不是？"

"回绝？咱们许诺过这门亲事吗？"

"许诺？没人许诺。你爸爸他倒是说过，想把那块金表送给一什么的！"

"那又是为什么？"

"就因为你老把这块表拿来当玩具的，那可是镶满了红珍珠的，让你给摆弄来摆弄去的，所以……"

"后来呢？"

"后来嘛——你爸爸曾当着大伙儿的面，半开玩笑似的跟一这么说起过：'这块表虽然跟藤尾更有缘分些，可我还是想把它送给你。不过不是这会儿就送你，得等到你毕业后再送你。说不定藤尾就因为想要得到这块表，便一步不落地跟着你去了你家呢。你愿意我这么做吗？'"

"您至今还在把这话当作是暗示吗？"

"听宗近他爸爸的口气，好像多半也是这么个意思啊。"

"真够蠢的。"

藤尾把这句尖利的话，甩在了长方形火钵的角上。随即响起了回声。

"是够蠢的！"

"那块表，我要了！"

"还在你屋子里吗？"

"在我的文卷匣里，收掇得好好的。"

"是吗？你真那么想要那块表？可这表并不合适你挂呀。"

"反正都得给我！"

燃烧在表链端头的石榴石，从放置在高处的绘饰着泥金芦雁图的文卷匣的匣底，闪烁出怪异的光亮，在那儿招引着藤尾，藤尾"嗖"地站起了身子。仿佛一树尚未化作一团朦胧的浅葱樱的高挑身姿，挺立在此刻正暂时护卫着那行将隐没在逼近过来的暮色里的白昼的生命的廊庑下，一边回头顾盼，一边将她那瘦削的侧脸面影，朝纸拉门的内侧倾斜过去。

"把那块表给小野先生，你说好不好？"

纸拉门的内侧没有传来回答。春天的黄昏，便降临在了这对母女的身上。

就在这同一时辰，宗近家的屋子里则已点起了通明的灯火。寂静的夜晚，仿佛重返白昼似的，一下子罩在了洋灯[①]绽放出的高雅炽白的光亮里，白铜油壶的周身，满是工匠敲击得凹凸有致的蔓草花纹，澄光锃亮着，仿佛在炫耀着它那绝不会隐没在夜色里的色泽似的。凡是灯火映照着的地方，没有一张脸不显得兴高采烈的。

先是响起了"啊哈哈哈哈"的一阵笑声。似是让人觉得，发生在这灯火周围的所有谈论，恰好都是由这"啊哈哈哈哈"的笑声来开场的。

"这么说，你们连那座相轮塔都没能见到了？"有人这样高声朗气地问道。声音的主人是个上了年岁的人，红润的脸颊下垂得很厉害，被挤压的下巴不得不叠成了双层。脑袋差

---

① 一种照明用的煤油灯。

132

不多都已谢了顶。他不时地抚摸着脑袋。宗近的父亲便是让这抚摸给弄成了谢顶的。

"你说相轮塔？那是座什么样的塔？"当着老爷子的面，宗近大大咧咧地盘腿而坐。

"啊哈哈哈哈哈，这么说，敢情，你们就连干吗要去爬叡山都还没闹明白哪？"

"这一路上好像没撞见什么塔啊，甲野，你说是吧？"

拽齐了色泽发暗的竖条纹和服的前襟，黑色短外褂衣领显得十分周正的甲野，面前放着茶杯，正端坐在那儿。甲野让宗近这样问的当儿，笑容满面的系子的脸便转向了甲野。

"好像是没见到相轮塔。"甲野双手搁在膝盖上说道。

"一路上没见到？啊呀，我不知道你们是从哪儿上的山——是吉田吗？"

"甲野，那地方，叫什么名儿来着？咱俩上山的地方？"

"叫什么名儿？不知道。"

"对了，爸，不管怎么说，好歹是过了一处独木桥的。"

"过独木桥？"

"对了，是走过一处独木桥来着！我说——听说再往前走去的话，就是古时候若狭国的地界了。"

"这么快就到若狭的地界了？"一转眼的工夫，甲野就把前面说的话给推翻了。

"哎，不是你这么告诉我的吗？"

"那是逗你玩的！"

"啊哈哈哈哈，真要走到若狭国地界的话，那可不得了啰！"老人家看上去显得格外的开心。系子的圆脸上，双眼皮也都笑成了波浪。

"敢情,你们俩一路上光顾着两条腿赶路,就跟人家专门替人送信、运货的脚夫似的,这才没能见着的。这叡山哪,有东塔,有西塔,有横川,也有人每天在这三处地方来回走动的,他们把这看作修业,范围还真不小哩。要是光顾着上山下山赶路的话,那跟上别的地方去爬山又有什么两样呢?"

"还有这么回事?我可只当它是座山,就这么爬了上去的。"

"啊哈哈哈哈,看样子,你们爬它,就为了让脚底板打上几个泡吧?"

"还真打了泡了,这脚底板打泡的事嘛,就由那位来负责了。"宗近一边笑着,一边将眼睛朝甲野那边投去。哲学家的脸上倒也没有一味地再作艰深晦涩状。灯火明晃晃地摇曳着。系子用袖口掩住了嘴,强忍住,没让自己笑出来,这才抬起头来,眸子朝专门职司脚底板打泡的那位转动了一下。眸子正待启动,面孔却抢在头里先行一步,此乃浑水摸鱼、趁火打劫者的基本套路。囿于家事杂务的女子,同样也不乏此类策略。甲野装聋作哑着,即时发问道:

"伯父,这名儿叫东塔和西塔的,究竟是怎么回事?"

"那儿本来都归延历寺管辖。这么大的山里边,这寺院呢,这儿聚上一群,那儿聚上一群的,于是呢,就把它们划分成了三块,东塔和西塔的名儿,我想一准就是这么来的。"

"哎呀,我说,这跟大学里分什么法学部、医学部、文学部的,还不都是一回事儿?"宗近从一旁插嘴道,装作了然于胸的样子。

"是啊，就是那么回事。"老人当即表示赞同。

"就像有首歌里唱的，'东边是阿修罗，西边傍近京都，横川的深处，那才是安居乐业的好地方'，横川是我见过的最清寂的去处，是适合做学问的好地方——那得从刚才提到的那座相轮塔那儿，再往里边走上个五公里地才是。"

"哎，我说，难怪咱俩什么都没见着，就打那儿走过了的。"宗近又对甲野说道。甲野一言不发地在那儿恭恭敬敬地听着老人的一番解说。老人正说到兴头上。

"《索拉》谣曲里不是有一首叫《船弁庆》①的吗？——此人即是在西塔附近待过的武藏坊弁庆——弁庆他就在西塔住过。"

"那弁庆读的是法科，像你这样的，只能读横川这样的文学科类。爸爸，那叡山的大学校长又是谁呢？"

"你说大学校长？"

"叡山的——就是一手创建了叡山的那位。"

"你是说叡山的开山？这开山嘛，可是传教大师②啊！"

"上那种地方去修建寺院，真够难为人的，太不方便了，就算有办法我也不愿意。这可都是往昔时代的好事者在那儿异想天开！你说是不是，甲野？"

甲野则是不得要领地胡乱应了一声。

---

① 日本能乐名曲之一。大致内容为，源义经为了消除乃兄源赖朝的猜疑，率武藏坊弁庆等随从攻陷京都后，抵达了摄津国（今）的大物浦，并在这里大摆筵席，准备驾船出海，船在海上遭遇风雨狂作，最终凭借弁庆祈求神明之功，将现身作祟的平家亡灵一一降服。
② 指最澄。

"这传教大师啊，我跟你讲呀，他就出生在这叡山的山脚下。"

"还真有这么回事，你这么一说，我就明白了。甲野，你也明白了吧？"

"什么？"

"坂本那地儿就竖着这么根木桩，上面写着'传教大师诞生地'的字样。"

"他就出生在那儿！"

"唔，真的？甲野，你也留意到了吧？"

"我可没留意。"

"那时候你光顾着把心思放在脚底板打起的水泡上了。"

"啊哈哈哈哈——"老人又笑了起来。

观者，不见也。古人云：五蕴①之中，唯有想，最不可企及。徒劳地、一遍又一遍地将"真"写在"逝者如斯夫，不舍昼夜"的逝川上，却全然不曾察识到，逝去的波浪，此刻正承载着刚刚写下的"真"字杳然逝去，这种无常便是世界的常。称某处堂庑为"法华"，称某块石头为"佛足"，称某座宝塔为"相轮"，称某家寺院为"净土"，以为记述了名称、年月和历史，便"吾事已毕"，这样的想法，就如同搂着尸骸却把它当成了活人一样。所见者，非为名；所观者，非为见；至高无上的太上之境，便是要摆脱形的遮蔽，进入普遍的理念之中。甲野虽然爬了叡山，却依然对叡山一无所知，

---

① 佛教"五蕴"，指色、受、想、行、识五项，它们涵盖了人的身心全部；其中色属于物质的方面，受、想、行、识均属心理、精神方面。

原因就在这里。

过去正在死去。守护王城鬼门,得擂响大法鼓,吹起大法螺,竖好大法幢,这样的古昔时代早已无从得知。将佛陀长眠的中堂和华盖缀满蛛网的古伽蓝,从桓武天皇①时代给挖掘出来,并以徒劳无益的评议将其身上的千古尘土洗刷一清,那得是一天有四十八小时可供其游手好闲的闲人才做得到的事情。现在,则是"时不我待"。有道是:"有为天下落眼前,双臂截风鸣乾坤。"——就因为这样,宗近纵然上了叡山,也依然浑然不知叡山之为何物了。

只有老人是太平的。天下兴废,岂非系于叡山刹那间所发出的指令,俨若昼夜更替的那样,在更新着它的面目?老人似乎对此深信不疑地在那儿娓娓动听地谈论着叡山。这谈论本是出于对年轻人的一片好意,只是年轻人听来,多少觉得有些困惑不解。

"你说不方便?人们正是为了修业,才特意挑了这么座山来修建寺院的。如今的大学什么的,都修建在过于方便的地方了,日子过得太过奢侈,这怎么行啊。这书生都被惯坏了,张嘴就是西洋糕点和威士忌什么的……"

宗近表情怪异地望了甲野一眼,甲野倒是格外的一本正经。

"爸爸,听说叡山那儿的和尚,到了晚上十一点钟,都要跑到坂本那儿去吃上碗荞麦面的。"

"啊哈哈哈哈,哪来这样的事哦?"

---

① 桓武天皇(781—806),日本第五十代天皇。

"啊呀，这可是真的！甲野，你说是不是？就算跑来跑去的有些不便，可因为想吃自己想吃的东西，也就……"

"那敢情都是些游手好闲无所事事的和尚吧？"

"要这么说，那我们岂不也都成了游手好闲无所事事的书生了？"

"你们哪，比他们还要游手好闲无所事事来着！"

"你说还要游手好闲，那就还要游手好闲好了，只是——从那儿到坂本，足足有两里的山路呢！"

"应该有这么远吧？"

"晚上十一点钟，从那山道上下来，就为了吃上碗荞麦面，然后还得重新爬上山去……"

"你想说什么？"

"要不是格外的游手好闲，那真还做不到哩！"

"啊哈哈哈哈！"老人鼓起个大肚子笑开了。笑声大得连洋灯的灯罩都似乎惊骇了一下。

"可纵然如此，往昔年代里应该还是会有些刻苦修行的和尚吧？"这一回，甲野像是突然间想起了什么似的，在那儿试着问了一声。

"这样的和尚，现在也还是有啊！就好比刻苦认真的人在咱们这个世界上总是难得一见，这样的人在和尚里边也一样并不多见——不过现在也并非一个都找不到。这座寺院毕竟年代久远。它最初名叫'一乘止观院'，等到改名'延历寺'，那多半是很后来的事了，据说早从那会儿起，寺院就有了很特别的修行戒律，和尚得在山上幽禁上十二个年头。"

"那岂不是连吃碗荞麦面的去处都没了？"

"压根儿——就不下山——"

"就这么在山上熬着年头的,也不知道他们心里是怎么想的?"宗近这会儿像是自言自语似的在那儿说道。

"那可是为了修行哪!你们呀,也别再那么游手好闲着无所事事的了,该跟他们学着点儿才是。"

"这可学不来。"

"为什么?"

"什么'为什么'?虽说还没什么事情可以难得住我的,可要我去过这样的日子,那岂不是抗命不从?"

"抗命?"

"您不是一见我,就在那儿唠叨着要我娶个媳妇回家的吗?这从今往后的,要是在山上幽禁上十二个年头的话,到了娶媳妇的那一天,我还不都已是腰背佝偻的岁数了?"

举座哄堂大笑了起来。老人稍稍抬了抬头,倒撸着谢了顶的脑袋,下垂的两颊颤动得就好像要掉落下来似的。系子则俯下脸去,为了憋住不笑出声来,双眼皮的眼睑都已是绯红一片。甲野也打破了他的沉默:

"哎呀,修业虽也要紧,可要连媳妇都娶不上的话,那也够呛。毕竟两人都得迈过这道坎的,还真是麻烦——钦吾也早已到了该娶媳妇的时候了。"

"咦,怎么突然间……"

甲野回应道,显得老大不快的样子。他心下盘算着,与其结婚,还不如上叡山去幽禁修行上个十二年头哩。钦吾的心思,迅捷地映在了系子洞察秋毫的眼睛里,她那娇小的心胸一下子变得凝重了起来。

"可你母亲,该会替你担心的吧?"

甲野什么都没有回答。眼前的这位老人是在把自己的母亲当作寻常的母亲看待。这世界上还没有谁能一眼看穿母亲的心思。只要看不穿母亲的心思,自然也就无法同情自己了。就这样,甲野被渺茫地悬在了天地之间。他早已打定了主意,准备就这么独自一人地,苟活在这个灭绝的世界上。

"你老这么犹犹豫豫地拖着,藤尾她大概也会觉得很为难吧?女孩子家的,可不比男孩子,错过了时辰,再要打发她出嫁就没那么容易了——"

受人敬重和爱戴的宗近的父亲,都依然在替母亲和藤尾她们说话,甲野自然只好无言以对了。

"一也得赶紧娶个媳妇才是,我都已经这把年纪了,说不定什么时候就会有什么事情的——"

老人这是在用他自己的心思揣度着自己母亲的心思。虽然都同样被人称作父母,可父母与父母之间,心思却有天壤之别。然而,甲野却无法作出解释。

"外交官让我给考砸了,看来这事儿是指望不上了。"宗近从一旁插嘴道。

"考砸了那是去年!今年到底如何,都还不知道呢,是吧?"

"嗯,是还无从知晓,不过呢,看样子还会考砸的。"

"怎么这么说?"

"还不是游手好闲无所事事得太过分了?"

"啊哈哈哈哈!"

今晚的交谈,便始于这"啊哈哈哈哈",又终于这"啊哈哈哈哈"。

九

　　真葛之原①，绽放的女萝花，从芒草丛中利索地穿行而过，它那高挑得令其生出悔意来的身子，优雅地躲过了秋风，谨小慎微地向前穿行着，穿越过时降时止的秋雨，来到了冬季，色泽渐渐变褐，变黑，在星星点点落下的寒霜里，在漫无尽头的严冬中，朝朝夕夕，无依无靠，在那儿维系着它那纤弱的生命。冬季不厌漫长地整整延续了五年之久。寂寥的花卉这才从寒夜中挣脱了出来，混迹在了一个不识贫寒为何物的姹紫嫣红的春天的世界里。就像大地、天空一任春风驰荡，万物生机勃发，纷纷披挂上一身富贵的色泽，女萝细茎的梢头，也在悄然间绽放出了金黄，俨然来到一个不该由它前来栖居的世界似的，在那儿瑟缩着身子，担惊受怕地呼吸着。

　　时至今日，自己一直怀着远比珠玉还要晶莹的梦想，光顾着去把自己的眼睛赋予那置身在一片漆黑中的钻石，并将自己的身体和心灵也一并许诺和托付给了它，以致再也无暇去顾及身边或别的什么事情了。穿过黑夜，穿过两百里的遥远路途，待从幽暗的口袋里取出这怀揣着的晶莹珠玉，此时

---

① 指京都东山山麓，古昔为墓地，位于今圆山公园东部一带。真葛，即甘葛藤。

的珠玉，却早已在现实世界的光照下，失去了几分往昔的光彩。

小夜子是个属于往昔的女子。小夜子所能怀揣的，只是属于往昔的梦想。让往昔的女子怀揣着的往昔过去的梦想，与现实之间隔着两道关隘，本来不会有重逢相遇的机会。就算偶尔蹑手蹑脚地挨近过来，也会让一声狗吠给吓退了回去的。小夜子心里不免犯起了嘀咕，不由得怀疑起自己来的是不是地方。她甚至隐隐地察觉到，自己怀揣的梦想，本是一份不该怀揣的罪愆，把它藏掖在遮人眼目的包袱底下，一路上反而更加容易招人怀疑。

该回到往昔的岁月中去吗？一滴油，一旦掺杂到了水里，就再也无法重新回到油壶里去了，不管你乐意不乐意，都只得随同水流一起流逝而去。想丢弃这份梦想吗？要是能丢弃的话，早就趁着还没来到现实光照之前就已经把它给丢弃掉了。只怕丢弃过后，这梦想又会飞扑而来的。

自己的世界被分割成了两半，分割的世界一旦分头运作起来，便会产生痛苦的矛盾。众多的小说，对此类矛盾冲突，多有自鸣得意的描述。就在小夜子与新桥车站相遇、碰撞的那一刻，她的世界便出现了第一道裂痕，这之后，裂痕终将布满她的整个世界。小说便是从这一刻发轫、起始的。从今往后，再也不会有谁，会比这个赋予小说推进动力的人物，生活得更可怜的了。

小野那儿也同样如此。丢弃了的往昔岁月，拨拉开蒙在梦想上的厚厚尘埃，从历史的垃圾中探出它那脏旧的脑袋，就在你惊讶着的当儿，直挺挺地朝你走了过来。悔不该当初丢弃它的那会儿，没能结果了它的性命，就因为没能结果性命，如今只得听任它在那儿重又苏醒了过来。枯萎的秋草，让乍暖还寒的天气给搅的，竟然认错了节气，从燠暖的阳光的闪烁中苏醒了过来，真是叫人可叹。对苏醒的生物施以棒杀，本与诗人的风流倜傥南其辕而北其辙。既然人家都撑了过来了，自己就得出面去慰劳一下。自从来到这个世上，自己还从来不曾做过一件对不起人的事情哩，今后也压根儿不想去做。为了不至于做对不起人的事儿，也为了对得起自己，小野暂时躲进了未来的衣袖的后面。紫色的气味越来越浓郁，就在小野壮起胆子准备用它来对付那正在逼近的往昔岁月的幽灵，踟蹰着还不知结果会怎么样的当儿，小夜子抵达了新桥。小野的世界也随之出现了一道裂缝。就像小说的作者觉得小夜子挺可怜的那样，他也在为小野觉得可怜。

"您父亲呢？"小野问道。

"出去一会儿。"不知怎么的，小夜子显得有点儿羞怯。打从搬进这个新家的第二天起，父女俩组成的这个家便开始了春日的忙碌，连梳洗一下湿闷的头发的余暇都没有，映在诗人的眼里的那身日常起居的棉衣，也显得格外的寒酸——对着镜子，目不转睛地在那儿梳妆打扮，玻璃瓶里散发出的蔷薇的芬芳，轻轻地抹在了云鬓上，就在这当儿，琥珀梳子将那翠绿一缕缕地梳解了开来——小野马上想到了藤尾。有人在他心里这样说道：就因为这个，那往昔过去，你可不能再要它了！

"挺忙的吧？"

"行李什么的都还没来得及打开来呢……"

"我原先打算过来帮点儿忙的，可昨天和前天都安排了活动，所以……"

天天都被人请去参加活动，这证明小野在那方面已有了自己的名望。可到底是哪方面呢？这却是小夜子无从揣想的。只是觉得那要比自己高出不知道多少，是自己根本无法接近得了的方面。小夜子低下头去，眼睛望着搁在腿上的右手中指的那枚金光闪烁的戒指——这枚戒指自然是无法和藤尾的那枚相匹配的。

小野抬头将屋子扫视了一遍。低仄的天花板早已褪色泛白，有那么两处，木头节疤的孔眼都历历可见，加上天雨屋漏时留下的水渍，还有比比皆是的比蜘蛛网还要稠密的煤烟屑结成的块儿，就这么黑乎乎地悬挂在那儿。左手第四根木檐的半腰间横插着一根杉木筷子，细长、四方的筷子端头，不出所料地朝下弯曲着，想来就是先前搬走的那家租客，用来穿上绳子吊挂冷敷胸口用的冰袋的吧。用来分隔出另一间屋子的那两扇纸拉门上的花纹纸，用的是描了点儿金粉的西洋纸，上面排列着的数十个几何图案，都带有英国葵属植物的模样。装饰成公馆、宅邸气派的门的边缘，被涂成了黑色，越发地显得鄙俗不堪。庭院也只是徒有其名，不过是顺着将两间屋子给贯通起来的那道游廊七绕八拐上一气而已，宽窄都还比不上茶色博多带[①]。高不足一丈的桧柏，在春天里有点儿英雄无用武之地的味道，尖利地支棱着隔年的针叶，在庭

[①] 江户时代，地方须向幕府朝贡一种名为博多织的织锦缎，博多带即为以此类织锦缎制成的和服腰带。

院里枯瘦地挺立着，它的身后，隔着半腰高的一垛女墙，邻居的说话声听上去就像是近在耳边似的。

这住处，毫无疑问，还是小野替孤堂先生张罗来的，可实在是太鄙陋了。小野从心底里嫌弃这样的住处。无论如何，等有了自己的住处……他想。他希望自己能住上这样的屋子：给篱笆墙添栽上一丛辛夷，在叶兰的背阴处铺上一层松苔，它们的上方，则是让春风吹拂着的整洁的手巾——藤尾跟他说起过，她要的是这样的住处。

"承蒙您照应，这才找到了这么好的住处……"浑然不知什么才是值得称道的小夜子这么说道。她要真把这儿当作了好住处的话，那可就太可怜了。这就好比请人去吃了顿并不怎么高档的鳗鱼饭，被请的那位便在那儿感恩戴德——"这可都是托了您的福，我才头一回吃上这么美味的鳗鱼饭！"据说，请客的这位，从此就再也没有正眼瞧过那位感恩戴德者一眼。

招人怜爱和被人轻蔑，这种情况，在某些场合，往往是同一回事。小野确实看不起真心对他表示感激的小夜子，然而他似乎并没有察觉到，那里边，似乎还是有些值得让人怜爱的东西的。这是紫色在作祟。一旦紫色作祟，就会让他变成三角眼的。

"一心寻思着想找一处更好一点儿的地方，可找来找去，就是没有合适的……"

小野刚这样解释着，小夜子便马上打断了他的话：

"不，这就已经挺好的了！爸爸也挺喜欢的。"

小野觉得小夜子过日子真够吝啬的。小夜子却浑然不知小野在想些什么。

　　细巧的脸蛋稍稍朝后躲着，没抬头，只是眸子朝上偷偷打量了一眼小野的模样。怎么看，都跟五年前完全换了个人样儿了——眼镜变成了金边的；久留米碎白花纹的和服变成了西装；短平头变成了一头铮亮的长发；胡髭呢，更是赶上绅士的派头了。也不知道是从什么时候起，小野已蓄起了浓黑的胡髭。他不再是原先的那个书生了。时尚新潮的衣领，一转动起肩膀来，就连装饰别针都会在那儿熠熠生辉。高档挺括的西装背心的内插袋里正装着天皇陛下恩赐的那块表，至于另一种比这更贵重的金表，自然更是小夜子那纤小的心灵连做梦都想象不到的。小野已经完全换了个人样儿了。

　　这五年里，那个在自己的梦境中日夜萦绕、难以忘怀，甚至比自己的生命还来得光鲜的小野，并不是这样的一个人。五年早已成了往昔过去。袂长袂短，东西两分，暮云锁住离愁别恨，就连相思的门扉也一并被堵塞上了，疏于重逢的这些岁月，小夜子心里自然也早已有了准备，要小野一成不变，那是不可能的。刮风时她会联想到小野的变化，下雨时她会联想到小野的变化，月盈月亏，花开花落，都会让她联想到小野的变化，小夜子就是这样挨过了这段日子的。可在走下站台的那一刻，她在心里念叨着的，却是不希望眼前会出现这么大的变化。

　　小野的变化，并非吴下阿蒙式的，而是从往昔自然而然地变得勇毅果敢的一种变化。他的变化方式，是转身扭住早已褪了色的往昔过去，将它摁倒在地，并赶在小夜子抵达新桥的前夕，心急火燎地替她虚构出一个辉煌耀眼的现在。他不让小夜子太挨近自己。他要让她伸手似乎都难以触摸得到自己。小夜子怨恨着想变也变不了的自己。她觉得小野把自己换了个人，就是为了疏远自己。

他来新桥接站，还雇车送我们上了旅店，不仅如此，还在百忙中四处张罗，替我们这脑筋迟钝的父女俩租下了可以落脚的屋子。小野还是跟过去一样亲切。父亲这么说来着。我也这么觉得。不过，就是隔着一层生分。

刚走下站台的那会儿，他便跟我要了行李过去。就这么点儿连个包袱都算不上的行李，压根儿就用不着让他帮着拎的，可他硬是一把抢了过去，连同围毯一起，走在了头里。望着他迈着急促碎步的背影的那一刻，不由得生出了"这一下可……"的感叹。走在头里的他，看上去不像是在给远道而来的父女俩带路，倒像是为了赶上晚了点的父女俩，在那儿一路小跑着追赶上来似的。所谓符契，便是把瓜儿一剖为二，各持其半，再拼合起来，细加审视，然后作为信实的证据。一直让自己守护着的，看作比天上悬着的太阳还要来得金贵的那份梦境，一旦把它从香味早已泄漏了漫长的五个年头的"时间"的袋子里取出，细加比较一番，觉得它未必会有太大的变化时，这"现在"便在倏忽之间退缩到了遥远的地方。手里攥着的符契失去了它的效用。

一开始还以为是从背阴的地方出来，让日头给晃了眼睛的，心想，说不定等稍稍习惯些了，就会好的。可仰仗着日子一天天地逝去，一回、两回、三回、四回地见面，小野却越发地变得彬彬有礼起来，小野越是这样彬彬有礼，小夜子就越发觉得自己很难接近他。

小夜子温柔地收缩起滑向咽喉的长长下巴,眸子朝上偷觑了小野一眼,她发现,小野的眼镜变了,胡髭变了,发型变了,身上的装束也都变了。当她发现了所有这一切变化时,便在心底里轻轻地叹息了一声:"啊——"

"京都的樱花开得怎么样?这会儿恐怕都谢了吧?"

小野突然把话题转向了京都。和病人聊病情,那是为了宽慰病人。驱使小野纵身跳入那令他觉得不堪的往昔,倒退到那早已松散了的记忆的捻绳那儿,谢天谢地,那只是出于诗人的同情之心。小夜子骤然觉得自己跟小野挨近起来。

"恐怕都已经谢了吧。从京都出来前,我去了趟岚山,当时樱花刚好开了有八成的模样。"

"也该开成那样了吧。岚山那儿花期总要早些,那你去得还正是时候。是和谁一块儿去的?"

赏花人繁若夜间星空中数不胜数的星宿,可愿意陪着自己前去赏花的,天地间除了父亲,就再也找不出别的什么人了。要不是父亲——就是在心里,小夜子也都没说出父亲这两个字。

"果然还是和你父亲一块儿去的吧?"

"哎。"

"一定玩得很尽兴吧?"小野抢在头里说道。也不知道怎么回事,小夜子觉得自己挺没出息的。小野便改口道:

"岚山那边跟从前可是大不一样了吧?"

"哎,大悲阁温泉那些地方,都已盖起了很气派的房屋……"

"是吗?"

"那儿不是有座小督之局①的墓吗？您是知道的——"

"嗯，我知道。"

"那儿呀，如今全都成了临街的茶屋，好不热闹。"

"一年年地，都越变越俗气啦！还是从前那会儿好。"

这之前让小夜子感到疏远了的小野，此刻与自己梦境里的那个小野，"啪"的一下叠合在了一起。小夜子不由得吃了一惊。

"你真这么觉得，还是从前那会儿……"小夜子只说到一半，便故意将眼睛投向了庭院。庭院里什么都没有。

"我跟您一块儿上那儿去玩的那会儿，可没像现在这样喧闹拥挤。"

小野依然还是梦境中的那个小野。投向庭院的眼睛，又流盼了回来，正对着小野。金边眼镜和稀疏的黑色胡髭，一下子便映在了小夜子的眸子里。对面的这个人，已经不再是往昔的那个人了。小夜子抑制住自己喉头的冲动，缄默着不发出声音来，就像是想一下子摆脱那些令人怀念的陈年往事的话绪似的。有时候，跑顺了腿儿的，刚想拐个弯儿，却不料撞到了墙上。斯文优雅的绅士淑女的对话，也时常会在心里不断地碰壁。这一回还是轮到小野开口：

"您还跟从前那会儿似的，一点儿都没有变。"

"真的吗？"小夜子既像是在认可着对方，又像是在怀疑

---

① 中钠言藤原成范之女，最初与冷泉少将隆房相爱，后奉建礼门院德子之命入内，因受高仓天皇（1161—1181）宠爱而遭妒，遂隐居于嵯峨野，回宫后生下内亲王，后下狱二三年，被迫出家为尼。《平家物语》中对她有所描写。她的墓就在京都渡月桥的附近。

着自己似的，心情有点儿低落地回应道。真要是变了，那自己也就没必要这么忐忑不安了，可改变了的只是自己的年龄，还有恶作剧般撑大了的条纹布的衣裳，以及弹旧了的古琴，它们让她觉得恼恨。那把古琴，此刻就让罩子罩着，靠在了神龛那边。

"我可变了不少，是吧？"

"您呀，变得仪表堂堂的，就像是换了个人儿似的。"

"哈哈哈哈，那可不敢当。从今往后，我还指望变得更快些，就像岚山那样的……"

小夜子不知道自己该如何应答才好，两手依旧搁在腿上，就这么一直低着头。小巧的耳朵，从鬓发的末端那儿优雅地钻了出来，脸颊与颈项相交接的地方，就跟晕染似的拽出一道曲线，隐隐地延伸开去。整个儿就是一幅很美的画儿。只可惜坐在她正对面的小野，浑然不识这画儿的美。诗人所钟爱的是那种感性的美。像这样停匀有致的润饰，像这样的光线，这样的色彩，都是难得一见的。要是小野能在这一瞬间捕捉住这幅美丽的画，那么，说不定他就会回过头去，就连脚下皮鞋的后跟也会因为转身过猛而陷进了地里，朝那流逝了的五年时光，那往昔过去，飞扑而去。遗憾的是，小野就面对面地坐在那儿。在他看来，小夜子只是个毫无诗意的乏味的女子而已。就在他这么思忖着的当儿，在他鼻尖翻飞了一下的衣袖的香气，掠过眉宇间的浓紫，直冲他鼻子而来。小野突然间意识到，该是抽身离去的时候了。

"我下次再来吧。"他拽拢起西装的前襟，这样说道。

"就快回来了，所以……"她小声地作着挽留。

"我会再来的。等先生回来了，请务必替我问候。"

"我说……"说话声结结巴巴了起来。

对方一边猫起了腰来，一边在那儿等着"我说"的下文。她察觉到了他在那儿催促自己快点儿往下说。这个让人无法接近的人离自己越来越远了。她恨自己真没有出息。

"我说……父亲他……"

小野没来由得觉得心头一沉。女子则越发地张口结舌。

"我会再来登门拜访的。"说罢，小野站起了身子。自己想要说的话，他连听都不想听。转身离去的这个人，就这样无情无义地走了。既没有丝毫的眷恋，也不颔首打个招呼，就这么说走就走了。小夜子从玄关返回屋子里，惘然若失地傍着廊庑坐了下来。

天空欲雨又止，幽微的春光隔着淡淡的云霭，从高空中泄出，照向广袤的天地。头顶上方的晴日让云霭给窒扼着，虽说眼看就会放晴的样子，可总让人觉得有几分抑郁。不知什么地方响起了古琴声。自己那架本该让自己弹着的古琴，却连尘土都还没有拂去，仍套着罩子，挤在摆在那儿的两只印花布小包袱的中间，倚着墙，看上去孤苦伶仃的。郁金色的琴罩还不知道什么时候才会揭去呢。那无疑是一支早已弹得十分娴熟的曲子。玎玎玴玴，摁捺，拨捻，指尖在几道弦柱间从容地来回穿梭，唯有春天才会有的落英缤纷似的音色，显得机敏而又丰盈。听着听着，小夜子不由得想起了恍若昨日的那场雨。只听得父亲在那儿对着白天还在闪烁着的萤火虫和竹篱笆上青翠欲滴的连翘说了声："大清早的就下起了雨来，真够让人烦的。"缎子料的袖口动不动就在手腕上滑落下来。待将串了细长丝线的针尖"扑哧"扎在了红针线包上，挪动过身子，仿佛是要唤醒那鼓凸的长长的古桐的琴身似的，紧绷在琴板上的那一道道的琴弦，就在自己的手下，纷纷扬扬、兔起鹘落般地被摁捺、拨捻了起来。那支曲子的名字至今还记得很真切，就叫《小督》①。就在那令人感到抑郁的正午在自己着了魔似的指尖下被搓揉成碎片的当儿，父亲口中念叨着"辛苦了！"，亲手给自己递来了一杯茶水。京都，那是春天的京都，是雨和古琴的京都。其中又当数古琴跟京都最相配了。自己心仪的是古琴，按理说，就该合着在这幽静的京都城里栖居才是。一旦离开这古色古香的京都，那还不跟一心想要挣破黑夜的乌鸦似的，轩鬶环视，一片漆黑，正惊骇着想要折返回去时，天光却"哗"地一下全放亮了。真要是那样，当初还不如放弃古琴，改学钢琴的好。英文也还是从前学过的那点儿英文，如今差不多都已经忘得一干二净。父亲本来就规劝说，女孩子家的，没必要学这种劳什子。自己就是因为听从了这种生活在往昔世界里的老人的话，这才让小野给落下了的，如今更是赤了脚都难以追赶得上了。生活在往昔世界里的人，他们的世道早已奄奄一息。一旦老辈人先行离去，而新人们又将自己抛在了身后，那接下来的日子，一天天地由今天变成了明天，到了那一天，自己遥不可测的命运还不得岌岌可危？

格子门咔啦啦地被拽开了。生活在往昔世界里的人回到了家中。

---

① 山田流古琴曲之一。

"这回总算回家了！外面的尘土实在是太大了！"

"今天可没刮风呀。"

"是没刮风，可地上太干燥了——东京这地方真够呛，还是京都好多了。"

"可是，'快搬到东京去吧！''得快点儿搬家！'还不是您天天在嚷嚷吗？"

"我是这么说过来着，可过来一看，并不是那么回事。"老人在廊庑里拍打完袜子，这才重新坐了下来，"茶杯都摆出来了，谁来过了吗？"

"哎，小野他来过了……"

"小野？那可真是——"他嘴里这么说着，一边小心翼翼地将提拎回家的大包裹上交叉捆扎着的细绳一道道解了开来。

"今天呀，本来是打算买坐褥去的，可这电车，乘着乘着，就忘了换车，真够倒霉的。"

"哎呀！哎呀！"女儿抱歉似的在一旁微笑着。

"那您买了坐褥回来了？"她问道。

"啊，光买了坐褥就回来了，就为了买这个，耗费了我这么久！"说着他从包裹里掏出了仿八丈绢的黄色带条纹的坐褥。

"您买了几个？"

"三个！有三个的话，差不多够用了吧？来，你垫着试试！"他把一个坐褥递向小夜子。

"嘀嘀嘀嘀，还是您先垫着。"

"爸爸垫爸爸的，你也垫着试试。这坐褥还不错，是吧？"

"棉花好像有点儿硬邦邦的。"

"棉花嘛反正就这个价，也只能这样了。不过，就为了买这坐褥，结果电车都没坐上……"

"您不是说没换上车吗？"

"就是嘛！换车的事儿——我都事先拜托了车上的乘务员的，太可气了。所以回家时，我是走着回来的。"

"那还不把您给累坏了？"

"没事儿！走这点儿路，我的腿脚可还利索着呢！可就因为是走着回来的，胡子什么的全都沾满了尘土。你瞧！"说着，他并拢右手的四根指头，当作梳子，梳理了一下下巴上的胡须，果然就有微微发黑的东西掉落到了腿上。

"那是您不上澡堂去洗澡的缘故。"

"说什么呢，这可是尘土！"

"可是，今天根本就连风的影儿都没见过——"

"没有风也会尘土飞扬的，真是奇怪！"

"可是——"

"没什么可是不可是的！行啦，你自己上屋外去看看！很少有人会不被东京的尘土给吓一跳的！你那会儿在东京时也是这样？"

"嗯，尘土也很厉害。"

"好像一年比一年厉害。像今天这样，还是一丝风儿也没见着的天气来着。"说着，他从屋檐下朝外窥了一眼。天空中，春日的阳光曚曚昽昽地流溢着，让沉郁的心情稍稍歙开了一道缝隙。依然还能听得到古琴声。

"咦，谁在弹古琴哩？不错不错。弹的什么曲子？"

"您猜猜看。"

"要我猜！哈哈哈哈，爸爸可听不来！一听这古琴马上就会想起京都。京都幽静啊，多好！像爸爸这种早已背时的人，是不适合上东京这种喧闹的地方来的。东京这地方，哎呀，那可是像小野和你这样的年轻人待着的地方！"

背时的父亲是为了小野和自己，才特意把家搬到了这尽是尘土的东京来的。

"要不，咱们还是回京都去吧？"小夜子有点儿泄气的脸上浮现着笑意，这样说道。这笑意里有着对被世道疏远冷落了的父亲的体恤和同情，老人收下了这份孝心。

"啊哈哈哈哈，真想回去？"

"真要回去，那也没什么。"

"为什么？"

"要说为什么——"

"可是，不是才刚刚到了这儿吗？"

"就算刚到，也没什么好在乎的呀！"

"不在乎？哈哈哈哈，玩笑话——"

女儿低头看着地面。

"你说小野来过？"

"对，来过。"女儿依然低头看着地面。

"小野呢，小野呢，好像有些——"

"哎？"小夜子抬起了头来。老人看了女儿一眼。

"小野他——来过。"

"嗯，来过。"

"那，他说了什么？总该说上些什么吧？"

"也没说什么……"

155

"什么都没说？让他等上会儿就好了……"

"他有急事，说了'还会来的'，就走了。"

"是吗？这么说，他上这儿来，并没有什么要紧的事情了。是这样吗？"

"爸爸。"

"什么？"

"小野他好像变了个人儿似的。"

"变了个人儿？——啊，变得仪表堂堂了！在新桥见到他的时候，压根儿都认不出来了。好啊，这对大家都是件大好事啊。"

女儿再次低下头去。看来，心地单纯的父亲，似乎没能真正听明白自己对他说的话里的意思。

"他说我还跟过去一样，一点儿都没变。就算没变，可……"

这后一句话，就如同赤脚踩着了琴弦的末梢似的，在孤堂老人的脑袋里回响了起来。

"'就算没变，可……'可什么？"他催促她说出来。

"也是没办法。"她小声地加了一句。老人觉得纳闷。

"那小野他怎么说？"

"没说什么……"

诸如此类的询问和诸如此类的回答，又在父女间重复了好几遍。用劲蹬踏水车，水车便会一个劲儿地骨碌碌转动起来，随你怎么蹬踏，都不会有个尽头。

"哈哈哈哈，鸡毛蒜皮的小事儿，你别在意。春天容易让人觉得郁闷。今天这天气，就连爸爸都觉得很不舒服。"

让人心情抑郁的是秋天。古话有云：福兮祸所伏，祸兮福所倚。被人宽慰，也就意味着被人看低一头。小夜子默不作声。

"弹会儿古琴吧，如何？说不定可以消消愁、解解闷的——"

女儿楚楚动人地转过她那沉郁的脸庞，朝壁龛间望去。墙上不见有挂轴的影儿，显得空落落的，那把古琴就胡乱地竖着倚在那垛黑咕隆咚的墙角上，郁金色的琴套则裎露在春光里，显得格外的醒目。

"行了，还是别弹了吧？"

"不弹了？你说不弹就不弹了吧！那，小野他近来肯定忙得不得了！听说最近要递交博士论文什么的……"

在小夜子的心目中，就连银表都是多余的赘物。纵然有一百个博士，此刻也不会给自己带来任何的好处。

"怪不得老是那么匆匆忙忙的！心思扑在学问上的人，还不都跟他一个样儿？也用不着替他多担心，就是想悠着点儿的，那也办不到，只由得他去。哎，你说什么来着？"

"他就那样——"

"唔。"

"急匆匆地——"

"啊。"

"走了……"

"就走了？你这是说，他其实也用不着那么急的？他也是没办法，都是因为心思全都让学问给迷住了的缘故——所以呀，我不是跟你说了嘛，想让他抽个一天工夫，陪咱们上博览会去看看，你和他说了吗？"

"我没说。"

"你没说？你要说了那该有多好！你说小野来过了，那他来的时候你又干吗去了呢？就算是个女孩子家，嘴巴也得活泛些才行啊。"

一直就是这么笨嘴拙舌着让父亲给养育大了的，怎么现在才会想起责怪自己嘴巴不够活泛的呢？小夜子只得独自背负起这所有的不是来。她的眼里有些发热。

"也没什么！爸爸这就写信去问一下——你也别难过了。这不是在骂你。时间不早了，你做晚饭了吗？"

"就光煮了点儿米饭。"

"有米饭就行，用不着什么下饭的菜的！我之前拜托过的那个老太太，说是明天就会过来的。等再住上段日子，住习惯了，东京也好，京都也罢，也就没什么两样了。"

小夜子去了厨房。孤堂先生这才把放在壁龛那儿的那个包袱给解了开来。

十

　　谜一样的女人走进了宗近的家。谜一样的女人出现在哪儿，哪儿便会兴风作浪，煤块都会发出水晶般的光亮。禅家话语中有"花红柳绿"这样的说法，又有"麻雀喞啾，乌鸦聒噪"这样的说法，谜一样的女人则会让乌鸦喞啾，让麻雀聒噪。自从谜一样的女人来到了这世上，世界便一下子变成了一团错乱。谜一样的女人将挨近她身边的人都扔进了她那口煮锅里，用长短仅在方寸之间的杉木筷子在锅里来来回回地搅拌。若不觉得自己是个脑袋灵敏的人，你还挨近不了这个谜一样的女人。谜一样的女人就像一块钻石，晶莹得熠熠生辉，可你就是闹不明白她的光源来自何处。你从右边望去，光便闪烁到了左边；你从左边望去，光又闪烁到了右边；让众多的光亮由同样众多的切面折射而来，这是她的拿手好戏。能乐和狂言里的神舞差不多需要有二十道的面具，而这些神舞面具的发明者便是这谜一样的女人。谜一样的女人走进了宗近的家。

　　宗近家这位率真、快活的大和尚，怎么都料想不到，就是这么生来不得安分的女人，竟能一边到处享受着她的生活，一边却在那儿没完没了一个劲儿地搅拌着锅底的。中国贵重木材打制的书桌上摆放着唐刻本的法帖。厚实的坐褥上，鼓起的硕大肚子，正哼唱着"信浓之国，炊烟袅袅，炊烟袅袅"

这首吟咏火钵木炭的歌谣。谜一样的女人渐渐地走近了。

悲剧《麦克白》①里的妖婆，将从天下攫来的杂物，一股脑儿扔进了她的煮锅：石头背阴处，阴历三十的夜晚，蟾蜍神不知鬼不觉喷吐出的毒汁；漆黑背脊下藏了个通红肚子的蝾螈的胆；蛇的眼；蝙蝠的爪……煮锅咕嘟咕嘟地在那儿熬着。妖婆围着煮锅打转。枯槁尖利的爪子攥着的那把火钳，早已让好几个世代的诅咒给锈蚀得无以复加了。煮沸的锅里，黏糊糊地起伏着，泛着泡沫——读者诸君看到这一幕，会忍不住惊叫一声："可怕！"

这不过是一幕戏剧。谜一样的女人自然还做不了这等让人毛骨悚然的恶行。她居住在都市里，时代也都已经到了二十世纪了。她走进宗近家时，正好是响午时的光景。人们称锅底煮沸出来的为殷勤，称浮面洋溢着的为笑的涟漪，给锅里翻搅着的筷子取名为亲切，煮锅本身熬煮出的，自然更是精华中的精华、极品中的极品了。谜一样的女人不紧不慢、悄无声息地搅拌着，就连手势也都优雅得像是在演能乐。也难怪大和尚没觉得她有什么好可怕的。

"哎呀，天气都已经很暖和了。快，您快请！"硕大的手掌一边伸向坐褥，一边这样说道。女人故意在门口坐下，两手像寻常那样撑住地面，在那儿行礼。

"您这一向可好？"

"请坐到褥垫上来……"硕大的手仍在那儿向前伸着。

---

① 莎士比亚四大悲剧之一；此节请参见《麦克白》第四幕第一场一上来三个妖婆之间彼此呼应的那段台词。

"一直想来看您的,可家里没人,虽然心心念念地想来看您,结果还是隔了这么长时间都没能来看您……"她稍稍停顿了一下,正待大和尚准备说些什么的时候,谜一样的女人马上又接着往下说道,"实在是抱歉之至!"漆黑的脑袋一下子贴在了榻榻米上。

这女人不是只要说上声"哪儿的话,您太客气了……"就会轻易抬起头来的。有人说,礼数过于端庄的女人,会让人心里发瘆。也有人说,礼数过于周到的女人,会让人应对时发窘。还有人说,人有没有诚意,跟鞠躬致礼的时间成正比。五花八门,什么样的说法都有。不过,大和尚属于应对礼数时会觉得窘迫的那一路人。

漆黑的脑袋贴在榻榻米上,唯有声音从口中传了出来:

"您府上可都安康……我家钦吾和藤尾,每每多有前来相扰之处……日前则又承蒙您馈赠佳品,本该早早趋前致谢,无奈手头正忙于……"

说到这儿,她终于抬起了头来。宗近父亲也不由得跟着松了口气。

"哎呀,不成敬意的东西……也都是人家送我的。啊哈哈哈哈,这天气总算暖和起来了——"她突然间扯到了时令节气的话头,眼睛望向庭院,最后则说道,"您府上的樱花今年开得怎么样?这几天正是开得最盛的时候吧?"

"也许是今年阳气抬头得早,要比往年开得早些,四五天前,樱花开得正盛,可前天刮起了风来,都给刮得七零八落的了,已经……"

"赏花都赏不成了吗?那种樱花很少见得到。叫什么樱花来着？哎？叫浅葱樱？对呀！对呀！那颜色很少见得到。"

"多少带点儿绿，也不知怎么回事，这颜色，到了傍晚什么的，看上去总觉得有点儿阴森可怕。"

"是吗？啊哈哈哈哈。人称荒川樱花为绯樱。可您府上这棵浅葱樱，那才叫珍稀哩！"

"大家也都这么说来着，说八重樱虽然有好多的品类，可像这种花瓣带绿的，却是难得一见……"

"压根儿就见不到！要是让那些樱花迷谈论起来的话，樱花本来就有不下百来种的，所以……"

"哎——啊呀！"女人装作很惊讶地这么惊叹道。

"啊哈哈哈哈，樱花也不是可以让人给小看的。前些日子一他去了趟京都，回来后跟我说他去了岚山，我问他都看到了什么樱花，他回我说，只看到一种单瓣的，他这方面简直是一无所知。现在的人哪，日子过得也太漫不经心了，啊哈哈哈哈。怎么样？这点心里虽说做得不怎么精细，还是请尝一下吧！是岐阜的柿羊羹。"

"您别客气，您请。您别再张罗了……"

"不怎么可口，只是很难吃得到罢了。"宗近老人拿起筷子，从盘里掰下了一片柿羊羹，放在手心里，自顾自地大口吃了起来。

"说到岚山——"

甲野的母亲开口说道：

"前些日子，钦吾他又来府上，多有打扰，说是承蒙您的关照，让他长了不小的见识，我听了自然是欣喜不已的。这孩子，就像您所看到的，向来十分任性，想必也会给一带来诸多麻烦的吧？"

"哪儿的话，我听说，倒是一这边得到了钦吾许多的照料……"

"哪里哪里，钦吾才不像是个会照料别人的人哩。都长这么大了，居然连个朋友都没有……"

"一个人要是太用心做学问的话，自然就很难四处去找人交往了，啊哈哈哈哈——"

"我呢，就因为是个女人，根本不懂他那些学问的事，只是总觉得他一天到晚地在那儿闷闷不乐着——要不是府上的一愿意带他出去走走的话，看那样子，也就不再会有别的人愿意理会他的了……"

"啊哈哈哈哈，一正好倒了个个儿，不管是谁，他都能跟人打起交道来。就是在家里，也是一天到晚地跟他妹妹逗趣说笑的——哎呀，像他这种性格，也让人吃不消。"

"哪儿呀，像他这样开朗又直爽的，真是好啊！我平日里也一直在跟藤尾讲，哪怕钦吾他只做得到一的一半，我就心满意足了，只要钦吾他在咱们面前能再快乐那么一点儿，我也就心满意足了！——还不都是让他那身病给拖累的。我也知道，如今跟您发上这么通牢骚的，也派不上什么用场。就因为他不是我自己亲生的孩子，我这心里就老是七上八下的，不知道该怎么向世人交代……"

"您说得倒也在理儿啊。"宗近老人挺认真地回应道，顺手"噗"地磕了一下烟灰，将手中长长的白银烟管随手摺在了榻榻米上。几缕残留的烟雾，从烟斗里飘散了出来。

"您觉得如何？他从京都回来后，好像好些了，是不是？"

"托您的福……"

"前些天来我家的时候,还跟大家一起说了不少打趣的话来着,看上去兴致还挺高的哩。"

"哎——"甲野的母亲装作很惊讶的样子。

"他可真是让我伤透了脑筋。"她还真像伤透了脑筋似的,话音拖得长长的,这样说道。

"这,倒还真是——"

"就为了他这身病,一直到现在的,我还真不知道替他担了多少的心!"

"那就干脆替他把婚事给办了,说不定心情也会变得好些!"

谜一样的女人,让别人来替她说出她心里正在盘算着的事儿。亲手操刀,难免落下把柄,倒不如老老实实守在一边,等着对方自己脚下打滑跌倒。而要让他滑倒在地,只需在他脚下备好一摊烂泥就足够了。

"这桩婚事呢,我倒是朝朝暮暮的都在跟他念叨来着——可怎么跟他说,他却连'嗯'都不跟我'嗯'上一声。我呢,您也看到了的,也都到这个个岁数了,再加上夫君甲野他又那么突然地在国外说没了就没了的,摊上这么个情形,就是要我不操心那也做不到啊。就为了他好,我是一心只想着无论如何也要把他的事给尽早安顿好了的……说真的,在这之前,娶媳妇的事儿我都不知道跟他提过多少回了,可他倒好,每次跟他一提起这事儿来,他就在那儿一口回绝了你……"

"说实话,前些天见到他的时候,我还跟他多少谈到过这件事情来着。我都跟他说了,你要再这么固执下去的话,只会让你母亲更操心,她还不够可怜吗?所以你得趁着眼下这个时机,赶紧拿定了主意,也好让你母亲宽下心来,这不是更好些吗?"

"您这么贴心贴肺的,真叫我感激不尽。"

"哪儿的话,让人操心的事同样也少不了有我的份,我这肩胛上还不是承担了两个人的重负?想推都推不掉哩。啊哈哈哈哈,反正,该怎么说才好呢?就是岁数再大,这让你我操心的事儿,也还是会源源不断地找上门来的。"

"您这边的两位都还很好,可我呢——要是他一天到晚地用生病来搪塞人,老不娶媳妇的,那这中间万一我又出了什么事情的话,九泉之下我都没脸去见我的夫君。哎呀,我还真是弄不懂了,他为什么要这样听不进我的一句劝呢?每次我一说起什么,他就会说:'妈妈,我这样的身体,根本就指望不上照料这个家的,还是给藤尾找个姑爷回来,让他来照料妈妈吧!家里财产什么的,我一分一厘都不要!'哎呀,他就是这么跟我说来着。我要是他生身母亲的话,随你放出什么样的硬话都无所谓,可您也清楚,我跟他并没有这样的亲缘关系,真要做了这种不近人情的事情,那我还有什么脸去见人呢?我可真是被逼得走投无路了。"

谜一样的女人眼睛一直盯住和尚不放。和尚腆着个大肚子在那儿思忖着。烟灰"噗"地磕了一下。紫檀木盖子严丝密缝地合上了。烟管滚落在了一边。

"原来是这样——"

和尚的声音跟往常相比有些异样,显得有些低沉。

"要是我说上声'是吗',就好像是我这个继母在强迫他,

165

跟他唠叨个没完似的，那说不定就会争吵起来，说出些对您都说不出口的话来……"

"嗯，还真够叫人头疼的哩！"

和尚从手提烟草箱的一小格抽屉里取出一块郁金色的木棉抹布，细心地擦拭起鲸鱼须制成的烟草箱的拎襻来。

"要不，干脆我去跟他好好谈一下？要是你觉得开不了这个口的话——"

"真是让您多操心了……"

"那就不妨这样试试吧？"

"还不知道会是个什么结果呢，本来就那样神经兮兮的了，再要跟他提起这件事儿的话——"

"先别说这泄气的话，我心里清楚着哩，那些会惹得当事人心里发毛的话，我会避开不说的。"

"可万一，要是他以为还是我特意来求您去跟他说这些话的，接下来就跟我闹了起来……"

"那倒是挺窘的。莫非他真有这么神经质？"

"跟他说话得格外的小心……"

"唔。"和尚抄起了两只胳膊。袖子短了一截，粗壮的肘子看上去显得有些粗鲁。

谜一样的女人把人带到了迷宫里，她让他慨叹，"原来是这么回事"，又让他在那儿"唔"了一声，让他"噗"地磕了下烟灰，最后呢，又让他交叉着抄起了自己的两只胳膊。二十世纪所切忌的，便要数疾言和遽色这两条了。为什么这么说呢？你如果跑去跟绅士和淑女打听一番的话，他们便会异口同声地跟你这么说："就因为疾言和遽色这两条，是最容易触犯法律的。"谜一样的女人把事情做得这样审慎,尤其就怕忤逆了法律。和尚抄起他的两只胳膊,说了声"唔"。

"他要是固执己见非离家出走不可的话——那我自然不会就么么袖手旁观着一声不吭的——可要是当事人说什么都听不进我半句劝的话……"

"他不是说要找个姑爷吗?真要找个姑爷进门……"

"不,这话说不得,真要找了姑爷,麻烦可不小——可要是不事先考虑一下的话,一旦到了那一步,还真不好办哩,所以——"

"那倒也是。"

"真要考虑到这一层的话,那在他病情有所好转,态度也稍稍不像原先那么固执了之前,我还不能急着把藤尾给嫁出去。"

"是这么回事。"和尚歪着他那颗单纯的脑袋问道,"藤尾今年多大?"

"今年都已经二十四了。"

"真快啊!咳!几乎近在眼前,还以为她只有长这么高哩!"硕大的手挨近到肩膀那儿,摆出了从摊开的手掌间朝底下瞅去的样子。

"哪儿呀,也就是个子长得高大罢了,可根本就不顶什么用。"

"算起来,还真该有二十四了,因为我家系子是二十二。"

话题刚被暂时闲搁在了一边,对话便一下子泛滥无归了起来。谜一样的女人不得不使劲把话题重新拽回原来的轨道。

"您这边呢,也还有系子和一得替他们操心,这种时候,我却跑来跟您唠叨这些没用的话，想必您会觉得我是个根本不会体谅别人心情、吃饱了撑得慌的女人……"

"哪儿的话，您快别这么客气。说实话，这事儿呢，我也正想找您一块儿商量一下哩——因为我家一啊，这两天正嚷嚷要去当外交官什么的，这事当然不是一天两天就能定得下来的，可迟早总得娶亲成家的……"

"那是当然了。"

"所以，我就在想，您家藤尾——"

"啊。"

"如果是藤尾，啊呀，脾气性格也都熟悉，我也放心。一当然也不会提出异议——我看，他们俩倒还挺般配的。"

"啊。"

"您这做母亲的，意下如何？"

"像她那样说话行事一向欠考虑的人，却承蒙您如此抬举，我这做母亲的，自然有不胜庆幸之感，只是……"

"您不觉得他俩——都挺般配的吗？"

"真要是那样，那我家藤尾也真是有福了，我也就可以安心了……"

"您要觉得不妥，那也还可以另外……"

"我没觉得不妥，这么称心如意的大好事，上哪儿找去？只是钦吾的病很拖累人，而一呢，又是得承担起继承宗近家家业重任的金贵之身，虽然还不清楚他对我家藤尾是不是很中意，就算他愿意委屈自己娶我家藤尾做媳妇，我也让自己女儿高攀了他，可接下来，钦吾要是还是像眼下这样，那自然会让我心里七上八下的，一下子没了依靠……"

"啊哈哈哈哈，您要这么放心不下的话，只怕会让您担心个没完的！等到藤尾出了嫁，他钦吾还不得顺理成章地承担起责任来？钦吾的想法肯定也会和原来大不一样的，这很自然。您就这么办吧！"

"真会那样吗？"

"再说了，您也知道的，钦吾他爸爸也曾留下了话来的。咱们这么做，亡故的人应该也会觉着满意的，您说是吧？"

"您都想得这么周全了，我真是感激不尽。要是我夫君还在人世，也就用不着我一个人来——这——这么操心了——"

谜一样的女人的话，渐渐带来了一股湿气。让我手里这支疲于应对世事的笔最感嫌厌的，便要数这湿气了。好不容易才把谜一样的女人身上的谜给叙述到了眼下的这一步，我这支笔就在那儿发话了，它要我就此打住，说什么都不愿意再往前挪上一步了。上帝创造了白昼，创造了黑夜，创造了陆地和海洋，创造了一切，到了第七天，便宣布收工休息了。等潇洒自如地写完了这段谜一样的女人，这支笔也得去另一个有着朗日普照的世界，它得把这身湿气给祛除干净才行。

有着朗日普照的另一个世界里活动着一对兄妹。夹在楼上楼下之间的六帖席子大小的中楼，朝南，光线虽不算敞亮，格扇窗打开着，却让人心情舒畅，窗外是一棵两尺高的松树，树根盘结着隆起在信乐烧①的花盆中，虬曲枝干的影子则低伏在了廊庑里。一间②宽的素白底子的格扇纸上，零零星星

---

① 信乐为日本著名陶器出产地之一，所烧制的陶器，历史悠久。
② 日本旧时度量单位，约今1.8米。

地布满了秦汉瓦当的纹样,无数的飞鸟正穿越过波涛,朝窗门把手飞去。紧挨着的临时充当壁龛的那三尺来宽处,因为不喜欢挂上挂轴,就草草地扔了枝花在插花用的篮筐里边。

系子在壁龛那儿,将敞开着两只抽屉的针线箱挪到了格扇窗下,抽屉里塞满了五颜六色搅作一团的线头,都快溢出来了。屋子里寂静得都能听见手下缝去的针脚的幽微声响,春光则在这针脚下一针一针地逝去,可哥哥的大声说话声却把这寂静给搅了。

俯卧,此乃以阳春三月之睡姿,统摄天下春色。哥哥用尺子的端头,不时地叩击着门槛。

"系公,还是你这间屋子敞亮,比我那间舒适多了。"

"要我跟你换一下吗?"

"对了,跟你换,好像也没什么划算的——只是这屋子你住着实在是太奢侈了!"

"有什么奢侈的?又没有谁要住,我住着就不行吗?"

"你住也行啊!你住着好是好,可就是多少有点奢侈!再说这屋子里的装饰,怎么看都觉得不适合你这种妙龄少女的,你说是不是?"

"哪儿不合适了?"

"哪儿不合适?还不是这盆松树啊!那可是千真万确的,苔盛园都卖了爸爸二十五元的高价哩,你说是吧?"

"嗯,是挺贵重的盆景来着!要是把它给弄翻了,那可不得了!"

"哈哈哈哈哈,让人卖了二十五元高价的爸爸也真有他的,不过,费劲地把它搬到了楼上的你也真够厉害的。就算岁数拉开得再大些,这父女到底还是父女。"

"呵呵呵呵,哥哥真够傻的!"

"我傻?那咱俩也可以说傻得旗鼓相当了,谁让咱俩是兄妹呢!"

"哎呀,讨厌!我当然傻了。我是傻,可哥哥也好不到哪儿去!"

"你说我傻?那好,咱俩都傻,不就扯平了吗?"

"我手里可捏着你的把柄哩。"

"是傻的把柄吗?"

"是的。"

"这可是系公的一大发现!手里捏着什么把柄?"

"这盆景呢——"

"咦,这盆景——"

"这盆景呢——你不知道?"

"什么知道不知道的?"

"我挺讨厌它的!"

"咦,今儿我可是有了一大发现啦!哈哈哈哈,你讨厌它,那干吗还要搬来呢?又是这么死沉死沉的。"

"是爸爸自己搬来的!"

"你说什么?"

"说是楼上照得到太阳,松树会长得好些。"

"爸爸也真够体贴的。原来是这么回事,就因为这个,哥哥我才变傻了的。莫非,就因为爸爸够体贴,儿子才变傻了的?"

"说什么呢,口中念念有词的。喂!是在吟哦俳句的起兴吗?"

"哎呀,类似于俳句起兴的东西。"

"你说类似?那就是说,并不是真的在那儿斟酌俳句了?"

"你可真会穷追猛打不依不饶的。先不说这个,你今天缝的这件衣服可真够气派的,是什么衣料的?"

"你说这个?是伊势崎①吧。"

"未免也太光鲜了吧?是给哥哥缝的?"

"是爸爸的!"

"只知道给爸爸缝,一点儿也不给哥哥缝。自从缝了那件狐皮背心后,就再也指望不上你啦。"

"哎呀,讨厌!尽说些胡话来着!你这身上穿的,不也是我替你缝的?"

"这件吗?这件早就穿得不行啦。我瞧,像这样的——"

"咦,瞧你这衣领上的污垢!前几天才刚穿上身的哩——哥哥身上的油腻也太重了!"

"就算你再怎么数落我油腻重,这衣服也没法再穿了。"

"那等我缝完这件后,再抓紧替你缝吧。"

"给我用新面料?"

"哎,用洗过、浆过的面料。"

"该不会又是爸爸的旧衣料吧?哈哈哈哈,系公就会常常做些不可思议的怪事!"

"我做了什么?"

"你老是让上了岁数的爸爸穿新衣服,却老琢磨着让我这

---

① 指伊势崎绸缎,日本群马县的特产。

年轻的穿旧衣服，你不觉得这多少有点儿奇怪吗？照这样子发展下去的话，说不定到了最后，你自己在那儿戴上了巴拿马礼帽，可我呢，却只好戴上库房里堆放的草笠了。"

"呵呵呵呵，哥哥你这张嘴啊，真是能说会道的。"

"我就只是嘴巴能说会道？这可真够可怜的！"

"还有别的呢！"

宗近没吭声，他手托腮帮，正透过栏杆的缝隙，在那儿俯视着庭院里的树丛。

"还有别的哩！哎，我说你听到了没有？"系子的眼睛并没有从针线上移开，左手撮起的缝口，转眼间一针针地被缝严实了，只听得她口中说了声"这下行了"，随后松开了白皙柔软的指尖，这才终于朝她哥哥那边看去。

"还有别的呢，哥哥！"

"还有什么？光有这张嘴，我都嫌多了！"

"可还有别的呢！"她将缝衣针的针眼对着格扇窗，眯起了她那讨人喜欢的双眼皮。宗近依然故我地手托腮帮，气定神闲地在那儿望着庭院。

"你要我说给你听吗？"

"哦、嗯。"

下巴让手掌给托着，动弹不得，回答声是由喉咙穿过鼻孔发出的。

"是跟腿脚有关的，这一下你该明白了吧？"

"哦、嗯。"

藏青色的线头在唇边润湿了一下，用指尖捻尖了，再从第一下没能穿过的针眼里穿引而过，这可是女子的计谋。

"系公,家里好像来什么客人了?"

"是啊,甲野家母亲来咱家了。"

"甲野他母亲?那才是走遍天下无敌手的能说会道的主儿哩。哥哥这点儿功夫,怎么都赶不上她的。"

"不过,倒是挺有风度的,可不像哥哥看到的那样,净爱诋毁别人什么的,好像还不错。"

"你要是这么嫌弃哥哥的话,那就别指望我会帮你忙啦。"

"忙都还没帮呢,却在那儿——"

"哈哈哈哈,跟你说实话吧,为了酬谢你替我缝了那件狐皮背心,我正琢磨着过两天就带你去赏花来着。"

"樱花不都已经谢了吗?都这个时候了,还说赏花不赏花的。"

"哪儿啊,上野、向岛那边的樱花是谢了,可荒川①那边,眼下正是开得最盛的时候!从荒川到萱野,这一路走去,采撷上一些樱草后,再绕道王子,坐火车回来。"

"什么时候动身?"系子停下正在那儿缝着的手,将缝针插在了头发上。

"要不上那儿去的话,就上博览会的台湾馆去喝茶,看过彩灯后,再坐电车回家。你喜欢哪个?"

"我呀,想看博览会!等把手里的这件缝完,咱们就动身,啊?"

"嗯。所以呀,你得对哥哥好一些才行!像我这样对你好

---

① 发源于秩父山区西部的甲武信岳,经秩父盆地而流入关东平原,最终汇入东京湾。出版于明治四十年(1908年)的《东京导游》一书中的近郊部分,即有"荒川河堤之樱花"一节。

的哥哥，就是找遍全日本的，也碰不上几个哦！"

"呵呵呵呵，好，我会对你好的。哎，那边那把尺，递给我一下。"

"你要这么用心学做裁缝的话，不久，到你出嫁的那一天，我就买个钻石戒指来送你。"

"说得真动听啊，也就是嘴巴说说罢了！你哪来那么大一笔钱？"

"哪来那钱？现在当然不会有！"

"哥哥你怎么会没考上外交官呢？"

"就因为我了不起啊！"

"哎呀——放那边的那把剪子怎么不见了？"

"就在那坐褥的边上。不对，再往左边去一点儿。你怎么在那把剪子上佩了个猴子？是装饰吗？"

"你说这个？挺好看的吧？这猴子可是用皱纹绸缎缝的。"

"你缝的？还缝得挺像模像样的哩。你别的事都不行，倒是针线活行，还真是心灵手巧！"

"反正我是怎么也赶不上人家藤尾了，哎呀，快别那样，别把烟灰弹在游廊里！这个你拿去——"

"这是什么玩意儿？咦，厚纸壳的外面给糊了层千代纸①，准又是你一手制作的？你可真有闲工夫哪！这玩意儿到底是派什么用场的？用来装线的？把用剩下的乱线头装在里边？咦——"

"哥哥喜欢藤尾那样的女子，是吧？"

---

① 手工艺用的一种彩色印花纸。

175

"我也喜欢你这样的哦!"

"别把我给搅在里面——喂,我没说错吧?"

"倒也不讨厌。"

"哎呀,说话还藏藏掖掖的!真可笑!"

"可笑?随你说可笑好啦。甲野家伯母正在那儿一个劲儿地密谈着哩。"

"看情形,说不定也是在谈藤尾的事呢。"

"是吗?要不,去听听?"

"哎呀,快别去!我这会儿手头正等着用熨斗,就因为怕碍着他们说话,都没敢跑去取来着。"

"自己家里还这么怕碍着不碍着的,那可要不得,哥哥替你去取,好不好?"

"行了,你别去!现在要是下楼去,准会打断人家说话的!"

"还真够悬乎的!要不,我也屏息敛气地在这儿躺上一会儿?"

"用不着你屏息敛气的。"

"那好,我就让呼吸恢复正常地这么躺着?"

"快别再躺着了!就因为你这吊儿郎当的模样,才会没考上外交官的。"

"就是嘛!说不定那位考官也跟你一个看法。真拿他没办法!"

"你说拿谁没办法?藤尾她自然也会这么觉得的!"

缝纫着的手停了下来,正踟蹰着是不是该去把熨斗给取来的系子,摘下交缀着菱形纹饰的针箍,合着插满了银雨丝似的缝衣针的粉色针线包，一起收进了针线箱里，"啪"地落下了那只漂亮的鱼鳞纹漆盖。随后便手掌托在了让窗外的永日给映成了绯红的耳垂那里，右边的胳膊肘搁在针线箱上，藏掖在摊作一团的针线活下边的一双腿，则改作放松的坐姿，斜斜地舒展开去。贴身衬衣袖子那散乱花卉的鲜丽色泽，悄无声息地滑落在了柔和的胳膊上，清晰地露出的一截手臂，越发比平日光鲜醒目，在歪斜的丝带蝴蝶结的映衬下，显得光彩照人。

"哥哥。"

"怎么？收工不干了？怎么一脸神情恍惚的？"

"藤尾她可不合适！"

"不合适？你说不合适是——"

"她根本就没有上咱们家来的打算。"

"你问过她了？"

"这样的事，能冒冒失失去问吗？"

"还没问，你就知道了？都快成神神道道的巫婆了！你这手托腮帮、身子倚着针线箱的模样，倒是天下一道绝佳的风景来着！虽说是我的妹妹，竟然有这等美丽的姿色，哈哈哈哈——"

"随你取笑去吧，人家可是好心好意在跟你说话哩。"

系子这么说道，突然放下了原先在那儿支着脑袋的白皙手腕。齐簇簇的手指像是摁住了针线箱边角似的朝前垂弯着。靠着纸格窗的那半边脸颊上留下了手掌挤压的印痕，连同那耳垂一起，染上了一层绯红。俏丽地环围着的双眼皮垂了下来，正待将一对水灵灵的眸子藏掖在长睫毛下。妹妹从睫毛深处深情地望向哥哥宗近。只见哥哥方正的肩膀上肌肉鼓起,他用肘子撑起了躺着的身子。

"系公,伯父可是答应过我的,说是要把金表给我!"

"是伯父这么说的?"系子轻轻反问道。话音刚一落下,正待说出"可是"的时候,系子漆黑的眸子便突然藏掖进了长长的睫毛深处。色泽华丽的丝带蝴蝶结微微朝前一晃。

"没事儿的,我在京都那几天,也跟甲野这么说起过的。"

"是吗?"系子半抬起俯视着的脸,既像怀疑又像宽慰的笑意,一并浮动在了脸上。

"等哥哥过些天去了国外,再买些什么东西送你吧!"

"这一回的考试,不是结果都还不知道吗?"

"这不,就快发榜了吧。"

"这一回你一定得考上!"

"哎,嗯。啊哈哈哈哈,哎呀,行啦——"

"那可不行!藤尾她就喜欢学问好、靠得住的人。"

"未必哥哥我就该是学识浅陋、靠不住的人?"

"那倒也不是!虽说不是那个意思,可是——哎呀,打个比方吧,不是还有个叫小野的,你也知道吧?"

"唔。"

"他可是学业出众,颁得了一块银表的。说是眼下正在写他的博士论文哩。藤尾就喜欢他那样的!"

"是吗?哎呀!哎呀!"

"你'哎呀''哎呀'个什么呀?人家那叫体面!"

"哥哥既没颁得银表,又写不成博士论文,考个外交官又考砸了,简直丢人丢到家了。"

"喂，这儿可没人说你丢人什么的！你呀，只是太无忧无虑啦！"

"太无忧无虑了？"

"呵呵呵呵，还真是奇怪了，你倒好像一点儿都没为这个觉得苦恼的？"

"系公，哥哥虽说学业不求上进，考外交官又考砸了——这些都不去管它，随它们去好了，好歹在你心目中还算得上是个好哥哥吧？"

"我是这么觉得来着。"

"那小野好，还是哥哥好？"

"那当然是哥哥好！"

"跟甲野比起来呢？"

"这我不知道！"

明亮的阳光透过纸格窗，温暖地照在了系子的脸颊上。低俯着的额头看上去显得格外的洁白。

"喂，你头上还插着缝衣针呢，别忘了，要不可就危险了。"

只听得"哎呀"一声，系子轻轻翻扬起贴身衬衣的衣袖，从隐隐露出的衣袖内伸出两根手指，摁在插针的地方，轻轻拔下了那根缝衣针。

"哈哈哈哈，连眼睛看不见的地方都能用手灵巧地摸到，你要成了瞎子，准能成为手艺高超的按摩师！"

"我这是习惯了。"

"真有你的，了不起！系公，跟你说件有趣的事儿，你想听吗？"

"什么事儿?"

"在京都,我们落脚的旅舍隔壁,有个长得很漂亮的弹古琴的女孩子。"

"你明信片上,不都写着吗?"

"啊,是啊。"

"这事儿,我早就知道了。"

"我跟你说呀,这世界还真是无奇不有哩!哥哥跟甲野赶着上岚山去看樱花的时候,真还碰上了这个女孩子!光是碰上一面,那也没什么的,可问题是甲野却让人家给迷住了,结果把店家的茶杯都给打碎在了地上。"

"啊呀,真的?这下可——"

"很吃惊,是吧?后来坐夜行火车回东京时,和这女孩子竟然坐的又是同一班火车。"

"瞎说!"

"哈哈哈哈,结果竟是一块儿上东京来的。"

"可是,一个京都人,怎么会这么随随便便的,说上东京来就上东京来的,哪有这样的道理吗?"

"这里边,恐怕就有点儿缘分了。"

"把人家……"

"啊呀,你听我说嘛!甲野这家伙,一路上就一直在那儿担心,这女孩子是不是回去嫁人啦,或者别的什么啦……"

"好了,够了!"

"你要觉得听够了,那我就算了——"

"那女孩子叫什么?她的名字——"

"名字?可你不是说已经听够了吗?"

"告诉我一下行不行?"

"哈哈哈哈,你可用不着这么当真,其实都是我编的,全是哥哥瞎编的故事。"

"你可真够讨厌的!"

系子舒心地笑了。

十一

　　蚂蚁群趋于甘甜。人类群趋于时新。文明之民在剧烈的生存中抱怨着百无聊赖。他们得忍受一日三餐都无法安坐下来的忙碌，还得担忧着一路上会受到嗜睡症的侵扰。文明之民不顾一切地钟情于生，又不顾一切地贪恋着死。像文明之民这样对自己这么能折腾而备感自豪，又因自己陷溺于沉滞而倍感痛苦的，这世界上再也找不出第二个。文明呢，就是在那儿用剃刀刮去人的神经，用研磨棒把人的精神研磨退钝。数不胜数的人，早已麻木了刺激，却又在那儿渴望着刺激，他们纷纷朝这时新的博览会聚集而来。

　　狗贪恋着香味，人偏爱着色彩。狗与人，可以说都是对色与香感觉最为敏锐的动物。紫衣①云乎，黄袍②云乎，青衿③云乎，那都不过是把人唤来呼去的一件件道具而已。在河堤上奔跑着瞎起哄的④，想必都是些打着五花八门的旗帜的家伙。被人诱使着在那儿拼命划着船桨的，则都是些让色彩给诓骗了去的家伙。天下要数天狗的鼻子最显眼了。天狗的

---

① 古时须获敕许的高僧方可以穿着的紫色僧服。
② 古代中国皇帝的服饰。
③ 古代中国学子的服饰。
④ 指当时每年在隅田川上游举办的盛大划船比赛场景，参赛者主要来自东京帝大，也包括第一高校、高等商校等，观者甚众。

鼻子，早从远古时代起，就已鲜红得极为显赫了。色彩的吸引力无远弗届，所有的人都在朝着这色彩的博览会聚集而来。

飞蛾扑向灯火。人群趋从电光。光彩夺目之物足以歆动天下。举凡金银、玛瑙、琉璃、阎浮檀金①之属，之所以要在那儿熠熠生辉，无非是为了让早已黯然伤神了的眸子重新睁大，让早已疲惫不堪的脑袋猛然惊醒抬起。在让白昼缩短了长度的文明之民的晚会上，镶嵌在裸露的肌肤上的宝石显得独领风骚；而摄人心魄的钻石，更是远比人心都要昂贵。坠落在泥淖里的星光，即便只是些光影，也终要比砖瓦来得璀璨，此刻便辉映在前来观看灯彩的人们的心胸间。活跃在光影闪烁中的善男信女们，倾家出动，聚集到了这电光灯饰的耀眼璀璨面前②。

将文明归拢在刺激的口袋里加以筛选，这便是博览会了。而博览会一旦经由暗淡夜色沙滤过后，便有了璀璨耀眼的电饰彩灯的世界。一个人活在世上，即便活得很卑微，也会去寻求自己活在世上的证据，他为此跑去观看电饰彩灯，不由得大感惊奇了一番。早已让文明给折腾得迟钝麻木了的文明之民，便是在发出这声"啊"的惊叹时，方才意识到了自己

---

① 佛教语，原指从流经阎浮提（位于须弥山南边）森林的那条河流里所淘洗得的金沙，后泛指优质黄金。
② 据《明治大正风俗语典》（1979年）："明治四十年（1907年）三月至六月，上野公园举办的东京府劝业博览会上，因汇集三万五千八十四盏电灯，于周日、节庆假日及每月的初日、月半绽放而令人惊叹。（中略）在当时全国总共也才不过拥有八十五万盏电灯的情况下，三万五千盏电灯同时交相辉映，似乎连夏目漱石都不得不为之惊讶不已。"

生存在世的事实的。

　　张灯结彩的电车风驰电掣般地驶了过来，将装载的货物卸在了挂有"山下雁锅"①店招的那一带，仿佛是向人表示，快去见证你那生存在世的证据吧！"雁锅"许多年前就不复存在。车上卸下的货物，则各自怀揣着意欲恢复自己行将消逝的声誉的心思，络绎不绝地朝山林那边走去。

　　山冈掠过夜色，从本乡那儿开始一路隆起。浮现在朦胧之中的那片高地，朝东倾斜下一千来米，经由根津、弥生、切通②这三处下坡的道口，一路丈量着这一将会令人备感惊奇的工程，直奔下谷而去。纷至沓来的幢幢人影，全都聚集在了池端③。当今之世，再也找不到比文明人更想获得惊奇的人了。

　　挺拔的松树并没有遮挡住樱花，任其透过枝干间隙，映照在夜色里，春宵重重，风雨交加。先是一片花瓣飘落了下来，接着是两片，再接下来，趁着你在那儿计数的当儿，哗啦啦地一齐掉落了下来。一眨眼间，万片樱花被吹落到了地上，还没等前面的花瓣落地，便又有花瓣从树梢接踵而至。纷然飘零俨若雪花的樱花，在一阵忙乱过后，便不知不觉地消歇了下来，此时残留在枝梢的风雨，也渐渐收敛起了威仪。星辰早已隐遁，守护春夜的花影也失去了踪迹。就在这同一时刻，璀璨耀眼的电饰彩灯一下子点亮了。

　　"哎呀！"系子惊叹道。

―――――――――――

① 位于上野公园山脚下的一家烹饪鸡肉的料理店。
② 当时位于本乡区（今文京区）的几处地名和街道名。
③ 指上野公园不忍池一带。

"夜间的世界可要比白天漂亮多了！"藤尾这样说道。

芒草穗弯成的一道道圆弧，左右重叠着，金光闪烁的圆弧之间便交织出无数个半月来。藤尾的腰间便系了这么条宽宽的腰带。宗近和甲野则站在离这腰带一尺间距的身后。

"这可真是奇观！乍一看，还以为是龙宫哩！"宗近道。

"系子，看样子像是把你给吓着了吧。"甲野将帽子深深地扣到了眉际，站在那儿说道。

系子回了下头。夜色里的笑，仿佛是在水中吟诗。脑子里的所思所想，说不定是无从企及的吧。回了下头的系子身上的衣服，底色近于发黄，镂刻在上面的几道黑竖纹，比夜色还要幽深。

"给吓着了吧？"这一回换成了哥哥在发问。

"那你们——"藤尾撇下系子，回过头来。白皙的脸庞飒然间从漆黑的头发的阴影里映现了出来。脸颊边际映着远处的火光，微微泛红。

"我都来了第三遍了，还有什么好惊讶的？"宗近整个脸庞迎向光亮说道。

"惊讶中自有乐趣。女子乐趣多，真是有福啊。"甲野颀长的身子绷得笔直，站在那儿低头望了藤尾一眼。

乌漆的眼珠转动着射向夜色。

"那幢就是台湾馆？"系子信手指着水池的对面问道。

"最右边前面的那幢就是，盖得最漂亮的那幢，我说得对吧，甲野？"

"要是夜晚看去——"甲野应声附和道。

"哎，系公，简直就跟龙宫似的，对吧？"

"还真像龙宫哩。"

"藤尾,你觉得呢?"宗近始终在为自己龙宫的说法觉得挺得意的。

"你不觉得俗吗?"

"什么?你是说那幢建筑?"

"我是说你用来比喻的这个词。"

"哈哈哈,甲野,你妹妹她嫌龙宫这说法俗。就算俗,可它还是座龙宫呀,是不是?"

"比喻一旦巧妙贴切了,通常便会变得俗气。"

"比喻要是贴切了就会变得俗气,那不贴切又该变成什么?"

"也许就变成诗了?"藤尾从一旁插进来回答道。

"所以说,诗就是不切合现实。"甲野说道。

"是因为诗要比现实来得高贵——"藤尾注释道。

"这么说,比喻过于巧妙贴切便不免俗气,不巧妙贴切便成了诗。藤尾,那你倒是说几个粗劣笨拙、不着边际的比喻给我听听。"

"你真想听?反正我哥哥清楚着哩,是吧?你让我哥哥说好了。"藤尾锐利的眼角瞥了钦吾一眼。那眼角是在说:粗劣笨拙得不着边际的比喻,那便是哲学。

"那旁边的是什么?"系子天真无邪地问道。

火焰的线条划过黑暗,在那儿横切着天空中的,是屋脊;竖切着的,是柱子;斜切着的,则是屋瓦。星星被埋进了朦胧的深处,漫无际涯地铺展开去的暗淡的夜色之上,闪电曳出一道光亮,在虚空中疾驰而过;又曳出第二道光亮,从空中落下；俨然划着卐字的焰火，傍着地面在那儿旋转；临到末了，闪电的一端返身折回，待其从天帝星座的正中央穿越而过，随即又被抛掷到了高空中。就这样，电饰彩灯的塔楼闯入了屋宇间，屋宇则又与河床连成了一片，从不忍池的这头放眼望去，对面从左到右，全都让火焰给填满了，根本就找不出一处空隙，构成了一幅巨大的火的画面。

高莳绘①在黑中泛蓝的黑漆底子上，不惜工本地勾画出了厅堂，勾画出了楼宇，勾画出了回廊，勾画出了曲栏，也勾画出了圆塔和方柱，待勾画出这一切之后，依然意犹未尽地在勾画好了的画面上来来回回地勾画着，尽力不让画面留下一点儿余地。在空中纵横疾走着的火焰的线条，一点一画，纹丝不乱，它们就在这规整划一的一点一画中生龙活虎地活动着，光彩照人地在那儿活动着。只要它们一直在那儿活动着，你就始终看不出它们会有改变形状的时候。

"边上可以看见的那幢是什么？"系子问道。

"那是外国馆。恰好正对着咱们。从这儿看去，那是最美的。在它左边的那个高高的圆圆的屋顶，那是三菱馆。外观气派极了，还不知道怎么来形容它才好哩。"宗近在那儿稍稍踌躇着。

"只有当中是红色的。"妹妹说。

"就跟镶嵌在冠冕上的红宝石似的。"藤尾说。

"你别说，还真像哩！就跟见过的天贯堂②的那幅广告似

---

① 日本的一种泥金浮花漆画。
② 当时位于银座尾张二丁目（今西银座四丁目）的一家贵金属店，自明治二十年代起即以擅打广告知名。

的。"宗近佯装不知似的，在那儿把比喻彻底地鄙俗了一通。甲野悄声笑了起来，把脸仰向了天空。

天空低抑。浅黑的夜色正朝大地逼近过来，踟蹰巡逡着的星星因迷路而悬在了半空，倒浸在天宇间的连柱积甍的万千光点，直冲睡眼惺忪的星星射去，星星的眼睛火辣辣了起来。

"天空就跟烤焦了似的。说不定那还是罗马法王的冠冕哩。"甲野的视线在谷中和上野的森林之间画了很大一道圆弧。

"罗马法王的冠冕？藤尾，罗马法王的冠冕，这个比喻你觉得怎么样？看样子，还是天贯堂的广告强些——"

"随哪个都……"藤尾装作无心地随口说道。

"你觉得随哪个都行？反正不是女王的冠冕，对吧，甲野？"

"还很难说哩。克莉奥佩特拉头上戴的就是这种冠冕。"

"你怎么会知道？"藤尾咄咄逼人地问道。

"你那本书上不都画着吗？"

"这水，可要比天空清澈多了！"系子突然留意到。于是，对话从克莉奥佩特拉那儿移了开来。

池水，即便是在白昼也都如死寂，此时让不见一丝风儿的夜晚硬是给摁在了它的身影下。目力所及之处，越发见得波澜不兴的平静。这纹丝不动的平静究竟是从什么时候开始的？静滞着的池水自然是无从知晓的。如果是百年前开挖的水池，那么纹丝不动的平静也已经持续了有百多年了，如果是五十年前开挖的，那也已有五十来年纹丝不动了，从这只能让人作此感想的池底的深处，腐烂的莲藕正渐渐爆出绿芽，出生于混浊泥水的鲤鱼和鲫鱼，则忍着幽暗，缓缓翕动着它们的鱼鳃。电饰彩灯高悬的光影倒映在静寂的池面上，两百多米的池岸被映得一派通红，不见有丝毫的死角遗漏。黝黑的池水在一如既往的死寂中骤然释放出光色。隐潜在泥水中的鱼鳍也都燃成了火红。

一抹湿润的光焰顺着池岸延伸开去，通明着越过水池，抵达对岸，一路将横亘在面前的所有人与物，尽情地一一染遍。戛然截住了它的去路的，则是一座自西向东悬架在那儿的长桥。横跨在缕缕丝柏般水波之上的白色石桥，足足有二十道的桥拱，隆起在桥栏上的仿宝珠的雕饰，是一个个映照在夜色中的白光珠。

"这水，可要比天空清澈多了！"被系子提醒大家的这句话引领着，其余三个人的眼睛也都汇聚到了水和桥这边来。一个个间隔着一间的距离，在那儿高高地映照着石栏的电饰彩灯，从这边远远望去，就好像一字儿整齐地悬挂在天空中似的。它的下面，则是络绎不绝来来往往着的人流。

"那桥上全都挤满了人！"宗近大声地嚷嚷道。

小野带着孤堂先生和小夜子父女俩，此时便行走在这座长桥上。迫不及待想要体验一番惊讶的人群，穿过弁天大神神殿这边拥挤过来，走下对面山冈上朝这边拥挤过来。东西南北的人流，纷纷舍弃了广袤森林和广袤池塘周遭的景物，全都朝着这狭长的桥面上蜂拥了过来。桥上被挤得摩肩接踵。长桥的正中，巡察高举起弓形把手的灯笼，在那儿朝左右两边疏导着人群。来往的人流只得你挤我我挤你地，东倒西歪着挨挤过去，连脚都无暇落地。好容易找到了一块可以落脚的方寸之地，心下刚庆幸着，这下终于有了块可以落脚的地方啦！可就在这当儿，却已让身后涌来的人群给推搡到前边去了。难以想象这是在行走，当然也不能说这不是在行走。小夜子就像是在梦境中似的感到自己孤助无援。孤堂先生也觉得好生害怕，这所有的人全都东倒西歪地挨挤在了一起，莫非是要把他这属于过往时代的人碾压成齑粉不成？相比之下，唯有小野是踌躇满志的。这个伫立在杂沓的人群中便能拥有鹤立鸡群的优越感的人，即使在身子被挤得无法动弹的那一刻，也都能油然生出这种踌躇满志的感觉。博览会便是当今世界。电饰彩灯更是典型的当今世界。一心想着要体验一番惊讶感的人们汇集于此，他们便是当今世界的男男女女。仅仅是为了口中发出"啊"的一声惊叹，以便让自己增添一份生存在当今世界的感觉；仅仅是为了面面相觑着达成彼此所置身的世界即是当今世界的默契，一旦确认了自己的势力范围占了多数，接下来也就可以回家高枕无忧了。在这占了多数的当今世界的人们中间，就要数小野最有资格代表这当今世界。他的踌躇满志实在也不无道理。

踌躇满志的小野，同时又颇为不得志。他觉得只有自己是最有资格的当今世界的一员，这一点世所公认，没什么好客气的。可就因为要悉心照料和背负起那早已让时代给甩在了身后的行李，并且不是一个人而是两个人的，以致自己被当今世界误认为是与那个早已失势了的往昔过去沆瀣一气，还不仅仅被这样看待，简直就跟遭到斥责没什么两样。这就好比赶去看戏的时候，自己先会在那儿一个劲儿地揣酌，身上和服外褂的纹样穿得出去吗？会不会显得过时？结果自然就无法再专心致志地看戏了。小野觉得这事弄得自己挺没有面子的。只要人潮出现一点缝隙，他的脚下便急不可待地迈了过去。

"爸爸，您要紧吗？"小夜子从身后大声喊道。

"啊啊，还好！"拉开一间的距离，挤在陌生人中间，孤堂先生这样回应道。

"好像挺危险的……"

"没事，顺其自然地一路让人在背后推搡着走去，倒也省事。"待让过挤搡在自己身后的人后，他才好不容易和女儿又汇聚到了一起。

"老让人家给推搡着，可怎么也推搡不了人家！"女儿惊魂未定着，半边脸颊朝父亲推出淡淡的笑。

"用不着去跟人家推搡，你只管让人家推搡着就行了！"说话间，两人又朝前走去。巡察的灯笼掠过孤堂先生的黑帽子，在那儿晃动着。

"还不知道小野他怎么样了？"

"他在那儿！"她只得用眼睛这么比画了一下，若是伸手指去，就会有别人的肩膀给挡着。

"哪儿啊？"还没等孤堂先生来得及让两只脚站拢到一起，就不得不前倾着矮齿木屐的鞋尖，硬撑着朝前涌去。先生的腰一下失去了重心，急不可耐的文明之民便从身后骑跨了上来。先生的身子朝前倾斜着，眼看着就要跌倒在地，就在这千钧一发之际，被站在身前的文明之民的后背给挡住了，这才总算没有跌倒。文明之民终不失其为古道热肠之人，虽说到哪儿都喜欢急着朝前赶路，可也并不会拒绝用后背对人施以援手。

文明之波自然而然地涌动着，将这对孤立无助的父女，推拥到了傍近弁天大神神殿的地方。长桥到了尽头，待过桥人群的脚下刚踏上地面，人潮便一下子朝两边散开，漆黑的脑袋任意东西地分崩离析了开去。父女俩这才觉得总算又可以舒口气了。

透过流逝的春夜中那浓黑中泛蓝的夜色，一眼便望见了樱花。风吹雨打后尚未凋落的八重樱迟开的芬芳，正待寄愿于夜色的樱花的祈愿，都被这人世间的灯火朗然映照着。樱花俨若朦胧中镌刻出的粉红色螺钿，说是镌刻未免稍显生硬，可要说浮现，却又并不在空中。这样的夜晚，这样的樱花，到底该怎么来形容才显得贴切呢？小野一边在那儿寻思着，一边在那儿等着落在了身后的父女俩赶上来。

"好可怕，这人哪！"从身后赶了上来的孤堂先生这样惊叹道。他所说的可怕，是平常人们所说的实实在在的可怕。

"来了好多人。"

"我都想赶紧回家去了。这么可怕的人！也不知道从哪儿冒出来这么多的人！"

小野默默地嗤笑了一声。这些就跟小蜘蛛般几乎铺天盖地要将整座幽暗森林都遮蔽起来的文明之民，他们可都是自己的同类。

"到底是东京啊！上别处去又哪儿见得到这样的阵势啊？真是个可怕的地方。"

数即是势。有了势,就会让人觉得可怕。不足一坪①的腐臭水面上密密麻麻地涌出一大群蝌蚪来,这才叫可怕。更何况不费吹灰之力就繁衍出了这么多高等文明的蝌蚪,这样的东京,自然是会让人觉得惊骇了。小野又默默地嗤笑着。

"小夜,你还好吧?好险啊,差一点儿都快被挤散了。要是京都,哪会有这样的事啊。"

"过那座桥时……我这心就一直悬着,这可叫人怎么办才好啊!这么可怕……"

"好了,没事了。你的脸色看上去好像有点儿不好看,是累着了吧?"

"心里边觉得有点儿……"

"很难受?那是因为你不常走路今天却硬撑着给累的。再说又是这样的人山人海的。还是先找个什么地方歇上会儿吧。小野,这附近总该有个可以休息会儿的地方吧?小夜说她觉得难受——"

"是吗?只要到了那儿,就会有好多家茶屋的——"小野又一马当先地走在了头里。

命运挖就了这口圆池。环绕水池行走的人势必会在某处相遇,相遇后彼此脸上呈现出互不相识的表情,随后各自离去,这当然是很值得庆幸的一件事。有人这样写道:在人声鼎沸、天色昏暗的伦敦,那个你朝夕之间再怎么四处溜达都不用担心会让你碰上一面的人,那个让你眼睛睁得碟子一般大,腿脚都走僵直了,已倦于再去寻找的家伙,其实就住在

---

① 土地等的面积单位,一坪约合3.3平方米。

跟你只有一墙之隔的屋子里，在那儿眺望着让煤烟给熏黑了的天空。可纵然如此，他们还是见不上一面，一辈子都见不上一面，就是到了骨头化为舍利子、墓上杂草丛生的那一天，说不定也还是见不上一面。就这样，命运在以一道墙永远分隔着彼此思念的人们的同时，却又在圆池这儿让彼此并不思念的人们一下子相遇在了一起。这些让人好生奇怪的家伙，彼此绕着水池渐渐地挨近了过来。不可思议的针线忙着缀缝在幽暗的夜色里。

"怎么样，女孩子家的，想必累了吧？要不，就在这儿喝点茶，好不好？"宗近问道。

"女孩子家那还用问，就连我都觉得累坏了。"

"还是系公的身子骨比你硬朗些！系公，你还好吧？还能走吗？"

"还能走啊！"

"还能走？可真有你的！那，这茶不喝了？"

"可钦吾不是说，想歇上会儿吗？"

"哈哈哈哈，好会说话啊。甲野，系公这是在体贴你，想让你歇一会儿来着！"

"那太好啦。"甲野微微笑道，随即又用同样的口气加了一句，"藤尾大概也想让我歇上会儿吧？"

"您要我这么说的话——"藤尾很简明地回答道。

"怎么着我都别想说得过女孩子。"甲野断言道。

踏进临时盖在池水上的带有西洋风味的茶屋，只见围了一圈椅子的一张张小桌子，东一摊西一摊地摆满了大厅，人们三人一伙、四人一群地在那儿各自聊着天。该在哪儿落座呢？宗近将这不下四五十人的大厅环视了一遍过后，猛地攥了一把并排站在他右边的甲野的衣袖。站在身后的藤尾当下心里"哎哟"了一声。可要大惊小怪地上前去盘问个究竟，未免显得太没见识了些。甲野倒也并不像是在做出什么特定回应似的，只是说了声"那边空着哩！"便飞快地朝大厅深处走去。藤尾跟在他身后，一边眼睛扫视着大厅的每一个角落，巨细无遗地将它们全都装进了自己的心里。系子只是低头看着脚下，走了过去。

"喂，你注意到没有？"宗近抢先落座在了椅子上。

"嗯。"简洁的回答。

"藤尾，小野也来了！你朝身后看一眼——"宗近又说了声。

"我都看见了。"藤尾根本就没转过脸去，这么应答道。漆黑的眸子里带有一种奇异的光亮，脸颊的色泽在电灯下显得有些发烫。

"在哪儿呢？"系子无心地随口问道，斜侧着优雅的肩膀扭过身子去。

进门后往左，一直走到尽头，第二排桌子中靠墙的那张桌子，让小野他们给占据了。落座的这三人，则在尽头的右侧，倚窗摆开了阵势。扭过肩膀去的系子，眼睛在宽敞的大厅里四散在各处的人丛中来回穿梭着，最终将目光落在了隔得很远的小野的半边脸颊上。系子看到的小夜子则正对着这边。孤堂先生呢，只看得见他背上和服的纹样，他那下巴上懒得拔去的白丝，则交织了春夜的寂寞，任随世事、人、年岁的增加，被弃置不顾地随风吹拂着，这带着几分忧郁的胡须，此刻则正对着小夜子那边。

"啊呀，他是带了人一块儿来的哩！"系子转回了头来。转回头的时候，目光与坐在身前的甲野撞到了一块儿。甲野一言不发，在竖着夹在烟灰缸上的火柴盒的一侧，"刺啦"一声划了根火柴。藤尾也一直在那儿嘟紧了她的嘴。也许是有意就这么背对着小野，不想跟他打上照面。

"怎么样？很漂亮，是吧？"宗近逗着系子这样说道。

宗近看不到低着眼睛在那儿望着桌布的藤尾的眼睛，只见到她那漆黑的眉毛，在那儿微微地哆嗦了一下。系子全然无所察觉，宗近无动于衷，甲野呢，仿佛超然物外似的。

"长得好美啊！"系子的眼睛转向藤尾。

"哎。"藤尾冷冷地随口应了一声，声音低微得不能再低微了。有人跟你说起那些不值得理会的话题时，或者是你不屑于对人应声附和时，女人通常都会采用这样的做法。女人拥有一种高超的本事，她总能在肯定的言辞里暗含某种否定的调子。

"看到了吧？甲野！真叫人惊讶！"

"嗯，是有点儿奇怪！"说着，他将烟灰掸落在了烟灰缸里。

"所以啊，我不都说了吗？"

"说什么了？"

"什么'说什么了？'莫非你都忘了？"宗近俯下身子擦了根火柴。瞬间，藤尾在宗近额头上狠狠地剜了一眼。宗近浑然不觉。待他将划着的火柴移向口中叼着的烟卷，抬起头来正对着藤尾时，藤尾眸子中的闪电已告消逝。

"咦，奇怪啊！你们俩……在说什么呢？"系子发问道。

"哈哈哈哈，在说一件挺有趣的事儿！系公……"说话间，红茶和西洋糕点都已端了上来。

"哎呀，来了份亡国灭种的糕点！"

"你说亡国灭种糕点，是指什么？"甲野拿过茶杯，问道。

"亡国灭种糕点嘛，哈哈哈哈，系公知道的，对吧？你让系公将这亡国灭种糕点的由来——"宗近一边这么说着，一边朝茶杯里扔方糖。方糖泛起螃蟹眼睛般的气泡，发出幽微的声响。

"这事儿，我哪知道啊？"系子在茶杯里搅动着匙子。

"喂，爸爸不是说过吗？要是读书人也都吃起了西洋糕点什么的，那日本也就没指望了。"

"呵呵呵呵，爸爸说过这话吗？"

"没说过？瞧你这记性，还真够差劲的！喂，前些天，跟甲野还有谁一块儿吃晚饭的那会儿，他不就这么说过吗？"

"他才不是这么说的呢！他说的大概意思是，现在读书人就爱吃个西洋糕点什么的，这还不是闲极无聊给惯出来的？"

"啊哈哈，是吗？那他就是没说过亡国灭种糕点这样的话了？反正爸爸讨厌西洋糕点。他喜欢的净是像柿羊羹啦、味噌松风那样的味道古怪的东西。要是把它们拿到藤尾这样的时髦洋气的人面前，恐怕连瞧都不会被瞧上一眼的。"

"你别这么编派爸爸好不好？再说了，哥哥你也已经不是读书人了，就是吃点儿西洋糕点，那也没什么大不了的。"

"就是说，用不着再担心会遭人斥骂了，是不是？那好吧，我就来上一份。系公，你也来一份！怎么样？藤尾也来一份？可是，怎么说呢？像我爸爸这样的人，从今往后，日本也就越来越少见了，这也未免太可惜了。"说着，他将抹了巧克力的蛋糕满满当当地塞进口中，脸颊随之鼓了起来。

"呵呵呵呵，就你一个人在耍贫嘴……"说着，她朝藤尾看了一眼，藤尾未作理会。

"藤尾，你什么都不吃？"甲野的嘴一边朝茶杯凑去，一边这样问道。

"我够了。"藤尾只说了这么一声。

甲野悄无声息地搁下了茶杯，脸稍稍转向藤尾这边。藤尾一边察觉到哥哥这一下终于留意到了自己，一边眼睛一眨不眨地在那儿专心致志地望着窗外映照进来的电饰彩灯的碎片。哥哥的脸又渐渐回到了它原先的位置。

四人离席时，藤尾目不斜视地只望着自己的正前方，俨若土木偶人的女王似的移动着脚步，昂然朝门口走去。

"小野已经走啦！藤尾。"宗近潇洒地拍了拍藤尾的肩膀。喝下的红茶，在藤尾的心间燃烧着。

"惊讶中自有乐趣。就数你们女孩子有福啊。"再次挤进人丛中去的时候，甲野像是想起了什么似的，又把这前面说过的话，重复着说了一遍。

惊讶中自有乐趣！就数女孩子有福！直到回到家中，躺在了床上，这两句嘲讽人的话，依然像铃声一样，在藤尾的耳边不断地回响着。

十二

有人在十七个音节①的俳句中一意标榜贫寒，也有人颇以吟咏马粪②、马尿③作为俳句的起兴而怡然自得。芭蕉在俳句里让青蛙跃入古池④，芜村的俳句里则有打着雨伞前去观赏红叶的场景⑤。到了明治时代，有个名叫子规⑥的俳人，则在俳句里留下了这样的一幕：脊椎病缠身，汲水浇丝瓜。像这

---

① 日本俳句以十七个音节成篇，句式为五、七、五。
② 与谢芜村（1716—1783），日本江户时代中期以俳句诗人和画家并称于世，俳句意境宽阔，潇洒华丽，创天明之风，世称蕉风中兴之祖，著有《新花摘》《玉藻集》《花鸟篇》《芜村句集》等；画则以开拓南画居功。即有俳句云："马粪燃炙红梅落花。"
③ 松尾芭蕉（1644—1694），日本江户时代著名俳句诗人，创闲寂的句风，世称蕉风，幽雅脱俗，前无古人，在俳谐中独树一帜，被尊为"俳圣"，晚年遍历日本各地，句碑遍布日本各地，达三百余座。作品除收集于《俳谐七部集》者外，尚有《野晒纪行》《奥州小道》《嵯峨日记》等名著流传于世。则有俳句云："枕边蚤虱马尿。"夏目漱石小说《草枕》第一章："芭蕉这人，就连马在枕边撒尿也都视为风雅之事，用来发句的。"
④ 芭蕉最著名的俳句，直译为："古池，蛙跃，水声。"
⑤ 芜村的俳句，直译为："赏红叶，且备齐，两柄雨伞。"
⑥ 正冈子规（1864—1902），日本和歌、俳句诗人。对芭蕉、芜村评价极高，因推崇《万叶集》、贬低《古今和歌集》而与人论战。力主俳句与和歌与时俱进的革新，综合芜存的句风、坪内逍遥的写实和新派画家中村不折的画风，作为其思想艺术资源。所著《芭蕉杂谈》，有俳坛《小说神髓》之称。

样一味炫耀自己处境贫寒的风流余韵，时至今日依然不绝如缕。只是，小野向来就很鄙视这样的路数。

神仙餐食流霞，吮吸朝露。诗人的食粮则是想象。你想沉醉于美丽的想象，那就得拥有绰绰有余的生活。没有财产，你就无从实现美丽的想象。二十世纪的诗趣和元禄时代的风流，那完全是风马牛不相及的两码事。

文明之诗，由钻石制作而成，由紫色制作而成，由玫瑰的芬芳、葡萄酒、琥珀杯制作而成。冬天，它现身在暖炉里，规整的暖炉由斑斓大理石镶拼而成，丝绸的袜底则搁在漆黑的煤炭前取暖；夏天，它现身在冰盘里，盘中的草莓，将鲜艳的血红融化在奶油的洁白之中。有时它现身于温室，热带的奇异兰花正在那儿炫耀着它的芳香；有时则现身于女子和服的织锦腰带，腰带上不嫌繁缛地点缀着野径、天空、月亮以及秋日花卉盛开的原野；有时又现身于唐锦①窄袖长袖交相错会的所在。文明之诗就现身于金钱之中。小野须得去赚取金钱，方能保全他诗人的本分。

俗谚云：作诗不如耕地。仰仗着做诗人而积攒起财产的，数遍古今，也终难凑出三五人。尤其是文明之民，能为他们所垂爱的，与其说是诗人所写的诗歌，还不如说是诗人的行为。他们没日没夜地在那儿忙碌着，一心要把文明之诗化为现实，又一意把既富且贵的现实生活不断地诗化为风花雪月。小野的诗，却一文不值。

世界上既不会有像诗人这样赚不了钱的买卖，自然也不

---

① 中国织锦。

会有像诗人这样亟需赚钱的买卖。文明的诗人须得凭借别人的金钱才能作诗，须得凭借别人的金钱才有可能过上他那以美为目的的日子。小野指望能仰赖最了解自己那点本事的藤尾，这本是情理之中的事。他早就有所风闻，藤尾家有着一份超逾中等之上的恒产。她母亲绝不会答应让钦吾只是用几件衣箱橱柜当做嫁妆，就把自己同父异母的妹妹给打发了事的。再说钦吾又是体弱多病的身子，说不定她母亲也会在心里琢磨着替自己的亲生女儿招上个入赘女婿什么的。平日里也常常试着占卜问卦的，每次找个借口跑去占卜，也总是会抽到一支上上大吉的签。可心急吃不了热豆腐。小野便安分守己地在那儿等待着事情水到渠成的那一天，就像在等待着昙花将会在未来自行绽放那样，在那儿打发着他的日子。小野不会主动出击，他也没那个能耐。

对这个让人寄予厚望的年轻人来说，天地实在是太过辽阔了。在他的印象里，春天是任由其在自己洋洋得意的额头上一无遮拦地至少吹拂上九十天的东风。小野脾气温和，从来都是顺从着别人，特别耐得住性子。可就在这个时候，过去的岁月却朝他涌了过来。二十七年的漫长梦境，现在却从那原以为早已背转身去、付诸关西故乡流水的往昔过去，如同一个堪比一滴墨汁那样幽暗、细小的点儿，被人推挤着来到了这明亮畅阔的东京。被人推挤着的人，纵然自己并没有想要朝前走的意思，可还是身不由己地会前倾着身子朝前走去。就是这样一个本来有着足够的耐心、准备安分守己地等候着时机到来的诗人，现在也不得不加快脚步朝未来赶去了。黑点儿突然间停留在了小野的头顶上，若仰脸望去，会看见那黑点儿好像滴溜溜地在那儿打着旋儿,一旦"啪"地掉落下来,便会下起一场骤雨来。小野直想缩起脖子朝前奔跑。

这四五天里,又是照料孤堂先生,又是做别的什么事,都没能顾得上去跟甲野碰面。昨儿晚上硬是勉为其难地凑出时间来,就为了对往日的恩师尽一份自己的情义,这才带上先生和小夜子去了趟博览会的。这恩呢,不管是昔日对你的恩还是今日对你的恩,那都是恩。小野不是那种连恩情都会忘得一干二净的无情无义的诗人。漂母一饭值千金,就连这个称颂高德厚谊的故事,也还是从孤堂先生那儿学来的呢。从今往后,只要为了先生,不管上哪儿,自己都已做好了全力以赴的准备。替人解难救危,这本来就是美好诗人的义务。尽了这份义务,趁眼下春风得意之时,将这份醇厚的人情留作自己人生中一份可以用作诗的素材的回忆,这对生性温厚的小野说来,毋宁是最能恰到好处地见出其善良秉性的举止了。只是凡事都少不了要花钱,没钱你就寸步难行。不和藤尾结婚的话,又该上哪儿去找这么一笔钱呢?这桩婚事得趁早办成了才好,也好心遂所愿,把孤堂先生给早点照料好了——在书桌前,小野发明了这样一套逻辑。

不是在为抛弃小夜子找借口,就为了照料好孤堂先生,自己非得和藤尾尽早缔结婚姻不可。小野觉得,自己的考虑完全站在理儿上,一点儿都找不出差错。小野觉得,就是有人问起,这样的辩解也会让人心悦诚服的。小野是个头脑清晰的人。

想到这儿,小野这才翻开了书桌上搁着的那本茶色封面上烫着丰盈金字的厚厚的书,夹在书里的书签出现在了眼前,那是一张带有法国新艺术派画风的书签，绿柳晕染，红瓦屋脊若隐若现。小野让书签滑进了自己的左手，开始透过金丝边眼镜，读起那些细小的印刷活字来。刚开始的五分钟里倒还没什么，可稍过了片刻，不知不觉地，他的黑眼珠便从书页上游离了开去，一动不动地停落在了纸拉门上那从斜对面抻长了过来的阳光映照着的横木框上。都已经有四五天没去见藤尾了，她肯定在猜测自己这边出了什么事了。要说时间，这之前别说四五天，就是十天八天的，那也都用不着担心。可问题是，此时的自己已让往昔过去给追上了，就连梳一下头的片刻工夫，也都金贵得值上千金。跟藤尾多见上一次面，也就意味着又朝自己的目的地多走近了一步。要是见不上面的话，那么，原本系在他俩之间的那根本该越拉越近的爱情绳索，也就根本无缘去缩短寸毫的了。还不光是这样，恶魔见到了可乘之机，就会乘虚而入。半天不打照面，太阳想必就会落山；一夜闭门不出，月亮一准就会隐没。在这被自己草草打发了的四五天时间里，都还不知道藤尾的眉睫间会射出多少道雷电呢！就是做梦都难以猜测到的。为了写论文，用功钻研固然是当务之急，可藤尾比论文更要紧。小野"啪"的一下合上了书。

打开芭蕉布的壁橱门，壁橱的上层是寝具，下层可以看到一只柳条箱。小野取出叠放在箱子上的西装，三下两下地换上了身。帽子则在墙上等候着主人召唤。"哗啦啦"，小野拽开纸拉门，给穿了双薄呢袜子的脚生拉硬拽地套上了草屐，就在这当儿，女佣来了。

"哎呀，您要出门？请等一下！"

"什么事？"小野从草屐那儿抬起头来问道。女佣则在那儿笑着。

"有什么事吗？"

"哎。"她还是在那儿笑着。

"怎么了？开什么玩笑？"他正待抬脚走出去，穿上了脚的新草屐便脱落了一只，顺着擦拭得锃光澄亮的走廊，直朝点着洋灯的房间那边滑了过去。

"嘻嘻嘻嘻，您哪，走路也太慌张了。家里来客人啦！"

"谁？"

"啊呀，明明在等着，却还装作没这回事儿似的——"

"我在等着？等谁？"

"嘻嘻嘻嘻，表情还很一本正经哩。"女佣一边嬉笑着，也没等小野回答就踅回到门口去了。小野一脸的忐忑，他将那只滑落了出去的草屐重新摆放整齐后，便在纸拉门边上张望着走廊的尽头处。这会儿谁会找上门来呢？他寻思着。他伸直了高挑的身子，栗色的礼帽差不多都要顶过门楣了，走廊边上稍稍显得有些幽暗，让挺括而又合身的西装的素淡色泽给衬着，露在敞开的紧身西装背心里边的洁白衬衫和洁白衣领，看上去显得格外的高雅。小野便穿着这身高雅得体的衣服，站在这看上去并不怎么光鲜的走廊的一角，半是茫然地让自己镇定了下来，倾斜着闪烁出光亮的眼镜，在那儿张望着走廊的尽头。这会儿谁会找上门来呢？他一边寻思着，一边在那儿张望着。两手插进西装裤的口袋里，这是在心神不定的当儿努力装出沉着镇定的样子。

"朝那边拐个弯，然后一直朝前走。"他刚听到了女佣的声音，走廊的另一端便出现了小夜子那娉娉婷婷的身影。绛紫色缎子的半边，唯有龙纹折射出异样的光线。身穿一袭寻常平纹绸的袷衣，下摆都掩不住白袜背，待她利索地拐过弯来的当儿，但见和服里边贴身穿着的长衬衣妩媚地飘然一闪。就在这同一个时刻，就在这一无遮拦的走廊里，隔着七步的间距，这一男一女的视线，落在了对方的脸上。

男子心里惊讶了一下，只是姿势并没有失去原形。女子突然间踟蹰不前了起来，过了片刻，这才遮掩起脸颊上的红晕，慌乱的笑容也随同垂落下的肩膀一起消歇了下来。不曾抹油的漆黑头发，近于波光潋滟的琥珀色的宽扁发簪，在半边鬓发上舒展着它那绢色鲜艳的翅翼。

"快请！"小野招呼着让隔了好几步距离的对方走近自己这边来。

"您这是……准备上哪儿去吧？"女子伫立在那儿，双手交叠在身前，待稍稍抬起了垂下的肩膀后，便止住了脚步，神情中似乎带着点儿抱歉。

"不，没事儿……您快请，快请！"说着，朝屋子里收进一条腿去。

"对不起！"她的双手依然交叠着，蹑手蹑脚地，从走廊里滑了过来。

男子把整个身子收进了屋子里，女子也相继跟着进来。春日昼长，那明亮的窗户，在催促着这对年轻人展开一场年轻的对话。

"昨天晚上，承蒙您百忙中……"女子挨近门口，双手撑在地面上行礼。

"您别客气，您想必也累着了吧？怎么样，没再觉着不舒服，都好了吧？"

"啊，多亏了您照料——"说这话的脸上，看上去有些消瘦和憔悴。男子的神情稍稍变得严肃了起来。女子马上解释说："像这样人山人海的，我还真很少见过，难怪——"

文明之民举办博览会，本是为了在惊讶中体验到一份快乐。可这属于过往时代的人，前去观看电饰彩灯，却是为了在惊讶中体验到一份恐惧。

"先生他还好吧？"

小夜子没有作答，只是凄凉地笑了笑。

"先生想必也很不喜欢这样拥挤的地方。"

"毕竟是上了岁数的人了，所以——"她的语气中带着一丝抱歉一般，眼睛从对方身上挪了开去，在那儿望着榻榻米上摆放着的那只乌木①茶托。京烧②的彩釉茶杯，从刚才那会儿起就一直在膝头上搁着。

"让你们受累了吧——"小野从口袋里掏出了烟盒。辉映在黑夜里的月色、富士山以及三保松原③，雕刻得十分精美。作为诗人的随身携带之物，把松树涂抹成绿色，则不免显得有些俗气。这只烟盒，说不定还是喜欢奢侈品的藤尾送他的礼物哩。

---

① 乌木，又称阴沉木，由地震、洪水、泥石流将地上植物生物等埋入古河床等低洼处，经长达成千上万年炭化过程形成，类近黑檀，故特别珍贵。古人云："家有乌木半方，胜过财宝一箱。"
② 京都出产的陶瓷器皿，尤指粟田烧和清水烧。
③ 位于静冈县清水市东南部，是眺望富士山的好去处。

"别，您快别说让我们受累什么的，那都是我们让您——"小野才这么随口一说，小夜子便马上打消了他的话头。男子打开烟盒，内侧的镀金，华贵地流溢在了清冽的银盒上。孤寂的女子不由得在心里惊叹了一声："好气派啊！"

"要只是先生一个人，或许还是陪他上清静些的地方去更合适些。"

父亲执意要让忙得不可开交的小野抽出时间来陪着，去那其实他根本就不喜欢的人山人海的地方，这都是因为疼爱自己的缘故。可想来觉得抱歉的是，这人山人海的地方，其实自己也很不喜欢。父亲煞费苦心地想让自己和小野衣袖厮磨着肩并肩地踩着悠闲的步子走在春宵里，可两个当事人还是没能走到一起。小夜子在那儿踌躇着，不知道该怎么来回答小野的话才好。对方的好意让自己觉着拘谨，但那倒并非出于唯恐拂逆了对方一片好心之类的世故。小夜子的踌躇无语里，还多少蕴含着一份苦恼和烦闷的意味。

"我觉着，或许先生还是待在京都更合适些。"小野拿不准女子踌躇不语的神情到底该作何解释，只得再次探询道。

"上东京来之前，他一个劲儿地催着，急着想搬家，可来了一看，又说还是原先住惯了的地方好些——"

"是吗？"小野温顺地听着她说话，可心里却在嘀咕：这又何苦呢？既然觉着跟自己的性情这么合不来，那干吗还要急着搬过来呢？想到自己的处境，不免觉得此举多少有些愚蠢。

"那您觉着——"小野试探着对方的口气。

小夜子重又支支吾吾起来，话到嘴边又憋了回去。到底是待在东京好,还是不待在东京好,这是眼前这个让散发出西洋味儿的烟草给熏燎着的年轻人稍一留意就能决定的问题。曾经遇到过这样的事,船夫问起上船的乘客:"您喜欢坐船?"被问起的乘客只得这么回他道:"我喜欢不喜欢坐船,全得看你船舵把得怎么样了!"如同最让乘船的客人觉得气恼的,莫过于你这船夫明明责任在身,却还在那儿这样询问着自己,人家喜欢什么不喜欢什么的,明明就掌控在你的手里,你却倒好,还在那儿佯装浑然不知,还来探询人家喜欢什么不喜欢什么的,这能让人家不觉得恼恨吗?小夜子依然欲言又止,话到嘴边却没有说出口。她在暗中思忖,小野他怎么会这么不豁达呢?

男子从西装背心的内袋里掏出怀表,看了一眼。

"您这是要上哪儿去吧?"女子突然间醒悟了过来。

"是的,我得出去一下——"他乘机顺水推舟道。

女子依然嗫嚅着,话到嘴边却说不出来。男子稍稍显得焦虑了起来:藤尾这会儿正在等着自己。他们沉默无语了好一会儿。

"其实,爸爸他……"小夜子终于横下了心来开口说话了。

"啊,有什么要吩咐的?"

"他想上各处转转,买些东西什么的,可……"

"原来是这样。"

"爸爸说,您要能抽得出空来的话,想让小野先生您陪着去一趟劝工场,上那儿去买东西,所以——"

"啊,是吗?可是很抱歉,我这会儿正急着要出门,不去可不成,所以嘛——要不,这样好不好,您先告诉我要买的都是些什么东西,我回来时顺便把它们给捎上,晚上再送到府上去,好不好?"

"那可太让您受累了……"

"没事儿。"

父亲疼爱自己的一番苦心再次化为了泡影。小夜子悄然告辞。小野把脱下的帽子重新戴在了头上,急匆匆地出了门。就在这同一时刻,行将消逝的春的舞台也在旋转着。

廊檐前的紫色辛夷花,让一重重雨水洗濯过后,渐渐朽萎成了茶褐色,晾着的头发上不见了束带的踪影,身子稍一扭动,背脊上便会升腾起一股春日的炎阳。朝向廊檐外的黑发,在那儿听任着风和阳光的拨弄,就在刚才,还曾让翩然飞来的一只黄蝴蝶拨弄过。一脸漠不关心的藤尾,面对着屋子内侧,俏丽的半边脸颊映在了从身后照来的阳光里,让掩覆过耳朵一直披泻到肩上的鬈发给映衬着,显得沉静而又朦胧。越过闪烁着万千青丝、整个儿沐浴在浓郁的紫罗兰里的肩膀,朝那边窥去,但见一双光彩夺目的眼睛,正寂静无声地静滞在了那儿。歌谣有云:正寻思着这便是夕暮中的蓼花了吧?那人便一头扎进了洁白的花絮里。藤尾落在廊檐里的浓密长发的身影,若隐若现纤细姣好的脸庞内侧,唯有让眉笔描深过的眉梢才看得真切。眉睫下那双眼线修长的黑眼睛,则像是在诉说着谁都无法听懂的话语。藤尾垂着头,肘子倚在了镶木小茶几上。

黄金的锤子在叩击着心扉,青春的酒杯里盛满了爱情的热血,你若背转过身子去,拒绝喝上一口的话,那你就算不得是个健全的人。月亮因思慕青山而西斜,人上了年纪便会妄论起道理来。年轻人的天空,星光璀璨;年轻人的大地,落英缤纷;年复一年的,到了二十岁的时候,爱神的春情便也进入了它的鼎盛期。梳解开婆娑滋润的黑发,乘着春风编织成绫罗,在五彩的屋檐下张挂起一张蛛网,然后守在那儿等候着哪个男子跑来自投罗网。坠入蛛网的男子在迷宫中寻找着夜光璧,被闪烁着紫光的十字和卍字搅得精神错乱,就连后世的人心也都将被它搅得一团糟的。女子只是在那儿舒心地眺望着。耶稣教的牧师在那儿念叨着要拯救他们,佛教临济、黄檗和尚则在那儿念叨着要他们开悟,女子在那儿忽闪着漆黑的眸子,口中却一味念叨着要他们执迷不悟的咒语。凡不属执迷不悟者,便都将被这女子视作仇敌。男子因执迷不悟而痛苦,而发狂,以致双脚乱跺乱跳,一直要挨到这一刻,这女子才会觉得称心如意。她朝栏杆外伸出纤手,强命那男子"汪汪汪"学狗叫,叫过一遍就得再叫一遍,那狗便只得接连不断地"汪汪汪"吠叫下去。女子的半边脸颊上含着笑意。狗"汪汪汪"吠叫着左右奔跑。女子默不作声着。待那狗乱甩着尾巴发起了狂,这女子也便越发地得意了。这,便是藤尾所理解的爱情。

　　她是不会去爱上一尊石佛的,因为从一开始她心里就很清楚,石佛浑然不识色之为何物。爱情须以自信做支撑,须得建立在确信自己有资格为人所爱的自信之上。有的人一味自信自己有资格为人所爱,却浑然不觉自己身上其实并没有去爱上别人的资格。许多情况下,这两种资格往往会成反比。不惮于着力标榜自己拥有被人所爱的资格的人,会无所顾忌地逼迫对方做出牺牲，就因为爱上别人的资格在他身上根本就是阙如的。男子的神魂既已为美目盼兮的女子所倾倒，那就只好眼睁睁地看着他让对方一口吞噬了去。小野岌岌可危矣！男子一旦把自己的身家性命都交托给了巧笑倩兮的美女，他是会去杀人的！藤尾是丙午①年出生的女子。藤尾心目中的爱情都是自尊之爱，世界上居然还会有为人之爱，这是她连想都不曾想过的。藤尾要的是诗趣，道义则非其所需。

爱的对象，那不过是一件玩具，一件神圣的玩具而已。一般的玩具都是供人玩弄的，可爱情这种玩具，原则上却须得交相玩弄才是。藤尾只准自己玩弄男子，不准男子玩弄自己，丝毫不允许有通融的余地。藤尾是爱情中的女王。唯有那种有悖常理的所谓爱情，才有可能为她所认可。一个是存乎一心地想着为人所爱，一个则存乎一心地想着去爱上别人，因了骀荡春风的回旋，因了大海对称均衡的潮起潮落，他俩猝然相遇于天地之前，并由此成就了这么一段有悖常理的爱情。

自尊之爱，俨若戴着消防兜帽在那儿吮饮甜酒似的，让人看着都觉得煞风景。爱情融化着一切。艺人揉捏出的带有武士、龙这类头角峥嵘图案的风筝，因为用饴糖揉捏而成，想必也会融化。可将自尊之爱浸泡在爱情水中，就是浸泡上三天三夜，也丝毫不见有被浸泡酥软的迹象，始终坚硬如初。自尊之爱是一块冰糖。

---

① 日本旧时迷信，认为丙午年火灾多，丙午年出生的女人，生就的克夫命。

莎士比亚这样评说女人："脆弱啊，你的名字是女人！"①所有的脆弱里边，但凭自尊之爱的意念而激发出来的爱情，俨然在一锅煮好的柔软米饭上撒了一把花岗岩沙子，以致满心以为米饭松软可口的白齿，给硌得直打寒战，除非你的牙能有橡胶那样的弹性，否则就甭想再吃得成这饭的。自尊之爱的意念格外强盛的藤尾，挑拣出自尊之爱意念阙如的小野作为谈情说爱的对象。坠入蛛网的秋蝉让蛛网缚住手脚后百般挣脱不得，可赶巧了，也会有破网逃逸的时候。擒拿宗近易如反掌，可真要驯服宗近，就是藤尾也未必能轻易得手。这个力主自尊之爱的女子，能讨她欢心的，想必是那种只需抬抬下巴便会马上跑来听命于她的男子。小野不仅招之即来，他赶来听命时，还非得怀揣着他那诗歌玉璧不可。就是在梦里，他对力主自尊的藤尾也绝不敢心存丝毫的狎弄之意，他跑来听命只是为了奉献出他的一腔真诚，藤尾把他当做可以亵玩的玩具，反而让他倍感荣耀。他从来就不懂得他其实也有着可以让藤尾来爱他的权利，却一味痴心地认定，在力主自尊之爱的藤尾的眼睛、眉睫、嘴唇和才华那儿，值得让他钟爱的资格无处不在，并为此死心塌地虔信仰慕着力主自尊之爱的藤尾。要成全藤尾的爱情，缺少了小野，还真是无从谈起。

本该是唯唯诺诺、唯命是从地出现在自己面前的小野，已有四五天的工夫不见人影了。藤尾每天都会给自己略施一番淡妆，以便将力主自尊之爱者的棱角藏掖进梳妆的镜子里。

---

① "Frailty, thy name in woman！"见《哈姆雷特》第一幕第二场。

可到了第五天，也就是昨儿晚上，竟然让她亲眼见到了那样的场景！"惊讶中自有乐趣在，就数女孩子有福啊！"这奚落人的铃声至今还回响在她的耳朵旁。藤尾肘子倚着小茶几，身子一动不动地，任凭阳光洒在自己一头燃烧着的黑发上。她背对着廊檐，脸是背阴的，这样的坐姿，是她很早以前就已养成了的一种习惯，她讨厌对着光亮想心事。

这个不用绳索就能捆绑严实的自己的俘虏，满脸因被缚而备感庆幸的神色，在那儿让自己招之即来挥之即去地使唤着，就这么专注地在戏弄着小野的当儿，藤尾无意间掀开一片漂亮的树叶，不料下面竟藏了条毛虫。和自己心仪的人并肩站在梳妆镜前，"放心吧，映在镜子里的，就你和我！"如此的信誓旦旦，岂知再定睛看去，却早已不是那么回事了。男子依然还是那个男子，可倚在身边的却早已换成了另外一个陌生女子。惊讶中自有乐趣在！就数女孩子有福啊！

她那带有几分忧色、并非冷峭逼人的白皙中暗自有些发青的脸，隔着三五张桌子的间距，从电灯下张望过去，当此之时——按理说身边绝不会有年轻貌美女子出现的那个男子，又像是担忧，又像是亲切地，正与那女子面对面地坐在一张桌子上——当此之时，藤尾但觉自己的心脏像是让木槌给猛地击打了一下似的，随着一下又一下的击打，心胸间的血液全都涌到了脸上。只听得鲜红在奚落着自己，瞧，都吓你一大跳啦！

力主自尊的女子猛地站立了起来："真要这么着，那就——"说这话时，既没有朝对方看去，也不见有丝毫要质疑对方的意思，连半个抱怨的字都不曾出口，因为那只会让自己显得好没见识。必须装作根本就没他这个人存在似的！必须摆出自己根本就不屑去跟对方计较的高傲劲儿来！等到这男子意识到这些时，也就够他脸面尽失的了！这就叫复仇！

力主自尊之爱的女子就是到了万不得已的时候，脸上也绝不会流露出胆怯泄气的神情来的。愤恨这个词通常用在自己信赖的人居然会对自己变心的那种时候。而受到侮辱时，最管用的那个词便是愤怒了，就是那种里边杂糅了懊悔和嫉妒的愤怒。文明的淑女，向来是以作弄他人作为自己人生的第一要义的，要是反过来遭人侮弄的话，那对她来说，简直比死还要难堪。小野确实让这位淑女觉得受到了羞辱。

爱情得有信仰做支撑。信仰容不得你同时朝两尊神祇顶礼膜拜。你一边认定我是你值得爱的那个人，都已经在那儿对我这力主自尊之爱的主儿俯首行礼了，一边却又在那儿让怀有二心的背脊转向轻薄的街衢，去撞响了不知哪家神社的钟。人家又是牛头又是马骨地这么供奉祈求，都可以听任他们胡乱折腾，只是你小野不能既已向我这尊我行我素的神祇投出了祈求爱情的香火钱，却又跑去测字摊头跟人问卜求签的。藤尾漆黑的眸子里飞射出一道根本看不真切的光束，凌虚蹈空地编织出一张看不见纹路的大网，小野成了落入网中的饵食。再也不能让他逃逸在外了。这份神圣的玩具，必须终生倍加珍重才是。

这儿的神圣二字，意思无非是说，只能听任我独自耍弄，别人一概不得染指。可从昨天晚上起，小野却已变得不再神圣。不仅不再是自己神圣的玩具，反倒是自己，极有可能成了他耍弄的玩具。支着肘子、垂着脸的藤尾,眉目活泛了起来。

若是被他耍弄了的话,那我绝不会就这么善罢甘休的。自尊会把爱情撕个稀烂,少不了跟他赌气让他下不了台的。贫寒只会让爱情饿得精瘦。富贵才能让爱情风生水起风光无限。功成名就须以牺牲爱情为代价。自尊之爱得把别人难以割舍的爱情死命踩在脚下才是。敢用尖锥猛扎自己大腿给人看的,那只有自尊!敢把自己最值钱的东西弃若鄙屣,并为此而自鸣得意的,也只有自尊!只要自尊能出人头地,就连自家性命也都可以听凭虚荣市场的任意宰割!撒旦从天堂倒栽进地狱最底层的黑暗里去的时候,切割着撒旦耳朵的地狱阴风在呼喊道:"自尊!自尊!"藤尾低垂着头,紧咬着下唇。

见不到他人影的这四五天里,藤尾的心里原本嘀咕着是不是该写封信去打听一下到底出了什么事的。昨晚一回家就着手写起了信来,可才写了五六行,便没来由地又把它给撕了。这信绝对不能写!自己得等他前来跟自己赔不是才是。只要不理睬他,他一定会自己跑来的。他要来了,就让他给自己赔不是。他要是不来呢?那自尊可就惨啦!自尊不能把他给疏离得太远了,得够得着他才行。"没什么,他会来的,他一定会来!"藤尾口中喃喃自语着。不知底细的小野最终会让自己的自尊给牵住鼻子的,他会一路赶着跑来的。

那好吧,他要来了,我不会跟他打听昨晚那个女孩子的事,这一打听,不就太把她放在眼里了吗?昨晚在餐桌上,哥哥和宗近在用只有他俩才听得懂的很奇怪的暗语说着话。故意当我面大声地把那女子和小野拉扯在了一起,似乎是在那儿打着主意想让我干着急。我要低声下气去跟他们问出个究竟的话，那岂不是表明自尊已先行服了软了？他俩串通好了要把我当傻瓜，那好啊，我得先下手为强，证明他俩暗示的事情压根儿就是子虚乌有！

说什么也得让小野跑来给自己赔不是才行。自己受气窝火的，就得让他给自己赔不是才行。而且哥哥和宗近那儿，也得同时让他俩给自己赔不是才行。我得让他俩瞧瞧，小野是我的！就算他俩再怎么旁敲侧击地想拿我开涮，这恶作剧也根本起不了什么作用，我得把自己和小野之间的那份亲昵就按这样给他俩瞧瞧，我得先下手为强，非让他俩给我赔不是不可！藤尾将脸埋在了洗后披散着的头发里，正在那儿筹谋着将自己身上矛盾着的这两面，用自尊这个词给贯穿起来。

寂静的廊庑里传来了脚步声。一个高挑的身影突然出现在了眼前。碎白花纹的袷衣，前襟敞开着，贴身是深灰色的毛纺衬衣，映在胸前那长长的倒三角上面的，是一截长长的脖颈，还有一张长长的脸。脸色很苍白。涡卷的头发，看上去足有两三个月没修剪过了，也已有四五天没用梳子梳过了。倒是浓黑的眉毛和胡髭显得十分俊美。胡髭很黑、很细，也不打理，颇具自然之趣，无意中显现出了他的为人和做派。腰里那条白色碎花绉绸的腰带，早已脏兮兮了，缠了两圈，剩下的端头则被绾在了右边的袖兜下，就跟存心想逗弄猫儿似的耷拉在那儿。和服的下摆本来就没对齐，跟披着一袭袈裟似的。软不啦叽的下摆的底下，则露出了黝黑的短布袜。全身上下，就数这双袜子是新的，嗅一嗅鼻子，似乎就能闻到一股藏青色的气味。陈旧的脑袋，簇新的脚，钦吾就这样头足倒了个个儿地行走在这世界上，晃晃悠悠地来到了这廊庑上。

擦拭得锃光澄亮的、木纹又直又细的廊庑的地板，都能映照出云斋织①的袜底的布纹来。听到这轻轻的脚步声，披散在藤尾背上的那头乌发便溜滑地耸动了一下。藏青色短布袜在廊庑上刚一落下。便马上落在了女子的眼睛里。布袜的主人，女子不用看都能知道是谁。

藏青短布袜静静地走了过来。

"藤尾。"

声音是从背后发出的。钦吾似乎停下脚步，背倚在了将防雨窗一道道分隔了开来的铁杉木的立柱上。藤尾没有吱声。

"又沉浸在梦境里了？"钦吾依然伫立在那儿，俯视着洗濯后显得格外光洁的头发。

"您找我有事？"女子说着，转过脸来，俨然如赤练蛇扬起头来一般。漆黑头发上的炎阳被搅碎了。

男子的眼睛像是凝滞了似的，一脸苍白地在那儿俯视着，俯视着朝他转过脸来的那女子的额头。

"昨天晚上玩得开心吗？"

女子在答话前，先使劲儿咽下一口热乎乎的团子，这才冷冷地回应道："开心。"

"那就好。"钦吾很从容地说道。

女子心里却发起了毛来。生性好胜的女子一旦发现自己

---

① 一种用来制作日本式布袜底的厚实的斜纹布，最初由津山（冈山县）人云斋创意纺织，故有此名。

失了势，心里便会马上发毛的。对手越是从容镇定，她心里就越是发毛得厉害。你若大汗淋漓地冲上来厮杀一番，那倒也就罢了，可你却压根儿把厮杀撂在了一边，在那儿悠然地背倚立柱，居高临下地俯视着人家，这跟强盗一边盘腿喝酒一边打家劫舍又有什么两样呢？那也未免太厚颜无耻了吧？

"惊讶中自有乐趣在，您不是这么说过吗？"

女子又把脸转回了过去。男子依然一动不动地居高临下地俯视女子，甚至从脸上的神色中都看不出他是否已听出了女子话中的意思。钦吾在日记里写道：

> 有的人把一角钱看作一元的十分之一，有的人则把一角看作一分钱的十倍；同样的一句话，也会因人而异，意思让人看高了或是看低了。一切全赖使用话语的人的见识的高下。

钦吾和藤尾之间就有着这样的一层差异。见识有着高下之分的人，一旦起了争执，便会产生这种奇妙的现象。

就连姿势都懒得变换一下的男子，只是随口应了声：

"就是啊。"

"要是成了像哥哥您那样的学者，就是想惊讶都惊讶不起来了，这么说，也就没有什么乐趣可言了，您说是吧？"

"乐趣？"男子问道。

藤尾觉得钦吾这么说是在反问她，乐趣？你懂得乐趣是什么意思吗？只是没有照直说出来罢了。

哥哥随后说道："是啊，哪有什么乐趣哦，不过倒是可以让人安心。"

"这怎么讲?"

"没有乐趣的人,就用不着担心他会去自杀。"

藤尾完全听不懂哥哥在跟她说些什么。那张苍白的脸依然在俯视着。再要问他"这怎么讲"未免显得自己太没见识了,于是只得沉默了。

"像你这样,乐趣太多,那是很危险的。"

藤尾一头黑发不由自主地掀起了波浪。她抬头锐利地扫了一眼,哥哥仍在那儿俯视着她,带着一副"你听懂了吗?"的神情。也不知道是怎么回事,藤尾突然间清晰地记起了这么句话:

这是埃及在位者的最后时刻,唯有这样的方式才配得上她高贵的身份!

"小野他仍上这儿来吗?"

藤尾的眼睛里,仿佛锤子击打燧石般一下子迸射出了火花。哥哥若无其事地追问道:

"他没来吧?"

藤尾的牙齿咬得嘎嘎作响。哥哥收起了话头,可身子依然倚着柱子。

"哥哥。"

"什么事?"又朝下看了一眼。

"那块金表,我不想给你。"

"不给我,那给谁呢?"

"暂时就放在我这儿。"

"暂时放你那儿？那敢情好啊。不过，那表可是跟宗近说好了的，是要给他的，所以……"

"到了给宗近的时候，我会给他的。"

"你给他？"哥哥稍稍低了下头，眼光朝妹妹这边凑近了过来。

"我来给——嗯，我来给——由我来给个什么人。"她口中嗫嚅着，肘子猛地从先前一直支着的镶木茶几上撑了起来，人也跟着一下子站立了起来。藏青、深黄、墨绿、红褐，一道道的竖条纹，就跟一根根棍子似的，齐刷刷地竖立在了那儿。只有下摆那儿掀起的四种颜色的波浪，掩住了洁白的短布袜的扣子。

"是吗？"

哥哥露出云斋织袜底的脚后跟，朝前走了开去。

就在甲野幽灵般地出现在了眼前、又幽灵般地消失在了视野外的当儿，小野朝自己赶了过来，让因为接连下了好几场雨而被封堵在了泥土里的绿意重又蒸腾了起来，小野便是踏着这既湿润又暖和的大地赶了过来的。小野脚下穿着一双漂亮的山羊皮的皮鞋，擦拭得一尘不染、光可鉴人，一路急促地小跑着朝甲野家大门这边赶了过来。

遗世绝俗、整天无精打采的甲野，因拘于礼仪才不得不穿身上的那件和服外褂，系带就随便绾了个圆结，手中拿着的那根细手杖也不过是个掩饰，免得手里空空如也的觉着别扭。就是这样的一个甲野，和一路赶了过来的小野，在围墙旁一下子撞到了一起。老天爷就喜欢这种反差强烈的场面。

"您这是要上哪儿去?"小野手摁帽子,笑吟吟地走近过来。

"呀!"甲野这样答应了一声,手杖就这么一动不动地静止在了那儿。这洋手杖,本来就是闲极无聊了才捎在手里的。

"我正想上府上去……"

"快去吧,藤尾在家。"甲野本想顺势让小野过去的,可小野却在那儿踌躇着。

"您这是上哪儿去?"小野又问了一遍。妹妹那儿都有了麻烦了,可哥哥却还在那儿满不在乎的,小野觉得自己很难容忍甲野的这种态度。

"我吗?我也不知道自己要上哪儿。我呀,就跟这手杖让我拽着四处乱转悠似的,我自己也净是让什么东西给拽着四处乱转悠着。"

"哈哈哈哈,说得还挺有哲理哩!散步去?"小野从帽檐下窥向甲野。

"啊,就算是吧……这天气多好啊!"

"是好天气。可与其去散步,倒还不如上博览会去——您说呢?"

"博览会?博览会嘛——昨晚就去看过了。"

"昨晚已去过了?"小野一时间眼睛发直。

"啊——"

小野憋住自己没吭声,他在琢磨着甲野接在那声"啊——"之后还会说出些什么来。可杜鹃鸣啭了一声后,便好像一头钻进了云里,再也没了动静。

"您是一个人去的?"这一回,是小野抢在头里探询。

"不，是让人给拉着一块儿去的。"

果然是有人拉了甲野一块儿去的。小野只得再稍稍跟进一步，试探着追问道：

"原来是这样，那博览会一定很好看吧？"他拿定主意，先临时铺垫上这么一句，以便趁机再琢磨一下接下去该追问些什么。可甲野只是简单地"唔"了一声，就算回答过了。

小野这边都还没来得及把想法凑齐，就不得不设法赶紧再往下追问了。一开始小野想到的是，得问清楚甲野到底是"和谁一块儿去的"。可还没来得及这么问自己便又犹豫了起来，觉得还不如先问一下他是"什么时候去的"更合适些。要不，还不如干脆自己去告诉他"昨晚我也去了"。这么着，看他究竟如何应答，所有的来龙去脉也就都可以一目了然了。不过，那也不过是多此一举——小野在心里和喉咙的深处，暂且就这么跟自己争执不下。这当儿，甲野手中的那支细手杖的端头却朝前挪了一尺去，脚也随手杖挪了去。小野瞥见了这一幕，不由得心中暗自叫道"这可不成"，赶紧将自己特意制订好了的计划，赶在还没离开喉咙前就抢先把它给打消了。仅仅让对手抢得了指甲垢这么丁点儿的先机，便自行放弃了设法挽回局面的努力，像这样的宿命论者，接受的教育纵然再多，性格也终难指望会有所改变。

"行啦，你快去吧！"甲野又说道。小野听甲野的语气，觉得像是在催促自己。感觉到似乎有命运在眷顾着自己，并且当此之时，身后又有人推了自己一把，那自然便立刻朝前赶去。

"那我这就……"小野脱帽致礼道。

"是吗？那就失陪啦。"细长的手杖只是从小野那儿退去两尺的间距。小野的皮鞋朝大门迈近一步，同时又让这手杖给拽回一步。命运将甲野的手杖和小野的脚放进一个没完没了的空间，让他们在一尺见方的间隔中互不相让地拉锯着。这手杖和皮鞋呢，便是人格。而我等的灵魂呢，有时则栖居在皮鞋的脚后跟，有时则藏身于手杖的端头。不懂得如何去描摹灵魂的小说家，便只得在那儿靠描摹手杖和皮鞋来打发日子。

皮鞋走完一步的空间，便调转锃亮的鞋尖，冲着在那儿拼命将自己细长的身子托付给大地的手杖发问道：

"藤尾她昨晚也一块儿去了吗？"

就跟一根棍子似的矗在了那儿的手杖便回他道：

"啊，藤尾也去了——就因为这，她今天也许都没能预习功课。"

细细的手杖既像是支着地面又像是悬离地面，刚竖直了却又倾倒了，刚倾倒了却又竖直了，就这样行走在这没完没了的空间里。锃亮的皮鞋踩踏在内院的砾石上，鞋尖便沾上了一层让人心里觉得别扭的薄薄泥土，只得束手束脚地朝玄关走去。

就在小野踏进玄关的那一刻，藤尾正背倚着廊庑的立柱，伸长了腿，将脚尖搁在了挡雨窗板的引槽上，在那儿眺望着环围在四周的宽敞庭院。而在藤尾背倚廊庑立柱之前，谜一样的女人就早已在一间紧闭着的屋子里，与嘶鸣的铁壶相伴，趁行将逝去的春日尚未完全消逝之际，在那儿殚精竭虑地思忖着。

钦吾并不是自己的亲生儿子——谜一样的女人的思忖均由这句话所引发。只需将这句话略作铺陈，便构成了谜一样的的女人的人生观。只需就这人生观稍作增补，便足以构成她的宇宙观了。谜一样的女人每天听着铁壶的嘶鸣，在这六帖大小的榻榻米上构筑着她的人生观和宇宙观。构筑人生观和宇宙观的人，得有大把的闲工夫才行。谜一样的女人是个有福气的人，她是在锦缎坐褥上一天天打发着她的时光的。

坐姿有矫正人心的功效。端然而坐、内心却为恋情而焦躁的古装偶人，纵然鼻子让虫子蛀咬去了一块，也还是典雅高贵。谜一样的女人贤淑地端坐着，六帖榻榻米的人生观自然也得贤淑端庄才是。

上了岁数的人，没了丈夫，挺让人觉得无依无靠的。要是身边连个本该可以依靠的孩子都没有的话，那一定会更加觉得无依无靠了。本该指望依靠的孩子要是成了外人，那除了觉得孤苦伶仃外，更会觉得这人生简直是可憎可恨了。你自己明明有可以依靠的孩子，却又让你不得不去仰赖外人，这样的成规岂止是可憎可恨，简直就是悲惨和无情！谜一样的女人深信自己就是这么个悲惨不幸的人。

跟外人也未必就一定不能相处。酱油与味醂①自古就是掺和在一块儿用的。可要是掺杂在一块儿喝酒、吸烟的话，那准会让人呛得直咳嗽的。钦吾从来就不是愿意听命于父母的人。日复一日、年久日长的，隔阂就这么形成了。近来这段日子更是让人觉得像是在长崎邂逅了江户的仇敌似的。学

---

① 用烧酒、糯米等制成的一种带甜味的料酒。

问本是用来处世立身、出人头地的，读书修业更不是要让你在那儿忤逆父母和违背世道常规的。花了这么多钱，却存心让自己变成个怪人，一旦离开了学校，在社会上无所适从的，那岂不丢人现眼吗？外面的名声自然也就好不到哪儿去了。真不该让自己摊上这么个继子的。谜一样的女人这么思忖道。她才不愿意让这样的人来替自己送终，再说了，根本就指望不上他能替自己送终的。

幸好身边还有藤尾在。她俨然就是一枝耐寒的山竹，身上有股子足以掸掉夜风吹刮到自己身上的粉雪的力气。本来就有足以在街头招引众目关注的春天的容貌，自己又让她穿上了绣有蝴蝶图案、印染着花卉纹样的绚丽衣裳。推拥自己这亲生的孩子前去见识一番的世界想必是要多宽广有多宽广。她衣着华丽地款步行走在令人心情愉悦的世界里，并听凭别人去为她心驰神迷。唯其因为能让某个举世无双的夫婿为她心醉神迷、急不可耐的，我这养育了这么个女儿的母亲，脸上也真够觉得光彩无边的了！与其去仰赖那个什么都拎不清却还要整天对你绷着张冰冷的脸的外人，还不如天天陪在让人好生歆羡、活得华丽而又舒心的亲生女儿身边，直到走进坟墓的那一天，那才不失为顺理成章的一种活法。

兰生幽谷。剑归壮士。花容月貌的女儿，就得替她找个名声卓著的夫婿才是。前来提亲的倒是络绎不绝，可女儿看不上，我也不中意，提了也是白提。戒指若跟手指般配不了，就是买来了也只能丢弃。太松或者太紧，都成不了女婿的合适人选，所以嘛，时至今日，这事都还没能最后敲定。一大群人里边，显得出彩的也就只剩下小野一人而已。听说小野是个能做大学问的人。还听说天皇陛下颁赐过他银表来着。还说要不了多久，小野就会成为博士。不光这些，小野这人也可爱，待人亲切，又很文雅，风度翩翩的。让他做藤尾的夫婿，自然没什么好觉得不光彩的。自己的晚年由他来照料，心情想必也会舒畅些吧？

让小野做藤尾夫婿的人选，倒是没什么不满意的地方。唯一的欠缺也就是少了份家产。可仰赖女婿来照料自己的晚年，就算这女婿再怎么让自己觉得中意，能得到的照料也毕竟有限。招赘入婿的某人若是两手空空地进了家门，那就可以让他乖乖地小心伺候好自己的媳妇和丈母娘，这既对藤尾有利，也对自己有好处。叫人头疼的便是家里的那份财产了。丈夫殒命海外都已有四个来月了，眼下这份财产自然都归钦吾所有。一场阴谋便由此引发。

钦吾说了，家里的财产，他是一个子儿都不想要的。他还说了，屋子也都给藤尾留着。真要能脱去情分的外衣，只剩下便利的赤身裸体的话，那我也挺想欣然跳进涌动着的温泉里去的，那才叫精明哩！可是，就因为要体面才穿在了身上的衣服，并不是你想脱就能随随便便地脱了去的。眼看天就要下雨，"带上把伞吧！"有人给你递过一把伞来，这当儿，要是给你递伞的人手头有两把伞的话，你也就不会谦让地就拿下了的，这也是世故常情，可要是眼睁睁看着给自己递伞的这位会被雨给淋湿，自己却还无动于衷着伸出手去接过那伞，对这样的人，世间自然也会多有指摘了。令人不解的谜便是这样形成的。你说给我，虽说是出于真心，可说的却并非实话，而自己表示绝不能要，那也不过是做个样子，是故意说给周围近邻听的。硬要让钦吾把家产从他手里让渡到藤尾的名下，而自己这边却还得装做老大不情愿的样子把它接受下来，那就得当着文明之民的面，将这里边的过节好好修饰一番不可。这样，不解之谜也就被解开了。你说给我，那得理解为不想给我的意思；自己想要，就得声明自己不想要。这便是谜一样的女人那谜一样的心思了。这六帖榻榻米上的人生观还真够复杂的。

谜一样的女人为排解她的疑难而深感苦恼，她终于离开了她那六帖榻榻米的屋子。对自己很想得手的东西，得筹谋着，一方面自始至终地言明，自己对此决不会心存奢想，另一方面却又能将其尽早收入自己囊中，可如此周全的办法又该上哪儿去找呢？就算用积分微积分也都难以觅求得到的。谜一样的女人一脸痛苦地走出了她那六帖榻榻米的屋子，她实在太焦虑了，以致再也无法在坐褥上就这么端坐着了。来到屋外，但见春日格外的悠闲和宁静，作弄着鬓发的熏风也都在那儿漫不经心地嫌她蠢。谜一样女人脸上的神色越发变得阴沉了。

沿廊庑往左走去，尽头处便是一幢西洋式的建筑，跟客厅毗邻着的那间屋子，则是钦吾在用的书斋。右边拐个直角，尽头处那间朝南凸出的六帖榻榻米的屋子，便是藤尾的起居室了。

正盘算着到那对面菱形黏糕①的底边那儿去，朝那边的

---

① 三月三日桃花节用红、白、绿三色叠在一起的菱形黏糕。此处是比喻，指菱形回廊。

角落笔直望去,藤尾伫立在那儿。她那刚梳理过还湿润着的浓稠鬓发压在了铁杉木立柱上,斜倚着身子,娇艳身姿的正中,但见一截白皙的手腕正深深地插在和服腰带里。"秋萩芒草,随风披靡,故乡一望中。"①某个背井离乡的人曾经便是这样眺望着的。不知道未曾背井离乡的藤尾又在那儿眺望着什么?母亲绕过廊庑,朝这边走近了过来。

"在想什么呢?"

"啊呀,是妈妈您啊!"斜倚着的身子从立柱上挪移了开来。回眸一望的眼神里,找不出一丝忧愁的影儿。执迷于自尊的女子和谜一样的女人就这样面面相觑着。这才是配对的亲生母女。

"你这是怎么了?"谜一样的女人问道。

"您干吗这么问?"执迷于自尊的女子反问道。

"就因为觉着你好像在那儿想着什么心事似的——"

"我可是什么也没有想啊,我正观赏庭院里的景色来着。"

"是吗?"谜一样的女人脸上露出意味深长的表情。

"池塘里的红鲤鱼都跃出水面来了!"执迷于自尊的女子始终坚持着声言道。果不其然,混浊的水中传来了"啪啦"一声水响。

"咦,咦,妈妈屋子里,可是一点儿都听不到呀!"

不是听不到,是因为沉浸在了自己谜一样的疑难中。

"是吗?"这一回轮到执迷于自尊的这位在那儿面露意味

---

① 夏目漱石于明治三十年(1899年)十月致正冈子规书函中则有俳句云:"秋萩披靡,芒草乱舞,故乡一望中。"

深长的表情了。这世界真是风情万种。

"呀,莲叶都已经长出来啦!"

"哎,您都没留意到?"

"没哪!还是这会儿才发觉——"谜一样的女人这样说道。成天琢磨着难解之谜的人总是会对别的事视而不见的。她脑子里装的尽是钦吾和藤尾的事儿,要是把它们都抽了去的话,就只剩下一片真空,哪里还轮得到莲叶呢?

荷莲长出新叶后,就会绽放出荷花,待荷花绽放过后,就该将蚊帐收叠进橱柜了,这之后,便会响起蟋蟀的鸣叫,便会有深秋一阵紧似一阵的阵雨,便会有西风吹刮枯叶……趁着谜一样的女人正在为解开难解之谜而苦恼着的当儿,整个世界都已换了个模样。可纵然如此,谜一样的女人仍打算坐在那儿琢磨着如何解开那难解之谜。谜一样的女人觉得这个世界上再也找不出能像她这样聪明的人了。她做梦都不会想到,自己对别的事居然会这么不上心。

红鲤鱼还在那儿"啪啦啦"地跃出水面。有点浑浊的水下是沉淀的泥土,只有水面有些微温的水下,有一团朦朦胧胧的红影,搅动着沉静的泥土浮了上来。只见鱼尾摇曳着,就在投射在池塘平滑涟漪上的阳光尚未被搅碎的那一瞬间,那鱼儿便奋力击打着水面,"啪"地跳跃了起来。搅起的大片浓稠泥水中,影影绰绰的泛红的家伙正潜身在阴影里游弋而去。鱼脊划开温暖池水后留下一道蜿蜒的印迹,于风平浪静中拨弄着隔年的芦苇。甲野的日记里,有一联既说不上是五言律诗,也算不得是绝句的句子:

鸟入云无迹
鱼行水有纹

他就这么用楷书写在了日记里。春光者，不蔽天地，任人心悦之谓也。只是，它并没能让谜一样的女人觉得自己是幸福的。

"怎么回事？怎么会跳得这么厉害？"她问道。就如同谜一样的女人琢磨难解之谜都琢磨得难以自持的那样，红鲤鱼似乎也在那儿蹦跳得有些难以自持了吧。要说这就是沉迷的话，那两者都可以说是沉迷在了各自的行为里。

藤尾什么都没回应。

中国诗人称浮出水面的荷叶为叠青钱[①]。荷叶当然不会有铜钱那样沉甸甸的质感。不过，将昨日、今天刚刚长出的娇嫩生命交付给水滨，任其曝晒在俗世风尘中，当此之际，看上去确有几分青钱那样的精细。色泽倒也说不上青绿，就因为比美浓纸还要轻薄，连碧绿都嫌沉闷，宁可一身柔和的茶色，就么着，将一天天冒出来的铜绿也掺杂在了里面，鲤鱼跃起在这莲叶之上，留下春天的残痕，那便是风一吹就会飞走、一搁下就会碎裂的一颗颗珍珠，在那儿滚动着。无从回应母亲问话的藤尾，只是在那儿眺望着眼前的景色。鲤鱼再次跃出了水面。

母亲无心地瞅着池面，过了会儿，她换了种口气试着这样问道："这些日子，小野他好像还没来过咱们家哩，该不会

[①] 杜甫《绝句漫兴九首》之七，即有"溪点荷叶叠青钱"之句。

有什么事吧?"

藤尾神色严峻地转过脸来。

"怎么了?"藤尾目不转睛地注视着母亲,随后又装作若无其事的样子,将眸子挪向了庭院。母亲心里"咦"地惊讶了一下。刚才跃出水面的那条鲤鱼,一团淡红地,从浮叶下穿行而过。浮叶随意地晃动了一下。

"照他的脾气,不来的话,多半也会先招呼一声的,会不会是生病了?"

"生病?"藤尾神经质地抬高了她的嗓音。

"我不是那个意思!我只是问问,他会不会是病了?"

"他像是生病的人吗?"

她说话的语气,就像是从清水舞台上跳下来似的,鼻尖则留下了很不屑的一声冷笑。母亲心里再次"咦"地惊讶了一下。

"他什么时候能当上博士呢?"

"什么时候呢?"就像是在谈论着不相干的什么人似的。

"你——该不会是和他吵架了吧?"

"和小野吵架?他像是会吵架的人吗?"

"那倒也是,请他来只是为了教你读书的,再说给他的酬金也不薄,想必也——"

谜一样的女人对女儿的理解仅限于此,再也不可能超出这个范围了。藤尾只好暂不作答。

还不如干脆把昨天晚上发生的事情一五一十都讲出来的好。那母亲一定会焦躁起来,她不可怜死自己才怪呢。虽说把事情和盘托出也没有什么不好,可自己主动去跟别人索求同情，这跟一个人迫于饥饿跑去陌生人家门口，在那儿一个子儿一个子儿地乞求别人怜悯，又有什么不同？同情乃执意于自尊者不共戴天的敌人。直到昨天为止，小野都还跟在舞台上蹦跳着的牵线人偶似的，都是我在那儿连话都懒得跟他说上一声，但凭小指头随心所欲地操控着他，让他又是站起，又是躺倒，临了，再让他遭人哄笑，让他心烦意乱，张皇失措，看着自己一脸的兴致盎然和兴高采烈，母亲都忍不住在一旁喝起彩来，翕动的鼻尖上颤动着洋洋得意的虚荣——可这不过只是个光鲜的外表而已，如果母亲看到了昨天晚上那真实内面的一幕，本来迎向自己的在那儿招展着的芒草便马上又会朝着另外的方向倒靡过去的。一旦出人意料的盖子被揭开，让母亲得知了小野昨晚和陌生美女在一起很亲热地喝茶，那在母亲的面前，自己的脸面还往哪儿搁？这件事我是绝不会宽贷的！自尊这样说道。找不着猎物只会四处瞎扑腾的猎鹰，就算价钱再贱，也都不会有人问津的。自尊又这么说道。跟在猎物屁股后却一声不吠的猎狗，就该痛揍一顿，丢弃在一边了事。自尊公开声明道。小野自然还不至于行为不端到这等地步。只要对他弃之不顾，说不定他还会回来的，不，他肯定会回来的。待将自己和小夜子做了一番比较之后，执意于自尊的藤尾这样确信无疑地断定。待小野重新回到自己身边，自己是不会给他好脸色看的。让他看过自己的脸色后，就会重新操控着他，让他又是站立，又是躺下，让他遭人哄笑，让他焦躁不安，让他张皇失措，就又能让母亲见到自己一脸的兴致盎然和兴高采烈了，如此一来，也算是在母亲的面前替自己挣得了一份脸面。要是让哥哥和一也见到这一幕的话，那就能当着他俩的面，报自己的一箭之仇了——藤尾并没有把她心里想着的这些话说出来。藤尾暂未作答。母亲也因此失去了恍然大悟自己误解了女儿的心思的机会。

"钦吾他刚才来过你这儿吧？"母亲又开口发问道。鲤鱼跃出水面。荷莲爆出新芽。草坪渐渐泛青。辛夷则已枯败。谜一样的女人对这些事情都并不上心。她被钦吾的幽灵没日没夜地苦苦折磨着。钦吾待在书斋里，她会寻思他在那儿做什么；钦吾想心事的时候，她会寻思他在那儿想些什么；钦吾上藤尾这儿来，她又会寻思他对藤尾到底说了些什么。钦吾不是自己的亲生子，不是自己的亲生子就容不得有丝毫的疏忽。这是谜一样的女人从上辈子就已经学会了的一大真理。自发现了这个真理的那天起，谜一样的女人便被神经衰弱缠住了自己的身子。神经衰弱是文明时代的流行病。自己的神经衰弱一旦被滥用，就连自己的孩子最终都无从躅免，也一并会被传染上的。谜一样的女人逢人便抱怨钦吾的病令她一筹莫展。可从她那儿传染上神经衰弱才真叫一筹莫展哩。真不知道一筹莫展这话到底该由谁来讲。只是谜一样的女人始终觉得钦吾才是最令她一筹莫展的。

"钦吾他刚才来过你这儿，是吧？"她问道。

"来过啊！"

"他还好吧？"

"还不是那老样子！"

"他呀，还真是……"说话时，她的眉宇间蹙起了浅浅的一个八字，"叫人一筹莫展的。"话音落下时，眼看着那八字蹙得更深了。

233

"他说话拐弯抹角地净挖苦人!"

"挖苦人也就罢了,可时不时地跟你说上通你根本就不知道他在说些什么的梦话,这不是存心让人为难吗?总觉得最近这段日子他多少有点怪异!"

"那大概是他在跟你说他的哲学吧?"

"我才不知道什么哲学不哲学的哩,可——刚才他都跟你说了些什么了?"

"哎呀,还不是那块表的事……"

"他说让你还那块表了吗?这表给不给一的又关他什么事呢?真是多管闲事。"

"这会儿,他出门去了吧?"

"会上哪儿去呢?"

"一准又是上宗近家去了呗!"

母女俩说到这儿时,女佣前来行礼通报说:"小野先生来了。"母亲便折回自己的屋子里去了。

待母亲拐过廊庑的身影消失在了纸拉门的后边,小野正从供家人进出的便门那儿走来,从厨房那儿的吃饭间边上穿过,又穿过紧挨在一起的六帖榻榻米屋子,没有绕行到廊庑那边,便径直走了过来。

据说和尚在弟子击磬入室相见之际,但闻跫然足音,便早已对弟子是否已做好了参悟公案的准备心下了然。人在心虚畏葸的当儿,就连走路的步子里都会流露出心虚畏葸来的。俗谚云,就连牲畜上屠宰场,脚下都会打战。此类现象并非只是出现在参禅衲子的身上,也同样适用于才子小野。平日里小野待人接物就要比别人拘谨许多,今天更是拘谨得有些怪异了。就好比战场上败下阵来的残兵败将，不免风声鹤唳、草木皆兵，小野蹑手蹑脚地踩踏在绿色的榻榻米上，半耷拉着的黑袜子的脚尖上尽是抱歉之意，就这么走了进来。

明眼不投暗处。藤尾的眼睛连抬都没朝小野那边抬上一下。她只是冲着那半耷拉在榻榻米上的袜子的脚尖那儿瞥了一眼，心里便一下子全都明白了。小野都还没来得及落座，就已经让她打心眼里瞧不起了。

"您好……"小野一边落座，一边嬉笑着寒暄道。

"您来了。"藤尾一脸的不苟言笑，这才正面相向地看了对方一眼。小野的眸子在她的注视下闪闪烁烁地躲闪着。

"好久没来见您了。"他赶紧赔了这么个不是。

"哪儿的话。"女子截断了他的话，随后便不再言语。

男子觉得被兜头泼了一盆冷水，正琢磨着该如何转圜才好。屋子里则像往常一样的寂静无声。

"天气，都已经很暖和了。"

"哎。"

屋子里只加进了这么两句话，随后便又变得和原先一样寂静无声了。就在这当儿，只听得鲤鱼"啪啦"一声又跃出了水面。声音就在池塘的东侧，正对着小野的后背。小野稍稍回过头去，正待说出"鲤鱼……"的时候，看了那女子一眼，发现她的双眼正注视着池塘南侧的辛夷——浓稠紫色追随着残春从壶状细长的花瓣上悄然褪落后，残骸上便枉自留下了皱巴巴的茶褐色瘢痕，有些残骸恰好只剩下了花萼，露在了那儿。

正待说出"鲤鱼……"的小野只得重新沉默下来。女子的脸色也并没有露出缓和的迹象——女子本想让这久违了的男子就这久违的原因作一番解释的,孰料得到的却是个"不"字。男子因心里察觉到大事不妙,才试着想把话题切换到"天气,都已经很暖和了"上去的,可眼见这一招也并不奏效,这才想到把话题扯到"鲤鱼……"上去的。男子在那儿正忧心忡忡着,打算就这么一路滑去,直到脚下能站住了再说,女子却依然端坐在她原来的地方,纹丝不动。浑然不知内情的小野,又不得不在那儿琢磨了起来——

她跟自己怄气,如果仅仅是为了这四五天里自己都没能上门来看她,那倒还没什么,可要是自己昨晚去了博览会的事落在了她眼里的话,这就有些棘手了。可纵然如此,事情也不是没有转圜的余地,至少可以找出好几条辩解的理由。藤尾她真能从那些络绎不绝进进出出的黑黝黝的人影中认出自己和小夜子在一起吗?真要被认出来了,那也无话可说。要是她还没认出来,自己却不管三七二十一地主动交代了出去,那这跟死乞白赖着要把身上脏兮兮的脓疮凑到素不相识的外人的鼻子前,硬要人家闻那儿散发的恶臭,又有什么两样呢?

和年轻女子结伴行路,这本是当今之世才会有的事情。只是一路同行,既谈不上有什么好炫耀的,也谈不上名誉就此便有了瑕疵。起因于某种即兴的唆使和怂恿的那种仅限于今宵的朦胧场景,前世缘分的袖袂仅限于今宵的厮磨,随后便各奔东西,淹没在了全然陌生的世界里,淹没在了黑暗波涛的喧闹中,化作浮沫,形同陌路。真要是这样,那倒也没什么,小野也完全可以主动去把这些话说给藤尾听的。可遗憾的是，小夜子和自己的关系，却并非像是全无来由地让人给摆放在了棋盘上的两颗棋子那么简单。自己逃离的这五年漫长的岁月，对方却始终在那儿没日没夜地细绎出纤细却赤诚的情缘之丝，勉力维系着这段别离，她一直跟自己保持着这份情缘。

说小夜子只是和自己关系平常的一个女子，虽也没什么大碍，但却是在撒谎。撒这样的谎，既惹人嫌厌，也不会让自己觉着喜欢。撒谎，就好比河豚鱼汤，只要喝下的当时没出什么事儿，那它就是世界上最鲜美无比的了，可一旦中毒，最终就得让它折腾得苦不堪言、吐血而死。再说了，撒谎会授人以柄，牵扯出真实来。只要不声张，就不会有人看出破绽，就保管能搪塞过去，可虽有这样的便利，却为了隐瞒真相而少不了要就装束、姓名乃至身世来历都刻意补缀上一番，这就容易招致别人怀疑的目光，成为众矢之的。补缀须以破绽作为前提。丑陋的本来面目便是从这破绽处露出来的。一旦露出本来面目，那么除了遭人嗤笑，这咎由自取的恶果，便是一辈子都别想再洗刷得干净了——这样的道理，小野心里还是分辨得清楚的。小野是个聪明人，他很清楚这里边的利害得失。一丝情缘，究竟是如何将这东西分离的两座京城给缀合了起来，并维系住了五年的漫长相思的，小野自然是不愿将这些实情去说给此刻正跌坐在自己眼前、正跟自己闹着别扭的人听的。至少还没来得及让流淌着新鲜血液的爱情之脉在他俩手腕上温暖、合拍地搏动起脉搏，在别人眼里还没能结成名正言顺的夫妻之前，他还不想把这些话说给她听。要是不想说出实情，他又不愿意当面诓骗她，装作自己跟小夜子素不相识，告诉她小夜子无非就是跟自己关系平常的一个女子而已。要是不想诓骗她，那小夜子的事，就连名字都不愿意跟她吐露上半个字。小野频频留意着藤尾的神色。

"昨晚您上博览会……"小野横了横心，把话说到了一半，他下面是想说他看到她去了呢，还是想说，是听别人说她去了那儿的呢？他有点吞吞吐吐。

"嗯，我去了。"

一道黑影从犹豫踟蹰着的男子眼前掠过，倏忽间横穿而过。就在他吃了一惊的当儿，那黑影早已蹿到前面去了。男子无奈之下只得又问道：

"一定很美吧？"美不美这样的措辞，作为诗人实在是过于平庸了。连说这话的当事人自己也察觉到，这话问得实在太糟糕了。

"很美。"女子明确地接受了这个说法，随后又兜头泼来一盆冷水似的加了一句，"人也长得美。"

小野不由自主地看了藤尾一眼，因为揣测不透她说话的意思，只得随口应了声："是吗？"

这种模棱两可不会得罪人的回答，十有八九都会是很愚蠢的回答。人处在弱势的时候，就算你是多么了不起的诗人，多半也会这样自甘愚蠢的。

"很美的人，我也都看到啦！"藤尾咄咄逼人地重复着说道。不知怎么，这话听上去有股令人不安的味道。看来今天想要平安脱身恐怕是指望不上了。无奈之下，男子只得缄口不语起来。女子也僵滞在了那儿，一动不动地，眼睛则打量着小野，眼神里仿佛在责问："莫非你还不想给我好好招供？"

历史上有个名叫宗盛的人物，让人用刀架住了脖子都没答应切腹自杀。看重利害得失的文明之民，自然也不会轻易就供出这种只会让自己吃亏的口实的。小野觉得，对手的动静，尚有再做详细观察之必要。

"跟您一块儿去的都有谁呀？"小野装作不经意地打听道。

这一回女子没回答。无论如何也得守住自己的一处关隘才是。

"刚才在门口碰到甲野君的那会儿，甲野君说他也一块儿去了的。"

"您都已经打听得这么详细了，干吗还来问我？"女子面露不悦地使起了性子。

"哪儿呀，我只是想，或许还有别人跟您结伴同行，所以就——"小野巧妙地逃逸了出来。

"您是说除了哥哥，还有谁吗？"

"是，是。"

"那您可以上哥哥那儿去打听啊——"

她还在那儿生闷气哩，这可大事不妙！不过，只要自己应对得当，好歹还是能把船从湍流激涡中给划出来的。紧紧揪住对手的话头别走神儿，你来我往地周旋上一番，说不定什么时候又会重新踏上平地的。这之前，小野便是一直凭着这一手获得胜机的。

"我本来想跟甲野君打听来着，可因为急着进屋来，所以就——"

"呵呵呵呵——"藤尾突然大声笑起来。男子吓了一跳。趁着这间隙，藤尾又扔来了一句话："既然都急成了这样，可

239

为什么一连旷课四五天的,却连个事先的告知都没有呢?"

"哪儿啊,这四五天都把我给忙坏了,实在是脱不了身。"

"大白天也——"女子的肩膀朝后收去,长长的秀发飘逸着,一根根都像是活物。

"哎?"小野神色惊异。

"大白天也都忙成了那样?"

"大白天……"

"呵呵呵呵,还没听明白?"这一回笑声越发地响亮起来,差不多都要响彻庭院了。女子只顾自己痛快地在那儿笑得无遮无拦的,男子则茫然地愣在了那儿。

"小野,莫非大白天也有电饰彩灯?"说着,她两手温驯地交叠在了膝上。璀璨钻石那刺痛人眼睛的光束直冲小野的眼睛飞来。小野脸颊上像是"啪"地挨了一戒尺似的,有个声音几乎在同一个时刻响起:"你脑子里在想些什么,我可是一目了然着呢!"

"用功过了头,反而会得不到金表的哦!"女子口无遮拦地开起了连珠炮。男子的阵营顷刻间便土崩瓦解了。

"其实,是我从前的老师,一周前从京都搬到东京来了……"

"咦?是这么回事?我可是一点儿都不知道呀!难怪您会这么忙,原来是这么回事啊。没料到会是这样,这才对你说了这么些很失礼的话——"女子大惊小怪地低头赔不是。一头油亮的黑发又飘动了起来。

"我在京都的那些年月,他给过我很多的照料,所以……"

"所以嘛，这不正好吗？您若好好照料他的话——我呀，昨晚是和哥哥，还有一和系子他俩，一块儿去看的电饰彩灯。"

"啊，真的吗？"

"是啊，然后呢，那池子边上不是有家龟屋的分店吗？哎，您也知道那地方，是吧，小野？"

"是——我知——道。"

"您是知道的。知道的，是吧？我们一块儿在那儿品尝茶点来着。"

男子意欲起身离去，女子却始终故作镇定着。

"茶点的味道真是不错。您，还没进去过吗？"

小野默然无语着。

"您要是还没进去过的话，那下回务必请您陪您那位京都的老师上那儿去一下。我也很想让一陪着再上那儿去一回。"

藤尾说到一这个名字，声音便显得有些异常。

春天的日头已经西斜。漫长的白昼，就是再漫长，也不是他俩所能擅自占有的。装饰壁龛的那架意大利彩釉座钟，将这场还没完没了的对话，沉稳地截断在了藤尾的那句话上。在这儿差不多挨过了半个小时后，小野走出了大门。这个夜晚，藤尾没在睡梦中听到嘲讽的铃声："惊讶中自有乐趣！就数女孩子有福气！"

十三

　　竖上两根粗大的方柱，这便是门了。有没有门扉，则不得而知。板壁上写着"通宵邮便"几个字的地方开着个洞，看样子到了夜晚这洞是会关上的。正对面那边隆起一垛坟堆似的草坪，中规中矩地种植在那儿的翠绿松树，郁郁葱葱着，就跟撑开的油纸伞似的，把集市遮断在了视线之外。绕过松树，抬头便是勾出一道弧线的玄关屋檐，屋檐上能看到浮雕的波浪。里边的纸拉门就这么洞然敞开着。悠闲自在的素白隔扇门上，是用大雅堂流的笔势写的草体字，跟舞乐中的假面似的，散乱而又放逸，在那儿起着把屋子间隔开来的作用。

　　甲野朝右打开通往玄关的那扇隔着门便能看见木屐柜橱的格子门。细长的手杖端头，"笃笃笃"敲击着三合土的地面，在那儿伫立着。他没有召唤谁，自然也不会有人前来应承。屋子里鸦雀无声，看上去也不像是有人居住的样子。倒是门前传来的川流不息的车辆声，听上去显得很热闹。细长的手杖端头"笃笃笃"地叩击着。

　　过了一会儿，寂静的屋子里，花纹纸隔扇那儿发出了清脆的"唰啦"声。有人在那儿一迭声地唤着"阿清""阿清"。女佣似乎没在那儿。脚步声便朝厨房那边过去了。手杖的端头发出"笃笃笃"的叩击声。脚步声离开了厨房，又朝供家人出入的边门那个方向走去。格扇打开了。系子和甲野，脸对脸地，站在了那儿。

既要招呼女仆，又得照料寄食求学的学生，一身而二任的系子，平日里总是很随和，从不摆什么架子，也很少出去跟人打交道。常常是正打算出门去的当儿，却又忙着坐下来，一针针地缝缀了起来。心绪犹如怀抱沉重琵琶①的漫长白昼，漫长得都快让人打熬不住，眼看着就要瘫倒在地似的，牛虻的嗡嗡飞鸣支撑着迷迷瞪瞪的梦境，这时要是使唤阿清的话，那她多半是跑到后边去了。宽敞的厨房里，唯有茶釜②在那儿静静地光亮着。黑田则像往常那样，在寄食求学学生住的那间屋子里，刨得精光的脑袋埋在了臂弯里，看样子正在那儿像只猫儿似的睡大觉。俨然人去楼空的屋子里，从供家里人进出的边门那儿，传来了一阵"笃笃笃"的叩击声。系子"咦"地惊讶着，不经意地拽开格扇门——辽阔天地间，但见甲野正独自一人伫立在那儿。屋外的阳光穿过格子窗，照在了他的后背上，微微发暗的高挑的身躯，纹丝不动地伫立在三合土地面的正中，在那儿一个劲儿地叩击着他的手杖。

"啊呀！"

就在这同一时刻，手杖的叩击声也停了下来。甲野从他的帽檐下打量着女子，像是在跟她打着"好久不见"的招呼。女子急忙将眼睛挪开去，投在了那细长手杖的端头。手杖端头有什么热东西升腾了起来，系子的脸颊"哗"的一下火辣辣了起来，眼看着没有搽油、任其自然蓬松着的一头秀发就

---

① 芜村有俳句云："春去也，心绪犹如怀抱沉重琵琶似的沉重。"
② 茶道用的小口烧水锅。

要披落下来，系子却抢在了他的头里，先弯腰鞠了一躬。

"在家吗？"甲野尾音上扬着、简洁地问道。

"这会儿正出门去了。"她只答了这么一句，找不出一丝愁容的双眼皮上洋溢着和蔼的涟漪。

"出去了？那您父亲？"

"爸爸一大清早就赶着参加谣曲会去了。"

"是这样。"男子转过半个颀长的身子，侧脸对着系子。

"快，您请进，哥哥这会儿大概也快回来了吧。"

"谢谢！"甲野对着墙壁道了声谢。

"您请！"她像是在把客人让进屋里去似的，一只脚先后退了一步，身上的和服是那种粗纹的铭仙绸。

"谢谢！"

"您请！"

"他上哪儿去了？"甲野将对着墙壁的脸稍稍转向女子这边。衬着身后射来的阳光，甲野那张苍白的脸颊，也不知是不是因为心情的缘故，系子觉得似乎要比昨天稍稍消瘦了一些。

"大概是散步去了吧。"女子歪着头说道。

"我这会儿也是刚散完步回来，走远了，还挺累的……"

"那，请进来歇上会儿！哥哥他也就快要回来了，所以——"

话语慢慢地在那儿延续着。话语在延续乃是心情在延续的一个证明。甲野脱下脚下那双木屐——那是用还没干透的原木稍加打理后制成的——进了屋子。

上门框上打着一排厚重的装饰性钉帽，安静得不见有一丝动静的春日的壁龛的最里头，挂着一幅常信①的云龙图，流溢着浅墨痕的绢布，四周让带有纹样的蓝靛缎子整洁地框着，苍老的年代，就连象牙的画轴也都显得格外的沉静。一尺见方的案几上，摆放着一只沉甸甸的张着大口的狮子青瓷香炉，案几的木纹像是喷了层油脂那样光可鉴人，那是在紫色里添加进褐色、让紫色过渡到黑色的纹理细腻的紫檀木。

廊下多迟日，一味畏寒怕冷地打发岁月的男子，将最上端的碎白花纹前襟攥拢了一下。女子丰满的下巴压着衣领，衣领上是几枝含羞的乱菊，她像被眼前敞亮的格扇门晃了眼睛似的，候在了门口。八帖榻榻米的屋子里，只容纳了彼此离得很远的两个渺小的人，不免显得空空荡荡的。两人相隔着足有六尺的间距。

突然间，黑田跑了过来。皱褶早已乱成了一团的小仓布裙裤的下摆下，一双赭黑的脚在那儿频繁地移动着，他端来了茶水，拿来了烟草盆，送来了糕点盘，活像交易所里陈列的琳琅满目的展品，一下子就把六尺间距给填满了，主客的位置本因那份间距而不免显得尴尬，现在让这一道道款待客人的道具给弥合了。转眼间，从午睡的梦中惊醒了过来的黑田，便机械地在两人之间系起了一道缘分之绳，随后又将他那依然迷糊着的精神封存进了他那颗刨得精光的脑袋里，再次退回到那间专供像他这样的寄食求学的学生住的屋子里去了。接下来，屋子里便又重新恢复了原先的空空荡荡。

"昨天晚上还好吧？累着了没有？"

---

① 狩野常信（1636—1713），日本画坛中狩野派的创始人。

"不，没累着。"

"没累着？那您的身体可要比我结实多了。"甲野脸上微微露出笑意。

"来回不都是坐的电车嘛。"

"坐电车也累人啊。"

"为什么？"

"就因为那么多的人，那么多的人，让人觉得很累。您没这么觉着吗？"

系子只是半边圆脸颊上露出笑靥，却没有作答。

"您觉得好玩吧？"甲野问道。

"哎。"

"哪个好玩些？是那电饰彩灯吗？"

"哎，电饰彩灯也挺有意思的……"

"除了电饰彩灯，还有什么让您觉得好玩的吗？"

"哎。"

"是什么？"

"可说出来有点儿可笑啊。"系子歪着脑袋，惹人爱怜地在那儿笑着。不明就里的甲野也不由自主地想笑。

"到底是什么呢？会让您觉得好玩——"

"您想听吗？"

"说来听听。"

"昨晚咱们不是一起吃茶点来着？"

"嗯，可茶点有什么好玩的？"

"不是茶点好玩。虽说不是茶点——"

"啊。"

"当时，小野他不是也在？"

"对，他在。"

"他不是还带了位很漂亮的……"

"漂亮？对了，好像是跟一个挺年轻的女孩子在一起来着。"

"你们认识她，对吧？"

"不，不认识。"

"咦，可我哥哥明明说过，你们是认识的呀！"

"他这么说，也许是想说曾经见过面的意思吧，可我们跟她连一句话都不曾说过。"

"可是，你们是认识她的，我说得没错吧？"

"哈哈哈哈，干吗非得要我们认识她不可呢？说实话，我们倒是遇见过她好几回来着。"

"所以，我才会那么说的嘛！"

"你这所以是什么意思？"

"所以我说好玩。"

"为什么？"

"您问为什么，我也——"

聚向双眼皮上的流波，聚起又散去，散去又聚起，含情脉脉地在那儿摆弄着漆黑的眸子。就仿佛阳光穿过繁密的新叶，错落有致地铺洒在大地上，风摇曳着树梢，闪烁着的苔藓影影绰绰似的。甲野就这么瞅着系子，没再追问系子为什么会说觉着好玩的缘由，系子也就没有再解释她为什么会觉得好玩了。问"为什么"，那不过是自己沉溺在女子的妩媚可爱里，是在还没能探明事情的来龙去脉之前，先把自己的行踪给弄没了。

粉饰一新的瓢箪形的浅浅水池，朝朝暮暮就着浅口砂锅炒出的蛋黄，欢快地打发着池子的金鱼，即便甩着尾巴潜入荇藻间，也用不着担忧会被涌起的波浪裹挟而去。鲷鱼穿行于旋涡轰鸣的狭窄海峡，筋骨早已让潮水搓揉得一年硬朗过一年。波涛汹涌的大海底下是地狱，穿行在这地狱的深处，则绝非随心所欲就能来去自如的事。不过，一旦将长成于辽阔大海而生性桀骜不驯的鱼儿和长着三道尾巴的狮头凫尾金鱼一同装进箱笼里，那它们也便成了水族馆里比邻而居的朋友了。虽然看不见有什么关隘阻隔在它们中间，可若想穿越隔开它们的那通体透明的玻璃，准会撞得鼻青脸肿。系子没有见识过大海，自然无法跟她谈论大海的话题。甲野只得跟她就瓢箪形的水池暂且作些应对。

"她长得真有那么美吗？"

"我觉得她很美。"

"那倒也是啊。"甲野朝廊庑望去。二尺来宽的天然花岗岩上露水还未干，什么时候看去都是湿漉漉的，也不知到底是鹭草还是紫堇的花卉，像是挑着地儿似的，挨着它的边缘，东一簇西一簇，稀稀拉拉的，躲着行将逝去的春色，在那儿偷偷地绽放着。

"这花儿开得好美！"

"在哪儿？"

系子的眼睛里，只看到正前方的那棵红松树和树根那儿点缀着的山白竹。

"在哪儿呢？"她抻长了暖意融融的下巴，在那儿望着前方。

"就在那儿,你那边看不见。"

系子稍稍站起身来,晃悠着长长的衣袖,膝头在地面上挪蹭了两三步,挨近廊庑里。两人挨得很紧,都快要鼻尖碰鼻尖了,在那儿找到了那些若隐若现的花卉。

"咦!"女子呆住了。

"挺美的,是吧?"

"嗯。"

"你原来都不知道?"

"不知道,我一点儿都——"

"这花开得太小了,很难留意到。什么时候开的,什么时候谢的都不知道。"

"这么说,还是桃花、樱花好,绽放起来,也更美些。"

甲野没有应声,只是口中喃喃道:"好可怜的花。"

系子默然无语。

"这花,就跟昨天晚上的那个女孩子似的。"甲野又加了一句。

"干吗这么说?"女子疑惑不解地问道。男子转了一下他的眼珠,目不转睛地注视着女子,过了一会儿,这才挺认真地回答道:"您活得无忧无虑的,真好。"

"是吗?"女子一本正经地回应道。

她不知道他这是在称赏自己,还是在贬损自己。她也不清楚自己真的是无忧无虑还是正好相反。她更不清楚这无忧无虑究竟是好还是不好。不过她信任甲野。就因为看到自己信任的人说得那么认真,所以,除了回他一声认真的"是吗？"自己还能怎么说呢？

　　文采夺人眼目；工巧欺人眼目；质朴则明人眼目。每次听到有人说："是吗？"甲野的心里便总会油然生出庆幸之情来。哲学家在俯视他人内心的时候，便会情不自禁无所挂碍地低下他那颗富于悟性的脑袋，向对方致意。

　　"敢情好啊。要这样才好。不这样可不行。不管到了哪一天，不是这样的话，那可不行。"

　　系子露出一口长得很美的牙来。

　　"反正也就是这样了。生来就是这脾气，要改也难，只能这样啦！"

　　"这可不好。"

　　"可是，生来就是这样的脾气，什么时候都是这样子，想变也都变不了啦！"

　　"会变的。一旦离开了您父亲和哥哥，您会变的。"

　　"那怎么可能？"

　　"一旦离开了他们，您肯定会变得更聪明的。"

　　"我倒是想让自己变得聪明些来着，要是真能变聪明了，那敢情好啊，您说是不是？一直挺想让自己变得能像藤尾似的，可自己这么笨的一个人——"

　　甲野脸上流露出替人惋惜的神情，在那儿望着系子那天真无邪的嘴角。

　　"藤尾她真就那么让您羡慕吗？"

　　"哎，我真的好羡慕她呀。"

　　"系子。"男子的语气突然变得温柔起来。

　　"您想说什么？"系子毫无戒心地问道。

"藤尾这样的女子，如今世界上真是太多了，多得让人头疼，您得提防着点儿才是，要不然就岌岌可危了。"

女子丰满的双眼皮里，唯有两颗惹人疼爱的露珠正滴落在她那双大眼睛上，压根儿就找不到一丝岌岌可危的迹象。

"藤尾一人出场，就足以把像昨天晚上遇见的那种女孩子灭掉三五个。"

滴落在明媚眸子上的露珠"啪"的一下消散了。表情陡然间为之一变。看来甲野提到的"灭了"这个词把系子吓得不轻，至于是否还有别的意思，系子自然不得而知。

"您就这么着，挺好的。您要有了动静，那就会变得不再是您了。您可千万别有什么动静。"

"我要有了动静？"

"是的，您要爱上了个什么人的话，就会变得不再是您了。"

女子"咕嘟"一下，将正待从喉咙里飞出口来的话给吞咽了下去，脸颊刷地变得通红了。

"您要是嫁了人，就再也不是现在的您了。"

女子垂下了脸来。

"就这么着挺好的，嫁人就可惜了。"

妩媚可爱的双眼皮接连眨了两三下。紧闭的嘴角悄然闪过一道雨龙的影子。也闹不清到底是鹭草还是紫堇的花，依然稀稀拉拉地、贫寒地绽放在春天里。

十四

　　电车卸下红色指示路牌，鸣着汽笛驶了过来。待交接过后，重又沿着铁轨，驱散开大街上刮来的风，驶离了。盲人估摸着电车行驶的间隙，诚惶诚恐地在越过铁轨后朝对面走去。茶屋的小伙计，一边舂着石臼，一边在那儿嬉笑。打信号旗的混纺毛哔叽制服上沾满了尘土，褪成了模糊不清的黄色。身穿西装的正从一家旧书店里走了出来。戴鸭舌帽的伫立在说书场的门前。黑板上黑底白字地写着今天晚上的说书节目。天空中挂满了铁丝。不见有鹰隼的影子。静寂的天空下，是一个喧闹驳杂的世界。

　　"喂！喂！"有人在身后大声喊道。

　　年岁大约在二十四五之间的太太，只是朝后扭了下头，脚步并没有停下来。

　　"喂！"

　　这一回则是和服背上印着某家商号的人，冲那呼唤转过身去。

　　真正被招呼的那位，却似乎没听见有人在招呼他似的，一路小跑着，避开行人，在赶他的路。让两辆你追我赶飞驰而来的人力车给挡住了视线，追赶着的这位和被追赶着的那位之间，距离渐渐越拉越远。宗近君昂首阔步地飞奔起来。宽松的袷衣和外褂，随同脚下的步幅上下颠翻着。

"喂!"他从身后伸手攀住了那人的肩膀。走在前面的那位的肩膀突然停下,小野那张细长的脸颊便也斜斜地露了出来,小野的手里拎满了东西。

"喂!"宗近的手依然攀着小野的肩膀,晃了晃那肩膀。小野一边让宗近摇晃着,一边转过身子来。

"我还以为谁呢?失敬!"

小野没摘帽子,彬彬有礼地颔首打着招呼。他的手里拎满了东西。

"你这是在想什么心事呢?喊了你多少遍,全都当成了耳边风!"

"真的吗?我可是一点儿都没留意到啊。"

"看你急匆匆的样子,就跟不是走在地面上似的,这可有点儿奇怪啊!"

"哪儿奇怪?"

"我是说你走路的样子!"

"都已经二十世纪了,所以嘛,哈哈哈哈。"

"这就是时兴的走路方式吗?怎么给人的感觉就像是一只脚新、一只脚旧呢?"

"说实话,手里拎了这么多东西,连脚都快没法儿迈了……"

小野两手伸向前方,保持着这一姿势,没再说话,先朝下看去,示意宗近也朝那儿看去。一见此状,宗近便也自然而然把视线朝小野腰部以下移去。

"怎么回事,你这都是些什么呀?"

"这是废物篓,这是洋灯灯座——"

"你穿着打扮得这么时髦,却拎着这么大的废物篓什么的,难怪看上去让人觉得奇怪。"

"奇怪也是没有办法的事,因为是受人之托——"

"受人之托成这副怪模样,我还真是服了你了。光看你这拎着废物篓在大街上奔跑的样子,真没想到你还有这么份侠义心肠!"

小野默不作声地笑着鞠了个躬。

"你这是要上哪儿去?"

"我要把这些东西……"

"是把它们拿回家去吗?"

"不,这都是别人托我买的,这正要给人送去。你这是?"

"我也是随便走走。"

小野心里多少觉得有些棘手。"看你急匆匆的样子,就跟不是走在地面上似的。"宗近这话,对小野眼下的处境和状况,形容得真是再恰当不过了。脚下皮鞋踩踏着的大地,既是那么宽广,又是那么坚硬,可小野踩踏在上面的感觉却总是那么不踏实。虽说心里不踏实,可还是一心想着匆匆忙忙地往前赶路。就连遇见了总是那么无忧无虑的宗近,站在路边跟他说说话,他都会觉着难受。要是宗近提出想跟他一块儿走上一段路的话,那就更让他觉得难办了。

就连平日里,自己让宗近给逮住时,心里也老觉得忐忑不安。自己是在对宗近与藤尾的那层关系隐隐约约若有所闻的情况下,与藤尾确立了这么个关系的。虽说小野并不觉得这是在当人面抢走人家的未婚妻,自己还不至于落下这样的嫌疑,但在宗近心里,不必问,小野也很清楚他会怎么想。

像宗近这样从来不会掩饰自己的人，从他的日常举止、举手投足中，都能推测出他所在意的到底是什么。虽然自己还不至于想在背地里去把宗近所在意的东西给毁了，可事实上，还是把宗近的希望给永远地封堵了。于是，小野觉得自己在这件事上欠了宗近一份人情。

光凭这一点就已经够歉疚的了，更何况宗近还整天在那儿装作无忧无虑，对自己与藤尾之间的关系并没有流露出丝毫的痛苦，这就越发让小野觉得歉疚了。两人碰到一块儿的时候，会敞开心怀说说话，也会说上些笑话，笑上一通之后，还会聊起男子所应尽的本分，会谈论谈论有关东亚的经纶和对策，唯独爱情这个话题，是最少谈论的。与其说不去谈论，还不如说是没法谈论。宗近恐怕就是这么一个人，他也许根本就不懂得爱情到底是怎么回事。他不配做藤尾的丈夫。话虽是这么说，可小野对宗近依然还是觉得歉疚。

歉疚是泯灭自我的一个词。正因为是个泯灭自我的词，所以会令人欣慰。小野心底里对宗近怀有歉疚，可这份歉疚是蕴涵了一份更大的自我在里面的。不妨想象一下小时候，因为淘气被叫到父母面前去那会儿的感受，你马上就会明白这一点。与其说是为了向父母表示懊悔之意而觉得歉疚，倒不如说是更担心这回逃不过挨父母臭骂这一关了。他不会去在意自己的淘气会给本来和自己相去甚远的别人带来的麻烦，只是在意这一麻烦反过来又哐的一声落回到了自己的头上。他讨厌出现这样的情形，这跟讨厌打雷的人一旦来到裹挟着电闪雷鸣的云峰面前总会逡巡着不愿再往前走去，是一样的道理。只是这歉疚和那歉疚之间的志趣大相径庭。可纵然如此，小野还是把它称之为歉疚。这大概是因为小野不喜欢把自己的这种感受放到比歉疚还要低的层面上去解析的缘故吧。

"你是在散步吗？"小野彬彬有礼地问道。

"嗯。刚从那个拐角处下的电车，所以想随便溜达溜达。"

这回答多少有些不合逻辑，小野觉得。可眼下哪里还顾得上什么逻辑。

"我还得赶时间……"

"我也在赶时间，不碍事的。那就随你要去的方向一块儿加快步子吧。来，把那个废物篓给我，我替你拿。"

"别的都可以依你，可这个拿在手里不体面。"

"行啦，快递给我吧！你还别说，看上去像个庞然大物，拿在手里分量倒是轻飘飘的。什么手里拿着不体面的？那是你小野拿着不体面。"宗近晃动着废物篓，跑了起来。

"让你这么拎着，看上去是好像变轻了不少。"

"拎东西还不都是一个样儿？哈哈哈哈。这是在劝工场买的吧？做工还挺精巧，用来扔纸屑倒是可惜了。"

"所以呀，我才会提着在大街上走的。里面真要扔了纸屑的话……"

"有什么不能拎着走在大街上的？电车还不是装满了人这种垃圾，在大街上大摇大摆跑着的？"

"哈哈哈哈，要你这么说，那你岂不成了废物篓搬运夫了？"

"那你就是废物篓公司老板，托你买它的那个人岂不成了股东了？那这里边可不敢随便扔纸屑了。"

"诸如废弃了的短歌草稿啦、写错字的废纸啦，等等，把它们统统扔在里边，怎么样？"

"我可不要那些玩意儿，要是有废弃不用的钞票扔到里边，那倒是多多益善。"

"光是扔些废弃物进去的话，那只需略施催眠术，说不定还来得快些哩。"

"那你的意思是，先把人变成废弃物啰？不是有句古话叫'诚欲致士，先从隗始'①吗？你要让人变成废弃物的话，用不着催眠，现成的早已比比皆是了。还真是弄不懂，怎么就那么乐意'先从隗始'呢？"

"他们才不乐意'先从隗始'哩！人这种废弃物要能主动爬进废物篓里去的话，那就省事多了，可就是——"

"真要发明了自动废物篓的话，那敢情好啊。这么一来，成了废弃物的人，岂不是都可以自己纵身一跃跳进去了？"

"还能获得一份专利来着？"

"啊哈哈哈哈，这岂不大妙？那你熟识的人里边，有没有想主动跳进去的？"

"说不定会有的。"小野蒙混着说道。

---

① 成语，出典可参见《战国策·燕策》：燕昭王寻找能为他报灭国之仇的能人。谋士郭隗给他讲了个千里马的故事：古之君主求千里马，三年不得；侍者拿五百两黄金买回了已死千里马的头，对君主说："死马且买之五百金，况生马乎？天下必以王为能市马，马今至矣。"果然，一年之内来了三匹千里马。郭隗对燕昭王说："今王诚欲致士，先从隗始；隗且见事，况贤于隗者乎？"郭隗劝说燕昭王，您真想招徕优秀人才前来为您效力的话，那就不妨先从给予才华并不出众的我以优厚的待遇这一步做起。这里用这个成语，则含有"凡事先得从我开始"这么一层延伸涵义。

"我说,昨天晚上,你可是带了位挺神奇的同伴一块儿去看电饰彩灯来着?"

去看博览会的事既已暴露在了众目之下,这时候也就没必要再藏藏掖掖的了。

"是啊,听说你们也都去了。"小野若无其事地回答道。甲野明明都已留意到了,可还是在那儿佯装不知。藤尾也佯装不知,并且还非得让自己招供不可。宗近则当我面问起此事。小野不动声色地应答着,心里则暗自说了声:"果然不出我所料!"

"那是你什么人?"

"你说话还挺冲的呢。那是我从前的老师。"

"这么说,那女子,就是你恩师的令爱了。"

"啊,你说得没错。"

"看你们一起吃茶点的情形,可不像是外人啊。"

"那看上去像兄妹?"

"像夫妻!一对恩爱夫妻!"

"这可不敢当。"小野稍稍笑了下,眼睛便马上躲到一边去了。对面玻璃橱窗的里边,洋文书上的烫金文字,正璀璨地在吸引着诗人的注意力。

"我说,那边好像来了不少新书,过去看看好吗?"

"你是说书?你想买书?"

"要有好书的话,就买些——"

"又是买废物篓,又是买书的,还真够讽刺的。"

"怎么了?"

宗近赶在做出回答之前,便提着废物篓,瞅准了来往电车的间隙，朝对面跑了过去。小野也一路小跑着跟了过来。

"嗬，好漂亮的书，都在这儿陈列着呢。怎么样？有你想要的吗？"

"有啊。"小野猫下腰来，金丝边眼镜凑近得都快跟玻璃橱窗碰到一起了，在那儿看得入了迷。

有本柔软小羊皮封面的书，浓稠墨绿色的正中，纤细的金粉勾描出一朵睡莲，花瓣尽头处的花萼那儿，一道笔直的线条纵贯到底，然后在封面的四周环绕了一圈。还有本书脊裁截成了平面的书，深红的底色上爬满了花纹，俨然一头披散着的金发。有一本则是黄铜硬封面，竖着的厚重铜片把台布的纹路都给压坏了。还有本是冷艳的小牛皮书脊，用浅墨色和绿色分成上下两截，上下都镂刻了文字。有本书可以看到它的扉页，粗纹纸上排列着朱红色的书名，显得很雅。

"这一本本的，好像都还让你挺眼馋的哩！"宗近的目光并没有落在那些书上，只是光顾着看小野的眼镜了。

"全是最时新的装帧，还真是——"

"也就是封面做得光鲜些罢了，你觉得这就能保证内容也一样光鲜？"

"这跟你们的书不一样，这是文学书——"

"就因为是文学书，就得把外表弄成这般光鲜？有这个必要吗？照你这么说，那当文学家的，就非得都戴上副金边眼镜不可了？"

"你这人哪，还真是不依不饶的。不过，从某种意义上讲，文学家多多少少也该是件美术品吧？"小野终于离开了橱窗。

"你说美术品，那也行，可光凭这金边眼镜来做担保，那也未免太寒碜了些吧。"

"今天想来是戴这眼镜的该遭殃了。宗近君没近视吧？"

"我又没用功做学问，就是想近视也近视不了哇。"

"那你也没远视？"

"开什么玩笑？行啦，别闹了，走吧！"

两人又肩并肩地赶起路来。

"我说，你知道鱼鹰这种水禽吧？"宗近边走边问。

"知道，这会儿怎么想起鱼鹰来了？"

"这鱼鹰哪，刚觉着好不容易把鱼给吞进肚子了，结果却又给吐了出来，全是白费力气。"

"白费力气？可鱼儿还是进了渔夫的鱼篓，这有什么不好？"

"所以说，这不是讽刺吗？你在那儿好不容易读书做学问，可转眼间，却又把它们全都扔进了废物篓。学者这种人哪，就是靠着把吃进肚子里的书给吐出来在那儿打发日子的。自己一点儿营养都没捞到，从中渔利的，尽是这废物篓。"

"要这么说的话，那做学者也真够惨的。可要他们去做什么才好呢？这我就越来越闹不明白了。"

"得实际去做啊！光钻研书本，什么都做不成的话，那就跟把盛在盘子里的牡丹年糕和画上画出来的牡丹年糕傻乎乎地看作一回事，又有什么两样呢？尤其是文学家什么的，都是些光会奢谈些漂亮的话，却从来做不了一件漂亮事情的人。你说是不是，小野？西洋诗人那儿，这样的人似乎也并不少见吧？"

"是啊——"小野拖着调子回应道。

"譬如，都有谁呢?"他又追问道。

"名字什么的我可记不清了，可又是骗色，又是抛弃自己发妻的，还委实有过来着。"

"不会有这样的诗人吧?"

"说什么呢? 真有! 确实有!"

"真有这样的? 我也记不太清楚……"

"你这专家都记不清楚的话，那就麻烦了。那好吧，就说昨天晚上的那个女子——"

小野的腋下不由得黏湿了起来。

"我可是知道得不少。"

要是弹琴的事儿，系子都已经说起过，别的事情，宗近应该是不知道的。

"她住在茑屋的后面，对吧?"小野一跃而起，抢在了头里。

"她弹琴了。"

"弹得很棒，对吧?"小野并没有轻易就颓败下来，这跟去见藤尾那会儿多少有些不一样。

"大概很棒吧? 我可是听着都犯起了困——"

"哈哈哈哈，你这才真叫讽刺哩!"小野笑着说道。小野的笑声，无论出现在什么场合，都离不开一个"静"字，并且还带着色彩。

"我这可不是在嘲弄，我是认真的，要是对你恩师的令爱哪怕有半点儿不敬的话，那我实在是抱歉之至。"

"可你说都让你听得犯起困来了，这话可叫人不好受啊。"

"让人听着犯困,那琴才是弹得好啊。人也是这样。像这样能让人犯困的人,走到哪儿,都会让人敬重的。"

"是因为古老陈旧,才让人觉得敬重的吧?"

"像你这样时髦新潮的男子,再怎么也都不会让人犯困的。"

"所以才不受敬重。"

"还不光是这样,说不定还很想对这值得敬重的人讥诮一番,笑话他们是过时和背运的人。"

"今天我这是得罪谁了,怎么尽是挨人骂的份儿呢?我看,咱俩还不如就在这儿分道扬镳吧。"小野有点儿受不了,强作笑颜地停下了脚步,同时伸出右手,示意要把废物篓重新要回去。

"不,我再替你捎上一小段,反正闲着也是闲着——"

他俩重又朝前走去。两人一块儿走着,心虽然挨得很近,但却又在那儿彼此鄙视着。

"你好像每天都挺清闲的啊。"

"我吗?我是不大读书的。"

"可别的,好像也看不到有什么要让你忙碌的事儿。"

"那是因为我觉着根本就没必要那么忙忙碌碌的。"

"那倒敢情好。"

"能这么'敢情好'着就这么'敢情好'着,否则,一旦有了什么事,岂不麻烦?"

"临到有什么紧急的事情了还能这么'敢情好'着的,那就更加'敢情好'啦,哈哈哈哈。"

"我说,你还在往甲野家跑?"

"我这不是刚去了回来。"

"又要往甲野家跑,又要陪你恩师出去玩的,够你忙的吧?"

"甲野家那边,都已经有四五天没去了。"

"那你的论文——"

"哈哈哈哈,都还不知道哪天能拿得出来呢——"

"还是趁早赶出来的好。要是不知道哪天能拿得出来的话,岂不是让你白忙乎一场?"

"哎呀,说不定临到紧要关头的我就把它赶出来了。"

"我说,你那位恩师的令爱——"

"啊。"

"这位令爱倒是有件挺有趣的事儿来着。"

小野突然吓了一跳。他不明白这话里的意思。他从眼镜边框那儿斜着瞅了宗近一眼,宗近一如既往地晃动着废物篓,得意洋洋地朝前走去。

"那是件什么事……"这样反问着的时候,他语气中的气势却不由得弱了许多。

"什么事?看样子,好像跟她缘分还不浅哩。"

"谁跟她?"

"我们跟那位令爱呀!"

小野这才稍稍松了口气。不过,还是让什么给牵挂着。不管宗近与孤堂先生之间的那份关系是深是浅,他只想"咔嚓"一声切断它后,丢弃在一边了事。然而,自然而然系在了一起的东西,就算你再有能耐,就算你是个天才,也不见得你要它怎样就能怎样的。小野思忖道,京都有不下好几家的旅舍，可为什么偏偏入住的就是茑屋这一家呢？小野又思忖道，他们本来可以不在茑屋住下的呀。特意让人力车夫把车拉到三条，特意要在茑屋住下，根本就没这个必要啊。小野想，那都是乘着酒兴、心血来潮给闹的。小野想，都是吃饱了饭没事干才闹出的恶作剧。小野想，你住进茑屋，非但不会给这旅舍带去任何好处，还专爱给人家带来痛苦。不过，就算自己再怎么愤愤不平，也拿他们一点儿办法都没有，小野想。他已打不起精神来回应宗近前面说过的话。

"那位令爱呀，小野——"

"啊。"

"那位令爱呢，可不能这么说，应该这么说，那位令爱——我们见过！"

"是在旅舍楼上看见她的？"

"在旅舍楼上也曾见到过她。"

这个"也"字令小野稍稍有些担虑。春雨中，随同探出在栏杆外的连翘花一起俯瞰着古色古香的庭院，那是自己很早以前就已经熟谙了的情景。如今即便添了新的见证人，那也没什么好值得大惊小怪的。可现在宗近告诉自己"也"曾在楼上望见过，那这事情可就有点儿悬了。也就是除了庭院，一定还在别的什么地方也见到过。要在平日，小野也许会再追问下去，可眼下心里却不由觉得，这么追问着不免显得虚假，于是便使劲儿憋住没再硬问下去，就这么朝前走了两三步。

"去岚山的时候，我们也碰见她了。"

"只是碰见吗？"

"又不认识,自然没法儿上去搭话,也就是迎面碰见而已。"

"要是上去搭搭话的话,那该多好,可是——"

小野突然开起了玩笑来。情形骤然出现了好转。

"我们还在她吃团子的那会儿碰见过她。"

"那是在哪儿?"

"还是在岚山。"

"就这些?"

"还有呢。从京都回东京,这一路上也是一起过来的。"

"难怪,推算起来,你们坐的应该是同一列火车吧。"

"你去车站接他们,我也都见到了。"

"是吗?"小野苦笑着。

"听说,她是东京人。"

"谁这么说……"小野话刚说到一半就打住了,眼镜后面的眼珠从镜框边缘那儿,诡异地朝对方的侧脸偷窥了一眼。

"谁? 要说是谁——"

"是谁这么说的?"

小野说话的语调,出人意料的镇定自若。

"还不是听旅舍里的女佣说的。"

"旅舍里的女佣? 茑屋的?"

小野既像是很想弄清楚到底是谁说的,在那儿紧紧叮问着,又像是急着想往下打探似的,同时又像急着想证实其实接下去并没有事儿似的。

宗近"唔"了一声。

"茑屋的女佣……"

"你是朝那边拐吗?"

"再稍稍朝前走一段,怎么样?反正也是散步——"

"行啦,我该往回走了。我说,这么要紧的废物篓,得给人家好好送去,别在路上给弄丢了。"

小野彬彬有礼地接过废物篓。宗近飘然离去。

落单了的小野突然急着想赶路。脚下赶紧了就可以早些抵达孤堂先生的家。可到了那儿其实也没什么令人高兴的事儿。小野并不想急着上孤堂先生家去。小野只是身不由己地急着想赶路。他的手里拎满了东西,脚在跑动着。天皇恩赐的那块表,在西装背心里发出滴答滴答的声响。街衢很热闹。可小野脑子里早已忘乎一切,变得急不可耐。得越快越好,不能有片刻的延误。可为什么就越快越好呢?他却说不出个所以然来。除非让一昼夜缩短成十二小时,除非让命运之车朝着自己意想的方向全速疾驶而去,他再也没有别的办法可想。他不希望那种破坏大自然法则的乱子出现在自己的身上。而大自然那边呢,似乎也该酌情替自己设想一下,帮上自己一把才是。事情真要成了这样,大自然真要能在这件事情上替自己打保票的话,那就是让我在观音菩萨面前参拜上一百次,我也都在所不辞;就是让我去给不动明王供奉护摩[①]大礼,我也心甘情愿;就是让我去做耶稣教的信徒,我也绝不会说半个不字。小野一边赶路,一边感觉神祇不可或缺。

宗近这家伙,既没学问,也不用功,还不解诗趣之为何物。就因为这个,有时候,小野不免会替他纳闷,他将来到

---

① 佛教烧香拜佛的虔敬仪式。

底想做个什么样的人呢？有时候，小野还很鄙视他，觉得他恐怕会一事无成。有时候，小野也讨厌他，就为了他的率直。不过，如今想来，他那样的人生态度，自己是绝对学不来的。但不能因为自己学不来就得出自己比不上他的结论。这世界上，有碍于能力而做不到的，可也有虽有能力却不愿意去做的。玩杂耍的能用筷子头玩转碟子，相比之下，倒是玩不了这门杂技的人地位反而还高些，小野想。宗近的言行举止，自己固然很难学得到手，可正因为学不来，反而成就了自己的一份荣耀，小野一直是这么觉得的。只要一跑到他的面前去，自己总会觉得压抑，觉得不愉快，几乎是身不由己。可一个人的职责，不就是全心全意地给人带来愉快吗？小野思忖道。宗近居然连这社交的第一要义都一窍不通！像他这样的人，也只配在世界上处处碰壁。考外交官名落孙山，岂非顺理成章之事？

可是，一跑到他的面前，自己就会觉得压抑，这种感觉还真是奇怪。这种感觉究竟是缘于他说话无遮无拦，还是缘于他的枯燥乏味，抑或缘于他所谓颇带几分古风的率直？直到今天，自己都还一直不曾考虑就此做一番剖析的，这也委实够奇怪的。虽说从对方的身上也找不出有存心打压自己的蛛丝马迹，可自己还是分明感觉到了压抑。从他那只是无所忌惮、随心所欲的所谓自然做派那里，从他那总是连"不知你意下如何"这样的商量口吻都不说一声的语气中，压抑感便会油然而生。自己呢，又总是当着他的面拉不下脸来。就因为自己背地里老觉得对他有一份歉疚，是这份歉疚在作祟，是道义在惩罚自己，小野一直唯有作此揣想，可不能老这样压抑着，这可不行。就好比说那山峦吧，天不怕地不怕，毫不顾及周边，就这么高耸在了那儿，你与其说它别有情趣，还不如说并不能给人带来什么美感。星辰上坠下的露珠，掉在了花蕊上，令人怜爱的花瓣不时随风摇曳，露珠跌落，流进了小河。唯有这样的景色才让自己觉着快乐。最主要是，宗近和自己，本来就有着不小的差异，一边是一座长着桧柏的山峦，一边则是一畦花圃，彼此性情本来就枘凿不合，你说，碰到一块儿的时候，能觉着不别扭吗？

两个性情枘凿不合的人，一旦合不拢起来，有时候也会觉得话不投机半句多，有时候也会觉得挺过意不去，有时候还会对对方很不屑一顾。可还不曾有过像眼下这样让自己觉得还挺羡慕宗近的情景。是因为宗近人格高尚，是因为宗近举止高雅，还是因为宗近的为人做派跟自己理想中的形象挺贴切，才让自己如此羡慕他的？这可是自己做梦都不愿意认可的。不过，要是自己能适应和习惯宗近那样的性格的话，那该有多好啊！将宗近和自己的痛苦现状比较起来，突然间小野对宗近便觉得挺羡慕的。

自己和小夜子的关系，都已经跟藤尾摊牌说清楚了。没有断言说有，只是一口咬定，这个过去曾经帮助过自己的人，这个自己小心翼翼地予以照料的娇小身影，跟自己都已暌违了五年，彼此早已隔膜，以致重逢的最初那刻，自己对她的印象都已十分模糊。他还一口咬定，知恩图报乃是人之常情，热忱奉侍老师是做弟子的本分，除此之外，自己和他们就再也没有别的什么关系了。这之前一直憋在自己心里的那些编造的假话，他也都尽其所能地统统向她一吐了事。横下心来说出的假话，就算是编造的，也得把它给编圆了。虽说自己并非真的想用假话来冒充真实，可因为是一诉衷肠，便不免要对说出的谎话负责，说得更直白些，便是得与这谎话缔结终生的利害关系。再也不能说谎了。据说，重复说谎的人，就连神祇都会嫌弃的。从今往后，说什么也得让谎话能像真实一样靠谱才行。

这件事情实在令自己觉得痛苦。从今往后，要是上先生家去，自己所能说的，无非也就是些不得不重复着说的谎话。虽说也可以蒙混上几回的，可要是孤堂先生那儿催逼得紧，自己还是没有勇气去断然回绝的。要是自己生来心肠再硬一些的话，那对付这件事倒也并不需要费什么劲儿。估摸着自己也并不曾有过什么会招惹官司纠纷的不端行为，大不了到时候一口回绝了此事，那也就一了百了了。可这么做，对恩人总是心存一份愧怍。得赶在恩人还没来得及催逼自己之前，得赶在自己说的谎话还没被恩人发觉之前，赶紧让大自然运转起来，以便赶紧让自己和藤尾顺利踏进婚姻——然后呢？以后的事情可以放到以后去考虑。事实可比什么都管用，结婚一旦成了既成事实，那所有的一切，便都不得不以这一新事实作为基点重新加以权衡了。一旦这一新的事实在众人那儿得到了认可，那么，从今往后，就算再怎么不该有的牺牲，他也都愿意去扛着，就算做这样的决定需要承受怎样巨大的痛苦，他也都在所不辞。

就在这千钧一发之际，一阵烦闷向他袭了过来。他先是束手无策地干着急，接着便又觉得害怕起来。打退堂鼓呢，却又觉得老大不情愿的。他心里一边祈祷着事情能进展得快一些,一边却又让这进展搅得心神不宁,于是,他便又羡慕起宗近来了。做什么事都得斟酌来斟酌去的人,就这么羡慕起了凡事一根筋、认准了就一条道走到底的人。

春去也,春日将暮。绸缎似的苍黄天幕,一块块的,从空中飘落下来,轻盈地覆盖了大地。不见有一丝风的踪影的街衢,随夕暮渐生,重又恢复了它的宁静,苍茫的暮色,在大地上逐渐地蔓延开来。西天的尽头处,徒劳地在那儿微微燃烧着的云霞,也终于变成了一片紫色。

荞麦面馆的店招上,丑女面具在昏暗中鼓胀着双颊,被后面点着的灯映红的脸颊,此刻在那儿等待客人的到来。对面的那条街巷则是一条窄巷,还不到十来尺宽。黄昏曳得细长细长的,降落在鳞次栉比的房屋的空隙处,悄无声息地钻进了一扇扇没有关严实的门窗里,屋子里边该是越发的幽暗了吧。

拐过一道弯,便来到了左侧第三家的门口。有一道很难称得上是大门的门扉。悄悄曳开这扇只是把外面的街巷给分隔开来的格扇门,屋子的里边,一片昏暗,只觉得往下一沉,俨然已是傍近黑夜的天色。

"有人吗?"小野喊了声。

寂静的声音,显得和风细雨的,就好像不忍心去搅扰和惊动那春天的沉静似的。站在一尺来宽的木板上,一边顺着在廊檐下穿行而去的呈菱形的黑黝黝的洞穴望去,一边老实地守在那儿等人前来应声。一会儿就有了回应。也不知道应的是"嗯"呢,还是"啊"呢,抑或是"哎"呢?越发地难以分辨。小野依然朝那菱形状黑黝黝的洞穴窥去,在那儿等着里边的人出来应门。随后，格扇门里传来了"嗵"的一声，像是有人在那儿跳了一下。看样子这屋子修缮得有些反常，连支撑地板的横棱木的咯吱声也清晰可闻。那扇常见的壁纸纹样的纸拉门被拽开了。小野正估摸着有人来两帖榻榻米见方的玄关应门了，随即格扇门上便映出了昏暗的人影，孤堂先生瘦削的脸庞和他的胡须，也一并出现在了眼前。

孤堂先生平常看上去身子骨就不太硬朗，骨骼细，躯干瘦，脸庞便愈发的瘦长了，再加上都已上了这么一把年纪，再也无力抗拒风雨劳苦的侵袭，就连他磕磕绊绊着在这艰辛备尝的浮世里苟延残喘下来的那颗心，也只剩下一天天瘦削着的份了。今天他脸上的气色更是愈发难看，就连颇为自豪的胡须也已不见了平常的样子，黑胡须留出的一点儿空隙全都让白胡须给填满了，风则从白胡须的缝隙间穿过。

这个古风古貌的人，连下巴都显得气息奄奄的。要是一根根细检起来，先生的胡须没有一根不是孱弱细长的。小野毕恭毕敬地摘下帽子，默然不出一声地上前行礼。梳着时髦新潮的英国发型的脑袋，在悠远缥缈的"往昔过去"面前低垂了下来。

一道直径足足有几十尺的圆圈，四周悬挂着无数个镶着铁格子的笼子。被命运拨弄着的人们纷纷争先恐后地钻进身边的笼子。圆圈旋转了起来。待这边笼子里的这位升向蓝天的当儿，那边笼子里的那位则会朝着尽情吸摄着万物的大地落下。发明这种摩天轮的，想必是位喜欢揶揄人的哲学家。

梳着英国发型的脑袋正待坐着这边的笼子升向云端。进了那边笼子的孤堂先生，俨然要给人生在世的孤寂留一份古色古香的纪念似的,郑重其事地给战战兢兢的胡须撒了把芝麻盐,此时正准备降落到暗地里去。这边一节节地上升一尺,那边就得一节节地下降一尺,一切正按照命运的设定按部就班地运作着。

上升着的这位,一边清楚地意识到自己正在节节上升,一边则当着此刻正节节下降至黑夜的那位的面,毫不吝惜地谦恭俯首,在那儿行礼致意。可以把这一幕称为神祇一手制作的揶揄和讽刺。

"哎呀,你这是——"先生一时间心情大好。坐着命运摩天轮下降着的这位,一见到正待高升着的那位,心情为之焕然一变。

"快,快进屋!"说罢,先生马上便折返进屋里去了。小野在解鞋带,还没等他解完,先生又走了出来。

"快,快进屋!"

屋子的正中,白天也摊开在那儿的被褥被推到了墙边,然后在那儿重新放上了新买来的坐褥。

"您还好吧?您不舒服?"

"也不知怎么回事,今天一大早,心里就觉得难受,虽然一上午还在那儿扛着,可到了中午,到底扛不住了,只好躺下,刚才正迷迷糊糊睡着呢,你来了,都让你在门外久等了,对不住啊。"

"您别客气,我也是格扇门刚打开的那会儿才到的。"

"是吗?我呢,觉得好像是有人进来了,惊醒了过来,就出去看了一眼。"

"是吗?那真是打扰您了。您还是躺下吧。"

"没什么大不了的事,再说,小夜子和那大妈,又都没在家。"

"都上哪儿——"

"上澡堂去了,顺便去买些东西。"

被褥跟蝉蜕一般高高鼓起,钻出被窝时留下的那个洞穴,正对着格扇门的方向。背着光线的地方,被子的纹样在昏暗中显得模糊不清,上面的短外褂的衬里,闪闪烁烁着,在那儿聚集着微弱的光线。外褂的衬里是鼠灰色的甲斐绸缎①。

"好像有点儿打冷战。我再加件短外褂去。"先生说着站起身子来。

"您还是躺下,那样好些。"

"不用,我想起来一下。"

"您这是哪儿不舒服?"

"也不像是感冒,不过——也没什么大不了的。"

"昨天晚上还让您出了趟门,这都怪我啊。"

"不,瞧你说的。要说昨天晚上,那可是我给你添了大麻烦。"

"没有没有。"

"小夜她也挺高兴的。托你的福,让她大饱了眼福。"

"要是时间宽裕些的话,我还可以陪你们一块儿各处走走的,可是……"

"就因为你太忙了,是吧?行了,你只管去忙吧。"

---

① 甲斐(今山梨县)境内出产的一种生丝绸缎,故得此名。多用作和服外褂的衬里。

"只是太抱歉了……"

"没事儿,你用不着这么替我们担心。你有事情忙,说到底,那可是我们的福分来着。"

小野默然无语。屋子里渐渐暗了下来。

"我说,你吃饭了吗?"先生问道。

"哎。"

"吃过了?要是还没吃,那就在这儿吃。虽说没什么菜,可茶泡饭总该有的吧。"先生颤颤巍巍地站起了身子。关得严严实实的格扇门上,映出一道长长的黑影。

"先生,你快别忙乎了,我是吃了饭过来的。"

"真的吗?你不用跟我客气。"

"我没客气。"

黑影弯下腰去,重又回到了原先的高度。好像给呛着了似的发出了两三声咳嗽。

"您在咳嗽?"

"只是干——干咳……"还没等话说完,又咳了两三声。小野在一旁愕然地守着他咳完。

"您还是躺着,身子暖和些,也许会好些,要是着了凉,会咳得更厉害的。"

"不用,没什么事了。乍一咳起来,一时间会有点儿止不住。人上了岁数,就变得不中用了——所以呀,凡事都得趁着年轻的时候啊。"

"凡事都得趁着年轻的时候啊",这话原先也常常听人说起过,可听孤堂先生这么说,今天还是头一遭。这位别人看来似乎在这世上只剩下一把骨头的孤堂先生,将稀疏的胡须托付给了风尘，苟延残喘了十年、二十年，从他交替呼吸着的口中说出这样的话，至少，小野今天还是头一遭听到。子时的钟声在幽暗中轰然作响。在这昏暗的屋子里，听着昏暗的人口中说出的这句话，小野不由得思忖起了"凡事都得趁着年轻的时候啊"这句话的涵义。得趁着年轻的时候，这就是说，人只有一次年轻，再也不会有第二次的，他想。这就是说，不趁着年轻时好好努力的话，那一辈子都得吃亏了。

一辈子都吃着亏，那活到眼下孤堂先生这个份上，临到老朽了，那时的心情想必是很孤苦的吧？想必会觉着自己活得也未免太无聊了吧？然而，与其沉浸在对那终生吃亏的往昔岁月的回忆之中而郁闷不已，倒还不如索性对自己的恩人忘恩负义上一回，纵然也会因为受到良心的谴责而梦寐不安，说不定也会让人减少些郁闷。不管怎么说，凡事得趁着年轻，年轻是不会再有第二次的。趁着不再有第二次的年轻时所作出的决定，也就决定了自己一辈子的命运。此时此刻，对于决定一辈子命运的事，自己无论如何都得有个决断才是。要是今天赶在去见藤尾之前先上了先生家门的话，那多半也就不会再编造出那番谎话来了。不过，现在谎话既已编就说出，那也只好随它去了。至于将来的命运，只好把它交给藤尾去打理了——小野在心里这样辩解道。

"东京都变样了。"先生说。

"变化太厉害了，几乎天天都在变。"

"简直觉得可怕。昨天晚上也吓了一大跳！"

"就因为人山人海——"

"真是人山人海！可来了那么多的人，却又很难碰上一个认识的，你说是不是？"

"那倒是。"他模棱两可地应承着。

"你碰到了吗？"

小野本想含糊地应上声"唔……"的，可结果却很断然地说了声："哎哟，哪碰得上啊！"

"没碰上？那也难怪，地方太大了。"感叹不已的先生，不知怎么地，看上去颇有几分乡村鄙俚的况味。小野的眼睛从先生灰暗的脸上挪移了开去，落在了自己的膝头上。洁白的衬衣袖子，成双配对的景泰蓝袖扣，光洁的粉色浮现在绿底色上，周边围了道奢华的金边，透出几分暖意。西装是质地考究的英国纺织物。就在自己打量着自己的当儿，小野骤然间恍然明白了真正适合自己栖居的世界应该在什么地方。眼见着就要让先生给诱入到那难以脱身的圈套之际，这样的恍然了悟，让他觉得就像是突然间想起了自己丢失在了什么地方的东西似的。先生对小野此时的心思自然是一无所知。

"都已经好久不曾一块儿出去走走啦，今年正好是第五个年头了吧？"先生的语气中充满了怀念。

"嗯，是第五年了。"

"第五年也好，第十年也罢，要像这样能在一个地方住着，那就好啦。小夜子她也很高兴。"先生后面又补上了这么一句。小野忘了得赶紧做出应答，在这幽暗的屋子里，他似乎觉得有点儿竦惧。

"令爱刚才上我那儿去过。"无奈之下，他只得把话题扯了开去。

"啊，也没什么要紧的事儿，你要抽得出空来的话，想让你陪她一块儿去买点儿东西。"

"正好不凑巧,我要出门去——"

"是啊,也不事先打个招呼就这么突然登门拜访,一定打扰你了吧?那你是上哪儿办急事?"

"不——也没什么要紧的事,可……"见对方有些吞吞吐吐,话说到一半就憋住了,先生便没有穷追不舍地问下去。

"啊,是这样啊,那就……"他茫然地应酬道。随同这茫然的应酬,屋子也从一片朦胧模糊中渐渐摆脱了出来。今晚有月亮。可明月当头还得等上一段时间,太阳早已落山。六尺见方的壁龛那儿,敷衍潦草地刷了层深靛青的灰沙墙的深处,挂着先生所珍藏的一幅义董①的画。唐代的衣冠,步履蹒跚着,宽长的衣袖挽起在胳膊上,一边扶着童子肩膀的这份醉态,与这屋子里的空寂并不般配,倒是与四月春神颇为相符,有股子及时行乐的味道。那戴在仰着的额头上的冠冕的黑色,刚看第一眼的时候,就让小野觉得格外醒目,这时再次不经意地看去,就连又像飘须又像佩饰、千篇一律的左右两边飘着的宽幅绢带,也正迷蒙地挨近昏暗,正待混迹于悄然而来的夜色之中。要是自己和先生继续这么厮磨下去的话,那两人都会掉进同一个洞穴里去,像黑影那样消逝的。

"先生,您吩咐我买的洋灯的灯台,我替您买来了。"

"那太谢谢了。是哪个?"

小野摸着黑,上玄关那儿拿来了灯台和废物篓。

---

① 柴田义董(1780—1819),日本四条派画家,师从松村月溪,尤擅长人物画。

277

"啊——太暗了,什么都看不见,先把灯点上,再让我好好瞅瞅。"

"我去替您点上。洋灯搁哪儿了?"

"真是对不住。小夜子该回来了可还没回。那就劳驾你上廊檐去跑一趟,就搁在右边收放防雨板窗的地方,应该是收拾干净了的。"

一道昏暗的身影站立了起来,"哗啦"打开了格扇门。留在屋子里的身影则悄无声息地袖手等候在那儿,一动不动的,夜色朝他掩袭了过来。六帖榻榻米大小的屋子,将这孤寂的人封闭在了阴暗里。他"咳咳咳"地咳嗽了起来。

不一会儿,廊檐的角落里传来了擦火柴的声响,咳嗽也随之停息了下来。明晃晃的灯光朝屋子移近过来。小野蹲下穿着西式长裤的腿,将五分芯①的油灯架在了新买的灯台上。

"不大不小正合适。灯座还挺沉稳的。是紫檀木的吗?"

"大概是仿制的吧?"

"就算仿制,也挺有气派的。得花多少钱?"

"没花什么钱。"

"这可不行。到底多少钱?"

"两样东西,合起来才四元多一点儿。"

"四元!你还别说,东京的物价还真是不便宜呢!凭我这点儿少得可怜的养老金,在京都那边似乎要好过多了。"

再也不是两三年前的那个样子了,现在的先生不得不靠一点儿少得可怜的养老金和仅有的一点儿积蓄的利息来过日

---

① 油灯灯芯,宽约 1.5 厘米。

子，这跟当年他照料小野的时候已完全不可同日而语。看这架势，像是想让小野给贴补上一些生活费似的。小野拘谨地在那儿等待着先生向他开口。

"要不是为了小夜子，我在京都也能对付得过去，可身边有这么个年轻的女儿，是我最放心不下的……"话说到一半，他歇息了一会儿。小野拘谨地坐在那儿，没有应答。

"像我这样的人，死在哪儿还不都一样，可身后留下小夜子独自一人，怪孤苦伶仃的，所以呀，都到了这把年纪了，还执意要搬到东京来。就算东京也是我的故乡，可都已经离开二十个年头了，既没有熟人，也没有什么交往，就跟到了异国他乡似的。再说，来东京后一看，又是扑面而来的沙土尘埃，又是人山人海的，物价又是那样的昂贵，在这儿住着，怎么都不会让人觉得舒心的……"

"这不是让人住得舒心的地方。"

"从前呢，也有过两三家的亲戚一直住在这儿，可好多年都没通过音信了，如今连个住址都已记不得了。平日里倒也没怎么觉得，可今天这么不凑巧，在那儿躺了半天，就不免想到了这事儿，不由得心里觉得七上八下的。"

"那倒也是。"

"哎呀，有你在身边，比什么都觉得有依靠。"

"我也帮不上您什么忙……"

"不，你给了我们这么多热心的照拂，真让我觉得欣慰，你百忙之中……"

"要是没被论文掣肘的话，我还能抽出些时间来的，可——"

279

"论文？是博士论文？"

"对，啊，是的。"

"什么时候能写完？"

还不知道什么时候能写完呢。得赶紧写出来才行。小野想。要不是让这累赘给拖住了的话，说不定早就写得差不多了吧。小野这样想着，口中说道："眼下正全力以赴赶着写出来。"

先生从和服里贴身穿的衬衣袖子里抽出了双手，连同胳膊肘子一起，一股脑儿藏进了赤裸的怀里，抖动了两三下肩膀：

"我老觉得人在打战。"说着，他细长的胡须埋进了衣领里。

"您快躺下，这样坐着，人会难受的。我这就告辞了。"

"你别走，啊呀，再说会儿话，小夜她就要回家了。我要是想躺下的话，也顾不上跟你客气，自己会躺下的。再说了，我还有话跟你说来着——"

先生一下子从怀里抽出手来，把它们搁在了腿上，手和腿互相击打了一下。

"你别急着走，天才刚暗下来。"

虽然觉得不胜烦扰，可小野毕竟又觉得很歉疚。先生如此挽留自己，想让自己再多待上一会儿，这可并非只是出于对当年的怀恋，也并非只是出于一朝一夕的郁闷和无聊。这多半是因为他对日后放心不下，一心想着能把那份让自己身后放心得下的希望，尽早地、哪怕只是趁着早上片刻的工夫，紧紧攥在自己脉搏尚在跳动着的手心里的缘故吧？

其实自己都还没吃过晚饭。可要留下不走，先生又会对自己说上些自己并不想听的话。小野的屁股早已坐不住了。可一看到先生这副模样，又实在不忍心抻长穿西装长裤的腿，抬脚走人了事。老人有病在身，却还在那儿强打起精神支撑着，还不都是怕冷落了自己？须臾不能离身的被褥被撂在了一边，在那儿整个儿被空置着，被窝里早已没了暖意。

"我说，这小夜子的事呢——"先生一边望着那洋灯，一边说道。五分芯在半圆锥形的灯罩里点燃着，悄无声息地吮吸着油壶里灌满着的油。温和安详的火舌，静静地守望着刚沉浸在夜色里的春日的昏暗。在这孤寂的夜晚里，唯有这点儿光亮，对那不免生出的凄凉之感，做了一种补偿。灯火在召唤着希望的身影。

"我说，这小夜子啊，你也知道的，她生性内向，在人前羞怯，又不像如今的女学生那样受过时髦的教育，所以呢，说什么也不会中你意的，可……"话说到这儿，先生的眼睛从洋灯上挪了开来，转向了小野。小野觉得自己好歹得接一下这个话茬才是。

"您别——再怎么着也——"小野应答着，稍稍做了个要对方别再说下去的样子，可先生依然注视着小野，眼睛一眨不眨的。他没有再开口，似乎在那儿等待着什么。

"您说不中意——这样的事——怎么可能呢？只是……"小野低声嗫嚅着回答说。先生有些勉强地相信了他说的话，又进一步说道：

"那也是你在可怜她——"

小野既没有说是，也没有说不是。他的手搁在腿上，眼睛则落在了手上。

"我呢，就这么着，只要能凑合着将就将就，就行，可话虽这么说，就因为摊了这么个身子骨，说不定哪天该出事也就出事了，真要到了那个时候，也就麻烦了。那也都是我们以前说好了的事，你也不像是那种说话不算数的轻薄人，所以呀，等我不在了，你应该会替我照料小夜子的吧……"

"那，当然。"小野只得这样说道。

"那这事我也就放心了。不过，女孩子家心眼儿都小，啊哈哈哈哈，可让人头疼哩！"

先生的笑听上去总觉得有点儿勉强。这笑，让先生的脸色越发地变得孤寂凄凉起来。

"您不必为这事儿担心。"小野说话的语气里并没有多少把握。语气显得游移不定。

"我怎么都行，可小夜子她……"

小野的右手在西式长裤的腿上蹭了起来。两人都沉默无语了好一会儿。麻木不仁的灯火，将光亮一分为二，投在了他俩的身上。

"你那儿想必也会有各种各样的事情，是吧？可事情多了会做不完的。"

"那倒也不是。不过是想再稍等些日子罢了。"

"可你毕业不都已经两年了？"

"嗯，可是，我想再稍稍等上些日子……"

"你说'再稍稍等上些日子'，那该等到什么时候？要是有个明确的说法，那我们等等也行啊！小夜子那儿，我也会跟她好好解释的。可光是说'再稍稍等上些日子'，那我就难办了。这为人父母的，任你是谁，都得替子女担待几分责任，所以嘛——你说'再稍稍等上些日子'，是说要一直等到你写完博士论文吗？"

"嗯，差不多就是这个意思。"

"好像都已经写了很长一段日子了，那你打算什么时候写完它呢，大致是——"

"我也全力以赴在赶着，想尽可能早一点儿写完它，无奈这题目多少有些大，所以——"

"可大致什么时候能写完，你还是估算得出来的吧？"

"还得再稍稍——"

"得等到下个月？"

"没那么快——"

"那下下个月，怎么样？"

"实在是……"

"那就先把婚事给办了吧，好不好？总不能说结了婚就写不成论文了，没那个道理的。"

"不过，结了婚责任就重了，所以——"

"这又有什么不好呢？只要你还像原先一样勤奋用功。经济上，我们爷儿俩眼下还用不着你来照顾的——"

小野不置可否。

"你现在有多少收入？"

"就一点儿。"

"你说'一点儿'是？"

"全部加起来也就六十元。一个人过日子，好歹还容易对付。"

"寄宿在人家家里，也只够你一个人过？"

"嗯。"

"那你这日子也过得太稀里糊涂了。一个人花六十元，可惜了！就算拖家带口的，这笔钱也足够过得舒心了。"

小野还是不置可否。

尽管口口声声抱怨东京物价昂贵，先生却并不知道横亘在东京和京都之间的那份差异。从前可以靠束紧鸣海绞①腰带和喝山芋粥御寒，可如今读完大学后，为了不让别人看低自己，就得把钱花费在衣帽之类的细枝末节上，先生他根本就不知道对自己的处境该做一番今昔的对比。对于学者来说，书便是他的第二生命，就跟按摩师的手杖一样，是没了它便无从在这世上谋生的重要工具。这些书它们莫非还会自己涌到书桌上来？这些可都是自己花钱收集来的，这笔钱说出来都会让人吓一跳的。先生对他到底花去了多少钱根本就一无所知，正因为这样，自己也就无法简单地做出回答。

小野他在想些什么呢？他左手支在了榻榻米上，伸过右手，"啪"的一下捻亮了洋灯的灯芯。六帖榻榻米见方的小小地球，仿佛突然朝着东方旋转了似的，霎时间变得亮堂了起来。先生的世界观似乎也伴随着眼前这瞬间的变化，一下子变得明亮了起来。小野仍紧攥着灯芯的捻子没有松手。

"可以了，就这亮度，挺好。捻太亮了，怕有危险。"先生说道。

---

① 名古屋鸣海一带出产的一种木棉质地、用绞缬染法染成蓝色的男子用腰带。

小野放开了手。抽回手的当儿，自个儿朝衬衫袖口里边的手腕那儿瞅了一眼，随后，从西装背心的外口袋里揪出一方洁白的手巾，仔细地擦拭着指尖上的油渍。

"这灯芯有点儿歪……"小野将擦拭后的指尖放在鼻子前，倒吸着鼻子，嗅两三下。

"让那老婆子来剪的话，什么时候都剪不齐整。"先生望着开了叉的灯芯，这样说道。

"这老婆子怎么样？觉得还凑合吗？"

"对了，我还没跟你道过谢哩，这些天，老是麻烦你……"

"哪儿呀，说实话，我倒是觉得她岁数大了些，也许干活不那么利索了，可——"

"行啦，这样挺好的，她好像也渐渐习惯了，所以——"

"是吗？那就都妥帖了。说实话，我本来还挺担心她的，还不知道到底怎么样呢。不过，她人似乎还靠得住。还是浅井推荐给我的哩。"

"是吗？对了，说到浅井，他近来怎么样？他还没回来吗？"

"该回来了，说不定今天就坐火车回来了。"

"前天的信里都说了，这两三天就要回来的。"

"啊，真的吗？"说到这儿，小野专心致志地望着捻上来的五分芯的端头。就仿佛是在那儿思索着，正待一眼看穿浅井回到东京和这五分芯之间的那层关系似的，眸子都凝聚在了这一点儿灯火上。

"先生！"他这样喊了声，把脸转向了先生，嘴角上流露出一丝以前从来未曾流露过的决断。

"什么事？"

"就是刚才说的那事儿。"

"唔。"

"您能不能再给我两三天的时间？"

"再给两三天——"

"在给您一个确切的回音之前，我得再好好考虑一下。"

"那当然可以。别说是三四天的——就是一周也行啊。只要事情有个明确的说法，我也没什么不放心的，那就等着你吧。小夜子那儿，我也就先这么跟她说一下吧。"

"嗯，请您务必跟她说一下。"小野一边说着，一边掏出天皇恩赐的那块怀表。傍近夏天的长长白昼的日头落山后，入夜的时针似乎转动得快了起来。

"那，今天晚上我就告辞了。"

"哎呀，再等会儿吧，她也该回来了。"

"我过两天就会再来的。"

"那可实在是——太怠慢你了。"

小野一分钟也不愿多延宕地果敢地站起身来。先生拿起了洋灯。

"您请留步，我认得路。"小野一边说着，一边朝玄关走去。

"啊，今晚还是个明月夜哩！"把洋灯举得齐肩高的先生这样说道。

"是啊，是个温和安详的夜晚。"小野系好鞋带，从格扇门那儿打量着外面的街巷。

"京都，那才更温和安详哩！"

屈身弯腰的小野终于在门下脱鞋的地方站起了身来。格扇门打开了。瘦削的半个身子走进了街巷。

"清三！"先生从洋灯的光影里喊住他。

"啊？"小野从月光下回过头来。

"也没什么特别要紧的事儿——我这回搬到东京来住，就是想早一点把小夜子的婚事给办了，你是明白我的意思的，对吧？"先生说。

小野毕恭毕敬地摘下帽子。先生的人影随同洋灯一起消失了。

外面一片朦胧。悬在天空中的光亮，一半照亮着世界，一半又把世界闭锁了起来。天空好像很高，又好像很低，就这么没着没落地悬浮在了刚刚入夜不久的夜色中。高悬着的光亮便越发变得轻飘飘的了。浑圆的边缘上，一圈金黄那儿冥冥蒙蒙地膨胀着，连轮廓都不甚分明了。待这圈金黄带子挨近外围，也便褪去了金黄，仿佛是从发黑的靛青中沁出来似的，一旦流溢开来，就仿佛连月亮也都会消隐了去似的。这是月亮和天空、人和大地极容易混淆不辨的一个夜晚。

小野脚下的皮鞋，像是怕让湿润月光给照着了似的，踩在地面上的鞋后跟也都藏掖进了西式长裤的裤管里。他穿过小巷，来到一家荞麦面馆的方形纸罩座灯前，然后又往左拐了过去。街巷里散发着人的气息。拖曳在地面上的身影很短，圆作一团地挪移而来，又鼓凸着摇曳而去。木屐的声响裹掖在朦胧之中，听上去便没了晨霜那样的清脆鲜亮劲儿。一路上行人忍不住会伸手去抚摸的电线杆上出现了一团白乎乎的东西。待睁大眼睛想看个分明时，映入眼帘的是一幅粉笔画的男女持伞合欢图。这淡淡的夜色，便笼罩在了从白昼那儿搬迁了过来的暮霭之中。来往的行人也都一时间变得莫辨东西了起来。往后退则坠入暮霭，朝前走则是月色朦胧的世界。小野就像行走在梦境中似的移步而来，就跟"踽踽独行"这个词所说的那样。

其实小野都还没吃晚饭。要在平常，上了街，他马上就会冲进一家西餐馆去的——当然是穿了自己觉得格外得意的那条褶缝笔挺的西装长裤，神气活现地走进那家西餐馆的。可今天晚上，就是时间再晚些，他也没觉着肚子饿，连牛奶都不想喝。天气太暖和了，胃都沉甸甸的。拖着的两条腿，虽还没到步履蹒跚的地步，但却真切地觉得都快要站不稳了似的，也许该歇会儿了。可真要那样，我可不愿意就这么一头栽倒在地。要是有巡街警察那架势的话，那么在这个世界上，也就用不着什么朦胧夜色了，还有呢，什么担心也都用不着了。就因为是巡街警察，爱怎么走就可以怎么走的。可对小野说来——尤其是对今天晚上的小野说来——他却学不了巡街警察的那种威风。

为什么气势上就会这么先输人一头的呢？小野一边寻思着，一边摇摇晃晃地走着。为什么就连气势都会这么先输人一头的呢？自己的脑子并不比别人差，学问也要胜过同窗一倍，从行为举止到穿着打扮，他自信自己没有什么地方不是出类拔萃的。就只是气势上孱弱些。正因为气势孱弱，所以处处吃亏。只是吃亏也就罢了，问题是还得让自己陷入进退维谷的窘迫之境。有一本什么书上说过，溺水的人，都会在水里扑腾上几下。像今天这样的事，自己本可以横下心来，为解燃眉之急而不顾后果地蹬上它几脚的，说不定也就一了百了了。可是……

传来了女人的说话声。两个人影，正从前边的路上朝这边挨近过来。吾妻下驮①与驹下驮②的声响，合着节拍，不紧不慢地被镌刻在了夜色之中，说话声便是从这下驮声中传了过来的。

"那洋灯的灯台，应该会替咱们买来了吧？"其中的一个这样说道。"就是呀。"另一个应答道。"这会儿说不定都送来了。"前面的那个声音又说道。"我也说不准。"后面那个声音也回应道。"可他不是说了会去买来的吗？"前面的声音又追问道。"啊——这夜晚，不知怎么回事，好像太暖和了。"后面的声音是在躲着那话。"那都是澡堂给泡的，那药澡会让人身子发热。"前面的声音这样解释道。

两人的说话声在这儿越过小野，朝他来的方向走了过去。小野目送着她俩的背影，但见鳞次栉比的街檐下斜斜曳出的两个头影，正摇曳着朝荞麦面馆那边走去。扭着头在那儿停留了好一会儿的小野，这才重新赶起了自己的路来。

自己要能像浅井那样，对别人的处境很少会有同情怜悯的话，那事情也就能当机立断地了断了。宗近什么都不在乎，真要能像宗近那样，说不定自己就什么烦恼都不会有了，爱怎么着就怎么着了。真要像甲野那样，说不定也可以一边进

---

① 女性穿的、鞋底趟有席草的木屐。
② 蹬板和鞋底齿均用同一种木料制作而成的木屐，男女都可以穿。

退两难地受着夹板气,一边还在那儿超然物外着。可是自己就是做不到。朝那边跨出一步去,会陷得很深。朝这边跨过一步来,同样也会陷得很深。就因为凡事非得顾及两头不可,以致总是会让两边都扯住自己一条腿。总而言之,那都是因为自己让人情给束缚住了手脚,老也拿不定主意的缘故。利害?利害这种观念,也得以人情做基础,不过是事后披覆上去的用来装点门面的一层虚假的外皮而已。你若是想追问在那儿驱动着自己行动起来的第一动力到底是什么的话,那好,我马上就给你答案,那就是"人情"二字。利害这观念,就算被摆放到第三、第四的位置,甚至根本不予考虑,自己最终也还是会陷入同样的结果吧?小野想。小野就这么思忖着,一路走去。

就算你再怎么看重人情,可像你眼下这么优柔寡断,那可怎么行?要是袖手旁观听任事情自然而为的话,那事情到底会如何发展,就根本是无从知晓的。一想到这一点,便不免让人不寒而栗。你越是顾忌着人情,就像你所看到的那样,事情说不定就会向越发可怕的方向发展。无论如何也得在这里做出个了断了。不过,还有两三天的缓冲。等这两三天好好考虑过后,再做决断也还不迟。可要是两三天给磨蹭掉了,却还是拿不出什么好主意的话,到那时,可就走投无路了。那最终只好揪住浅井不放,让他去跟孤堂先生交涉了。说实话,自己刚才就是这么考虑的,正因为考虑到浅井马上就要回来了,他才请求先生把期限放宽两三天的。这种事,也只有不为人情所拘泥的浅井才做得来。让自己这样用情诚笃的人去回绝人家,无论如何都是开不了这个口的——小野这样思忖着，一路走去。

月亮依然高悬在天空中，看似将要流溢却又没有流溢而去。落向地面的月光，都还没来得及铺展开它们的明洁，便让厚重的温暖的气流给封裹了起来，在半空中曳出了长长的、永无尽头的梦境。稀疏的星星悄悄地钻进了云层里，像是要穿行到云霭的另一头去似的。俨然射进棉絮的子弹，好不容易才闪烁了那么一下。寂静而又厚重的夜晚。小野在这夜色里思忖着一路走去。今天晚上，也不曾听到有火警的钟声。

十五

屋子朝南。法国式的落地窗,窗玻璃离地板只有五寸的间距。推开窗子,便会有阳光倾泻而入,便会有温暖的风儿吹拂而来。阳光在椅子的脚下驻留了下来。风则不解何以需要停留下来,毫不客气地直冲天花板吹去,又飞掠到了窗帘的背后。这是一间宽敞明亮的书斋。

法国式落地窗的右边安放着一张书桌。关上半圆锥体的拉门,就能从上端给它落锁;打开拉门,中间铺着绿色呢绒的桌板便朝你手边低斜而来,你可以很方便地摊开一本书来,书脊则平整地搁在了那上面。下面是左右两排带银把手的一叠抽屉,第四层抽屉都已碰到了地板。地板是樟木拼花板,涂了层装饰油漆,光亮得走在上面脚下若稍稍不循规蹈矩的话,就有可能打滑跌倒。

另外,还有张西式桌子,似乎是切宾代尔①和时尚潮流拼凑组合的一种款式,于往昔岁月的奢华中悄然掺和了某种张扬的现代作派,占据了屋子里最中心的位置。摆放在四周的四把椅子,自然都是依照同一款式制作的。想来连绸缎的纹样也都是成双成对的了,只是都套着洁白的遮阳布罩,光

---

① 英国家具师 Chippendale 所设计的、以轮廓优美和装饰华丽为特征的家具风格。

是设想着让人坐着、靠着时，腰背都能觉得舒适放松，至于眼睛的观感，那就只好弃置不顾了。

靠墙是一排书架，九尺高的间架，一直排到了门口那儿。亡故的父亲喜欢这种既可以组合重叠、又可以分开独立的书架，这还是万里迢迢从西洋给订购了来的。书架上摆满了书籍，有藏青，有金黄，名目繁多的色泽争艳斗奇，里边烫金的花体字或方块文字，无论是竖着写的还是横着写的，看上去都显得很气派。

小野每次见到钦吾的书斋，都忍不住会在心底里好生羡慕上一番。钦吾自然也还没有到嫌厌的程度。这儿原先是父亲的起居室。打开分隔着的门扉，马上就能穿行到客厅里去。要是从另一道门出去，从内廊那儿就跟和式房间连在了一起。这两间西式屋子，本是父亲嫌住得太逼仄了，这才按二十世纪的风尚重新扩建的，是为了生活起来更方便些。它们与其说是父亲按自己的喜好而建造的，还不如说是迫于实用的目的，是父亲迎合时尚而委屈自己的建筑。甲野并不怎么喜欢这两间屋子。可是，小野对这屋子却欣羡不已。

踏进这样的书斋，可以乘着自己高兴随意地翻读自己所喜爱的书籍，或者等读书读得厌倦了，可以跟自己喜欢的人一起聊聊自己所喜欢的话题。真要能这样，那该有多快乐啊！小野想。博士论文马上就能写完了。等博士论文写完后，再写出足以让后人惊叹的大作来，那一定是非常愉快的吧？可像眼下这样，寄住在人家的出租屋子里，邻近周围都是闹哄哄的，搅得人头昏脑涨，根本就做不成什么事。像眼下这样，一边得让往昔岁月在自己身后一路追撵着，一边呢，道义和人情又是那样争执不休，这样没日没夜地费心劳神着，说什么也是做不成任何事情的。倒不是自吹自擂，自己的头脑确实出类拔萃。拥有这等出类拔萃头脑的人，他的天职，是得用这头脑去为世界做一番贡献。可要恪尽这份天职，就得有足以促成他去恪尽天职的条件。眼前这样的书斋，便是条件之一了。小野无法遏止自己对踏进这样的书斋的渴望。

只是高中没在一块儿上，大学，甲野和小野读的是一个年级，只是读的科目不一样，一个是哲学，一个是纯文学，因而小野似乎并不怎么清楚甲野的学力到底如何。只是听说甲野提交的毕业论文，题目叫《哲学世界与现实世界》，至于这篇《哲学世界与现实世界》价值如何，因为没读过，当然不得而知，反正，甲野没得到天皇恩赐的怀表，自己却是得到了的。这块天皇恩赐的表，不仅可以用来计时，还可以衡量人的脑子利索不利索，以及测定未来的进步和在学界的成功与否。和这种特定的恩典失之交臂，注定了甲野只是个不会有太大造化的人。再说了，毕业后，他似乎也就不再从事这方面的研究了，也许他是把自己想得很深的东西都藏在内心里了吧。可纵然藏得再深，那也该展示给人看一下才是啊。你不展示出来，那就不妨看作是你其实并没有什么想得很深的东西藏在心中。不管怎么说，自己才是比甲野有用得多的一块好材料。可这样的一块有用之才，却得去为这六十元的俸禄、这每个月的衣食而四处奔走着。而甲野呢，却在那儿袖手旁观着，百无聊赖地打发着他那无所事事的日子。这书斋就这么让甲野给占着，实在是太可惜了。而自己这两年里拼了命地工作，将从父母那儿继承下来的贫困，那种骏马终为湫隘的马厩所羁縻的与生俱来的不公,他都忍辱负重地隐忍了下来,一直隐忍到了今天,还不就是为了也能拥有甲野这样的身份,能当上这样的书斋的主人吗?人言道,一个不幸的人,也总会有一阳来复的那一天的。但愿如此,但愿如此,小野平日里一直在那儿祈愿着。对此一无所知的甲野,正独自在那儿对着书桌发愣。

要是推开正面的那道落地窗,只需跨下一级石阶,不仅可以环视那片开阔的草坪,还可以一下子让爽朗的空气,紧挨着地面漫溢到屋子里来,但甲野却一任落地长窗在那儿紧闭着,静静地把自己关闭在屋子里。

右手那边的那扇小窗,关闭着的窗玻璃,让两边挂着的窗帘给半掩着。光线透过窗帘,跌落在地板上,微微发暗。那紫酱红的呢子料窗帘上浮现的花纹,一任灰尘停积在那儿,看上去,少说也有二十来天没让人拽开了,连颜色都差不多分辨不出来了。和屋子显得很不协调的装饰,那也都是在过渡时代的日本理所当然而屡见不鲜的。凑着窗帘留下的空隙,将脸贴在窗玻璃上朝外张望,越过栽植的石楠树丛,便可望见那边的一口池塘,池中的水波,像是横穿在粗直的条纹间似的,看上去时断时续的。水池的斜对面便是藤尾的屋子。甲野的眼睛既没有瞅向丛栽的石楠,也没有瞅向池塘和草坪,他就那么倚着书桌,在那儿目不转睛着。暖炉里的煤炭还是去年烧剩下的,正在那儿摆出一副对春天冷眼相看的模样。

不一会儿,"噼里啪啦"地响起了一阵搬动书籍给它们挪移位置的声响。甲野便像往常那样,取出那本早已让自己给翻脏了的日记簿,在那儿开始写起了日记来。

多人欲对吾施恶。同时不许吾将彼等视为凶徒,亦不许抗其凶暴。曰,不从命,则嫉汝——

　　待用蝇头小字记完这段文字,甲野又在后面,用片假名加上了莱奥帕蒂①这几个字。他把日记放在右边贴身的地方,又将挪动过的书籍重新归还到它们原来的位置上,这才开始安静地读起他的日记来。笔杆用一截细长的螺钿制成的钢笔,骨碌碌地从书桌滑落到了地板上,"啪嗒"一下,脚下出现了一摊黑乎乎的东西。甲野双手支撑着书桌的两个角,小心翼翼地抬起身子朝后退让,低眼打量着那摊黑色水滴。饱酣的墨水滴,"哗"的一下朝四面飞溅开去。螺钿笔杆打着滚,在昏暗中曳出一道长长的、带有几分寒冽的光芒来。甲野挪开椅子,试着攥住了钢笔的笔杆。这支笔,还是当年父亲送给自己的礼物哩,是在西洋买的。

　　甲野将手指上攥着笔杆的那只手翻转了过来,拣拾起来的钢笔便滑落在了摊开的掌心里。手掌忽而向上忽而向下地改变着方向,细长的笔杆便忽前忽后地来回滚动开来,一滚动,便会曳出闪闪烁烁的光亮来。这是父亲留给自己的一份小小的纪念。

---

① 莱奥帕蒂(1798—1837),带有意大利血统的贵族,伯爵,古典派诗人,思想家。诗作中,现实生活的苦难往往和昔日美好的回忆交织在一起,厌世色彩浓厚。有评论家将他与英国诗人雪莱相提并论。有《致意大利》及《但丁纪念碑》等诗作流传后世。散文代表作则有《训诫小品集》及此处所引用的《感想集》等。

就这样，一边滚动着笔杆，一边在那儿继续往下看日记。待翻过一页，他便用笔写下了这么一段文字：

剑客舞剑，若鼓桴相当，则剑术几等于无；若彼此不能一招制胜，则与不谙剑术者作对厮杀，情形如出一辙。欺人之招数，亦有与此相类者。欺人者与被欺者，若双方均谙于谲诈之道，则二人所处之位置，与夫以诚相待者，并无丝毫之差异。职是之故，伪与恶者，倘非引优势而为援护，倘非邂逅不足伪、不足恶，最后，倘非以至善为敌，则难收效果。第三种情形从来便十分罕见，第二种情形也并不多见。凶悍之徒竟相以败德相匹敌，早已成为常态也。人之终难抵达相互戕贼之境，或须历尽千辛万苦始得达者，唯有相互行善施德，最易措手，每念及此，不禁悲从中来！

甲野重新拿起了日记。螺钿钢笔"啪"地浸没在了墨水瓶的瓶底。甲野发现就这么浸没在瓶底里，墨水也还是不容易就吸摄到的，便松开了手。黄封皮的日记压在了打开着的莱奥帕蒂的书页上。甲野两腿用力一蹬，手交叉着，脖子使劲儿倚住了椅背。正在那儿向上仰望着的当儿，不由得与父亲的半身画像打了个照面。

画像并不宽大，说是半身画像，可那件西装背心却只能见到两粒扣子。大礼服的光彩都让很暗的背景给吸摄掉了，唯有的一点儿亮色，还是白衬衫那儿稍稍泄露出来的，还有就是宽宽的额头那儿。

据说，这幅画像还是出自一位名家之手哩。三年前回国述职那会儿，父亲便是带着这幅画像，横渡遥迢大海，上了横滨的埠头的。打那以后，钦吾一抬头，就会跟这幅挂在墙上的画像打上照面。不抬头的时候，那画像也总是在墙上俯视着钦吾。写东西的时候，手托着下巴的时候，脑袋架在书桌上打盹儿的时候——画像都在那儿俯视着，从不间断。就是钦吾不在的时候，画布上的人也一直在那儿俯视着书斋。

在那儿俯视着的画布上的人栩栩如生。眸子迥然，毫不松懈，用了相当精心的笔法，并非那种单是靠着耐心精雕细琢出来的眼神，是一笔勾描出了轮廓，眉睫间形成一道天然的阴影。下眼睑皮肤的松弛历历在目。人上岁数后变密集了的波纹，则拽拉着眼梢浮现了出来。瞳仁就活泛在这中间。凝神不动而又栩栩如生的刹那间的表情，就这样原封不动地落在了画布上，这样的手腕，你不得不说，是出于某种非凡的技艺，即那种足以兔起鹘落般捕捉住人在会心一瞬间的神情的技艺。"他还活着呢！"每次和这双眼睛打照面的时候，甲野便会在心里感叹道。

想象的世界里，只须指头一点，出现一道波澜，便会有万千波澜追随而至。每当甲野沉浸在这澜澜相拥的思索之乡，浑然忘我之际，一俟抬起他那懊恼的脑袋，与这双眼睛猝然相遇时，便会在心里惊呼一声："啊，他还在！"有时候甚至还会大吃一惊，觉得老爷子似乎还活在世间。当甲野的眼睛从莱奥帕蒂那儿挪移开去，将世上万事悉数托付给了椅背的时候，他便有了一种远远要比往常还来得强烈的感觉，老爷子还活在世间，他为之深感震惊。

这幅勾起人无限思念的、悄无声息的亡故的人的半身画像，虽也给人以唤起记忆的便利，但又给人带来了毕竟无法让亡故的人重返人间的残酷。你就是再怎么紧搂着，让亡故人的几缕头发贴着你的肌肤，你就是再怎么痛哭流涕，天上的日月都只是在那儿旋转着，这便是浮生俗世。还不如把这半身画像付诸一炬，一了百了。自此父亲不在了，也不知道是怎么回事，甲野一见到这画，心里就会觉得老大不畅快的。即便隔着天涯，只要父亲还安康，自己就还能据守着镇定自若的城池，想象着这咫尺前的父亲的慈祥面容，在记忆的纸片上炙烤出远在天涯的父亲的容貌，或者还可以在那儿卜算着，盼望春天里相聚重逢的那一天。可是，自己念叨着想要相聚重逢的这个人却已经死了，活下来的，仅仅是他的这双眼睛。就是这仅有的一点儿还活泛着的东西，也都是纹丝不动的。甲野茫然地望着那双眼睛，在那儿寻思着。

父亲也真是可怜。要是再多活上几年，活足自己的寿数，那该有多好，可年富力强的就这么走了。胡须都还没白呢，气色又那么好，他压根儿都没想到自己会死吧？真是可怜。横竖也就是个死，要是回到日本后死去，那该有多好，可偏偏——他一定还有不少话想跟我说吧？自己也还有好多想跟他打听、想告诉他的事儿。太可惜。这么年富力强的，游历海外也已不下三四回的，偏偏就在他上任的地方罹患急病猝然亡故了……

活着的眼睛在墙上注视着甲野。甲野背靠着椅子，在那儿凝视着墙上。两个人的眼睛只要一碰上，便会难分难解地交汇在一起。就这么目不转睛地交汇在一起，时针一秒秒地

299

走去，待走到一分钟，便不由得会觉得墙上的眸子活动了起来。这并非甲野闲极无聊而心浮气躁地转动眸子所生出的错觉，而是一道渐次变得强烈的专注凝神的光亮，从眼睛里穿越而出，那里边的精气神儿，笔直地直冲甲野紧逼过来。甲野好生惊讶地"咦"了一声，不由得抬起了头来。待头发离开椅背两寸左右，这当口，那精气神儿却倏忽不见了。看样子好像是趁人不备时重又折回到眸子里去了。那幅画框依然还是那幅画框而已。甲野只得把自己乌黑的脑袋重又搁回到椅子的靠背上。

真是荒谬哩！不过近来常常会有这样的事儿发生。说不定是自己身体过于衰弱给闹的吧？说不定是脑筋越来越糟糕给闹的吧？可即便如此，甲野对这幅画也还是喜欢不起来。就因为这幅画跟老爷子画得太像了，甲野心里便越发觉得挂念。心都羁留在了亡故者的身上，那生活又怎么会有新的开始呢？这层道理自己是明白的。将亡故者的画像挂在自己的眼前，让他一个劲儿地在那儿催促着自己去思念他，这情形就好比人在自己面前放上一柄木剑，然后在那儿催逼着自己赶紧下手，赶紧切腹自尽似的，不仅聒噪得叫人心烦，更会让人心生不悦。

要是事情仅此而已，那也就罢了。每次想起父亲时总觉得自己对父亲很愧疚。此时此刻像自己这样的身心，就连自己都觉得很愧疚。自己活在这个现实世界上，也只是贪慕些徒有其名的衣、食、住而已，心神游离在别的国度里似的这么活着，还不是为了能将母亲和妹妹的事都遗忘在九霄云外？在一心只想着利害关系、根本不懂得抬脚离开现实地面的活法的人的眼睛里，想必都会觉得自己这么想简直是愚蠢到极点了吧？尽管自己早已拿定了主意，准备放弃一切了事，可又不甘心就这么落魄不堪地出现在父亲的眼皮底下。父亲也只是个平凡的人。要是父亲在九泉之下见到自己眼下这么狼狈的话，想必会把自己看作不肖之子吧？不肖之子不愿意去回想自己的父亲。一旦回想起来，便会觉得对他很愧疚的。这幅画像，说什么也不能再挂在那儿了，等哪天有了空，就把它收掇到库房里去……

十个人有十个人的因果。惩羹吹脍①一如守株待兔，最终同样都得让根本性法则在那儿支配着。这边日上三竿，千家万户正随着一声午炮在炊饭，踩在脚下的地球的另一端则恰好是深更半夜，那边的升斗小民则正在被褥里酣睡，做着他们太平年景的美梦。趁着甲野在书斋里独自沉思默想的当儿，母亲和藤尾则在那间和式屋子里小声地谈论着什么。

"要不，您就先别急着跟他说。"藤尾说道。色泽比茶色略深些的质地粗糙的生丝袷衣，虽说看上去格外的质朴，可敞开的长袖后边，却露出一条红绸衬里的腰带，显得格外的婀娜妖娆。腰带上的赭色纹样看上去十分古朴，也不知道是用哪种织物制成的。

"你是说别去跟钦吾说吗？"母亲反问道。母亲身上穿着

---

① "惩羹吹脍"一语源于屈原《九章·惜诵》："惩于羹者而吹齑兮，何不变此志也？"羹：用肉、菜等煮成的热汤；齑：细切的冷食肉菜。这句话的意思是，让热汤给烫着了嘴，哪怕吃冷食时，也会不由自主地吹个不停，唯恐再被烫着。比喻吃过苦头后，遇事过分的谨小慎微。

和她的年龄挺般配的暗淡条纹的和服,只是腰间系着的黑绸腰带,看上去挺醒目的。

"哎,"藤尾这么应着,又盯着问道,"哥哥他,都还不知道吧?"

"我还没跟他说起过呢。"说完这话,母亲依然沉静着。她将坐褥的边缘翻卷了起来:

"咦,我把烟杆儿搁哪儿了?"

烟杆儿就在火钵的对面。藤尾拇指夹住长长的竹烟杆儿,掉了个头,说了声"给",越过手提铁壶的上方,递了过去。

"您真要和他说了,那他该会说些什么呢?"一边收回递过烟杆儿去的手,一边这样说道。

"他若有话要说,那你这边准备放弃吗?"母亲语气中捎带着挖苦地说道,一边低下头去,往烟锅里装填起云井烟丝来。女儿未作回答。就算回答了,也理不直气不壮的。若想作出强硬的回答,那就只有沉默着等待合适的时机。沉默是金。

母亲在用来架水壶的火钵撑架下深深地吸了一口烟,随烟雾从鼻孔里喷出,她又开口说道:

"这话,什么时候我都可以去跟他说啊。你要觉得还是跟他说了的好,那我就替你跟他说去。跟他也没什么好商量的。只须跟他说一声,事情都已经准备这样去做了,就行了。"

"那我这边呢,就只管拿定了主意,哥哥就是说上些什么,我也都一概不予理会,只是……"

"他才不会有什么话跟你说哩!真要跟他说得通,也就用不着一开始就这么做了,别的办法也还有好多哩。"

"可就因为哥哥的心思总是那么一根筋的,这能让咱们不头疼吗?"

"就是嘛。只要他不是这个样子的话,也就犯不着去跟他说这说那的了。再怎么说,他也是这个家的继承人,他要不点头答应,那咱娘儿俩就只有流落街头的份儿了,正因为这样——"

"虽说每次去找他,他都会说,家里的财产你都拿去好了,随你怎么处置我都没有意见的,可——"

"他也就只是说说而已,这不是存心让人为难吗?"

"你又不好去催他,是不是?"

"他真要体贴咱们的话,那就是让人给催一下,也没什么大不了的,可是——就因为面子上实在挂不住哩。他好歹也是个学者,由咱们去说,还真是很难开得了这个口哩!"

"所以呀,还是跟他说了的好。"

"说什么呢?"

"什么'说什么呢?'还不是那事儿?"

"小野的事?"

"对呀。"藤尾回答得很明确。

"说了也好!反正早晚总得跟他说起这事的——"

"真要跟他说了,还不知道他会有什么样的反应呢。这家产,他真要打算都给了我的话,自然还是会给我的,是不是?要是只打算分我几成的,那也该会把那几成给了我的,是不是?这个家真要让他觉得烦的话,那他哪儿都能去,是不是?"

"不过,由我这做妈妈的去跟他说,说我不想由他来照料

303

我的晚年，让他得替藤尾着想，总觉得不妥，所以嘛——"

"可人家不是都撂下过这样的话了吗？说是讨厌照料人的。你照料人又照料不了，家产又不给，那你到底要怎么办？准备让妈妈您怎么过？"

"到底怎么办？他才什么都不会考虑哩。摊上这么个黏黏糊糊的人，只会让人烦恼！"

"咱们这边的想法，他多少也应该清楚。"

母亲默然无语着。

"前些天，说到要我把这块表去给宗近的那会儿，他也……"

"那你跟他说了你要给小野吗？"

"我没说给小野，可也没说给一。"

"奇怪啊，他这人！他说了要我替藤尾你找个上门女婿，好让你来照料我的，莫非是想把你许配给一啊。可一他不是独生子吗？做上门女婿，他能答应吗？"

"哼！"听到这话，藤尾扭过她那细长的颈项，朝庭院里望去。在那儿一个劲儿地顾盼着催促黄昏降临的浅葱樱，花瓣早已从枝头凋落殆尽，爆出了鲜亮的褐色嫩叶。透过左手那边三四棵长得很繁茂的修剪成圆形的扇骨木，便能隐隐约约地望见那书斋的窗台。聚向一边，尽情舒展着枝叶的樱树树干的右边，是一泓水池，突出在水池尽头的，则是藤尾自己的屋子。

待藤尾将这幽静的庭院环视了一遍之后，重又转回原先的侧脸，正对着母亲，看了一眼。母亲的视线却一直没有离开藤尾。就在母女俩相向而视的当儿，像是想起了什么似的，藤尾正觉着秀美的半边脸颊有点儿痒，还没等自己笑出来，那痒痒的感觉便又自然而然地消失了。

"宗近那边，看样子应该是会答应的吧？"

"也不是什么答应不答应的，那还不是没办法的事？"

"可是，你也会不答应的，是吧？"

"我是没答应——前些天我上宗近家去，遇上宗近他老爷子时，我可没少跟他仔细解释原因的——就跟那天回来后我跟你说的那样。"

"这我还记得，可总觉得话说得有些含糊，所以——"

"含糊？那也都是他在含糊！老爷子生来就是这么个慢性子的人，所以——"

"咱们这边不是也回绝得很不干脆吗？"

"那是因为顾忌到这之前的那份情面。像这样跑去给自己的孩子传话，总不能直截了当地就一口回绝了他，跟他说是藤尾自己说的，她不愿意嫁到你们门上来——"

"这又有什么不好意思说的，我不愿意，再怎么着也还是不愿意，您倒还不如干脆跟他直白了说的好。"

"可是人情世故却不兴这么做。你还年轻，也许觉着说话行事直来直去的也没什么大碍，可在外面，这样可行不通。就算一样是回绝人家，到了那一步，敢情还是得把话说得委婉些才好，要不——把人彻底惹恼了，可就不好办了。"

"可不管怎么说，您还是回绝了的。"

"钦吾他就是不愿意跟我提娶亲的事。我也是上了岁数的人了，这心里老觉得无依无靠的——"母亲一口气说完，稍稍喝了口茶。

"上了年纪，觉得无依无靠的——"

"就因为觉得无依无靠的，要是钦吾他又拿定了主意不打算娶亲的话，那我除了替藤尾你找个上门女婿，还能怎么样呢？这么一来，这一呢，又是宗近家不可或缺的继承人，自然无法指望他能上咱们家来一块儿过日子，再说了，咱们这边也无法让藤尾你嫁过去的，所以嘛……"

"照你这么说，要是哥哥提出愿意娶亲的话，那咱们岂不是吃不了兜着走了？"

"说什么呢，不会有事儿的！""预兆母亲要动肝火"的那八个字在母亲浅黑色的额头上蹙了起来。这八个字说消失就消失了。稍过片刻，她这样说道：

"他要娶亲就随他去娶，系子也好，谁也好，随他愿意娶谁就娶谁。咱们管咱们，让小野早点儿进门，不就完了。"

"可宗近那边——"

"随他去好了，用不着那么担心。"母亲很不耐烦地说完后，又加了一句：

"外交官都还没考上呢，哪有心思谈婚论嫁！"

"万一考上了，说不定马上就会来提亲的。"

"可像他这样的，能考得上吗？你也不想想！就算是跟他许过愿，只要考上了，就把藤尾你许配给他，那也没什么大不了的。"

"您真许过这愿？"

"我当然没许过这愿了。我怎么会跟他许下这愿，可就算许下了，那也没什么大不了的，他才不是那种闹墨得意的男子哩！"

藤尾一边笑着，一边将信将疑着。随后便轻快地重新坐直了身子，一边结束着上面的话题，一边这样说道：

"这么说，咱们在回绝这门亲事，宗近家的伯父肯定是这么觉得了。"

"他应该是这么觉得的。怎么？打那之后，一的模样有没有什么变化？"

"就因为他跟原先没什么两样，我才问您嘛！前几天上博览会去的那会儿，就还跟平日一模一样的——"

"上博览会去，那是哪天的事儿？"

"今天是——"藤尾推算道，"前天，是前天晚上去的博览会。"

"要是这样，那，那会儿他老爷子应该已经跟一说过了，可——这宗近家伯父呀，看情形，说不定根本就没参透咱们那份暗示哩。"看上去母亲像是很懊恼的样子。

"也有可能是一的原因，说不定伯父都跟他说了这话了，可他却还在那儿无动于衷。"

"就是嘛！两边都有可能，原因到底出在哪儿还真不好说哩！要不就这么着吧。也管不了这么多了，还是先去跟钦吾说了吧。咱们这边要是不吭气，一直就这么耗下去，这事情什么时候才会是个尽头呢？"

"这会儿，他应该在书斋里吧？"

母亲站起了身来。脚刚踏进廊庑，却又缩了回来，一边屈身弯着腰小声问道：

"我说，你会碰上一的吧？"

"说不定会碰上。"

307

"碰上的话,不妨先给他透点儿消息。你不是说,要跟小野他一块儿上大森① 去吗?是明天吗?"

"嗯,说好了是明天的。"

"要不,干脆把你们俩准备一块儿出去玩的事儿也跟他透露一下。"

"嘻嘻嘻嘻。"

母亲朝书斋走去。

穿过明亮宽敞的廊庑,半推开打磨出漂亮木纹的西式屋子的门扉,只见门窗紧闭着的屋子里一片昏暗。朝前推了下圆门把手,身子便随着打开的门走了进去,待双脚悄无声息地落在了拼木地板上的那当口,只听得"咔嚓"一声,门的锁舌重又弹了回去。春光让窗帘给挡在了外面,书斋里的昏暗,将他俩与外面的世界隔了开来。

"屋子里好暗啊!"母亲说着,走到屋子正中的那张桌子前,停下了脚步。母亲只能看到脑袋倚在椅背上的钦吾的背影。循着发出的声响,钦吾静静地朝母亲这边转过了脸来,斜曳着的眉毛只呈现出了眉梢处的三分之一。半边黑黑的胡髭缘着上唇自然而然地撇了下来,将到尽头时,在嘴角那儿突然倒卷了一下。嘴唇紧闭着。就在这同一时刻,漆黑的眸子蹭到了眼角边上。母子俩就以这种姿势,在那儿彼此打量着。

"屋子里好黑啊!"母亲站在那儿,又说了一遍。

---

① 当时属荏原郡大森町(今东京大田区)。此地海岸直面东京湾,为知名游览观光地之一,尤以男女幽会多选择此地而闻名。

默不作声着的那位站起身来。待脚下的拖鞋在地板上发出两三下声响，人走到了桌子角上的当儿，这才缓缓地问了声：

"要不要开窗？"

"随便吧——妈妈倒是无所谓，怎么都行，只是担心你这样是不是太郁闷了。"

沉默无语的人又隔着桌子伸过右手掌去，请母亲先落座，随后钦吾也坐了下来。

"你还好吗，近来的身子？"

"谢谢。"

"好些没有？"

"嗯——还好吧——"含糊其辞地应答着的当儿，甲野的身子向后靠去，抱起了两只胳膊，一边又将桌下左脚的外脚踝搁在了右脚背上。母亲的眼里，只见到了正面淡黄色衬衣的衣袖，都已经嫌短了。

"你身子骨老结实不了，妈妈也挺担心的，所以……"

还没等母亲把话说完，甲野便将自己的下巴抵向喉咙，眼睛望着桌底下。两只黑色的袜子交叠在一起。看不见母亲的脚。母亲又说道：

"要是你这身子骨老结实不了的话，就连心情都会不知不觉变郁闷了的，你自己都会觉得郁郁寡欢的……"

甲野忽然抬起眼来。母亲赶紧把话题扯了开去。

"不过，去了京都之后，你气色看上去好些了。"

"是吗？"

"呵呵呵呵，什么'是吗'不'是吗'的，就好像是在说

309

别人的事似的。你没觉着你的脸色好多了吗？也许是让太阳给晒的。"

"也许是那么回事吧。"甲野转过脸去，望着窗子那边。窗帘两边深深的皱褶的中间，扇骨木的新叶通红通红的，映现在了窗玻璃上。

"以后你也上我屋子里去说说话吧，我那边要敞亮些，比你这书斋感觉要舒畅些。偶尔也可以跟一那样，陪我们这些无知无识的女人一块儿拉拉家常什么的，可以调节一下心情，也挺有意思的。"

"谢谢。"

"虽然我们说的都是些对不上你心思的话——可尽管这样，说蠢话也有说蠢话的乐趣……"

像是觉得太刺眼了似的，甲野的眼睛从扇骨木那儿挪了开来。

"扇骨木已经爆出了好漂亮的新叶！"

"还真是漂亮。这新叶反倒比那些不上不下的花卉漂亮多了。你这儿只看得到一棵，要是绕到前面去的话，那儿修剪得圆圆正正的扇骨木，那才真叫漂亮哩。"

"您屋子那边，应该是看得最真切的。"

"是啊，过去看看吧？"

甲野没说去看，也没说不去看。母亲说——

"再说了，近来也许是天气暖和了的缘故吧，池塘里的红鲤鱼，跳得可真叫欢的……你这边听得到吗？"

"鲤鱼跳出池塘的声响？"

"啊！"

"没听到。"

"没听到？好像是听不到哩！你这儿门窗都紧闭着，自然听不到了。妈妈屋子那边好像也听不大见，前些天藤尾还在那儿笑话我，说妈妈耳朵都已背了。本来就是上了岁数的人了，耳朵背也很正常，这也是奈何不得的事。"

"藤尾她在家？"

"在家呀！这不，小野也该来给她上课了吧？你这儿有什么事要找她的吗？"

"没有，没什么事。"

"这孩子呀，也就是这么个喜欢争强好胜的人，想必也惹得你老大不开心的吧？行啦，那你就多担待点儿，把她当作自己的亲妹妹，多照料她一下。"

钦吾依然抱着胳膊，深邃的眼神，定定地落在了母亲身上。不知何故，母亲的眼睛却落在了桌子上。

"我会照料她的。"钦吾徐徐说道。

"你这么跟我说，那我就真是放心了。"

"我不光是现在打算照料她。我一直就很想这么做。"

"知道你这么替她着想，藤尾她听了还不知道会有多高兴哩。"

"可是……"钦吾没说完就打住了，母亲还在等着他说下去。钦吾放下抱着的胳膊，靠在椅背上的身子朝前挨近母亲那儿，胸脯差不多都要贴住桌角了。

"可是，妈妈，藤尾她却并不想让我去照料她。"

"这怎么可能——"这回轮到母亲身子朝后倚在了椅背上。甲野连眉毛都没抬一下，同样用低沉的声音，静静地牵曳出一串话来：

"你要照料别人，就得让需要得到照料的对方先相信自己才行，可说到信不信的，那就跟说到神祇似的，会让人觉得很奇怪。"

说到这儿，钦吾噯噥着把话打住了。母亲在一边等待着，并没有显出什么异常，也许她心里明白，现在还没轮到该她出来说话的时候。

"反正，要是对方对自己并不信任，还没到私下里琢磨着'不妨让他来照料一下'的地步，那你就是想去照料，怕也照料不成。"

"可藤尾她要是让你觉着这么指望不上的话，那我也就无话可说了——"这之前，母亲一直都还觉得，由她来驳难钦吾，简直不费吹灰之力，可一下子，她的语调便变得局促了起来，"我是因为看着藤尾她实在可怜。你可别这么说，无论如何你都得帮帮她！"

甲野支起胳膊肘子，手掌摁住额头。

"我可从来就没让她正眼瞧得起过，现在跑去帮她，只怕她会跟我吵起来的。"

"藤尾她没拿正眼瞧得起过你？"因为要否认这样的说法，文雅端庄的母亲不由得提高了嗓门，但随即，她的神态便恢复了正常，"她真要有过这样的事，我得先跟你赔不是。"

甲野默不作声地支着肘子。

"藤尾她还有哪儿对你不像话的？"

甲野的手掌依然摁着额头，他从手掌下望了母亲一眼。

"要是还有哪儿对你不像话的，我会去说她，要她好好待你，你也用不着客气，有什么话尽管跟我说好了！这一家人的，要是彼此还生出隔阂来的话，那还有什么意思呢？"

摁在额头上的那五根手指，关节都很修长，连指甲的形状都纤细得跟女性似的。

"藤尾她差不多有二十四了。"

"过了新年，就二十四了。"

"也已经是耽搁不起的年龄了，对吧？"

"你是说结婚？"母亲直截了当地盯着他问道。甲野含糊其辞，既没明说是出嫁，也没明说是招赘。母亲说道：

"说实话，藤尾这事我也一直想跟你商量来着，可在这之前呢——"

"怎么了？"

钦吾右边那道眉毛仍让手掌遮掩着。目光深邃，可眼神中却又看不出有丝毫锐利的地方。

"怎么说呢？你要能重新考虑一下的话那就好了，可——"

"考虑什么？"

"你的事呀！藤尾虽有藤尾的难处，再也耽搁不起的，总得想办法解决了才好，可要是你的事都还没先拿定主意的话，那我这做母亲的也真是够为难的——"

甲野的半边脸颊在手背的阴影下翕笑了一下。孤独寂寞的笑。

"你说你身子骨不结实，可人家像你这身子骨的，娶媳妇的也还不少的哩。"

"这个嘛，或许会有吧。"

"所以说，你再重新考虑一下吧，好不好？像你这样身

313

子骨的人里边，也有娶了媳妇回来后，身子骨反而变结实了的。"

直到这时，甲野才把手从额头上拿了开来。桌子上，一张打了格子的纸上搁着支铅笔。他不经意地拿起这张纸来，翻过来，上面写着三四行的英文，他刚看了一眼就被吸引住了。那是从昨天读的一本书里抄录的，免得读过就忘了，抄录后就这么扔在了一边的一张纸片。甲野将这打了格子的纸倒扣在了桌子上。

母亲额头内侧皱起了八字，在那儿静静地等着甲野回答。甲野手执铅笔，在那张纸上写了个"乌"字：

"怎么说才好呢？"

"乌"字已变成了"鸟"。

"你要答应我娶媳妇，那就好了，只是——"

"鸟"字变成了"鸪"字，他又在那下面加了个"舌"字，这才抬起了头来，道：

"行啊，只要藤尾她拿定主意就行了，好吧？"

"你要是怎么都不愿意答应我的话，那也就只好这么办了。"

说罢，母亲失望地俯下身去。就在这当儿，儿子的那张纸上，出现了一个三角。三个三角重叠成鳞片状。

"妈妈，这屋子，就给藤尾好了。"

"那你……"母亲做出不赞成的样子。

"家里的财产也都给藤尾好了。我什么都不要。"

"你这不是存心要让我们难堪吗？"

"会让您难堪？"甲野平心静气地问道。母子俩的眼睛稍稍对视了一下。

"这还用说？你这不是存心要让我对不住你死去的父亲吗？"

"是吗？那好吧，随您吩咐，您说怎么办就怎么办。"说着，他"啪"的一声将涂完了米黄色的铅笔搁在了桌子上。

"随我吩咐？反正，母亲这样无知无识的人什么都不懂，可就是无知无识的，我还是觉着，什么都随我吩咐，那可使不得。"

"您不喜欢这样？"

"也不是什么喜欢不喜欢，这之前，我跟你说起过这种过分的话吗？"

"没有。"

"我也不曾有过这样的打算。每次你跟我说这话，我不是都跟你说了，我是很感激的？"

"我一直是听您这么说的。"

母亲拿起滚在一边的铅笔，看了眼笔尖，又看了眼铅笔头上那截圆圆的橡皮，不由在心里感叹了一声：这可真是个难缠的人！一边将橡皮头在桌子上"咯吱"一声硬拽了一下，一边这么问道：

"这么说，你是怎么都不打算继承这份家业了？"

"家业我继承，法律上，我还是继承人。"

"就是继承了甲野家这份家业，你也不愿意再照料母亲了？"

甲野在做出回答之前，眸子先占据了长长眼睛最正中的位置，仔细地端详着母亲，过了一会儿，这才恭敬恳切地

315

说道：

"所以啊，我才说，这屋子和家里的财产，都给藤尾的。"

"你要这么说，那我也就没别的辙了。"

母亲趁着叹了口气的当儿，把这句话给撂在了桌子上。甲野的神情则俨然超然物外。

"既然没别的辙了，那你的事就随你自己的意思去安排，藤尾这边呢……"

"啊。"

"说实话，我倒觉得小野还挺不错的，你觉得呢？"

"是要把小野给——"话刚说出口甲野就打住了，没再说下去。

"你觉得不行？"

"也没什么不行吧？"他缓缓地说道。

"你要觉得行的话，那我合计着就把这事给定了……"

"挺好的吧。"

"你觉得好？"

"嗯。"

"有你这句话，我也总算是放心了。"

甲野目不转睛地凝视着正前方的什么东西，俨然对自己身前母亲的存在视而不见似的。

"这一下我总算——可我总觉得你有点儿反常。"

"妈妈，藤尾她该是知道这事儿的吧？"

"她当然知道啊！干吗问这个？"

甲野的眼睛仍望着远处。随后，他眨了一下眼睛，这才突然间把眼神给收了回来。

"宗近她就看不上眼吗？"甲野问道。

"你是说一吗？本来呢，一是最合适的——你父亲和宗近家，交情又是那样的笃厚。"

"不是都已经答应了人家的吗？"

"那也算不上什么答应。"

"我记得父亲好像说起过，说是要把那块表给人家的……"

"表？"母亲纳闷地问道。

"父亲的那块金表，嵌了石榴石的。"

"啊，是哩是哩，好像是有这么回事来着。"母亲想起来了似的说道。

"一好像还一直在那儿指望着呢。"

"是吗？"母亲装模作样地说道。

"要是答应过人家的话，到时候却不给人家，那情理上是说不过去的。"

"这表眼下在藤尾手里，要不这样，我先去好好劝劝她？"

"除了这表，更要紧的是该把藤尾的事告诉他。"

"可并没有答应过人家，说要把藤尾嫁过去。"

"是吗？真要那样，那敢情好，是吧？"

"你说这话，就好像我在扫你的兴，欠了人什么似的——可我压根儿就不记得答应过人家这样的事来着。"

"啊，那好吧，您并没有扫我兴，也没欠人什么的，对吧？"

"这——也不去管答应没答应过人家，要是藤尾嫁一的话，我觉得也挺好。只是一考外交官的事都还没个下文哩，人家还要忙着用功,哪还顾得上婚嫁——"

"这倒没什么要紧的。"

"再说了,一是长子,宗近家的这份家业,说什么也得由他来继承哩。"

"这么说,您是打算给藤尾找个上门夫婿了?"

"倒也没这么打算,只是你呢,又不愿意听妈妈的……"

"就是藤尾她决定出嫁,这份家产我也还是要给她的。"

"家产嘛——你看你,又会错了我的意思了不是?真是叫我为难。不过——妈妈这心里边,压根儿就没对家产存过什么心!我都可以把心剖给你看,我心里可是干干净净的,也许你没能看出来——"

"看得出来。"甲野用很认真的口气这样说道。就连母亲都不觉得里边有令人无法接受的嘲弄之意。

"只是人上了岁数,总不免会觉得没依没靠的……要是到头来让我身边唯一的藤尾也都嫁了人的话,那往后的日子,我还真不知道怎么过哩。"

"那倒也是。"

"要不是有这么份难处的话,让藤尾嫁给一,那也挺好的,你跟他又是那么的要好……"

"妈妈,小野这人,您了解吗?"

"我觉得挺了解的。又懂礼貌,又热心,学问又好,挺出类拔萃的一个人,你说是不是?——你怎么想起问我这个来了?"

"真要觉得那样,那就好。"

"你别这么冷淡好不好,有什么话,尽管跟我说,我这不是特意来找你商量的嘛——"

甲野凝神注视着打了格子的纸上的糊涂乱抹,过了好一会儿,才抬起眼来,平静地把话说完:

"宗近会比小野待妈妈更好。"

"你这话——"母亲脱口而出。随后又平静下来说道:

"说不定是这么回事吧。你也许没看错,可这件事却比不得别的事,唯独这件事,是由不得做父母和兄长的来替她作主的,所以嘛——"

"藤尾她说了非如此不可了吗?"

"哎,哎呀——藤尾虽没说非如此不可,可——"

"这我也知道。我知道——藤尾她在吗?"

"我喊她过来吧。"

母亲站起身来。她站在壁纸那儿,粉红底子的壁纸上弥散着蔓草花纹,她伸手摁了下白色的电铃按钮,还没等坐回到椅子里,便有人应声了。门那儿翕开了一道五寸的门缝儿,母亲朝那门缝儿回过头去,昐咐了一声:

"让藤尾过来一下,这边有事找她。"

悄然打开了一下的门扉重又悄然合上了。

母亲和儿子隔着桌子面对面坐着,彼此都沉默着没说话。钦吾重新拿起了铅笔。紧挨着叠合在一块儿的三片鳞片,在周边勾描出一个很大的圆圈。他在圆圈和鳞片之间涂抹着,耐心地让一根根的黑色线条在那儿平行地延伸开来。母亲无所事事地,在一旁谦恭地看着儿子的图案。

两人的心思自然是难以揣测得清楚的。只是脸上的神色都显得很平静。纵然可以把举手投足看作是人传递内心想法的一种形而下的符号,可要在如此悠闲的这对母子身上看出些许内心的端倪,却又谈何容易。儿子画出数十道线段,打发着这段无聊难耐的时刻,神态端庄地将三片鳞片的外围涂抹得满满当当的。母亲则像往常那样,双手叠合在膝头,端然凝然地守着这一笔一画的、俨然出于同一道笔画的黑线,在那儿填满那道圆圈。好有涵养的一对母子。好安详和睦的一对母子。隔着桌子,彼此隐藏不露的心胸两两相对着,在挡住了窗外春色的窗帘内,俨然是浑然遗忘了世间、人事和争执的姿态。亡故者的肖像,则一如既往地在墙上映照着这对悠闲、安静的母子。

精心勾画的线段渐渐地变得越来越密集了,黑色的部分一点点地在加深。待只剩下右手边那块呈弓形的空白的当儿,只听得拧动门把手发出的"咔嚓"一声,两人正在那儿等候着的藤尾的身影便出现在了门口。洁白的身影让春色给烘托着,肩膀以上的部位,看上去就跟是从深深的背景里浮现了出来似的。甲野手下的铅笔停在了刚画出的半截线段上。就在这同一时刻,藤尾的脸便也从背景中穿越了出来。

"干吗要在这烤墨纸①上——"她一边这么说着,一边挨近母亲的身边,侧过身子坐了下来。待坐下身子,又向母亲问道:

"要我过来?"

母亲只是意味深长地看了藤尾一眼。这当儿,甲野又添

---

① 一种用明矾水等在上面写字或画画,放在火上一烤,即现出字或画的纸。

加了四条黑色的线段。

"哥哥说,他有话要对你说。"

"是吗?"说着,藤尾转向了哥哥。黑色的线条一条条被勾画出来。

"哥哥,你找我什么事?"

甲野"唔"了一声,这才抬起了头来。可抬头后,却什么都没说。

藤尾又去看母亲,看的时候,俏丽的脸颊上露出一丝浅笑。

哥哥终于开口道:

"藤尾,这屋子,还有父亲传给我的财产,我都给了你了。"

"什么时候?"

"今天起就归你了。你呢,得替我好好照料妈妈。"

"谢谢。"藤尾说着,又瞅了一眼母亲,脸上果然绽起了笑容。

"那你不打算嫁到宗近家去了?"

"哎。"

"不想嫁过去?说什么都不愿意嫁过去?"

"不愿意。"

"是吗?你真那么喜欢小野?"

藤尾的神色变得严峻起来。

"你问这干什么?"她在椅子上挺直身子反问道。

"不干什么。这事跟我毫不相干,我是为你好,才这么问你的。"

"为我好？"语调在末梢处被拽高了几分，随后像是流露出某种轻蔑似的，又降了下来：

"是吗？"

母亲这才开口说道：

"你哥哥说了，比起小野来，一也许更合适些。"

"哥哥是哥哥！我是我！"

"你哥哥说了，一会比小野对妈妈更好的。"

"哥哥！"藤尾厉声迎向钦吾，"你了解小野的性格吗？"

"了解。"甲野闲静地答道。

"你了解？"藤尾站起身来说道，"小野是个诗人，是个高尚的诗人。"

"是吗？"

"他懂得趣味，也懂得爱，是个温厚谦让的君子。他有哲学家所理解不了的人格。你理解一，对吧？可你却理解不了小野的价值，根本理解不了。一个欣赏一的人，根本就理解不了小野的价值……"

"那好，你就找小野吧。"

"那当然！"

紫色蝴蝶结撂下这句话，便直冲门口而去。纤纤细手拧动圆门把后，藤尾的身影便一下子隐没在了深深的背景里。

十六

同一天,并且是同一时刻,叙述之笔离开甲野的书斋,进入了宗近家。

跟往常一样,宗近的父亲挨着那张中国风的紫檀几,落座在手纺粗布面料的坐褥上。他生性不喜欢穿西式衬衫,敞着黑色八丈绢①襦绊②的衣领,裸露的肌肤上,粗黑的胸毛清晰可见。民间用作摆饰的伊部烧③里边,常常能见到这种外貌的布袋和尚④。布袋和尚的前面,搁了只造型挺别致的烟灰缸,青花瓷,刻有"吴祥瑞"⑤的标记,上面画着山峦、柳树,也有人物。人物和山峦画得差不多大小,一道金漆从中蜿蜒而过,一直攀爬到了沿口上。形状像个坛子,敞着口,敞开的口子突然颓唐地收缩起来,这便形成了一圈边缘。串连起两两相对着的一对提耳的提梁,则由藤蔓紧紧缠绕而成,藤蔓还带着几分生涩,就为了便于提拎。

昨天,宗近家的父亲也不知是上哪家旧货店去翻捡来了

---

① 东京都八丈岛出产的一种格纹绢。
② 和服底里边贴身穿的内衣。
③ 日本冈山县备前市伊部出产的陶器,即备前烧。
④ 布袋和尚,日本七福神之一,形似弥勒佛。
⑤ 既指日本古时伊势国用从中国明朝学来的工艺烧制瓷器的陶工,也指前来教他们烧制瓷器的明朝的陶工。

这么个打了补丁的烟灰缸，今天一大早起就在那儿咋咋呼呼着"是祥瑞!""是祥瑞!"的，结果又是忙着朝里边掸烟灰、扔火柴，又是一个劲儿在那儿抽着他的烟。

就在这当儿，花纹纸的格扇门"哗啦"一声拽开了，跟往常那样，宗近活蹦乱跳地闯了进来。父亲的眼睛这才离开了烟灰缸。儿子身上的西装背心，又肥又大，那还是从他这儿要了去的，只是脚下的那双羊绒袜子，亮出了他那来头不小的行家派头。

"你这是准备上哪儿去?"

"不上哪儿去，我这是刚回来。啊，天好热! 今天还真是热!"

"待在家里就不会觉得那么热了。像你这样好没道理地急吼吼的，能不热吗? 你就不能走路时悠着点儿吗?"

"我都觉得脚下够悠着点儿了的，可却看不出有什么成效，还真难对付! ——嘿，敢情这烟灰缸还当真派上用场了呢!"

"你瞧瞧，怎么样，这'祥瑞'——"

"我觉得就跟酒坛子似的。"

"说什么呀，这可是烟灰缸! 你们哪，就会笑话它是个什么玩艺儿。可你瞧，像这样，把烟灰往里边这么一掸，不是烟灰缸又会是什么呢?"

老人攥住藤蔓，使劲将"祥瑞"提拎在了半空中。

"怎么样?"

"嗯，还不错。"

"很不错，对吧? '祥瑞'赝品居多，真货可不是那么容易就能得手的。"

"总共花了多少钱?"

"多少钱? 你猜猜。"

"我可估摸不出来,胡乱估摸的话,说不定又会像上一回去看盆景松树展览会那样,让您不容分说地给训斥上一通的。"

"一元八角。够便宜的吧?"

"还算便宜吧。"

"这完全是我意外捡到的老货。"

"嗨——哎呀,廊庑那边又新添了好几盆盆栽!"

"是刚换上的朱砂根。那花盆可是萨摩烧,颇有些年头了。"

"看上去就跟十六世纪那会儿葡萄牙人戴的帽子似的——这蔷薇花开得还很鲜艳哩,这个——"

"那叫'佛见笑',也属于蔷薇里面的一种。"

"'佛见笑'? 名字好奇妙啊!"

"《华严经》①里有这么一句话,叫做'外面如菩萨,内心如夜叉'②,你知道的吧?"

"我只知道字句而已。"

"据说讲的就是'佛见笑'。这花开出来好看,可刺也很尖利,要不,你摸一下试试?"

"不,还是不摸为妙。"

---

① 《大方广佛华严经》的略称,为华严宗等据为经典的佛教大乘典籍之一。
② 语出《唯识论》,谓有女子外表柔和有如菩萨,内心却险恶如同夜叉。

325

"哈哈哈哈。'外面如菩萨，内心如夜叉。'女人哪，可是危险的东西。"说着，老人将手中的烟斗探进"祥瑞"里四处翻挖了一番。

"竟然还有这样令人费解的蔷薇哩！"宗近赞叹地望着这"佛见笑"说道。

"唔。"老人像是想起了什么似的，拍了下大腿。

"一，你见过那种花吗？在那边壁龛里插着的那花？"

老人仍待在原地未动，脸朝后转了过去。扭转的脖子那儿，一时间没了去处的赘肉被勒成了三层，争相冲肩膀这边奔突而来。

风雅的壁龛那儿，闲静地挂着一幅画轴，那是一笔画就的肩上扛着钓竿的蚬子和尚[1]。画轴的前边，搁了一只青铜古瓶。仙鹤颈项般细长的瓶颈里"嗖"地伸出两株花茎，环围在四周的叶子呈十字形摊开，花茎各自绽放出两穗细小的花卉，俨然念珠般串缀起来的露珠似的。

"好纤细的花卉啊！——我还从来没有见到过这样的花，它叫什么名儿？"

"这花，通常叫它'二人静'。"

"通常叫'二人静'？通常也好，不通常也罢，这之前，我还从来没听说过这样的花名呢。"

"你最好记住这花名儿，挺好玩的花儿。洁白的花穗，非

---

[1] 中国五代（907—959）时的僧人，以奇行闻名，无论寒暑，只穿一件袈裟，每日多以捕捉蚬子果腹，故名。自古以来，多有画家以他入画。松尾芭蕉则写有俳句，作为蚬子和尚画像的题画赞语："鱼儿鲜白，漆黑网眼大张，佛法之网。"

成双结对着绽放不可,所以才得了'二人静'这个名儿。谣曲里就有'静谧的精灵,双双翩翩起舞'这词儿,你大概也知道的吧?"

"我可不知道。"

"'二人静',哈哈哈哈,挺好玩的花儿。"

"也不知道怎么回事,似乎尽是些有因果的花卉来着。"

"细细考究起来,还真是有若干因果在里边。你可知道,梅花有多少种类?"说着,他提拎起烟灰缸来,又将烟斗探进烟灰里来回爬梳了一番。趁着这个机会,宗近调换了一下话头:

"爸爸,刚才那会儿,我上那家好久没去光顾过的理发店剪了个头来着。"说罢,右手将黑色的头发来回摩挲了一下。

"剪了个头——"老人口中念念有词着,在"祥瑞"边沿上"笃笃笃"地叩了下烟斗,里边的烟灰便掉落了下来。

"你没觉着,你这头发剪得不大平整吗?"老人回过头来,冲着宗近这样说道。

"没剪平整?爸爸,我又不是剪的平头。"

"那你剪的是什么头?"

"是剪了个分头。"

"又哪儿分了呢?"

"过些日子自然就会分开来的。您瞧这正中间,稍稍留得长了些,是不是?"

"让你这么一说,觉得好像是长些。可还是别剪成这样的好,太难看了。"

"您觉得难看?"

"再说了，接下来大夏天的，还不让你热得受不了啊……"

"可就是天气再热，也得剪成这样儿的，要不，不合适。"

"这又是为什么？"

"你就是问上多少遍为什么的，不合适就是不合适。"

"好奇怪啊，你这家伙！"

"哈哈哈哈，跟您说实话吧，爸爸——"

"唔。"

"这一回的外交官，我考上啦！"

"考上了？哎呀哎呀！是吗？真要那样，该早点儿告诉我才是啊，可你——"

"哎呀，那也得把自己的头发先收掇整洁了再说——"

"头发收掇不收掇的又有什么要紧！"

"可听人说，就这么剪个平头上外国去的话，准会闹出误会来的，人家还以为你是囚犯哩。"

"上外国——你要上外国去？什么时候？"

"那呀，估计得等到这头发重新长齐了、长成小野清三式发型的那会儿吧？"

"那就是说，还有一个多月的时间？"

"嗯，差不多还有这么段时间。"

"要还有一个月，哎呀，我也就放心了。你走之前，咱们还能好好聊聊。"

"哎，反正还有段时间。时间虽说还够，可这身西装，我还是想赶在今天就把它归还给您的。"

"哈哈哈哈，是穿着不合身吗？我看还挺合身的！"

"就因为您一直嚷嚷着'挺合身!''挺合身!'的,这才穿到了今天的——您瞧,简直没哪个地方不是肥得直晃荡的!"

"是吗?真要那样,那就别穿它了。还是让爸爸来穿吧。"

"哈哈哈哈,您还真是的!都这样了,您也别穿了。"

"不穿也罢。要不,给黑田穿吧?"

"人家黑田还不得让您给窘死?"

"真有那么可笑吗?"

"不是可笑,是穿着不合身!"

"是吗?他要穿了,还真是有点可笑哩。"

"对呀,总之够可笑的就是了。"

"哈哈哈哈,我说,你告诉系子了吗?"

"考上外交官的事?"

"啊。"

"还没跟她说呢。"

"'还没跟她说'?这又是为什么?——那你到底是什么时候知道这消息的?"

"两三天前就收到通知了,可最终因为忙着别的事情,跟谁都还没顾得上说起。"

"你呀,也太漫不经心了,这可不行!"

"我才不会忘了这事呢,您尽管放心。"

"哈哈哈哈,真要忘了,那还得了。行啦,还是多在意些的好。"

"嗯,我这就去跟系公说这事儿。她一直挺替我担心的。考上外交官的事,还有这刚剪的发型,都得去跟她说一下。"

329

"发型什么的，不说也罢——那你会去哪儿呢？英国，还是法国？"

"这倒还不清楚。上哪儿都行啊，反正不外乎就是上西洋去吧。"

"哈哈哈哈，你还真是无忧无虑的。行啊，上哪儿都行啊。"

"虽然并不是很想去西洋，可是——哎呀，事先都已定好了顺序的，该上哪上哪，根本由不得你。"

"唔，行啊，随便上哪儿都行。"

"要是去朝鲜，那我就跟平常一样剪上个平头，再穿上这身又肥又大的西装就可以了。"

"西洋就没这么随便了。不过也好，也可以让你这个没规矩的人好好修炼上一番。"

"哈哈哈哈，我在想，说不定去了西洋，这人就会堕落的。"

"为什么？"

"要是去西洋，那就得准备好两张面孔才行，要不，便会觉得事事掣肘的。"

"两张面孔？"

"一张是内里的，没规矩、没礼貌的，另一张是很光鲜的外表，你说麻不麻烦？"

"在日本还不是一样？文明的压力太大了，你的外表要不弄得光鲜点儿的话，简直就没法儿在这社会上待着。"

"另一面呢，生存竞争越来越激烈，内部也就越来越不讲规矩和礼貌。"

"恰好是倒错的。表面和内里，自然都是背道而驰着发展的。这往后的人哪，就得忍受着被活生生撕裂成八大块的刑罚，只怕是会痛不欲生的了。"

"时至今日，这人类一进化，便尽是造就些硬是要把猪卵蛋往神祇脸上蹭去的亵渎神灵的混账东西，可说不定这么一来，人类反倒还能沉静下来。真要命，想到要上西洋去受这份罪——"

"要不，干脆把这差事给回绝了算了？说不定还不如待在家里，又能穿父亲的旧衣服，又能信口开河的更自由自在些哩。哈哈哈哈。"

"尤其是英国人，你根本就无法跟他们对得上心思。满脸的什么都得向他们英国看齐的神情，做什么事都是固执己见、我行我素的。"

"可不是还有'英国绅士'这一说吗？并且近来口碑还挺好的吗？"

"还有'日英同盟'[①]这种东西，哪有什么值得夸耀的。都是那批昏聩老朽，根本就没去过英伦，却在那儿拿着鸡毛当令箭，就好像咱们日本不存在似的，您说是不是？"

"唔。也好像是任何国家只要外表发达了内里也就会跟着发达似的。还不光国家如此，个人也是如此。"

"等日本强盛了，非得让英国那边也过来跟着日本学学不可。"

---

① 指明治三十五年（1902年）1月30日，日、英两国签订的旨在防范和制约俄国的盟约。

"那你就快让日本强盛起来！哈哈哈哈。"

宗近对是不是要让日本强盛起来未置可否。他不经意地一伸手，印花领带便从白衬衫领子的正中间浮现了出来，领带结则被拧到了一边。

"这领带不行，老滑来滑去的。"他用手摸索着把领结打正了，站起身来，

"那我这就去跟系子说一声。"

"哎呀，等一下，我还有点儿话要跟你说。"

"什么事？"刚站起的身子重又坐了下来，趁势换了个近乎盘腿而坐的姿势。

"说实话，这之前，就因为你的身份还一直定不下来，所以我才没怎么跟你提起，不过……"

"您是说娶媳妇的事？"

"就是嘛！反正你是要出国了，要这样，那就在行前把这事给定了，好不好？你看，是不是先办了婚事，再带着一块儿出去？"

"这拖家带口的可不行！哪来这么多的钱啊？"

"不带上一块儿走，那也行啊。那就好好拾掇拾掇，等安置好了再走。你不在家的这段日子，我来替你好好照看。"

"我也是这么打算来着。"

"你是怎么考虑的？你心里已有了中意的女子？"

"我想把甲野他妹妹给娶过来，您意下如何？"

"藤尾吗？唔。"

"看样子您似乎觉得不行。"

"不是，我不是说不行。"

"外交官太太，得像藤尾那样的才行。"

"要这么说，说实话，甲野他父亲活着的时候，我跟他父亲也多少说起过这事儿来着，你或许还不知道——"

"伯父他说过要把表给我的。"

"是那块金表吗？让藤尾当作玩具的那块名表？"

"嗯，就是那块太古金表。"

"哈哈哈哈，不知道时针还能走动不？表呢，暂且不去说它，说实话，我要跟你说的是她本人，那才是关键——前些天甲野他母亲来过了，顺便呢，我也就聊起了这事儿——"

"嚄，那她跟你说了些什么？"

"她说呢，'这倒是一门好亲事，只是您儿子的身份尚未有个分晓，不免觉得有点儿遗憾……'"

"她说'身份尚未有个分晓'？莫非是指没考上外交官这事儿？"

"啊，我想她应该是这么想的吧。"

"您用这样的推测语气，倒是挺让我意外的。"

"不，我的意思是，她倒是善言能辩，可我压根儿就弄不清楚她到底想说什么，真够头疼的。她就这么滔滔不绝地跟我聊着，可到头来，我却总是弄不清楚她说话的要点到底在哪儿。总之，她是个说话不计时间成本的女人。"

父亲的神情多少带点儿苦涩，他在膝头上"啪"地叩了一下烟斗后，就连视线都移向廊庑那边去了。新栽的那盆"佛见笑"，正趁着春去夏来之际，在那儿炫耀着它那鲜艳的红色。

"可我实在弄不明白，她这算是在回绝咱们呢，还是没回绝？真够麻烦的。"

"是够麻烦的！这之前跟她打交道时，像这样的麻烦事儿还真是没少过哩。说话嗲声嗲气的，又那么喋喋不休的——真叫我受不了。"

"哈哈哈哈，那就别去说它了——你们最终也没能交涉出个什么结果，就这么不了了之了？"

"反正她是留下了话的，说是等你考上了外交官再嫁过来也不迟。"

"那不就简单了？我不都已考上了？"

"可还有哪，麻烦事儿，真是的，实在——"父亲这样抱怨着，两只手掌一齐摁向眼睛，搓揉起眼睛来。眼球都揉红了。

"考上了，也不行？"

"倒也不是不行，可是——钦吾说了，他要离家出走。"

"说蠢话哩！"

"要是钦吾离家出走的话，家里上了年纪的不就没人照料了吗？那就得给藤尾找个上门女婿才行。这么一来，宗近家也好，别的人家也罢，藤尾自然就都嫁不成了。哎呀，她就是这么跟我说来着。"

"真是胡搅蛮缠！甲野又怎么会离家出走呢？这可能吗？"

"'离家出走'？莫非甲野打算去做和尚不成？她说这话，也许是想告诉人家，甲野他不愿意娶了媳妇来照料她这个当妈的吧。"

"甲野神经衰弱，所以才会说出这么糊涂荒唐的话来。这是他的不是。'行啊！我离家出走！'他真要这么说了——那伯母她就真的打算让甲野离家出走,替藤尾找个上门女婿?"

"'真要那样,那还得了!'她是担心事情真会闹成那样。"

"真要那样,她可以让藤尾嫁出去呀,事情不就了了?"

"那她准会说,'好是好,可万一,想到这万一的,我这心里就觉得挺孤单的。'"

"还真弄不明白她到底想说什么来着。整个儿就跟走进了'八幡薮不知'①似的。"

"真的——就因为弄不明白她到底想说什么的,这才叫人觉得头疼。"

父亲额头上堆满了皱纹,他一边抬眼看着儿子,一边来回摩挲着脑袋。

"那,她是什么时候上咱们家来的?"

"前几天。今天推算起来,该有一个星期了吧。"

"哈哈哈哈,那我这外交官考试发榜的事,也就只是迟了两三天才告诉您。可爸爸您那儿的事呢,都迟了一个星期才告诉我。也只有您这么做父亲的,无忧无虑无所牵挂得都是我的双倍啦!"

"哈哈哈,都是她这让人理不出个头绪来的话给闹的。"

"确实够让人云里雾里的。不过,我很快就会理出个头绪来的。"

"这怎么说?"

"先得说动甲野娶妻成家,把他那出家当和尚的念头给打

---

① 薮,日语中有灌木丛、密林的意思。指位于千叶县市川市八幡的法渐寺南边的一处足有三百坪的灌木丛,进去后很容易迷路,找不到出口。

335

消了,然后再就藤尾嫁不嫁过来,找她们好好交涉一下,得有个明确的说法才是。"

"你打算单枪匹马去处理这件事情?"

"是啊,单枪匹马的就足够了。出了学堂大门后,我还一直无所事事,要不是好歹还有这么件事情让我来做,还不得闷死我。"

"唔。自己的事情自己去收掇,这敢情好。不妨先把这件事做了再说。"

"那,要是甲野答应娶妻成家,我就打算让系子嫁给他,您觉得这么安排能行吗?"

"那好啊,没问题。"

"先得探问探问本人的意愿……"

"这还用得着探问?"

"可还是先得探问一下才行,这可比不得别的事儿。"

"要是那样,问一下也好。要喊她过来吗?"

"哈哈哈哈,怎么好当着父亲和哥哥的面去盘问呢?待会儿我去问她,只要她本人答应了,我就按这设想去跟甲野说——"

"嗯,那行啊。"

宗近的西裤裤腿跟圆柱似的直立了起来。他撇下了"佛见笑""二人静"、蚬子和尚和栩栩如生的布袋和尚等摆饰,穿过廊庑,去了楼上的中楼。

噔噔噔,刚登上两级楼梯,妹妹和服腰带的鼓形结,便清晰地映在了眼里。登上第三级楼梯时,水色蝴蝶结在一边歪着,胖嘟嘟的半边脸颊正对着门口这边。

"今天在用功啊,还真是稀罕哩,在看什么书?"宗近说着,一屁股坐到了书桌旁。系子故弄玄虚地把书倒扣在桌子上,圆润的手则搁在了倒叩着的书上。

"什么都没有!"

"在看什么都没有的书,还真有你的,真成了天下隐士逸民了。"

"随你去说,人家本来就是嘛。"

"你的手别那么死死捂着好不好?就跟抢到了散出来的纸牌似的。"

"散出的纸牌也好,别的什么也罢,爱怎么讲就怎么讲好了。可哥哥你是个大活人,央求你挪到那边去行不行?"

"我可还有很大的麻烦要找你帮忙哩。系公,爸爸他说了——"

"说什么?"

"爸爸说了,'系子她要能读上些女大学①什么的那就好了,可她近来净读些恋爱小说什么的,真叫我拿她没办法。'"

"哎呀,净胡说!我什么时候读过那种小说来着?"

"哥哥也不清楚你的事,是爸爸他这么说的,所以——"

"净在那儿瞎编!爸爸会说这样的话吗?"

"那倒也是啊。可一看到有人来,你就把正在读着的书给倒扣了过来,还跟压鼠架压老鼠似的死死压住不放的,见了

---

① 指日本江户时代广泛用于女子修身养性的读物,相传多为贝原益轩(江户前期的儒学家,1630—1714)所著。

这架势，你说，还会觉得爸爸说的未必是真的吗？"

"净胡说！我都说了哥哥你在说瞎话，可还要这么讲，哥哥你也太卑鄙了！"

"你说我卑鄙，这一棒可打得够狠的！我这岂不就成了让人侧目而视的卖国贼了？哈哈哈哈！"

"可谁让哥哥你不信人家说的话的？哥哥你真要这么说，那我这就让你看证据，好不好？等着瞧吧。"

系子用衣袖遮掩起手下捂住的书，把它从桌子上收回自己手中，就像是要躲过哥哥的眼睛似的，把它藏掖在了腰带的阴影里。

"你这样偷偷掉包可不行！"

"啊呀，你别说话，再稍等会儿！"

系子瞒过哥哥的眼睛，将那本遮掩在长袖下的书频频捣鼓了一会儿，这才把书放在了书桌上，说了声："好啦，看吧！"

系子两手小心翼翼摁住书页，只露出了正中间的一寸见方的一颗朱印。

"这不是印章吗？怎么回事？——是甲野他——"

"这一下，哥哥你明白了吧？"

"是借来的？"

"嗯，不是爱情小说，对吧？"

"都还没让我看到里边写了什么，什么都还不好说哩。那好吧，我就饶了你这一回吧。我说，系公，你今年多大了？"

"猜猜看！"

"我才不猜哩，只要上区役所去跑一趟，还不马上就清楚了?我只是想跟你打听一下,稍稍作个参考罢了。你还是别瞒我,这样对你更好些。"

"'你还是别瞒我'?——这话听起来就好像是我做了什么坏事似的。我才不愿意呢!你要那样强迫人家告诉你的话——"

"哈哈哈哈,到底是哲学家调教过的弟子,不是轻易就会屈从权威的,佩服!那好吧,我重新问你,算上今年,请问芳龄多少?"

"哥哥你这么拿人开涮的,谁会告诉你啊?"

"真是拿你没办法!人家好声好气地问你,反倒还招你发脾气。这么说,是二十二了?"

"大概是这个数儿吧?"

"连你都不确定?要连你自己都确定不了自己的年龄的话,那哥哥还真是有点替你不安来着。反正,总还不至于二十岁都没到吧?"

"谁又让你多管这闲事了?打听人家年龄什么的——你打听这个,到底想干什么?"

"没有啊,并没有什么别的意图,说实话,我是想替系公去说门亲事来着。"

刚才还在半开玩笑地逗着嘴,孰料觉得哥哥这是在嘲弄自己的妹妹,骤然间便变了脸色。烫手的石头搁在冰上,转眼间说变冷就变冷了。系子一下子没了兴头,那双欢快的眼睛也随之蒙上了一层阴翳,低垂了下去,在那儿数起了榻榻米的条纹来。

"你觉得怎么样?婚嫁的事,该不会不愿意吧?"

339

"不知道。"低声说道,仍低头看着地下。

"你要说不知道,那我可就犯了难啦。这可不是哥哥出嫁,是你出嫁。"

"人家又没说要出嫁——"

"那,就是不想出嫁了?"

系子点了下头。

"不嫁人了?当真?"

系子没有应声。这一回连脖子都没有动一下。

"你要不愿出嫁的话,那哥哥只好剖腹了。这可怎么办。"

无法看见低垂着的眼睛里的神色,但见一丝笑影在系子丰满的脸颊上一掠而过。

"你还别笑,我这可是真的剖腹啊,你答应吗?"

"你要剖腹,敬请自便。"系子突然扬起脸来,笑吟吟的。

"我可以剖腹,只是这么做事态也太严重了些。要可能的话,我想就这么活着的,这对你我岂不都方便些吗?你就我这么个哥哥,就这么让我剖腹,是不是也太不讲情义了?"

"谁又说过这么着就是有情义了?"

"所以啊,你得答应,救你哥哥一把!"

"可你却连来由都不说明一下,就这么平白无故地说了这些好没道理的话——"

"来由嘛,只要你想听,要多少,我可以讲多少!"

"行啦行啦,就算不问来由,我也不愿意去嫁人的——"

"系公,你说话怎么就像放钻地鼠鞭炮①啊,转来转去

---

① 一种小鞭炮,点燃后像老鼠似的在地面上四处乱窜,故得名。

的，都精神错乱啦。"

"凭什么呀，你这么说？"

"你还问我？行了，你爱怎么说都行。我这可是法律上的术语——咱们这么争执下去，系公，什么时候都不会争出个结果来的，那我就干脆跟你挑明了说罢，其实是这么回事儿——"

"就算你跟我讲了这来由，我也还是不愿意嫁人。"

"你是想打探附加条件吧？你可真够狡猾的。跟你说实话吧，哥哥呢，想把藤尾给娶了过来。"

"还提这事？"

"'还提这事'？我这可是第一次跟你提起啊。"

"可我在这之前不是还劝过你，藤尾那儿你还是死了这份心吧。藤尾她才不愿意上咱们家来哩。"

"前些天你就说过这话的。"

"是啊，人家老大不情愿的，你又何必强人所难的呢？好在别的女孩子家还有的是，犯不着就这么吊死在一棵树上的——"

"那倒也是，你说得很对。人家老大不情愿的，却硬要强人所难，哥哥才不会这么卑怯哩！再说了，这么做还会影响到系公的威信。她要不愿意，她真要不愿意，那哥哥就上别处找去！"

"说不定这样还更好些。"

"只是我还不清楚那边到底是什么意图——"

"所以你便想去弄清楚它？哎呀！"性格内向的妹妹稍稍有些惊讶，目光转向了书桌。

341

"前些天，甲野家伯母不是来过咱家，和爸爸在楼下私下商谈过吗？那天就说起过这事来着！听爸爸说，伯母当时是这么跟他说的：'现在还不能让藤尾就这么嫁过来，得等一考上了外交官，身份确定了之后，到那时，说什么我都会来找您商量这件事儿的。'"

"所以——"

"所以，这事儿不就成了？因为这回外交官正好让哥哥给考上了。"

"哎？什么时候？"

"什么'什么时候'？反正已经考上啦！"

"哎呀！真的啊？真是意想不到！"

"有你这么做妹妹的吗？哥哥都已经考上了，还在那儿说什么意想不到的？也太小看人啦！"

"可哥哥你为什么不早点儿告诉我呢！人家在这儿可没少替你担惊受怕的！"

"多亏了你！我也挺感激涕零的！可刚才却把这感激涕零的事给忘在脑后了，真是太不像话啦！"

兄妹俩的眼睛亲密无间地对视着，随后一同笑了起来。

待笑过之后，哥哥这样说道：

"于是哥哥便去理发店剪了这么个头，过两天就会被派遣出洋的，得打理一下。可回家来却让爸爸给教训了一顿，要我走之前得先成个家，担起份人的责任来什么的。我就说了，横竖都是娶个媳妇，倒还不如干脆娶了藤尾吧。外交官的妻室，要不是像她那样的时髦女子，只怕今后还不好办哩。"

"你既然觉着藤尾这么合你心意，那你就娶了藤尾吧。看女人哪，还是女人的眼光更在行些。"

"反正才媛系公的意见总不见得会出大错吧，所以哥哥会充分考虑予以采纳的。总之，这回跑去交涉，非得有个明确的说法不可。要是对方不愿意，那总该有个不愿意的说法吧，你说是不是？总不见得就因为考上了外交官，心思便陡然变了样儿地又愿意嫁我了吧？我想这样轻薄的话对方应该是说不出来的。"

系子轻微的笑声被截成了两三截，这才从鼻子里露了出来。

"说不定会这么说的。"

"你怎么知道？你没去问过怎么知道？——不过，如果要问，那得去问钦吾！否则，咱可丢不起那个脸。"

"哈哈哈哈，人家不愿意，自然会回绝你，这是天下通则。就算让人给回绝了，也没什么好觉得丢脸的……"

"可是——"

"没什么好觉得丢脸的，就去问甲野好了！这事儿去问甲野，可是——甲野也有他自己的难题。"

"什么难题？"

"他也有非得先解决了不可的难题——非得先解决了不可的难题，系公。"

"我刚才不是在问你吗，到底是什么难题？"

"别的倒也没什么，只是甲野准备出家当和尚，闹得沸沸扬扬的。"

"胡说什么呀！净说些丧气话！"

"你还别说，如今这世道，真要铁了心想出家去当和尚

343

的，且不去管他是不是说的丧气话，都是很值得庆喜的。"

"太过分了……出家当和尚，他这该不会是一时异想天开说的吧？"

"还真不好说哩。像近来这种烦闷到处蔓延的世道——"

"要不哥哥你先去出家当和尚试试——"

"莫非让我也异想天开一番？"

"异想天开也好，别的也罢，随你便。"

"不过，待在那种剪个平头都会让人误以为是囚犯的地方，真要成了刨了光头的和尚，那还不得一走出驻外公使馆就让人家当作疯子的。如果是别的事情，就冲你是我唯一的妹妹，我都可以答应，唯独这出家当和尚，你得让我恕不从命才是。因为我从小最讨厌的就是和尚和油炸食物了——"

"那你也别让钦吾出家当和尚，这总可以吧？"

"就是嘛！咦，你这逻辑可有点儿奇怪呀，不过，那好吧，最终应该不会让他去当和尚的吧。"

"哥哥说话，哪些是认真的，哪些又是闹着玩的？认真认真到什么程度，闹着玩又闹着玩到什么程度，谁分得清啊？莫非你真打算凭你这本事去当你的外交官不成？"

"我不这么说话，也就不适合当外交官啦。"

"人家……那，钦吾他到底怎么了？你可得跟我说实话。"

"是说实话，甲野他说了，屋子和财产都留给藤尾，自己离家出走。"

"他这又何苦呢？"

"听说就因为身体有病，照料不了伯母。"

"是这样，那太可怜了。像他这样的人，钱财和屋子大概都不想要的,你说是吧?说不定他这么做还好些。"

"要是你都赞成他这么做,那非得先解决不可的难题就越发难以解决了。"

"纵然钱堆成了山,对钦吾也毫无意义,你说是不是?与其这样,那还不如干脆都给了藤尾的好。"

"你可真够慷慨的啊,一点都不像个女流之辈。可虽说那是人家的钱财——"

"我才不在乎什么钱财哩!那只会让人觉得累赘。"

"说实在的,那不是因为咱们家的钱财还没到让你觉得累赘的份上?哈哈哈哈。不过你这份心思还是挺让我肃然起敬的。你都可以削发为尼啦!"

"你讨厌不讨厌?什么尼姑、和尚的,我最讨厌的就是这个!"

"你这心思哥哥也赞成。只是自己的财产弃之不顾,家就这么说撇下就撇下的,钦吾这么做也很荒唐了。'财产嘛,哎呀,暂且不去说它——钦吾要是一走了之,那往后怎么办呢?我只好给藤尾找个上门女婿了,这也是没有办法的办法。这一来,自然也就无法让藤尾再去嫁给一了。'伯母她就是这么说的。按说,这话也说得在理。反正,让甲野的任性给这么一搅和的,哥哥这边的事情早晚就得告吹。这就是爸爸告诉我的事情的来龙去脉。"

"照这么说,哥哥是为了娶藤尾才去挽留钦吾的?"

"行啊,从我这边讲,就是这么回事!"

"如果是这样,那哥哥不是要比钦吾还更任性些,你说是不是?"

"你这一回说得倒是挺合乎逻辑的。可你不觉得荒唐吗？本该继承的财产就这么说放弃就放弃了——"

"可钦吾他要是不愿意，那也没办法啊。"

"什么愿意不愿意的，还不都是让神经衰弱给闹的？"

"他才不是神经衰弱呢！"

"莫非你觉得他还很正常？"

"他没这病。"

"系公，今天你可不像往常，说起话来这么断然决然的。"

"可钦吾就是这么个人。谁都在那儿把他当病人看，可错不在他，是大家给弄错了。"

"可他确实不健全呀。提出这样的提议来——"

"他要放弃的那是他自己的东西，是不是？"

"那倒是，可是——"

"他是因为不想要才放弃的，是不是？"

"'不想要'……"

"他是真的不想要！甲野他这么说，并不是嘴硬不服输，也不是存心要人下不了台。"

"系公，你可真是甲野的知己！你对他比对哥哥还要了解！真没想到，你对甲野竟会如此信任。"

"我才不管知己不知己呢，我这说的是事实，我这说的是正直的话。要是伯母和藤尾不觉得事情是这样的，那她们就错了。我最讨厌的就是编造谎话了。"

"肃然起敬。只要有出自真诚的自信，就算没什么学问，还是让人肃然起敬。哥哥很赞成你的想法。要是这样，系公，这回哥哥想再跟你商量一下，不管甲野是不是要离家出走，财产给不给她们，你都打算嫁给甲野吗？"

"你这么说，完全把我的意思给搞拧了。我刚才说的只是正直的话而已。我是觉着对钦吾不公平，才说那些话的。"

"太好了，我完全明白你的意思。虽说你是我妹妹，可我钦佩你。所以，我还想问你些别的事情。怎么样？你不会不愿意吧？"

"'不愿意'？……"刚说到这儿，系子便突然低下了头，好像是在那儿专注地打量起了和服衬衣领子的花纹似的，过了一会儿，睫毛瞬息间缠合在了一起，一滴泪水"啪"地滴落到了她的腿上。

"系公，你这是怎么了？今天天气骤变得还真够急剧的，让我这当哥哥的尽是惊慌失措的。"

系子没有应声，紧闭的嘴角朝里弯着，转眼间，又落下了两滴眼泪。宗近从穿在自己身上的父亲那件西装背心的口袋里，"嗖"地掏出一团皱巴巴的手巾。

"快，擦一下！"说着，他把手巾给系子递了过去。妹妹像一尊凝固的土木偶人似的，一动不动。宗近右手将手帕递了过去，稍稍欠身哈着腰，从下面窥了妹妹一眼。

"系公你是不愿意吧？"

系子无言地摇了摇头。

"那，你打算嫁给他？"

这一回她连脖子都没有动一下。

宗近听任手巾掉落在妹妹的腿上，只是身子退回到了原来的位置。

"你别哭啊！"宗近望着系子。两人的话语中断了片刻。

347

系子渐渐拿起了手巾。粗条纹铭仙绸的腿上，稍稍沾了些泪水，她将皱巴巴的手巾在那上面很小心地展开，折叠了四下，使劲儿压平整了，这才拿起来擦拭眼泪。眼睛里早已成了一片汪洋。

"我不想嫁人。"她说。

"不想嫁人？"宗近几乎是在无心地重复着这句话，可转瞬间，他便加重了语气说道：

"开什么玩笑！你不是刚说过，你是愿意的吗？"

"可是，钦吾他并不打算结婚。"

"这事，不去问他一下的话，又怎么能——所以哥哥才想去问他嘛！"

"还是别去问了。"

"为什么？"

"你就是问我'为什么'，我还是这么句话，还是别去问了。"

"你要这么说，那我就没辙了。"

"没辙就没辙好了，还是别去问了。我呢，眼下这样，也就很满足了。就这样挺好的。真要嫁了人，反而不自在。"

"真拿你没办法啊！也不知道是什么时候又变得这么固执了。系公，你别以为哥哥要你去嫁给甲野，就是为了娶藤尾，我才没这么自私哩！眼下这会儿，我可都是在替你着想，所以才来找你商量的。"

"这我心里明白！"

"你要明白这一点的话，那后面我就好说了。你刚才说并不讨厌甲野，对吧？好吧，这是哥哥这么觉得，无所谓的，你说是吧？然后呢，是你不愿意我去问甲野，他是不是想娶你的。虽说这里边的缘由，对哥哥说来更是大惑不解，可你这么说，想必也有这么说的道理。虽然你不愿意我去问，可要是甲野答应娶你的话，你还是愿意嫁给他的，是吧？你根本就不在乎什么金钱和家宅的！真要嫁了一文不名的甲野，你反而还觉得更体面些。就因为这一点，系公才不失为系公。哥哥和爸爸呢，也都不会来拦着你的……"

"一旦嫁了人，这人说不定就会变坏的，是吧？"

"哈哈哈哈，平白无故的，怎么一下子就问起了这么大的问题？"

"没什么——要是变坏了，只会一天到晚地招人嫌厌，所以呀，我还是情愿一直守在爸爸和哥哥身边，还是觉得这样好。"

"守在爸爸他老人家和哥哥身边？爸爸和哥哥也挺想和你就这么一直待在一起的，可这么着，系公，你这不是在给那边出难题吗？你要嫁了过去，人品越发变得出众了，这么一来，让你丈夫格外疼爱你，又有什么不好呢？比起你那担心来，解决实际问题才更要紧。那边呢，我保证把咱们刚才说的话带到，这一下总该行了吧？"

"刚才说的什么话？"

"你说你不愿意去问甲野，要这么着，真还不知道甲野他什么时候会来跟你提亲哩……"

"总不见得他一直就在那儿等着你上门去问他这件事吧？钦吾心里想些什么，我可是一清二楚着哩。"

"所以呀，这件事就包在哥哥我身上了！说什么也得让甲野答应了娶你才行!"

"可是……"

"我会让他答应的。哥哥这就负责去替你办了这事儿!没什么大不了!等哥哥这头发渐渐长整齐了,哥哥就得出洋赴任去了,这一来,就得好长一段时间见不上系公的面了。所以呢,我得好好把事情给办成了,就为了能酬谢你平日里对我的好啊——权当你替我做那件狐皮短褂的回礼。我说,这下你总该愿意我去说了吧?"

系子什么都没有回答。楼下,爸爸唱起了谣曲。

"瞧,唱起来了!那,我这就去啦!"宗近下了中楼。

十七

　　小野和浅井来到了桥上。一条铁道从绿麦地里钻出又钻进，穿行在深深的河谷里。高高的河堤上，弥漫在春天里的绿意此刻正不时地苏醒过来，切削得十分整齐的河岸，伟岸屹立，蜿蜒着俨然折叠成了一道弧形的屏风，朝遥远处延伸而去。断桥与铁轨隔着十丈的间距，自南向北地横卧在了那儿。倚栏俯瞰，朝两岸开阔的碧绿望去，尽头处便是一垛石垣。朝石垣底上望去，这才发现那儿躺着一条茶色的羊肠小道。铁轨便在这羊肠小道的中间闪烁出细细的光亮。两人来到了断桥上，停下了脚步。

　　"好景色啊！"

　　"嗯，是好景色——"

　　两人倚栏伫立在那儿。趁着驻足眺望的当儿，无际无涯的麦子便在那儿一分分地抻长着秸秆。天气与其说是燠暖，还不如说是暑热。

　　铺展开去的碧绿草席的一端，景色骤然一变，那是一片并不太显眼的森林。黑压压的松柏类常青树的里边，花花绿绿地夹杂着一种稍稍泛黄的绿，给人的感觉就好像是天空中让风给吹刮得四处飘散着的粉末儿似的，看样子应该是樟树新爆出的嫩叶。

　　"好久没来郊外了，真叫人心旷神怡。"

"偶尔跑来看看，这种地方也还不错。我可是刚从乡下老家回来，所以一点儿都不觉得有什么稀罕的。"

"也许吧，你没觉着有什么好稀罕的？那让你上这儿来，实在是有点儿抱歉啦。"

"哪儿的话，没事儿。反正也就是闲逛。不过，这人呢，也不能老这么闲逛，那也不行！哎，我说，你那儿可有什么赚钱的门道没有？"

"赚钱的门道，我这儿哪有啊，你那儿才有的是，是不是？"

"哎呀，眼下学法科也很无聊，弄得跟学文学的也没什么两样的了，要是没得到过银表，那就没人会来理睬你。"

小野背倚着桥栏，像往常那样，从西装内袋里掏出了银制烟盒，"啪"的一声打开。烟蒂裹了金箔的埃及烟，齐刷刷地一字儿排列在里边。

"来一支，怎么样？"

"呀，多谢！你还有这玩意儿，真够气派的。"

"人家送我的。"给自己也抽出一支后，小野便将银制烟盒又扔进了那个眼睛看不见的内袋里。

两人的烟，顺理成章地冒起了烟雾，随后又平安无事地升向空中。

"你就一直抽着这么高级的烟吗？看来你手头还挺阔绰的呢！能借我些钱吗？"

"哈哈哈哈，我要跟你借钱，那还差不多。"

"说什么呢，这怎么可能？多少借点儿给我！这次回老家花了不少钱，眼下手头正闹钱荒——"

浅井像是说的实情。小野不经意地朝一旁喷了口烟雾。

"你要多少？"

"三十元二十元的，都行——"

"要这么多啊？"

"那，十元也好，五元也行！"

浅井不嫌数目大小，只想着能借到手。小野两肘倚在身后的铁栏上，小山羊皮的皮鞋稍稍前支着。他嘴上衔着烟，透过镜片，打量起鞋尖的装饰来。春日迟迟，慷慨地曳长着阳光，擦拭得锃亮的细腻羊皮，让阳光映照着，落满了一层轻易看不清的尘埃。小野手中那支细长的手杖，照着皮鞋的横肚里"嘭嘭嘭"地抽打了几下，尘埃便在离皮鞋一寸处的上方飞扬了起来。但见挨过手杖抽打的地方，斑驳着重新露出了黑色。一旁可以看到的浅井的那双皮鞋，则跟军队兵士穿的军靴似的，又沉又粗糙。

"十元的话，我这儿倒还凑合着拿得出，不过——你打算借多久？"

"到这个月的月底，我一准能还你的。这一下总行了吧？"浅井凑近过来说道。小野把烟从嘴边拿开，夹在了指叉间，掸了一下，便有三截烟灰掉落在了鞋面上。

身子没动，只是白衣领上端的一截脖子，朝一边扭了扭，搁在低半尺处的桥栏上的那张脸，便出现在了视线里。

"随你吧，这个月的月底也好，别的什么时候也罢。可我这儿也有件事情要托你。能跟你说一下吗？"

"嗯，说来听听。"

浅井挺轻松地应承道。说这话时，他直起身子，脸不再搁在桥栏上。两人的脸差不多都要碰在一起了。

"其实,是井上先生那儿的事。"

"嗬,先生他可好?回来后,因为一时间还抽不出空儿来,都还没去看望过他哩。哎,你要见到先生的话,替我问候一声!顺便也向他女儿——"

浅井哈哈哈哈地朗声笑了起来,趁势把身子探出了桥栏外,朝遥远的桥下吐了口涎水似的唾沫。

"就是他女儿的事……"

"终于要结婚了?"

"你别这么急行不行?还没到那一步哩……"他停下话头,稍稍眺望了一会儿麦地,随即把手中的烟蒂朝前边掷去,洁白袖口上的景泰蓝双排纽扣,也随之发出了"咔啦"的声响。一道寸把来长的金色烟嘴掠过空中,坠落到了桥下。坠落下的烟雾,倒了个个儿,从地面向上攀升着。

"你可真够浪费的。"

"你在认真听我说吗?"

"在认真听啊,然后呢?"

"什么'然后'不'然后'的?不是什么都还没说吗?你要借的钱,我自会替你去筹措。不过,我这儿也有件事儿要让你帮忙来着。"

"所以呀,你说嘛!谁叫咱俩从京都那会儿开始就是知己呢,就是再大的事儿,我都在所不辞!"

浅井口气极为热诚。小野放下一只胳膊肘子,身子转向浅井:

"我想这件事,也只有你才托得上。说实话,我一直在等你回来。"

"这么说,我回来得还正是时候哩。要我去交涉什么?去提结婚条件?这现如今的,娶个什么钱财都没有的媳妇,那还真是不方便哩,是为了这个才要我——"

"并不是为这个。"

"可事先得附上些这样的条件,那也是为你将来好啊,是不是?那好吧,我替你去交涉。"

"要真能娶她的话,你帮我去交涉一下也行,只是……"

"你不是一直想娶她的吗?大伙儿也都是这么想的。"

"谁这么想了?"

"谁?我们还不都——"

"这可真是要了我的命!娶井上家的小姐——我哪儿许过这种一诺千金的愿来着?"

"是吗?咦,这就奇怪了!"浅井嘴上这么说着,心里则嘀咕着,这小野还真是个卑鄙小人。正因为是这么个小人,才会对承诺过的婚约出尔反尔,还装得这么若无其事。他想。

"你要一开始就这么耍弄我的话,那这事我就没法让你去交涉了。"小野又恢复了原来的口气,老实说道。

"哈哈哈哈,你别这么较真好不好?要像你这么老实,那还不准得吃亏?脸皮得厚些才行,否则——"

"好啦,那就再等等看吧!眼下我正忙着学业——"

"要不,带你上哪儿去练习一下?"

"那就得请你多费心了……"

"你嘴上这么说,说不定背后早就在拼命用功了。"

"怎么会——"

"难道还看不出来？一看你近来这时髦的打扮，尤其是刚才的那个烟盒，送你这烟盒的人就挺令人生疑的。要这么说，就连这烟，味儿好像也挺奇怪的。"

说到这儿，浅井将那正待燃向指叉的烟头放在了鼻子前，翕动鼻翼，嗅了两三下。小野觉得浅井的玩笑开得越来越荒唐了。

"哎呀，咱们边走边聊吧。"

为了不让这恶作剧话题延续下去，小野抢先朝桥的正中走去。浅井的肘子也离开了桥栏。两边都是从大地上生长出来的麦子，太阳从天空中逼近过来，暖意融融的碧绿，掠过麦穗，升腾在田埂上。被掩映着原野的炎阳裹挟着，小野和浅井只觉得头昏脑涨的。

"好热啊，这天气！"落在后边的浅井跟了上来，一边这样说道。

"是很热！"等着浅井跟上来的小野，待浅井走到身边，便又朝前走了去。一边走，一边挺严肃地沉浸在疑问里：

"刚才说的那件事儿——说实话，两三天前，我上井上先生那儿去看他时，先生突然跟我提起了这桩婚事……"

"我不就在等你说出这事儿来吗？"看着应答的浅井还像要说些什么似的，小野便加快了说话的语速，想一口气把话说完了事——

"先生的话说得很激烈，先生对我是有恩的，我自然不便去伤害他的感情，所以从他那儿出来的时候，我要他给我两三天的时间，让我好好考虑一下。"

"你这么慎重可……"

"哎呀，你让我把话说完好不好？你要批评，待会儿再慢慢听你说。所以我呢，就像你知道的，先生对我是有大恩的人，他说什么我都得言听计从才是，否则情理上说不过去……"

"这就是你的不是了。"

"虽说我有不是，可这不比别的事情，婚姻是事关一辈子幸福的大事，纵然先生对我有恩，也不是他吩咐我什么，我都非得点头哈腰应承下来不可的。"

"那当然不可以这样。"

小野用锐利的眼光扫了对方一眼。对方显得格外的认真。谈话便继续进行着——

"要是我跟先生有过明确的承诺，再或者甚至有过什么对不起小姐的地方，该我承担责任的，那也根本用不着等先生来催促，我这边自会主动去把事情给解决了的。可事实上，我在这方面完全是清白的——"

"嗯，我想你是清白的，再也找不出像你这样高尚、清白的人了，我敢保证。"

小野再次用锐利的眼光扫了浅井一眼。浅井则毫无察觉。谈话继续进行着——

"可先生呢，就好像觉得从一开始我就必须承揽起这份责任来似的，以致所有的一切，后来便也都这么来推想的了，你说是吧？"

"唔。"

"莫非还得由我去追根溯源，跟先生说，您这样想，从一开始就是错了的，这么做我怎么合适……"

"这事啊，还不都是因为你为人太善良了。你要再不去多历练些世故的话，还有得你吃亏的哩。"

"我也知道我会吃亏，可我就是这么个人，要我就这么直截了当地去驳别人的面子，我可做不到，更不要说对方又是对我有恩的先生了，你说是不是？"

"那倒是，因为对方是对你有恩的先生。"

"而且我这边呢，眼下忙着赶博士论文，正是忙得不可开交的时候，要是再跟我提这事儿的话，那可真是要了我的命了。"

"还在赶你的博士论文？可真有你的，了不起！"

"也没什么了不起的。"

"什么，还不够了不起吗？要不是你这银表脑袋，根本就不可能！"

"这话就随你去说吧——就因为眼下这情形，对先生的好意我虽然心存感激，可是呢，还是想姑且就此先回绝了它了事。只是以我这性格，一见到先生就觉得挺愧疚的，像这样一口加以回绝的话恐怕很难说得出口，这也就是为什么我想请你帮忙的缘故了。怎么样，你肯答应我吗？"

"原来是这样。这好说。我替你去找先生好好谈谈，好不好？"

浅井毫不迟疑地就把这事给应承了下来，就跟扒拉茶泡饭似的轻而易举。达成了预定目标的小野，稍作停顿，朝前走了一两步，这才又说道——

"不过，我会一辈子照料先生的。我也不想就这么一直迟迟疑疑着——说实话，先生经济上似乎也不像过去那么宽裕了，这尤其让我觉着挺愧疚的。这一回他跟我谈的，还不单纯只是婚事，看样子，他似乎也是想借这个机会，好让我接济他点儿生活费什么的，所以我会帮他一把的，无论如何也会为先生尽力的。可因为结婚才去尽力，不结婚就不去尽力，这种轻薄的想法，我这儿可是连想都没有想过——人家对你有恩，这恩，什么时候都在那儿！在你对它做出报答之前，这恩说什么都不会销声匿迹的，所以——"

"我真是服了你了。这话要是让先生听了，想必是会很高兴的。"

"那你可得跟先生把我这心思都好好说清楚了！万一先生误解了我，那接下去，麻烦可就大了。"

"好嘞！我尽量不伤他感情地替你把这些话带到。可你得先借我十元钱！"

"我会借你的！"小野笑着回答说。

打孔得用锥子。捆扎东西得用绳索。商谈解除婚约的事，那就得动用浅井了。没有锥子，就别指望能在松木板上打孔。没有绳索，就捆扎不了海螺。搬动浅井这个救兵，只需一点儿小恩小惠，前去交涉的事儿他就一口答应了下来。小野是个聪明人，熟谙利用工具之道。

跟只是跑去请求解除婚约比起来，既得请求解除婚约，还得将提出请求后的残局收拾得干净利落的，那就得另有一功了。摇落枯叶的人未必会去打扫院子。浅井生性率直，哪怕是在参拜皇宫的当儿，他都会毫不客气地跑去摇落枯叶的。可另一方面，浅井又是个毫无责任心的人，就是在参拜皇宫之际，也都不会去拂除一缕尘土的。浅井还是个很有胆量的人，他敢在根本不懂得如何游泳的情况下潜入水中，不，他简直就是个豪杰，在他潜入水中时，甚至都没想到过须得先会游泳才行。他只管承诺："我来替你去办！"他就凭着这么股豪气，不管什么事，一概都会承揽下来。他凭的就是这个。什么善恶，什么是非，什么轻重，什么结果，要是一概置之度外的话，那浅井他就是绝不会对你存有任何坏心的一个大好人。

浅井的这份性格，小野自然是很清楚的，要不他就不是小野了。清楚却还要请他去说项，是因为小野并不看好浅井这么跑去要求解除婚约就能把事情给解决。他心里已做好了准备，一旦引起对方的不满，他就马上滑脚开溜。就算开溜不成，他也准备在此期间让对方不得不忍声吞气地接受。小野跟藤尾早已有约在先，准备明天一起上大森去游玩。一旦从大森回到东京，事情既已大体暴露，自然也就无法再和藤尾断绝关系了吧？到那时，再按约定的那样，给井上家做些物质补偿也还不迟。

拿定了主意的小野，在浅井爽快地答应了替自己前去说项的那一刻，不由得觉得这一来自己身上总算先卸去了一半的重负。

"让太阳这么一晒，麦子的香气好像都飘浮到鼻子跟前来了呢！"小野的话语总算跟自然沾上了一点边。

"麦子散发出的香气？我可是一点儿都没闻到哇——"浅井"呼哧呼哧"地翕动着他的圆鼻子。他又问道：

"我说，你还在往那'哈姆雷特'的家里跑？"

"你是说甲野家？还在往那儿跑。今天待会儿我就准备过去。"小野若无其事地回答道。

"不是前一阵子上京都去了吗？已经回来了？还不知道上这儿来闻过麦子的香气了没有？你不觉得他很无趣吗？像他那样的，一天到晚，也不知道干吗来着，总那么愁眉苦脸的，你没觉着？"

"就是啊。"

"像他这样的人，倒还不如早点儿死去。他应该有笔不小的财产吧？"

"好像有。"

"跟他挺亲近的那位，现在怎么样了？在学校读书那会儿倒是常常打照面来着，可——"

"你是说宗近吗？"

"对，对，就是他。这几天我正打算找他去呢。"

小野突然停下了脚步。

"找他干吗？"

"想去托托他！得尽可能多跑动跑动，要不可不行啊！"

"可宗近他正为没考上外交官的事儿烦恼着哩！你还去托他，真是的！"

"那又有什么呀，去托托试试。"

小野的眼睛投向了地面，他默然无语地走了四五米。

"我说，你什么时候替我上先生那儿去？"

"今天晚上，或者是明天赶早，我这就替你去说。"

"是吗？"

拐过麦地，便来到了杉树成荫的一道缓坡面前。两人一前一后地走下坡去，一时间都无暇顾及交谈。待下了坡后，一并穿过疏朗的杉树篱笆,小野这才先开了口——

"你要去找宗近的话,那井上先生的事,就先别跟他提起!"

"我不说。"

"不,真的——"

"哈哈哈哈,觉得挺丢脸的是不是?那又有什么关系呢?"

"多少会有点儿为难的,所以请你务必……"

"行啦,我不提这事就是了。"

小野觉得挺放心不下的。他很想把刚才央求浅井替自己去说项的事给收回。

小野在十字路口和浅井分手后,便忐忑着来到了甲野的家,待他走进藤尾的屋子后差不多一刻钟的光景,宗近的身影便出现在了甲野的书斋门口。

"喂!"

甲野依然故我地坐在那张依然故我的椅子上,依然故我地在那儿画着几何模样的图案。圆圈里早已画就了三片鳞片。

听到有人在招呼,甲野便抬起了头来。与其说正待做出吃惊的、激烈的、羞怯的,抑或做做样子什么的反应,还不如说,这抬头的方式,要远远简单得多了,因而不妨说是挺有哲学意味的抬头方式。

"原来是你啊?"他说。

宗近大大咧咧地走近桌边,骤然间皱起了粗重的八字眉:

"这屋里的空气太浑浊了!对身体不好!我给你稍稍打开些窗户吧?"说着,刚拔去上下的插销,攥住中间的圆把手,面前的法式落地窗,便如同拂扫地板似的,一字儿被打开了。

随同庭前草坪上爆出的新绿，宽畅的春意朝屋子里吹拂了进来。

"这一下，屋子里可就舒畅多了！啊——真舒服！庭院里的草坪都已经绿油油的了。"

宗近重新回到桌子边上，这才坐了下来。他坐的，正是刚才谜一样的女人坐过的那把椅子。

"在干吗呢？"

甲野"嗯"了一声，停下手中画着的铅笔：

"怎么样？画得还挺不错，是吧？"说着，他让画满图案的纸片越过桌面，朝宗近那边滑了过去。

"什么呀，你这是？画了这么多可怕的东西。"

"我可是画了一个多小时了。"

"我要不来的话，你恐怕得一直画到天黑，是不是？你可真够无聊的。"

甲野没有吭声。

"莫非，这跟哲学也有什么关系？"

"也可以说有。"

"世上万物皆为哲学之象征，不是有这一说吗？全都在你一个人的头脑里排列着哩。你不是还打算写一篇《染坊工匠与哲学家》的论文来着？"

这一回，甲野还是没有吭声。

"怎么啦？老磨磨唧唧的，什么时候见你，都是这么黏黏糊糊拿不定主意的。"

"今天尤其黏黏糊糊拿不定主意。"

"该不会是因为天气的缘故吧？哈哈哈哈！"

363

"与其说是天气的缘故,那还不如说是因为活在了这么个世界上的缘故啊!"

"就是嘛。黏黏糊糊着,却还活蹦乱跳的,好像还真不多见哩!咱俩不就这么牵扯着活了也都快有三十年了……"

"我会这么一直黏黏糊糊着待在俗世浮生这口锅里的。"

说到这儿,甲野这才笑了起来。

"我说,甲野,我今天是来告诉你一声的,顺便也想跟你谈点事儿。"

"好像还挺复杂的。"

"过些日子,我就要被派出洋去。"

"出洋去——"

"啊,是去欧洲。"

"好,欧洲好啊,只是别像我家老爷子那样,一点儿都不拖泥带水的,说没了就没了的,那可不行。"

"还真是不好说哩。不过,只要过了印度洋,大概也就没什么大不了的事了吧?"

甲野哈哈大笑道。

"跟你实话实说了吧,沾了近来这大好时机的光①,外交官的考试让我给考上了,这不,赶紧去剪了这么个头,自然得趁着这么好的时机,出去走动走动才是。尘世多忙碌,犯不着去把时间都浪费在把圆和三角摆放在一起的事上。"

"那可真是可喜可贺!"甲野说着,隔开桌子,仔细地端

---

① 这里的"大好时机",指日本因赢得日俄战争并缔结日英同盟,国际地位大获提升之事。

详起了宗近的脑袋来，不过，倒也没怎么指指戳戳，连责问都没责问一声。宗近这边呢，也没有再费神做什么解释。于是，发型的话题便也就此打住了。

"先跟你通报到这儿，甲野。"宗近道。

"见过我母亲了？"甲野问道。

"还没呢。刚才我是从这边的玄关进的门，没路过那边的日式屋子。"

果不其然，宗近的脚上依然还穿着皮鞋。甲野将身子倚在了椅背上，在那儿目不转睛地端详起宗近那乐天派的脑袋、印花布领带——领带则像往常的那样，浮在了领子的正中间——然后呢，还有那件还是从他父亲那儿要来的西装。

"你这是在看什么呢？"

"没看什么。"甲野回了他一声，却仍在那儿端详着。

"我跟伯母去说一声吧？"

这一回，甲野既没说"别去"，也没说别的，仍在那儿端详着。宗近从椅子里抬了抬身子。

"还是别去的好。"

桌子对面这么明了地说道。

头发长长的这位，缓缓离开椅子，右手梳理着额头上的头发，左手摁住椅背，脸转向了亡故的父亲的肖像。

"你把想跟母亲说的话，先跟这肖像说了吧！"

穿着还是从父亲那儿要来的西装的那位，睁圆了眼睛，注视着这位矗立在屋子中央、头发漆黑的主儿，然后，又睁圆了眼睛，望向那挂在墙上的故人的肖像，最后又将这发黑如漆的主儿与故人的肖像作了番对比。待作完对比，这当儿，矗立着的那位便抬了抬他那瘦瘠的肩膀,在宗近脑袋上方这样说道——

"父亲死了,可要比活着的母亲,更真切可信!真切可信得多!"

倚着椅背的那位,随这番话,不由自主地又朝画像那边转过了脸去,就这么对着画像凝滞不动了好一会儿。一双活着的眼睛在墙上俯视着他。

过了会儿,倚在椅背上的那位说道:

"伯父他好像在歉疚哩。"

伫立在那儿的这位则回答道:

"他那双眼睛是活的。还活着——"

说罢,便在屋子里走动了起来。

"上庭院里去吧,屋子里阴沉得让人受不了。"

宗近从椅子上站了起来,走到甲野身边,一把拉住甲野的手,马上跨过打开的法式落地窗,下了两级石阶,来到了草坪上。待落脚在柔和的地面上时,宗近这才问道:

"你这到底是怎么回事?"

草坪朝南延展上二十来米,尽头处便是一道高高的榭树篱笆。篱笆的宽度则不到十米。遮断了视线的繁茂篱笆的深处,隔着差不多有五坪见方的一口池塘,池塘对面突出在那儿的新屋子,里边便摆放着藤尾的书桌。

两人缓步来到草坪的尽头,折返的时候,绕了约四五米的路,准备穿过庭院里栽种的树丛走回书斋。两人都默不作声着。脚步还真是赶巧了,走得还挺一致的。树丛中间铺着三三两两的踏脚石,顺着踏脚石,两人来到了池子的拐角,就在这当儿，新屋子那边突然传来了一阵尖利的笑声，就仿佛山雉的啼鸣似的。两人不约而同地停下了脚步，一时间，眼睛都朝相同的方向飞了过去。

池塘边的一道狭长的空地，约四尺见方，隔着低洼的水池的笔直的对面，屋檐掩映在旁枝斜逸着的浅葱樱的长长树枝下，小野和藤尾，正站在檐下的廊庑里，脸朝向这边，在那儿笑着。

左右都是春天丛生的杂树，头上是樱树的枝头，脚下则是在温暖的水下抽长根茎、攀缘而上的荷莲的浮叶——两个活色生香的画中人，便让这景物环围着，伫立在了那儿。譬画这场景的画框，均由自然景物的精华辐辏而成——画框的形制，精准到了丝毫无损于自然天趣的地步，错落有致而又不乱人眼目——踏脚石、池水、廊庑，间隔得是那样的适度——既不失之过高，又不至于太低，简直是恰到好处——最后，则因为是骤然间呈现在了眼前，犹如瞬息吐出的幻影一般——于是，甲野和宗近的视线，便一齐汇集在了池塘对面的那两个人的身上。就在这同一时刻，水池对面的那两个人，也将他们的视线投了这边的他俩的身上。两下里对视着的这四人，相互间就像是让钉子给钉住了似的，定定地伫立在了那儿。这是间不容发的瞬间。谁能抢先跳过这一令人殊感意外的刹那窘迫，谁便算是拔得了头筹。

女子的白袜隐约间朝后退去。染成赭红的古色古香纹样的腰带，艳丽中透出一股子春天的寂寥，只见她将腰带间一串弯弯曲曲的物件撕扯了片刻之后，猛地拽了出来。就仿佛一条细长的蛇的鼓胀的脑袋被攥在了手心里似的，待一道细长的金黄色泽在空中晃动开来，只听得"当啷"一声，那物件的尾部便迸射出一道深红色的光亮来。接下来的瞬间，小野整个儿的前胸，便垂挂上了一把璀璨夺目的金锁，俨然一道纹丝不动的闪电似的。

"嗬嗬嗬嗬，跟你再般配也没有了！"

藤尾尖厉的嗓音，叩击在迟钝的水面上，又折射到了甲野和宗近的耳朵里，格外地刺耳。

"藤——"宗近正待朝前跨去，只因为没能搡着宗近的腰窝，甲野从身后推了他一下。活色生香的画中人在宗近的眼前消失了。仿佛是要拦住正待追去的宗近似的，甲野从宗近的身后探过脑袋去，挨近这位跟他至为亲近的朋友的耳边，轻轻说了声：

"别吭声——"一边将如堕五里雾中的宗近拽进了树丛的背阴处。

甲野让搭在肩膀上的宗近一路推搡着，走上石阶，折返回了书斋里。他一言不发地将门扉似的法式落地窗从左右两边重重地关闭严实了，又习惯性地将上下插销插紧。接下来便朝门边走去，顺手将插在锁孔里的门钥匙"哗啦"转了一圈，这门，便毫不费事地锁上了。

"你这是在干吗呢？"

"把屋子给锁严实了，免得有人进来。"

"这又何苦来着？"

"随你去说'何苦'好了。"

"你这到底是想干吗？你脸色好难看啊！"

"什么事儿也没有。这一下好啦，你坐吧！"他将方才的那把椅子拽到书桌边上来。宗近则像听话的孩子那样，听从了他的吩咐。待宗近坐下后，甲野这才静静地坐进了他那把坐惯了的安乐椅里，身子仍然朝着书桌。

"宗近。"他面朝着墙这么唤了一声，随后只是扭过头来，对宗近说道，"藤尾，你就别指望她啦！"

沉稳的语调里，似乎带着某种说不清道不明的温情。春天的脉动润物细无声地流贯在寂寥之中，那都是为了能让绿意重返所有的枝头，甲野对宗近的同情，便与此相类。

"原来如此。"

抱着胳膊的宗近，只说了这几个字。随后又低沉地加了句：

"系公她也这么说来着。"

"你妹妹可比你有眼力。藤尾根本指望不上，她还想一步登天哩！"

"咔嚓"一声，有人拧了下圆门把。门没打开。于是，门外有人"咚咚咚"敲起了门来。宗近回过头去，甲野连眼睛都没有抬一下。

"回你自己屋里去吧！"甲野冷冷地说道。

门扉那儿，有人似乎嘴贴着门似的在那儿"哈哈哈哈"地大声笑着。随后脚步声便朝日式屋子那边远去了。甲野和宗近面面相觑了一下。

"是藤尾。"甲野道。

"真是藤尾？"宗近回应道。

随后便是一阵寂静。桌上的座钟在那儿"咔嚓咔嚓"地走着。

"那块金表，你也只好作罢了！"

"嗯，看样子也只好作罢了。"

甲野依然面墙而坐着，宗近也依然抱着两只胳膊——时钟"咔嚓咔嚓"地走动着。日式屋子的那边，一时间传来了一阵哄堂大笑。

"宗近，"钦吾再次把脸偏转了过来，"藤尾对你可是老大不情愿的！你还是什么都别提的好。"

"嗯。我什么都不跟她提。"

"你的人格，藤尾她根本就理解不了。像她这样浅薄轻佻的人，你还是把她让给小野算了！"

"我的头发都已剪成这样了。"

宗近从胸前抽出骨节粗大的手，冲剪过的头顶"咚"地敲了一下。

甲野眼角上的笑纹，若有似无地一道道聚集了起来，他沉重地点了点头，随后又说道：

"剪了这样的头，像藤尾这样的人，你就可以弃之不顾了，是吧？"

宗近只是轻轻地"嗯"了一声。

"这样，我也就放心了。"甲野轻松地将一条腿搁在了另一条腿的膝头。宗近抽起了烟来。在喷出的烟雾中，他自言自语般地说了声：

"这一页就算翻过去了。"

"你这一页总算翻过去了，我也是。"甲野也像是自言自语地这样应答道。

"你也是？那你准备怎么翻过这一页呢？"宗近搡开烟雾，

拢近到那张精神抖擞的脸的面前。

"我要从'本来无一物'这儿重新做起,所以我才说这一页总算翻了过去的。"

宗近惊愕得浑然忘记了将指叉间夹着的敷岛牌香烟送到嘴边去吸上一口,他仿佛不敢相信自己的脑袋似的,反问道:

"你这从'本来无一物'重新做起的意思是?"

甲野用寻常的语调沉静自若地回答道:

"我呀,把这屋子和财产,全都给了藤尾了。"

"全都给了?什么时候?"

"就在你来之前的那会儿。就在随手胡乱涂着那图案的时候。"

"那图案……"

"恰好在往那圆圈里画着三片鳞片的时候,正在清晰地勾勒出那轮廓。"

"全都给了人,你就这么轻轻松松地……"

"要它们干吗呢?那些东西,越有就越受累。"

"那伯母她同意吗?"

"没同意。"

"'没同意'……那你这不是让伯母很为难吗?"

"我要不给,她会更为难的。"

"可是,伯母她不是一直很担心你做事总是这么轻率的吗?"

"我母亲的担心那都是假的!你们全都让她给骗了。她不是母亲,是个谜,是浅薄文明特有的产物。"

"你这也太……"

"你一定在想,就因为她不是我的亲生母亲,我才这么一直对她怀有偏见的吧?你要这么想,那就随你好了。"

"可是……"

"你不相信我?"

"我当然相信你!"

"我比母亲要高尚!也比她要聪明!我比她更懂得为人处世的正当道理!并且,我比母亲更善良!"

宗近沉默着,没有作声。甲野继续说道:

"母亲嘴上要我'别离开这个家呀!'。可心里边说的却是'给我离开这个家!'。嘴上说'财产你拿走!'。意思却是'财产给我留下!'。她说'你得照料我',那意思便是'我不愿意你来照料'。所以呢,我这么做,表面上是在忤逆母亲的意志,可实际上恰好是她巴不得我这样做的!你瞧着吧,等我离家出走后,母亲准会告诉别人,我的离家出走,责任在我,不在她,经她这么一说,世人也都会信以为真的。正是为了成全母亲和妹妹,我才甘愿做出这牺牲的。"

宗近一下子从椅子上站立了起来,走到书桌边上,一只胳膊肘子支在了书桌上,就好像是要把甲野的脸给遮掩起来似的,在那儿一边凝视着甲野,一边说道:

"我说你,是不是疯了?"

"我疯没疯,自己心里最清楚。时至今日,也多亏了你,一直在那儿把我当成了愚不可及的疯子。"

此时,眼泪从宗近那双硕大而圆润的眼睛里夺眶而出,扑簌簌地掉落在了书桌上那本莱奥巴蒂的书上。

"你干吗不说话呢?你本来可以让那边离家出走的,

可你……"

"'让那边离家出走'？只会让那边更加堕落不堪。"

"那边都不离家出走，却要你这边离家出走，天下哪有这样的道理？"

"我不走的话，我也只有更加堕落的份。"

"那又为什么非得把财产都给了她呢？"

"那都是累赘。"

"你要是能事先跟我商量一下，那该有多好，可是——"

"我只是把累赘给了人，根本就没必要去找你商量！"

宗近只得"哼"了一声。

"让我的继母和妹妹，去为这些我压根儿不需要的钱财堕落，这又算得上是哪门子的功绩呢？"

"这么说你是铁了心要离家出走？"

"我走，再待下去，只会让大家都堕落。"

"走？上哪儿？"

"还说不准该上哪儿。"

宗近下意识地拿起书桌上的莱奥巴蒂，让书脊直立着，在倾斜的榉木书桌的角上轻轻地磕着。他稍稍沉吟了片刻，终于说道：

"那就上我家去，好吗？"

"上你家去也解决不了问题。"

"你不愿意？"

"不是不愿意，是去了也解决不了问题。"

宗近目不转睛地看着甲野。

"甲野，就算我在央求你，上我家去吧！姑且不说为了我自己和我父亲，我这可是在替系公央求你上我家去！"

"替系公？"

"系公她可是你的知己啊！就算伯母、藤尾她们都在误解你，就算我也会有错看了你的时候，就算整个日本都在糟践你，只要有系公在，你就有了可以信赖的人！系公虽然没什么学问和才气，可她却完全懂得你的价值。你心里所思所想，她都一目了然着哩。系公虽是我的妹妹，可我还是要说，她是个了不起的女孩，是值得珍惜的女孩，就算一文不名，你也绝对用不着担心她会因为这个而堕落，她就是这么个女孩！甲野，你就娶了系公吧！你离开这个家也好，你出家去山里当和尚也罢，不管你上哪儿，也不管你再怎么居无定所，我都不会在意的，就因为什么都不会在意，所以你得替我捎上系公一块儿走！我上你这儿来，都已跟系公拍了胸脯了，我得担起这份责任来。你要不给我一个回音的话，我是没脸面回去见我妹妹的，我就这么个妹妹，真要那样，就非得害死她不可。系公是个值得珍惜的女孩，是个诚挚的女孩。我跟你说真的，为了你，她什么都愿意去做！不让她活下去，这可是在暴殄天物啊。"

宗近摇晃着椅子上甲野那瘦骨嶙峋的肩膀。

十八

小夜子从老女仆的手中接过点心袋子，翻转过来，倒进了出云烧①盘子里，盘子中央的青花凤凰图案便让和式煎饼给掩埋在了底下，盘子的黄色边缘则大多还裸露着，小夜子护着整齐地搁在盘子上的一双筷子，生怕它们掉落下来似的，把盘子从吃饭间端进了客厅。客厅里，浅井正拉着先生在那儿重温京都那段往昔的快乐。时间是早上，日光正一步步朝廊檐逼近过来的那会儿。

"小姐您是熟悉东京的吧？"浅井问道。

小夜子把点心盘子放置在了主人和客人的中间后，便收回了她那优雅的肩膀，顺便轻声答了声"嗳"，不好意思马上离开。

"她本来是在东京长大的啊！"先生替小夜子这么补充解释道。

"原来是这么回事啊！一下子都长这么大了呢！"突然间，浅井就转到另一个话题上去了。

小夜子低垂着头，脸上露出孤寂的笑容，这一回她暂时没有应声。浅井大大咧咧地瞅着小夜子。一边在心里慨叹着，"这女子的婚姻，待会儿就要让人给搅黄啦！"一边却还在那

---

① 日本岛根县出产的陶瓷。

儿若无其事地瞅着。浅井对婚姻的看法，就如同那句"大道至易"的古训，简直易如反掌。女子的前程啦、一生的幸福啦，对这些劳什子，他几乎是不表同情的。他心里清楚，自己这是受人之托，只需照人吩咐的那样，把事情打发了事就行了。而且他心里也清楚，这本来就是读法学的人所擅长的，读法学的讲究的就是实际，而实际，也是最好的办法了。浅井本来就是没多少想象力的人，他也从来没觉得想象力的匮乏会是自己的一份缺憾。他一直深信不疑，想象力和理智，那是大相径庭的两种活动，起着完全不同的作用，理智反而还会因为想象力而时常受到阻碍。只有想象力才是让人恢复健全人性的好办法，它要比理智分析的适用范围更广，也更有活力。像这样的话，他在大学法科的课堂上，从来就不曾听到有哪个老师说起过，所以浅井对此也一直是一无所知的。他觉得自己只要把这门亲事给回绝了，那也就算是大功告成啦。至于小夜子的孤寂命运，又会因为这夫子一言而生出怎样的变故，这样的问题，却是浅井连做梦都想不到的。

就在浅井漫不经心地瞅着小夜子的当儿，孤堂先生发出了两三声反常的咳嗽。小夜子忧虑地朝父亲看去。

"您吃药了吗？"

"早上已经吃过了。"

"您觉得冷吧？"

"冷倒是没觉得，只是有点儿……"

先生左手的三根手指搭在了右手腕上。小夜子浑然忘记了浅井的存在，只是死死地盯住正在自己替自己把脉的先生。先生的脸连同他的胡子一起，一天天地变得细长枯瘠了起来。

"怎么样？"小夜子放心不下地询问道。

"脉搏好像有点儿急促。烧还是退不了。"先生额头上微微聚起了几道皱纹。只要先生量体温时不耐烦似的流露出不悦的神色，小夜子便也会跟着面带愁容起来。走在原野上，正愁找个什么地方能躲过一场骤雨，眼前出现了一棵可以抵挡风雨的杉树，顿时心里念叨着万幸，抬头望去，但见树梢之上电闪雷鸣的。这时与其说是觉着害怕，倒还不如说是对上了年纪的人心里觉得歉疚。要是嫌自己照料不周而在那儿兀自生气，那倒还好说，自己还可以曲意奉承一番去讨他欢心。可要是让这病给闹得一味徒自忧扰的，那就算自己一心想要恪尽孝道，也会不得其门而入的。昨天还有今天的咳嗽，当事人只当它是短暂的感冒，自己也没怎么放在心上，等瞒着他跑去找医生一打听，才知道情况并不乐观。都已经拖了两三天了，这烧却一直听不到他说有退去的时候。看他这焦躁不安的神情，只怕是病得不轻。实话告诉他吧，怕他会担心，瞒着不告诉他，就这么靠精神撑着，再加上他时常会动肝火，照这么下去，等过上一年，说不定连神经也都裸露在外了，就怕触碰上空气也都会暴跳起来。昨天，小夜子一整夜都没有合过眼。

"要不要给您穿上件外褂？"

孤堂先生没有搭理，只是吩咐说：

"有体温表吗？量一下试试看。"

小夜子去了吃饭间。

"您这是怎么了？"浅井在一旁漫不经心地询问了一句。

"没什么，只是有点儿感冒。"

"啊，是吗？树上的新叶差不多都已经爆出来了哩。"浅井的语气里听不出对先生的病情有丝毫挂念和体贴的地方。先生原想他应该会向自己仔细打听一番这病情的由来、经过和目前的情况的，没承想这预想却落了空。

"喂，没找着吗？怎么回事？"他朝另一间屋子，用比平常大得多的嗓门喊道，跟着又咳了两声。

"好了，我马上就来。"小夜子小声地应道。可体温表却迟迟不见有送来的迹象。先生转向浅井，有气无力地招呼了一声：

"啊，是吗？"

浅井越发地觉得百无聊赖，只想着赶紧把事情给打发了，这就打道回府去。

"先生，小野他一向就是指望不上的！只知道追逐时尚新潮。跟小姐结婚的事，我看他压根儿就没存过那份心。"浅井噼里啪啦语无伦次地把话全都端了出来。

孤堂先生凹陷的眼神一下变得锐利了起来，随后，这锐利便弥漫了开去，露出一脸的不悦。

"您最好还是别去指望他。"

体温表一时间忘了放在哪儿了，小夜子正在另一间屋子里找着，长火钵的第二格抽屉刚拽开两寸，拽着的手，就突然间停在了抽屉的把手上。

先生脸上的不悦越发地凝重了起来。想象力匮乏的浅井，完全没能预想到会是这样的结果。

"小野近来在那儿拼命追逐时尚新潮的，上他那儿去，对小姐可是一点儿好处都不会有的。"

先生脸上的不悦终于搁不住了：
"你跑来，就为了数落小野的不是？"
"哈哈哈哈，先生，我这说的可都是实情！"
浅井奇怪地朗声笑了起来。
"多管闲事！轻薄！"先生厉声回击道。先生的声音终于变得不寻常了起来。浅井这才吓了一跳，默不作声了好一会儿。
"喂！体温表还没找到？磨磨蹭蹭的，这是在干吗？"
没听到另一间屋子里的回答，悄无声息间，有个人影映在了曳在一边的格扇门上。格扇门下半截的裙板边上，静静地露出了一段细长的白木圆筒。先生在榻榻米上接过那木筒，"噗"地拔下筒盖，把取出的体温表拿到日光下，使劲儿地挥动了两三下，一边说道：
"你又何苦说这些多管这闲事的话呢？"
先生一边又看了眼体温表的刻度。先生的精神，一半儿放在了这体温表上。趁着这间歇，浅井重又缓过了神来。
"说实话，我是受人之托。"
"'受人之托'？谁托你？"
"是小野央求我来着。"
"是小野央求你？"
先生忘了把体温表拿去放在腋下了。他茫然若失地愣在了那儿。
"就因为生就了这么个德性，自己跑到先生的面前来回绝这门亲事，他压根儿就做不到，这才来央求我的。"
"是吗？你倒是讲得再详细些，这来龙去脉。"

"他说了，无论如何也得在这两三天里给您这边个回音的，所以我就替他跑腿来了。"

"那么，他又是找的什么理由呢？你最好把它原原本本告诉我一下！"

小夜子在隔扇门背后擤了下鼻子。虽说擤得很轻，可因为只隔了一道纸糊门，门那边的人便都听到了。傍近门楣听去，小夜子似乎就在隔扇门的边上站着。听到这擤鼻声的浅井，心中该会作何感想呢？不得而知。

"理由嘛就是，他说他得全力以赴完成博士学业，婚事什么的根本就无从顾及了。"

"那就是说，这博士学位，比小夜子还要紧？"

"倒也不好这么说，可要是拿不到博士学位的话，对他的将来就会很不利，所以——"

"那好吧，我听懂了。就这么点儿理由？"

"还有就是，他也说了，这件事他并没有跟先生您明确签订过契约。"

"契约？他是说有法律效应的那种契约？是双方当作凭证的字据吧？"

"也不是字据——就因为您过去对他有过很长一段时间的恩，所以他说了，愿意给您提供些物质上的补助来酬谢您。"

"是每个月都给我些钱？"

"是的。"

"喂，小夜！你出来一下！小夜呀——小夜呀！"先生嗓音一声高过一声，可小夜子那儿却始终没有应声。

小夜子就这么蹲在隔扇门背后，一动不动地。先生只得无奈地重新转向浅井。

"你有家室了吗？"

"没有，也挺想找一个的，可先得把自己给养活了才行，所以嘛——"

"你要还没有妻室，那就给我听好了，我给你提个醒儿——人家的女儿可不是玩具！你想拿博士学位来和小夜作交换，我会答应吗？你给我好好想想，一个人就是再怎么贫寒，女儿也总该是个大活人吧？我可是把她当作自己的掌上明珠来看待的。你倒是去给我问问小野，他是不是打算为了拿个博士学位，就连人的死活都不顾了？你这就替我这么问他去！比起法律上的契约来，我井上孤堂更看重的是道义上的契约！他愿意每个月给我一笔供养费？谁跟他要过供养费了吗？我当年之所以会照料他小野，那是因为他哭着来找我，我看着他可怜，这纯粹是出于好心。什么物质上的补助，那是对我莫大的羞辱！——小夜啊，我这儿有点儿事，你过来一下！喂，你在那儿吗？"

小夜子在隔扇门的背后抽抽搭搭地啜泣。先生一个劲儿地咳嗽。浅井则一脸的不知所措。

浅井没想到竟会惹出先生这么一通脾气来。他也弄不明白先生何以要发上这么大一通脾气。自己讲的无非都是些事理明白的话。你想在这世界上处世立身出人头地，没个博士学位怎么行，这是谁都无法等闲视之的。这边要解除本来就没明确说定的婚约，却让您说是无情无义，这根本让人无法接受。受过您恩惠后对您不管不顾的，这或许不应该，可受了您的恩惠，提出要在物质上酬谢您，那您应该高兴，也好让这边完成他的一份义务才是啊,可先生倒好,突然间竟发了这么通脾气。就因为这,浅井才一脸的不知所措。

"先生您这么动怒,真让我左右为难。您要觉得不妥,那我还可以找小野他去说说,所以——"浅井这么说道。他说这话倒是一脸的认真。

沉默了一会儿,先生这才稍稍平静了些,却又似心犹未甘地说道:

"你似乎把婚姻看得也太轻易了,哪有这样轻易的事哦。"

浅井虽没听明白先生话里的意思,可先生说话的神情委实还是让他稍稍心动了一下。不过,结婚这种事情嘛,无非就是经由一番得失权衡之后,再去缔结婚约,或者是权衡过后,再去解除婚约,如此而已。浅井相信这一点,所以也就没有应声。

"你是因为根本不懂得女人的心,才会这么跑来当说客的吧?"

浅井仍然默然无语着。

"你是因为不知人情之为何物,才会这么漫不经心地说出那些话来的吧?你大概揣想着,只要小野那边解除了婚约,那小夜她明天就可以爱上哪儿就上哪儿去了,所以你才会说出那样的话来的,是吧?五年里,一直让自己当作夫君的这么个人,也没个什么特别的理由,就这么突如其来地把自己给回绝了,然后又要自己马上再去嫁给别人,就好像这中间什么都没有发生过似的,你说,这世界上有这样的女子吗?也许有人会是这样的,可小夜绝不是这样轻薄的女子。我也不希望把她培养成这么个轻薄的人。你这么轻率地跑来说项,说是要解除婚约,这不明摆着是要耽误小夜她一辈子吗?你说,你又于心何忍呢?"

先生凹陷下去的眼睛湿润了起来。他不停地咳嗽着。浅井心里一震:先生说得也是哩,事情真要是那样的话——浅井终于觉得愧疚了起来。

"那好吧,您别着急,先生。我这就再去找小野说一下。我也只是让他央求着才跑来的,对事情的来龙去脉,我也并不怎么清楚——"

"不,你不用再去找他了。既然他老大不乐意的,我也不愿意硬求他娶我女儿为妻。不过,你最好让他来一趟,让他亲口对我说出解除婚约的理由。"

"可小姐她,也要这么想的话……"

"小夜怎么想,他小野应该是心知肚明的!"先生劈头盖脸地这么反驳道,就像是给人一个清脆的耳光似的。

"先生说的是,可真要这么说,估计小野他也会很为难吧?我再去跟他说说……"

"你就这么跟小野说:我井上孤堂就是再怎么疼爱自己女儿,只要你不乐意,我是绝不会求着你来娶她的,我不是那种低三下四的人!——小夜呀!喂!你在吗?"

隔扇门的背面发出了声响,像是衣袖蹭擦着隔扇门下半截花纹纸裙板的声音。

"你不妨就这么去跟他说,行吧?"

这一下浅井就更不会应声了。片刻之后,只听得"哇"的一声,传来了脸埋在衣袖里的哭声。

"先生,我这就去找小野,跟他再说一下,好吧?"

383

"用不着去跟他再说,你就让他自己来回绝这门亲事!"

"反正……我就这么跟小野去说。"

浅井终于站起了身来。先生送他到玄关,他向先生鞠躬告辞时,先生又说道:

"我不该养着这么个女儿啊!"

出了门,浅井这才松了口气。这之前,他还从来没有经历过这样的事儿。穿过小巷,在荞麦面馆门口挂着的方形纸罩灯前朝右拐去,一来到有电车通行的大街,他便一下子飞身跳上了电车。

突然上了电车的浅井,大约过了一小时之后,便信马由缰地出现在了宗近家的门口。接下来,便有两辆人力车上了路。一辆前往小野租住的地方,一辆则去了孤堂先生的家。又过了五十分钟的光景,宗近家玄关前的松树下,一辆原本车把朝天停歇在那儿的人力车,收起的黑车篷也没重新撑开,就这么朝甲野家疾驰而去。小说只得依照前后顺序,将这三辆人力车各自承载的使命,分头加以叙述。

宗近坐的那辆车,在小野租住的公寓前响起刹车声的时候,正赶上小野刚吃罢午饭的那一刻。托盘还摆放在那儿,带盖的木饭桶也还没被撤去。主人公移坐到了书桌前,一边望着口中吐出的浓浓烟雾,一边在那儿思忖着。跟藤尾约好了今天一块儿上大森去的,因为有约在先,那是非去不可的。可真要非去不可的话,心里又总觉得有点儿纠结,有点儿心犹未甘。要是没做这样的约定,心里边多少还能平和些吧。说不定饭也可以多吃上一碗哩。这颗骰子本来就是自己投下的,骰子的点数既已见出分晓,那就非得渡过卢比肯河去不可了①。可恺撒是个英雄，他居然平安无事地渡过了那条河流。通常，人们在大事临头的那一刻，往往会重新盘桓思量一番。每当小野遇上这种需要重新盘桓思量的关键时刻，他准会悔意顿生并打起退堂鼓来的："我看，最好还是别干了吧？"每次踏上正待乘坐的船，只听得船老大一声吆喝："开船啦！"正待掉棹行船的当儿，小野总想喊上声："等一下！"总指望着这当儿最好有谁会从岸上一把将他拽上岸去的。就因为自己刚踏上船，还来得及重新回到岸上。只要事先的约定还未践履，那就跟这还没离岸的船儿是一个理儿，就还没到山穷水尽、走投无路的那一刻。梅瑞狄斯②的小说里就写到过这一幕：有这样的一对男女，他们商量好了，准备在某车站碰头。按计划，一到汽笛声响起，他们便会抛弃各自的名誉，就此踏上私奔之路。当命运逼近这关键时刻的时候，车站上却并没有出现女子的身影。男子一脸希望落空的神色，钻进了箱形马车，孑然一身空手而归。事后打听才得知，是某个朋友把那女子给扣留了，他是有意想让她错过这事先约定的时间。和藤尾事先约定好了的小野，一边望着香烟的烟雾，一边继续想道，要是自己也来上这一手，来个中途爽约的话，那说不定反而还会是一件好事哩！再说了，浅井都还

---

① 卢比肯河，古代作为加以亚与意大利边界的一条河流，流经意大利北部后，最终汇入亚得里亚海。公元前四十九年，恺撒不顾元老院的反对，下令渡河，进军罗马，前去讨伐庞培。"骰子已经投出！"便是其时恺撒所说的一句决断的话。
② 乔治·梅瑞狄斯（1828—1909），英国小说家、诗人。夏目漱石从很早起就喜欢读他的作品。

没来回过话,他那边要是说动了对方并让对方答应解除婚约的话,不管事情今后会走到哪一步,都是值得自己庆幸的。就算说动不了对方,把自己逼到了进退维谷的窘迫之境,那也可以先把它撂在一边,回头再随机应变,设法渡过难关。因为早就有了这样的筹谋,所以眼下只须赶紧上大森那边去避避风头就行了。根本就没必要,在这儿等着浅井回来说最终没能说动对方什么的。虽说没这个必要,可一旦面临决定实施计划的这一刻,自己的这颗心也还是会觉得是悬着的。脑子里早已筹谋好了的计划,就这样让人之常情给搅得七零八落的。想象力也在那儿拽住自己不放,不让自己前去实施计划。小野是个诗人,在他身上绰绰有余的,原本也就是这份想象力而已。

　　正因为想象力绰绰有余,他才硬不起心肠来自己跑去回绝那门亲事。让他跑去看到先生和小夜子的神情,那屋子的情形,他们生活的光景,让这些落在他眼里的情景延伸到未来,在想象的镜子里浮想联翩着朝它们望上一眼的话,就会出现这样的两种情景:要么自己也被编织进了镜子中,镜子里的场景将会春意盎然,丰盛富裕,所有的一切都是那样的幸福美满;要么自己的身影从镜子中被抹去,那便会变成昏暗,变成黑夜,所有的一切都会变得很悲惨。倘若把自己的心从这一团混沌的精神中分割开来,跑去跟先生他们交涉,那情形就好比是一边盼望着炊烟会从小小炉灶里袅袅升起,一边却在那儿一把夺走了柴火似的。小野觉得于心不忍。唯有闭着眼睛吞下苦果,自己实在做不到就这么睁着想象之眼,去截然切断这些跟自己有着千丝万缕关系的缘分。正因为是这样，小野才会去央求一向对现实视若无睹的浅井。央求过后则又觉得，还不如干脆连想象也一并掐死了，也好一了百了。虽然，心里没有把握，可决心已下。问题是即便掐死一条狗也并非轻而易举之事。将自己与生俱来的内心，就这么把自己觉得跟自己不相适宜的那部分一味抹黑了，必欲消除殆尽而后快的，这可是自古以来成千上万的人都曾经尝试过，却又均以失败而告终的穷计陋策。人心可绝不是一张白纸。从拿定了这主意的那个夜晚起，想象力便又在小野的身上复活了——

勾勒出一张瘦削的脸。勾勒出一双凹陷的眼睛。勾勒出扭捻缠结的头发。勾勒出抑郁的神情。随后，想象便为之一变。

画出了血。画出了风雨交加的凄凉黑夜。画出了寒峭的灯火。画出了白纸糊就的灯笼。悚然一惊之际，想象便戛然而止了。

就在想象戛然而止的当儿，猛然间，他便想到了跟人承诺过的那件事，想到了前去践约将会带来的令人不快的后果，并且这后果，更是让想象力推波助澜着，一时兴风作浪了起来——良心被典当了，那可是一辈子都无法赎回的。利上滚利，背上的重负日渐加重，直压得腰背痛楚不已，佝偻着直立不起，觉都无法睡安稳。这不，还得让社会上的人在背后指指戳戳的。

惘然地望着香烟弥漫出的烟雾，天皇恩赐的那块表，分分秒秒，都在那儿催促着他前去践履承诺。他俨然把屡弱无力的自己悉数交付给了一具滑橇。自己只需袖手旁观着，滑橇自会朝着约定的深渊滑落而去。这世界上，再也找不出有比"时间"滑橇在滑行的方向上拿捏得更准的东西了。

"还是决定去践履承诺吗？只要心里并没有觉得这事儿有什么见不得人的，那自然去去无妨。可慎重起见，还是收起这主意的好。小夜子那边，且等浅井有了回话之后再计议吧——"

烟草的浓雾摇曳着，将未来的身影悉数笼罩在了朦胧之中。就在这当口，宗近健壮的身姿从现实世界中呈现了出来，将小野的想象统统驱散殆尽。

他是什么时候到的？没让女佣给带进来吗？一概不得而知。宗近就这么突然走了进来。

"你这儿可真是一片狼藉啊！"他一边口中嚷嚷着，一边将红漆托盘拿到了走廊里，又将黑漆饭桶也打发了出去，连陶壶也一并搬了出去。

"这一下怎么样？"他在屋子当中坐了下来。

"很失敬！很失敬！"主人转过羞惭的身子来。恰好女佣跑了过来，收掇起水壶，顺带着收走了托盘和碗筷。

就这么个心思全都押在了骰子点数上、从不敢轻易举手投足的人，却偏偏摊上了非得前去践履承诺不可的命运。不安感分分秒秒地交叠累积着，正一步步准备朝那可怕之处走去的当儿，却不料从一旁跳出个宗近来，将他这正被一路滑行弄得万般无奈的人，一下子从半路上给截了下来。让人给截了下来的这位，虽说让人给挡住了去路，可与此同时，他也好像又回到了原来的生活状态，得以贪享这片刻的安宁。

理应前去践履承诺，自己正打定了这个主意。然而，褫夺了这践履承诺的条件的人却并非自己。同样是违背承诺，是自己主动违背，还是因为遇到了麻烦，致使约定好了的事情最终无法信守，那心思完全是不一样的。当承诺遇到了岌岌可危的情景，他很乐意有人出来干扰和妨碍自己前去践履承诺，因为这么一来，事情看上去就跟自己没了干系。就是有人出来责问自己的良心，说："你为什么不去践履承诺啊？"那自己也就可以回应说："我倒是有心想去践履承诺来着，可谁知让宗近给挡了道了，有什么办法啊。"

毋宁说，小野倒是真心诚意地欢迎宗近的到来的。只是这份真心诚意，很不幸，却因为一份颇为煞风景的感情，被严严实实地、深深地锁闭了起来。

宗近和藤尾，本就沾亲带故，属于颇有些年头的通家之好。且不说到底是自己让藤尾陷入了难以自拔的境地，还是藤尾让自己陷入了难以自拔的境地，眼看着彼此间的关系行将木已成舟，正合计着准备不动声色地前去缔结并实施这份约定的当口，却有人一下子闯了进来的。暂且不说来者是不是打扰了自己，首先自己对来者就应该深感内疚。如果来者是跟自己不相干的什么人那倒也就罢了，可这突然闯了进来的并非什么外人，而是藤尾的亲戚。

如果仅仅是亲戚，那也就罢了，谁知还是对藤尾颇存了一份心思的宗近；是让客死海外的那位早已指定为自己唯一的女婿人选的宗近；是直到昨天为止，对自己和藤尾之间的关系还浑然不知，依然故我地在那儿怀持着旧日心愿的宗近；是对被盗钱财的去向一无所知，却还在那儿死守着早已洗劫一空了的金库的宗近。

神秘的云雾让划破春天的金锁链般的雷电给当头劈开了。要是浅井继这道让人从睡眼惺忪中惊醒过来的金锁链之后,跑去将井上先生那边的事儿再跟小野唠叨上一番的话——那才真叫糟糕哩。"我很遗憾!"这是说给对方听的话。"我觉得内疚!"除了表示遗憾之外,还含有自己对不起对方这么一层意思在里边。而一旦说成"这下糟了!"那就比上述两种说法的意思更进了一层,这话大多用在利害得失将直接波及自身的那一刻。小野望着宗近,心下痛感这下糟了。

对宗近的来访表示欢迎的那点儿好意的内核,先是让"遗憾"给羞答答地在外面裹了一圈,然后让"内疚"令人作呕地再给裹了一圈,而裹在最外边的"这下糟了"这一圈,则跟挥洒开去的墨汁似的,漫无际涯地与未来相连贯着。于是乎,宗近便俨然成了手中握有主宰这未来的权柄的主人了。

"昨天真是很失敬。"宗近道。小野面红耳赤着垂下了头。"接下来,他该会提及那块金表了吧?"小野这样揣摩着,心神不定地给自己点上了一支烟。宗近却似乎并没有提及金表的意思。

"小野,刚才浅井上我那儿去过了,我是为了这件事儿,这才特意找到你这儿来的。"宗近开门见山地说道。

小野的神经酥麻麻地动了一下,稍过片刻,香烟的烟雾阴沉沉地从鼻子里喷了出来。

"小野,你别以为我这是冤家对头找上门来了!"

"没有,我绝没有……"说这话时,小野心里还是咯噔了一下。

"我可不是那种喜欢指桑骂槐、揪住了人家的短处就不肯放手的人。你瞧，我的头发都剪过了。我才没那个闲工夫去跟人纠缠不清的，就算有，也不想有背家风的……"

小野听懂了宗近话里的意思，只是不明白他为什么要剪这么个发型的，可又没勇气去问个究竟，所以只得默然无语着。

"真要让人当作那样寒碜的一个人的话，那我也就犯不着在你百忙之中还特地找上门来了。你呢，也是个有教养、明白事理的人。你把我看得那样寒碜，那我接下来要说的话，最终对你自然是起不了什么作用的。"

小野依然默然无语着。

"就算我再怎么闲，也还不至于闲到特意飞车赶来，就为了让你从心眼里瞧不起我——反正，事情就像浅井所说的那样，是吧？"

"浅井他都说了些什么？"

"小野，我这回可是动了真格的。你听我说。这人呢，一年里边总会有那么一两次是非动真格不可的。光是图个表面光鲜地过日子，就不会有谁愿意来跟你打交道。就算有人愿意跟你打交道，你都会觉着挺没劲的。我是想和你打交道，这才上你这儿来的。可以这么说吧？你明白我的意思吗？"

"啊，我明白。"小野老实地回答道。

"你要明白，那我就可以对等着来看待你了。你不觉得你一天到晚凄凄惶惶的？身上找不出半点儿泰然自若的劲儿。"

"也许是这么回事——"无奈之下，小野只得直白地承认。

"你说得这么直白，让我听着倒挺过意不去的，不过，浅并他说的全是事实？"

"是。"

"眼下这个社会，是个光顾着表面光鲜过日子的轻薄社会，别人在那儿凄惶不安着，怎么都无法泰然自若的，是不会有人去在乎的。不要说别人，就连自己明明惴惴不安着，却还在那儿装作自鸣得意的样子，这样的人还真是不少哩。我说不定就是这其中的一个，不，并不是什么说不定，肯定就是这其中的一个，你说是吧？"

直到此时，小野这才主动出来拦住了对方的话头：

"我很羡慕你。说实话，我心里始终是这么想的，真要能像你那样的就好啦。我要真走了那一步，那我一准就是一钱不值的了。"

小野说这话，并不让宗近觉得是在跟自己套近乎。文明的表皮破裂了，从中露出了真心话。语调虽显得消沉，却带着诚意。

"小野，你留意到那边了吗？"

宗近话中带着某种温情。

"她在。"小野应道。过了会儿，再度应道：

"她在。"小野耷拉下脑袋。宗近的脸挨近了过去。小野依然耷拉着脑袋说了声：

"我生性懦弱。"

"为什么这么说？"

"生来如此，我也没有办法。"

说这话时，小野还是脸冲着地下。

宗近的脸挨得更近了。他支起一条腿。胳膊肘子搁在了膝盖上。胳膊肘子支着前突的脸。他这样说道：

"你学问比我好。脑袋也比我聪明。我一直很尊敬你。正因为尊敬你，我才想跑来拉你一把的。"

"拉我一把……"小野一抬头，鼻子就快要蹭着宗近的脸了。宗近几乎是顶着小野的脸这样说道——

"再不趁着这岌岌可危的当口，将你这与生俱来的秉性矫正一下的话，那你这一辈子也许都会不得安生的。就算你再怎么用功，再怎么成了学者，也都挽回不了的。机会就在你的眼前啊！小野，你得做个诚实、踏实的人。这世界上也会有这么一些人，浑然不知诚实、踏实之为何物，就这么稀里糊涂地过了一辈子。只是图个表面光鲜，就这么活在世上，那跟土木偶人又有什么两样呢？要是本来就没有诚实和踏实，那也就算了，可你并不缺少诚实踏实，却成了一具土木偶人，这岂不是太埋汰你了？做人做得诚实和踏实了，这心情自然就会跟着好起来的，这样的体验，你也应该有过的吧？"

小野耷拉着脑袋。

"你要没体验过的话，我这就让你体验一回。就是眼下这当口。这样的机会，一辈子都不会再有第二次了，说错过就错过了，那你这辈子活到死去的那一天，也都根本不懂得诚实踏实到底是个什么滋味，在你死去之前，就得一直跟条哈巴狗似的，在那儿彷徨徘徊着惶惶不可终日。这人呀，诚恳踏实的机会只会越积越多，这诚恳踏实的机会越多，你也便会觉着自己越活越像个人了——这可不是诓人。你要没亲身体验过，那是不会明白的。我呢，像眼下这样的，既没有什么学问，也不怎么用功，考试也给考砸了，整天无所事事

393

的，可纵然如此，还是比你过得安生些。我妹妹还以为那是因为我比别人没心没肺些的缘故。她倒也没说错，或许我还真是没心没肺些吧？可真要那样没心没肺的话，那我今天也就不会这么急着赶车上你这儿来了，你说是不是，小野？"

宗近微微一笑。小野笑不出来。

"我能比你日子过得安生些，并不是因为有没有学问的缘故，也不是因为用不用功的问题，这都跟它们不相干。那是因为我有时候还算诚恳踏实做人的缘故。与其说是诚恳踏实地做人，还不如说是能诚恳踏实地做人更恰当些。你越是能诚恳踏实地做人，就越没必要刻意在别人面前展示自信的。你越是能诚恳踏实地做人，就越没必要在那儿端坐不动的。你越能诚恳踏实地做人，就越没必要刻意去留意精神的存在。只要你诚恳踏实地做人，那你从一开始便会意识到自己确凿存在于天地之间的这一事实。所谓的诚恳踏实地做人，我跟你说，那便意味着一场严肃的角力，意味着击败对手，意味着非击败对手不可，意味着人得调动起全身的活力来！你能说会道的，你有些小聪明，就算你再怎么使出浑身解数，那也都跟诚恳踏实挨不上半点儿边。你得把你心里的所思所想，都毫不隐瞒地用力摔给这个世界看，那你才方始有了诚恳做人的感觉，心里才会觉着踏实。我跟你说实话，我妹妹她昨天便诚恳踏实过来着，甲野他昨天也是诚恳踏实的，我呢，昨天、今天都是诚恳踏实的，你呀，这会儿趁这机会，也赶紧给我诚恳踏实上一回吧！一个人只要诚恳踏实地做人，那不光他这当事人会得到救助，而且整个世界都会得到救助的。怎么样，小野？你明白我说的意思吗？"

"哎，我明白。"

"我可是很诚恳地在问你。"

"我说听明白了，也是诚恳的。"

"那就好。"

"谢谢你。"

"刚才提到的，那个名叫浅井的，压根儿就是个不通人性的家伙，他说的那些事儿，你要一件件照单收下的话，那准得倒大霉——本来我想让浅井过来，让他把他跟我说过的那些话，当你面，原封不动地一件件都说一说，然后呢，跟你所说的比对一下，再来判断它们是否属实，说不定这样才更顺当些。我的脑子再怎么不好使，可判断这种事儿我还是清楚的。关键得看是不是诚恳踏实，这才是至关重要的。什么立没立下过字据啦，什么是不是一时疏忽失言啦，什么成了家便拿不了博士学位啦，什么拿不了博士外面名声就会不好听啦，诸如此类的，都跟小孩儿说的话一样幼稚，这都是哪儿跟哪儿啊，都是些挨不上边儿的话嘛，你说是不是？喂，小野？"

"是，那都无关紧要。"

"关键得诚恳踏实地去处理，到底该怎么处置才好呢？这就要看你了。你要不嫌我碍事的话，那咱俩不妨商讨一下，我还可以帮你去跑跑腿。"

一直沮丧地耷拉着脑袋的小野，此时坐直了自己的身子，抬眼望着正对面的宗近。他端坐着，眸子一反常态地流露出坚实有力的神情。

"诚恳踏实地处理，那便不能再有任何的延误，得尽早去和小夜子成婚。抛弃小夜子，我会对不起小夜子，也对不起孤堂先生的。那都是我的错。回绝这门亲事，那都是我的错。我也对不起你。"

"对不起我？啊呀，这倒是用不着，待会儿你就会明白了——"

"太对不起了！我要不回绝，那该有多好，要不回绝的话——可浅井不是都已经去回绝了吗？"

"听浅井说，他是照你央求他的去回绝了这门亲事的，而井上先生那边也发了话了，说是要你自己去回绝。"

"那我去，这就赶去向他赔不是。"

"可刚才我已让我家老爷子上井上先生家去了，所以——"

"你让你父亲？"

"啊，听浅井说，井上先生那边好像大发雷霆的，并且井上家的小姐也是泣不成声的。就因为担心我过来找你商谈的这段时间里，说不定会出什么事儿，到时候收不了场的，这才顺便让我父亲先去宽慰他们的。"

"谢谢你们替我想得这么周到。"小野俯首称谢，前额差不多都贴在了榻榻米上。

"别在意，老人反正闲着也是闲着，要真能起点儿作用的话，他也乐得在所不辞地帮我做点儿事的，正因为如此，我才让他这么过去的。要是谈得还顺利，我会喊辆车子过去，先把小姐给接过来的。她要来了，那你可得当我的面，亲口对小姐宣布，她才是你未来的妻子。"

"我会说的。要我过去对她说也行。"

"不，让她过来，那是因为还有别的事情，等事情办妥了，咱们仨还得一块儿上甲野那儿去，然后由你当着藤尾的面，把对小姐说过的话再重新宣布一遍。"

小野稍稍显得有些畏缩。宗近当即接着说道：

"要不，可以由我来替你把你的妻子介绍给藤尾。"

"这么宣布，有必要吗？"

"你不是要诚恳踏实做人吗？那你最好当我的面，干净利索地了断你和藤尾的那段关系给我看看。带小夜子一块儿过去，那是为了让小夜子见证一下啊！"

"带她去也行，只是太让人难堪了——倒不如尽可能找个更稳妥些的办法……"

"我也不喜欢让人当面难堪的，可都是为了拯救藤尾，才不得不这么做的。她那样的性格，用寻常的手段根本就治不了她。"

"可是……"

"你这是怕丢脸吧？事情都已经这么窘迫了，却还在那儿黏黏糊糊的，嫌什么丢脸啦，面子上过不去啦，你这不仍是在刻意关注着表面光鲜吗？刚才那会儿，你不是还跟我许诺过自己要诚恳踏实做人的吗？这诚恳踏实，要让我说的话，最终无非就是归结为'实行'二字，光凭嘴上讲诚恳踏实，只是嘴上诚恳踏实而已，那这人，就还算不得诚恳踏实。像你这样，宣布说要诚恳踏实做人，可仅仅是宣布，并不能拿出实际证据的话，那什么都是白搭……"

"那好吧，那我这就去做。就是当着再多人的面，我也不在乎丢人现眼。我这就去做，好吧。"

"好！"

"那我也不再藏藏掖掖了,索性兜底儿全告诉你。其实,我们已经约好了今天去大森。"

"去大森?和谁?"

"这——就是刚才说到的那位。"

"和藤尾?什么时候?"

"约好三点钟在火车站碰头。"

"三点?不知现在几点了。"

宗近的西装背心里边发出了"咔嗒"的声响。

"都已经两点了。你怎么还没去?"

"我不想去了。"

"倒不用担心藤尾会独自上大森去。一旦发现你爽约,她应该也会中途折回的吧。只要过了三点……"

"她呀,迟一分钟都不愿意再等的,她要见不到我,应该马上就会回家的。"

"这不是正好吗?咦,好像下雨了。你们是不是约好了下雨也要去的?"

"对。"

"这场雨——看样子一时半会儿是停不下来了。那就先送封信过去把小夜子唤来。老爷子在那边想必已经等得不耐烦了,正担心着哩。"

斜雨骤急,一点都不像是在下着春雨。天空深不可测,千丝万缕的雨丝从深不可测的天空底部抽曳而出,掉落到了地面上。寒气袭人,让人直想身边有个火钵好驱驱寒气。

和着滴滴答答的雨声,宗近挥笔写就了信函。趁着邮差的车篷在风雨中摇曳着一散而去的当儿,小说的叙述也便移向了别处。先前从宗近家大门出来的那第二辆车，此时早已抵达孤堂先生侨居的寓所，正在那儿完成它相应的使命。

因为发烧，孤堂先生已躺下，背对着珍藏的义董①画轴横卧在那儿，小夜子将冰袋敷在他额头上，替他退烧。小夜子蹲跪在他枕边，眼睛哭得又肿又红，一直未曾抬起头来，给人以正在那儿计数着聚集在冰袋扣子那儿的褶皱的错觉。宗近父亲端庄地坐在那儿，与铁线莲花纹的盖被隔着两尺的间距。厚实的膝头则越过坐褥，轻轻地压在了榻榻米上，与脸色苍白、瘦骨嶙峋的孤堂先生的脸庞比起来，越发地显得威风凛凛。

宗近老人的嗓门依然还是那么大。孤堂先生的说话声也要比平日来得大些。两人之间，展开了一场对话。

"在您身体违和之际，贸然造访，委实给您造成不快，我深感抱歉。可实因事情紧急，故请务必宽谅释怀为是——"

"哪里哪里，贱躯如此狼狈，多有失敬，若说抱歉，本该由我致歉才是。本该起身向您致意，可……"

"您千万别介意，您就这么躺着，说话也方便些，我反而还觉得自在些。哈哈哈哈。"

"您还特意周到地前来探望，实在是感激不尽。"

"哪里哪里。若在往昔，武士之间本该是相濡以沫。哈哈哈哈，我呀，说不定什么时候也会劳驾您关照的。不过，您睽违东京既已很久，此次搬迁，想必总会遇到诸多不便之事，

---

① 芭蕉门弟子服部岚雪（1654—1707）的俳句，直译大致为："盖被 / 睡姿 / 东山。"

399

徒增不少烦恼吧？"

"算来已有二十个年头了。"

"二十年？您瞧！您瞧！都已经隔了两个世代啦！您亲戚他们——"

"差不多都已不在了，这么久不通音问的。"

"原来如此。那，只得全凭小野氏帮衬了。可此人实在岂有此理——"

"这不，让他给羞辱了一通。"

"哎呀，不过，总会有对付的办法吧。您也不用着急。"

"我不着急，只是觉着倒霉而已，刚才那会儿，我还在跟我女儿说，这都是报应。"

"可这么久了，您都竭诚付出了那么多，就这么说死心就死心了的，未免也太可惜了。现在呢，您就把这事儿交给我们处理，我儿子都发了话了，只要办得到，他愿意全力以赴去处理这件事儿。"

"承蒙好意，实在不胜感激。可事情的结局似乎应是，对方既已回绝了此事，我女儿理应收回与他成婚的成命才是，即便她愿意，我也不会答应……"

小夜子轻轻拿起冰袋，用手巾小心翼翼擦拭去父亲额头上的露珠。

"冰袋先拿掉一会儿——我说，小夜子，你还是别嫁他的好。"

小夜子将冰袋放进盆里。她双手撑住榻榻米，脑袋前倾着，俨然遮掩起了那盆儿似的，眼泪扑簌簌地掉落在冰袋上。孤堂先生一边朝后扭过倚在枕上的半个花白脑袋，一边冲着小夜子问道：

"好不好？"

他看到小夜子的眼泪扑簌簌掉落在冰袋上。

"言之有理，言之有理……"宗近老人接连说了两遍。孤堂先生的脑袋这才恢复到了原来的位置。他睁大湿润的眼睛，目不转睛地注视着宗近老人。过了一会儿，才这样说道：

"可要是因为我不答应小夜子嫁给小野，结果小野跑去和那个名叫藤尾的女子结了婚的话，那就很对不住您儿子了。"

"别——那个嘛——您就别担心了。我儿子他早已拿定了主意，再也不会娶她了。多半——不，不会娶的。就算他说要娶，我也不会答应的。一个打心眼里不喜欢我儿子的女子，就算儿子说要娶她，我也不会允许的。"

"小夜啊，宗近他爸爸也这么说来着。说的都是一样的话，是吧？"

"我——还是——不嫁他的好。"小夜子在枕头后面断断续续地说。急骤的雨声中，勉强才能听见。

"别，别这样，要不我就为难了，我这火急火燎特意赶来的，岂不等于白费劲儿了？再说了，小野氏那边恐怕也会有不少情况。我说，暂且还是等着我儿子那边的消息，再见机行事也不迟，怎么样？咱们还是像刚才说的那样，希望你们能答应我。虽说由我来谈论自己的儿子，这个那个的，不免觉得别扭，可我儿子是个明白事理的人，做事情绝不会让人事后觉着烦恼的。他要是觉着对方解除婚约纯粹是出于算计利益的考虑，那他多半是会加以劝阻的。咱们虽是初次见面，可请你们务必相信我。也该是有消息来的时候了，可偏偏让这雨给的……"

雨中传来了车轮声，一辆车子停在了格子门外。只听得"咔啦啦"的声响，格子门刚拽开，就有一双黏湿成一团的草鞋踏进了门下脱鞋的地方——小说的叙述，就此转向第三辆车所负载的使命。

就在拉着系子的第三辆车，一路按着车铃"丁零零"地飞驰而来，把系子送到了甲野家大门口的这段时间里，甲野正收掇起他的书斋来。他挨个儿打开书桌的抽屉，把不知道什么时候积攒在里面的来往书信一一撕碎、丢弃，再撕碎、再丢弃。地板上，撕得粉碎和只是拦腰撕成两截的纸片，都堆到齐膝盖高了。甲野便踩踏在这堆乱糟糟的废纸屑上站起了身子。这一回，他一页一页地从抽屉里取出写有蝇头小字的抄录纸片。里边有五六页还是汇总后订在了一起的。差不多都是用的西洋纸，上面写的也都是西洋文字。甲野看了一眼，便马上把它们搁在了书桌上。也有还没读上半行就给搁在了书桌上的。一转眼的工夫，书桌上便堆了差不多有一尺高。抽屉几乎已被清理一空。甲野上下其手，将它们一股脑儿搬到了暖炉旁，随后默不作声地扔进了暖炉里。大叠纸片从主人手中脱出后，立时散乱成了一团。

桌子上摆着一只雕饰有青铜葡萄叶的烟灰缸，上面放着火柴，甲野伸手取过火柴盒，他摇了下手中的火柴盒，里边只发出五六根火柴棒的声响。随后他便回到书桌那儿，拿起莱奥巴蒂边上的那册黄封皮的日记簿，又折返到暖炉前。他用大拇指摁住，但见日记簿的切口处迅疾如雨般地翻飞起来，纷纷扬扬的黑墨水和深灰铅笔字迹让人眼花缭乱，直翻到黄色封皮那儿才停歇了下来。里边到底写了些什么，甲野一概都已记不清楚了。只记得最后一页的最后一句，那还是他昨晚临睡前写下的一副对联：

入道无言客，
出家有发僧。

甲野横了横心，将那册日记搁在了火炉里乱成一团的纸片上。他蹲下身子，在暖炉垫子前"嚓"地划了根火柴。一片寂静之中，乱作一团的纸片倦怠地舒展开来，从底下辐射出热量来。焦臭的烟味儿从纸片的缝隙间冒了出来，于是，最底下的纸片那儿便有了动静。

"唔，还有要写的东西。"

甲野一边支起腿来，一边从烟雾中抢出那册日记簿。日记簿的纸页都已变成了茶褐色。只听得"轰"的一声，暖炉里全是升腾起来的熊熊火焰。

"咦，你这是在干吗？"

伫立在门口的母亲，狐疑地注视着暖炉里边的火。甲野应声侧斜过身子来，和服袖口烤着火，与母亲正面相向。

"觉得冷，想把屋子烤烤热。"说着，他便俯视起暖炉中的火来。火焰带着淡淡的麦芽糖的色泽在那儿燃烧着，不时地，蓝色和紫色像是醒过了神来似的交替现身，随后升向烟囱。

"哎呀，那快拿褐炭来！"

此时，恰好有四五道雨丝，让风刮着，撞碎在了窗玻璃上。

"外面下雨了。"

母亲没作理会,朝前走了三步,走到了屋子中央。

"觉得冷的话,要不要让人替你烧个煤炭?"

熊熊燃烧的火势,摇曳着升腾起紫色的火舌之后,便一下子熄灭了。暖炉里变得一片漆黑。

"我烤得足够了。火都已经熄了。"

钦吾说罢,转身背对暖炉。此时,亡故的父亲的眼睛从墙上落下一道闪光来。雨声哗哗骤急了起来。

"咦!咦!这些信,都撒了一地——你都不要了吗?"

钦吾望着地板。撕碎的信函一片狼藉。有的撕成了两三行字,有的五六行字,撕得厉害的,只剩下了不到半行的字。

"都不要了。"

"那,快打扫一下吧。废纸篓放哪儿了?"

钦吾没有回答。母亲朝书桌下瞅去。脚踏板的前面,一只西洋风味的篮筐式废纸篓隐约可见。母亲屈身弯腰着伸过手去。窗外投来的光亮正好落在她藏青色的缎子和服腰带上。

钦吾笔直地伸出右胳膊,攥住了罩着椅套的椅背。他歪斜着瘦瘠的肩膀,将椅子拽到了书桌边。

母亲从书桌底下拖出那只废纸篓,将地板上的信函碎片一一捡拾进废纸篓中。她还将拧成一团的纸片伸展开来细心看过。她把"待过些天前去拜谒时……"扔进了废纸篓中,又把"……务请宽谅。一俟情况允许……"扔进了废纸篓中,而把"……将碍难忍受……"翻过来看着。

钦吾从眼角那儿鄙夷地瞪着母亲。胳膊在那把让他拖拽到书桌角上的椅子的椅背上一用劲，便身轻如燕地，一双藏青色布袜并排踩在了洁白的椅套上。随后，并排着的藏青色布袜又一下子蹦到了书桌上。

"咦！你这是在干什么？"手中仍拿着信函片断的母亲，仰起头来问道。两只眼睛里分明可以看出有那么几分恐惧。

"我把这画框给卸下来。"他在书桌子上镇定自若地答道。

"画框？"

惊恐一下子变成了惊愕。钦吾的右手架在了烫金的框子上。

"等一下！"

"怎么了？"他的右手仍架在框子上。

"干吗要卸走这画框？"

"我准备把它带走。"

"上哪儿？"

"我要离家出走，我只想带走这幅画框。"

"你要离家出走？哎呀——就算你拿定了主意要离家出走的，也用不着这么急就把它给卸下来。"

"我这么做不行吗？"

"倒也没什么不行的。你想要的话，拿去就是了。只是你也用不着这么着急吧，是不是？"

"可这会儿不卸下来，就怕没时间了。"

母亲神情诧异地，愣愣地站在那儿。钦吾双手架住画框。

"你说'离家出走'，你是真的打算离家出走？"

"是的。"

钦吾转过头去这样回答道。

"什么时候?"

"待会儿就走。"

钦吾两手朝上晃动着将画框从挂钉上取出,让它悬垂了下来。画框单凭一根细绳悬在了墙上,稍一松手绳子似乎就会扯断,画框就会掉落,钦吾只得恭敬地捧住画框。母亲在下面说道:

"下这么大的雨……"

"下雨也没关系。"

"那好歹也得去跟藤尾她道声别呀。"

"藤尾她不是出去了吗?"

"就是说嘛,你也该等等她啊。就这么突然间说走就走的,这不是存心要让我这做母亲的难堪吗?"

"我可没想让您难堪。"

"就算你不是存心的,可外边还是会有人这么说闲话的,说是'他要离家出走,那你要是不让他离家出走的话——'真要那样,我这做母亲的脸面该往哪儿搁?"

"外面……"钦吾口中嗫嚅着,手里捧着画框,朝后转过脖子来的时候,他细长的眼睛,一度落在了母亲的身上,随后便又远离母亲,移到了门口,突然间一动不动地滞留在了那儿。母亲很不乐意地回头看去。

"咦!"

仿佛从天而降似的,系子正悄无声息地伫立在那儿,缓缓地低头行礼,一俟她那头朝前蓬起的发型落落大方地回到原位,系子便移步来到了书桌旁。一双洁白布袜整齐地并拢在一起,她仰脸直视着钦吾道:

"我是前来接您的。"

"帮我递一下剪子。"钦吾在书桌上央求系子道。下巴示意,剪子就在莱奥巴蒂的旁边——随着"扑哧"一声,画框离开了墙面。剪子也"咔嚓"掉落在了地板上。钦吾双手捧着画框,在书桌上转过身子,和系子面对面。

"哥哥要我来接您,我就过来了。"

钦吾将手中捧着的画框,从齐眉处慢慢放下。

"请接一把手。"

系子稳稳地接住了。钦吾从书桌上跳了下来。

"那走吧。你是坐车来的?"

"哎。"

"这画框能装下吗?"

"能装下。"

"那就——"钦吾重新接过画框,朝门口走去。系子也跟了过去。母亲喊住了他们:

"等一下!系子小姐请您也等一下。我也不知道哪儿得罪钦吾你了,非要这么急着离家出走不可的,你们这样一点儿都不考虑我的心情,那我还有什么脸面上外面去哟?"

"外面随他们去好了。"

"哪有你这么任性的?就跟一个不懂事的小孩子似的。"

"要是小孩子那就好啦。真要能成为小孩子的话,那就好啦。"

"还在说这种话。莫非你不是好不容易地从小孩子长成了大人的?时至今日,我花在你身上的心血,也不是一桩两桩就能数得过来的,你呀,倒是再好好考虑一下吧。"

"我是考虑好了才决定离家出走的。"

"哎呀,你怎么这么说呢?这也太不讲情理了吧?都怪我不好,才会闹出这样的事来的,现在就是哭着劝你,怕也都无济于事了,可我——让我怎么去面对你亡故的父亲——"

"我爸爸那儿倒不要紧,他什么都不会和您计较的。"

"'什么都不会计较'?——什么都,是啊,那你也用不着这么来跟我赌气和欺负我呀!"

甲野手中拎着画框,他已不想回答任何的话。系子温顺地等在他的身边。汇聚而来的雨裹住了屋子,风声也从遥远处辐辏了过来。只听得"咔啦"一声巨响,随后便四处响成了一片。甲野便在这声响中默然不作一声地伫立着。系子也默默地伫立在那儿。

"你明白些了没有?"母亲问道。

甲野仍然沉默无语着。

"我都跟你把话说到这等地步了,你莫非还不明白?"

甲野还是没有开口。

"系子小姐您瞧瞧,我都已落到这等狼狈的地步了,您回家后,请您一定要把您亲眼所见的情景都跟您父亲和哥哥好好讲讲。真是的,净让您见到这些见不得人的事情,真不知道我还有什么脸面去见人。"

"伯母,我想,钦吾他自己想走,说不定您还是索性让他走的好,您就是硬拽着不让他走,那也留他不住呀。"

"既然您都这么说了,那我也就不好说什么了。我这么说虽说很冒昧,可毕竟说不定是因为您年轻不经事,所以才会有这种言不由衷的想法吧?就算钦吾嘴上再怎么嚷嚷着想离家出走，可您看他那模样，像是能在山野里独门独户待得下去的那种人吗？现在是这么急着想离家出走的，可真要离家出走了，我们这留在了家里的人，就怕只会比他这离家出走了的日子还更不好过些！"

"这话怎么讲？"

"可您就没听说有这么句话吗？这叫'人言可畏'！"

"管人家说什么的——钦吾这么做，又招谁惹谁了呢？"

"可人活在世上总得跟外面打交道呀，不都是一天天这样在过日子吗？您可得顾全外面的人情理义才是，那可是要比自己更要紧的事啊。"

"可像钦吾他这样声明要离家出走的，莫非还不值得人同情？"

"外面讲究的可是人情理义。"

"有这样的人情理义吗？真够无聊的。"

"没什么无聊的。"

"可您对钦吾，却毫不在乎……"

"我没有不在乎，我正是为了钦吾才那么说的。"

"说是为了钦吾，可还不是为了伯母您自己？"

"还不都是为了外面这人情理义的？"

"这我就不明白了。我觉得——一个想离家出走的人，就是外面再怎么说，他也还是要离家出走的。这事儿，伯母您根本就用不着觉得为难的。"

"可下这么大的雨……"

"雨下得再大反正也淋不着伯母您的，又有什么关系呢？"

那是还没能通上火车的年代。来自山上的男子和来自海

409

边的男子争吵起了起来。山里男子嚷道："鱼太咸了。"海边男子则在责问："这鱼里放盐了吗?"两人争吵个没完,怎么都平息不了。只要名为"教育"的火车尚未开通,只要给人提供自由上下火车的便利的"理性"阶梯尚未开通,人们就很难沟通彼此间的想法。人有时候让世俗社会给腌制久了,咸得就连看一眼都会让人觉得头晕目眩的,你要不这样,那你就还无法在世俗社会上混,人家都还不认可你。就算有人出来反驳,说:"没那么回事儿!""都是瞎编!"他也绝不会认可你的说法。依然还是到处主张着他对腌制物的嗜好。谜一样的女人与系子之间的这场对话,始终都是各自平行着的,根本交汇不到一起。就像山里男子和海边男子对鱼的看法压根儿就不是一回事那样,谜一样的女人与系子,她们对于人的看法,也是从一开始就风马牛不相及的。

既懂得海也懂得山是怎么回事的甲野,默然无语地俯视着她俩。系子的话十分简单,简单得都令人无法辩解。母亲的话则既蠢又俗,简直令人厌恶。甲野站在她俩面前,听着她俩的问答,手中抱着父亲的画框,就这么站立着,脸上既没有觉得厌倦的神色,也没有不耐烦的模样,更不见有一丝夹在中间显得左右为难的神情。就好像心里早已盘算好了似的,她俩的问答要是一直持续到天色傍黑的那一刻,那他便抱着画框,以这同样的姿势,一直伫立到那一刻。

不过,就在这个时候,雨中传来了一声吆喝。车子停在了玄关那儿。脚步声从玄关移近了过来。走在头里的宗近率先出现在了眼前。

"哎哟!还没走?"他问甲野道。

"嗯。"只回了这么一声。

"伯母也在这儿啊,那正好。"他说罢便坐了下来。跟在身后的小野也走了进来。小夜子则紧挨着小野的身影似的,也一起走了进来。

"伯母,虽说天公不作美,下起了雨来,可这场戏还是挺叫座哩!——小夜子,这就是我妹妹。"

长袖善舞的宗近仅一句话,便起到了寒暄与介绍的双重作用。宗近忙碌着,甲野依然手扶画框伫立在那儿,小野无所事事着,挺别扭的样子,也没有落座。小夜子与系子则在一边徒然地彬彬有礼地相互鞠躬致意。彼此间自然还没有机会无拘无束地交谈。

"天下着雨的,啊呀,雨又这么大……"

母亲妩媚地讨好着众人,只说了这么一句。

"雨下得好大哩。"宗近马上接口道。

"小野先生您……"母亲刚开口,宗近便把她给拦下了:

"听说小野和藤尾本来都约好了的,准备今天上大森去的,可他却去不了了……"

"是吗?可藤尾她刚才那会儿却出门去了呀。"

"她还没回来吗?"宗近漫不经心地问道。母亲的脸上则稍稍显出了不悦。

"都这时候了,还谈论大森的,不合时宜啊。"宗近自言自语地说道,像是回头提醒众人似的招呼道:

"大家快坐下吧。站着怪累的。藤尾她过会儿应该会回来的吧。"

"请坐!快请坐!"母亲招呼着。

"小野,你坐!小夜子,您也请——甲野,怎么回事,你手里那个……"

"我来告诉你,他呀,把他爸的肖像画给卸下来了,说是要一起带走什么的。"

"甲野,你等一下,待会儿藤尾就会回来的。"

甲野没有应声。

"我来替你拿一会儿吧。"系子低声说道。

"您可千万别……"甲野将提在手中的画框搁在了地板上,让它靠墙竖着。小夜子低下头去,悄悄看了画框一眼。

"怎么,你们是有什么事要找藤尾吗?"

这是母亲在问。

"是,是有事情要找她。"

这是宗近在回答。

接下来——雨还在下着,谁都没有再说话。就在此时,一辆载着怒气冲天的克莉奥佩特拉的人力车,像跑得飞快的韦驮天①似的,从新桥那边疾驶而来。

宗近西装背心那儿的怀表"咔嗒"响了一下。

"三点二十分。"

谁都没有应声。人力车的黑色车篷溅起了密集的雨丝,一溜烟地飞奔而来。克莉奥佩特拉的盛怒在车子坐垫上腾跃而起。

"伯母,您要不要让我跟您说些京都的事儿?"

---

① 印度婆罗门教中的湿婆神之子。引入佛教后,成为佛法守护神,又是为儿童驱除病魔之神。因为奔跑迅捷,常被用来形容跑得快的人。

乘车人的盛怒在驱策着车夫拼命奔跑,她要人力车赶在雨点落地之前就穿过雨帘。人力车正面迎去,将两旁刮来的风拦腰截断,待车轮掉转过头来,甲野家门墙内的碎石道上便碾出了两道长长的车轮印痕,一直延展到了玄关前。

紫色浓艳的缎子蝴蝶结上聚满了怒气,钻出车篷之际飒然打了个寒战的克莉奥佩特拉,突然冲进了玄关。

"二十五分。"

就在宗近话音还未来得及落下的当儿,愤怒的化身,犹如蒙受了羞辱的女王似的,挺立在了书斋的正中央。六个人的眼睛全都聚集在了那紫色的缎子蝴蝶结上。

"啊,回来啦!"宗近口中衔着烟这么说道。藤尾很不屑地,连声招呼都没打,就这么后仰着高挑的身子,冷冷地将屋子扫视了一遍。四处扫视着的眼睛,最后落在了小野身上,锐利地刺了过去。小夜子让小野的西装肩膀给挡在了身后。宗近突然站立起来,将抽剩下半支的烟扔进了雕饰有绿葡萄的烟灰缸里:

"藤尾,小野他没上新桥去哩。"

"这儿轮不到你来说话。小野,你为什么没去?"

"我要去了,我会愧疚的。"

小野一反常态,说话直截了当的。雷电从克莉奥佩特拉的眸子间噼里啪啦地飞溅而出,径直射向多嘴多舌的小野的额头。

"你违背了诺言,你得给我一个解释。"

"他要前去践约了,便会铸成大错,正因为这样,小野才没能前去践约的。"宗近说道。

"用不着你来插嘴！小野，你为什么没去？"

宗近三步两步地跨着大步走了过来。

"我来介绍一下吧！"

说罢，他将小野推向一边，身后出现了小巧玲珑的小夜子。

"藤尾，这是小野的妻子。"

藤尾的表情，骤然间流溢出憎恶，憎恶渐渐化作了嫉妒，嫉妒渗透至最深处，便猝然凝结为化石。

"现在还不是正式的妻子，虽然还不是，可早晚会是的。他们可是五年前就订下了婚约的。"

小夜子哭肿了的眼睛始终低垂着，她俯下纤细的颈项鞠躬致意。藤尾攥着白皙的拳头，纹丝不动。

"骗人！撒谎！"她接连说了两遍，"小野是我的丈夫！是我的未婚夫！你在说什么？真是无礼！"她嚷道。

"我只是出于好意来告知你一下事实罢了，顺便呢，也想向你介绍一下小夜子。"

"你这是存心侮辱我！"

凝成化石的表情的内里，血管一下子破裂了，紫色的血液，再度将愤怒注入藤尾的脸庞。

"我这是好意，是好意啊，你要误解的话，那可不行。"宗近的语气毋宁说是坦然沉着的。小野终于开口了：

"宗近说的都是真的。没错，她是我的未婚妻。藤尾，这之前，我一直是个轻薄的人，我对不起你，也对不起小夜子，还对不起宗近。从今天起我要重新做人，诚恳正直地做人。我要请求你原谅。我要是去了新桥，那对你对我都不会有什么好处,所以我才没去,请你原谅。"

藤尾的表情发生了第三度的变化。破裂了的血管里的血液整个儿被苍白吸摄走了,唯有轻蔑之色深深地残留在了那儿。藤尾脸上的面具突然土崩瓦解了。

"呵呵呵呵——"

藤尾迸出一串歇斯底里的笑声,尖厉的笑声直冲窗外骤雨而去。攥紧拳头,刚插进厚实的和服腰带,便拽出一串长长的链子。鲜红的链子末梢那儿曳出一道奇异的光亮,左右晃动着。

"那好吧,反正你也用不着这块表了。宗近,那我就给了你吧。快!"

藤尾露出一大截白皙的胳膊,"嗖"地伸过手去。那块表,便切切实实地落在了宗近那赭黑的掌心里。宗近朝暖炉那边跨过一大步,只听得"嗨!"的一声,赭黑色的拳头便应声扬起在了空中。怀表在大理石炉角上碎裂了。

"藤尾,我可绝不是为了想要这块怀表才一时异想天开着来搅你的局的。小野,我可绝不是因为想要得到一个早已移情别恋的女孩才闹出这么场恶作剧来的。只有把它给砸了,你们也许才会明白我的心思。这也是'第一义'活动的一部分。你说是不是,甲野?"

"是的。"

站在那儿的藤尾不禁愕然,脸上的肌肉一下子凝固住了。手和脚都变得僵硬了起来。俨然一具失去了重心的石像,藤尾蹬翻椅子,跌倒在地板上。

十九

穿过凝聚的云团深处,从空中倾注而下的雨水,差不多持续了整整一天,直至将大地浸泡透彻之后方始停歇了下来。春意至此便也走到了它的尽头。梅花、樱花、桃花、李花,落英缤纷着,终至连残存的嫣红也梦幻般地凋零殆尽了。春天矜夸的事物悉数消亡。执意于自尊的女子则仰饮虚荣之鸩后猝然死去。花卉凋零让风失去了自己的玩伴,只得独自徒劳地在那儿熏染着亡故人的屋子。

藤尾朝北寝卧着。轻薄的友禅染①盖被上,通体印染着车轮漂流在水中的纹样,给人以恍若不在尘世的感觉。上面攀满了半绿的常春藤。空寂的纹样。纹丝不动着。垫被像是垫了双层的郡内织②,很厚实。平滑光洁、一尘不染的褥单下露出了黄色和栗色交错的粗格子,一道道清晰可见。

一头黑发依然如故。紫色的绸缎蝴蝶结已被摘去,头发就这么任其散乱在枕头上。母亲沉湎在对时至今日的浮世的浮想中,似乎连替女儿梳理一下头发的心思都不再有了。蓬

---

① 日本元禄时代扇绘师宫崎友禅斋设计的染色方法。传统的友禅染从手描到完成,需要经过26道工序,成品绚烂豪华,成为高级和服的代名词。友禅染的特点是手绘,技法自由,图案华丽。具体方法有糊防染、扎染、染色等。
② 出产于山梨县郡内地方的丝绸织品。

乱的秀发就这么披散在洁白的褥单上，与盖被口的天鹅绒连成了一片。那张脸庞便仰卧在这中间。脸庞还是昨天的那张脸庞，只是色泽变了。眉睫依然深浓。眼睛还是刚才让母亲给合上的。母亲小心翼翼地抚摸着她的双眼，直到合上它们为止——除了脸庞，就再也看不到别的了。

褥单上放着那块表。精心镂刻的鱼子纹早已残损得惨不忍睹，只有链子还是完好的。链子在两片表壳的边缘上缠绕了好几道，每隔半寸便会折射出一道金黄的光泽，石榴石的珠子则俨然一颗眼珠似的，正搁在那砸瘪了的表盖当中。

两扇折叠的银白屏风，倒了个个儿，竖在那儿。六尺屏风以清澈月色打底，上面贸贸然用铜绿色纷乱地勾描出柔婉的花茎，又层层叠叠地勾描出不规则的锯齿状叶片。铜绿尽头处便是那花茎的端头，上面勾描出薄薄的花瓣，有巴掌那么大小，花瓣画得很淡，只要用手指轻弹花茎，便会翩然凋落。看上去就跟用起皱了的吉野纸折了好几重的皱褶似的。既有红色，也有紫色。所有的花瓣都勾描得让人恍然觉得，它们生自银白，绽放于银白，最终又凋落于银白——这花卉便是虞美人草了。画的落款是"抱一"①。

屏风背后放着藤尾用惯了的拼花木小书桌。高冈漆器的泥金画砚台盒，则和书籍一起都被搬到了格式橱架上。书桌上供着一盏素烧陶器，里面灌了油，虽是白昼，也点燃着一根灯芯。灯芯是新的。高挑的陶器拖曳着一条三寸来长的尾

---

① 酒井抱一（1761—1828），姬路城主第二子，出家为真宗僧，栖居京都，以吟咏俳谐、和歌及绘画度日。倾心尾形光琳，擅长宗达流画风。

巴，端头并没有浸渍在灯油里，洁白而纤细地伸展着。

另外还有一只白瓷香炉。线香袋则在书桌的角上呈现出早已变苍白了的红色。五六炷线香伫立在灰烬里，由一星红点化作一缕青烟，然后消散开去。线香的气味近似佛陀。色泽则是流动不居的靛蓝。趁着从线香端头升腾起的浓烟，左右摇曳开去。随摇曳的幅度越来越宽，色泽便也渐次变得稀薄起来。稀薄成带状烟雾后，从中便缓缓流溢出一缕浓烟，到最后，越来越宽的幅度，带状的烟雾，浓浓的烟缕，一并消失了它们的行踪。燃尽的线香灰烬，则"噗噗噗"地不时直立着倒塌下来。

格式橱架上的高冈涂① 砚台盒，黑红底色上画着一堆古木的绿树干，掺和进几枝仿螺钿工艺的寒红梅。砚台盒的内面，黑色质地上画了只飞翔的黄莺。边上的绘饰着泥金芦雁图的文卷匣。一直到昨天，里边还藏着那颗在黑暗深处闪烁着深沉光亮的石榴石珠子，还藏着那块前后两片表盖上全都镂满了鱼子纹的金表。绘饰着泥金芦雁图的文卷匣的上面搁了一卷书籍，书的三面切口及书脊都烫了金，显得光艳夺目，紫色的书签饰穗，则从书页间长长地垂下。夹有书签那一页的顺数第七行，则是这样的句子：

<blockquote>这是埃及在位者的最后时刻，唯有这样的方式才配得上她高贵的身份！</blockquote>

---

① 位于富山县西北部的高冈市一带所出产的漆器。

句子边上则用彩色铅笔画了道细细的线段。

所有的一切都是那样的美。横卧在这美丽事物中的藤尾的脸庞，同样也显得十分的美丽。那双傲慢的眼睛永远地合上了。合上了傲慢的眼睛的藤尾，眉头、额头和一头乌发，都秀美得如同天女一般。

"线香会不会点完了？"母亲在隔壁屋子里站起了身来。

"我替您把线香送来了。"钦吾说罢，恭恭敬敬地并拢双膝，拱手呈上。

"一那儿，您也给送些过去。"

"我也刚去送过。"

线香的气味一时心血来潮似的从藤尾屋子里飘了过来。燃尽了的灰烬，就这么直立着，"噗噗噗"地接连倒扑在了香炉里。银屏风于不知不觉间熏燎着线香的烟气。

"小野怎么还没来？"母亲说道。

"应该来了吧，我已经让人去喊他了。"钦吾说道。

屋子特意被关严实了。屋子里的隔扇门敞开着。屋子里能看见的只剩下车轮漂在水中纹样的友禅染盖被的下摆了，别的，则全让芭蕉纤维制成的隔扇门花纹纸给遮掩了起来。分隔开幽冥的则是纸门的黑边，一寸来宽，直贯于门楣和门槛之间。母亲坐在隔扇门的这一边，时不时地，像是在那儿窥探着那看不见的地方似的，侧着脑袋，往后仰着身子。比起冰冷的双脚，冰冷的脸庞更让她觉得牵挂。每窥探上一回，那道黑边便会利索地斜切着友禅染的盖被。若能临摹下来，便会原封不动地留下一幅真实的画面。

"伯母，没想到事情会是这样，真是遗憾，但懊悔也来不及了，请您节哀。"

"怎么都想不到事情会是这样的结局……"

"就是哭，现在也都无济于事了。这是报应！"

"真是太遗憾了。"钦吾擦拭着眼睛。

"哭得太伤心，反而会祈求不来冥福的，还不如好好考虑一下如何善后的事吧。事情既已走到了这一步，那也只有让甲野留下不走才是，您要不这么打算的话，那只有自己给自己徒增烦恼的了。"

"哇"的一声，母亲哭了出来。回首往事时的眼泪，是容易抑制着不让它掉落下来的，可猝然间意识到了自己未来的命运，此时的眼泪，却是一发不可收拾。

"我该怎么办才好啊……想到这个……—呀……"

断断续续的话语，从涕泪滂沱间泄漏了出来。

"伯母，恕我直言，您平日的想法可是大成问题啊。"

"都怪我考虑不周，才酿成了藤尾这样的惨剧，还得被钦吾给抛弃……"

"所以呢，您这痛哭流涕的也帮不了您什么忙……"

"我真是无地自容啊！"

"从今往后，您得把想法改一改才是。我说，甲野，伯母真要这样的话，你应该能接受的吧？"

"这一切都是我的不是。"母亲破天荒地向钦吾认错道。抱着胳膊的钦吾终于开口道：

"只要别再计较孩子是不是自己亲生的，那就不会有什么问题。只要做人做事自然正当，那就不会有什么问题。只要别总是那么见外，那就没什么问题。只要别把无关紧要的事想得那么复杂，那就没什么问题。"

待甲野一口气说完，母亲只是低着头，并没有应声，看上去像是因为理解不了甲野所说的话。甲野再次开口道：

"您本是有心想让屋子和财产都归藤尾的，是吧？所以我也便答应了都给藤尾的，可您还是一直心存疑虑，对我放心不下，这就是您的不是了。您从来就不喜欢我待在家里，是吧？所以我说我要离家出走，可您却觉得我这是在当面让您难堪，尽把我往坏处想，这就是您的不是了。您想让小野上咱们家做藤尾的赘婿，是吧？可又担心我说不定会从中作梗，这才打发我上京都去游玩，想趁我不在家，好让小野、藤尾一天天加深关系，是吧？用这样的计谋来对付我，这就是您的不是了。您怂恿我上京都去，说这都是为了让我的病情康复得快些，您对我、对别人都是这么说的，是不是？找这样的借口，便又是您的不是了。只要您能改过，不再这么想，那我也就没必要离开这个家的，我可以一直照料您。"

甲野说到这儿，便止住了话头。母亲依然低着头，寻思了好一会儿，这才终于低声答道：

"这么说来，那都是我的不是啊。从今往后，我都会听从你的意见，无论如何也得改了我的这些不是才是……"

"那就好，你说对不对，甲野？再怎么说，伯母她总是你母亲，留下来照料她，那也是你该做的，回头我也会好好吩咐系公的。"

甲野只是"嗯"了一声。

就在隔壁屋子里的线香将要燃尽的那一刻，小野手捂苍白的额头走了进来。蓝幽幽的烟缕再次掠过银屏风，升腾了起来。

又过了两天，葬仪宣告结束。葬仪结束的当晚，甲野在他的日记①上记下了以下的文字：

  悲剧终于来了。早就预想到了，悲剧会来的。听任预想中的悲剧自行其是地发展，却连伸出一只手去阻拦一下都不曾做到，这与其说是罪孽深重的人的所为，毋宁说是因为深知。即便伸出一只手去，也同样无济于事，是因为深知悲剧的力量是伟大的。听任他人去品尝那悲剧的伟大力量，是因为人们根本无法洗清那横跨三世②的罪孽，而并非只是为了让它在人们面前炫示出它的威严。只要扬起一只手，你便会失去这只手。只要睁开一只眼，你便会瞎掉这只眼。即便你的手和眼都遭到了损毁，可别人的罪孽却依然如故，并不会有丝毫的变化，岂止如此，还在那儿每时每刻地加深加重着。面对悲剧却袖手旁观，或干脆闭目无视，这绝非出于恐惧，而不过是在聊表寸忱，是要深切地感受那远比手和眼来得伟大的自然的制裁，并在刹那间的电光石火中，使人得以

---

① 夏目漱石明治四十年（1907年）七月三十日致友人铃木三重吉书简中这样写道："甲野日记一点儿都没有不自然的。甲野日记从京都旅宿那一节就现身了，总之是从那会儿延续下来的，随后呢，断断续续地摘录引证这位哲学家写的日记，某种意义上，乃是为了便于让我随意编派甲野这个人物。这种手法并非出于我的创意，实乃屡见于英国 George Meredith（1828—1909，英国小说家）的作品。纵然你会说这是我在蹈袭别人，那我也没有办法。"

② 佛教语，指前世、今世、来世。

见识它的本来面目。如此而已，岂有他哉？

悲剧远比喜剧伟大。有人对此做出的解释是，因为死亡最终会将所有的障碍都封堵在自己的身外，所以才见出其伟大。有人说，因为身陷无可挽回的命运深渊而挣脱不得，所以才显得其伟大，这样的说法，就如同是在说，流水因为一去不复返而显得伟大。如果命运只是为了宣告最终的结局，那它就算不得伟大，只因为它在倏忽之间既成就了生、也成就了死，所以才显得伟大。它趁人毫无防备之际，重新点出了早已让人遗忘在了脑后的死亡，所以才显得伟大。它让玩世不恭的人一下子变得正襟危坐起来，所以才了不起。它让人当下意识到正襟危坐乃是出于道义之必需，所以才了不起。它让人在心目中建立起"道义乃人生第一要义"的命题，所以才了不起。道义不会因为遭逢了悲剧便踟蹰不前，所以才显得伟大。人们在实施道义的过程中，总是对他人寄以诚挚的厚望，自己却碍难做出决断。悲剧呢，则因为能够促成个人果敢地去做出这样的道义实践，所以才显得伟大。道义实践总是最大限度地给他人提供便利，而自己往往是无利可图的。一旦人人致力于此，促成可以共同分享的幸福，并将社会引导到真正的文明那儿，那么，悲剧才是伟大的。

问题无数。是粟？是米？那是喜剧。是工？是商？同样也是喜剧。是这个女子呢？还是那个女子呢？那还是喜剧。究竟是仿织锦？还是素花缎子？这也还是喜剧。

是英语？还是德语？同样还是喜剧。以上的问题，都属于喜剧。剩下最后一个问题——是生？还是死？这才是悲剧。

十年便是三千六百天。从早到晚烦扰着一个普通人的身心的，都是些属于喜剧性的问题。三千六百天，就这样天天在上演着喜剧，终于把悲剧忘了个一干二净。因为烦闷于如何解释生的问题，这才不去把"死"这个字放置在心里。正因为忙于在此生与他生之间做出取舍，所以才闲却了生与死这个最大的问题。

浑然遗忘了死的人，活得真是奢华。载浮是生，载沉也是生。一举手、一投足，那都是生，职是之故，随你怎样跳腾，怎样癫狂，怎样戏谑人生，那都算不了什么，都用不着去担心它们会逾出生的范畴。奢华由此越发的高涨、越发的大胆。大胆则踩躏着道义，肆无忌惮地四处张狂跋扈。

没有人不是从生死这一大问题开始发轫启程的。解决此一问题，也便是舍弃死，喜好生。在这个问题上，没有人不是在冲着生而奋进不已的。正因为万众一心地在舍弃着死，以致人们都在把道义当作舍弃死的时候所不可或缺的前提来加以信守，他们相互之间在这一点上显得相当的默契。抑或是，正因为所有的人都是冲着生而去的，正因为天天背离死而远去，正因为始终拥有那么一份自信，就算再怎么随心所欲，再怎么张狂跋扈，也都用不着去担心自己会越出生之雷池的半步——所以，道义根本就是不必要的。

既然没人会去看重道义，人人便都在那儿自鸣得意地串演起所有的以牺牲道义为代价的喜剧来。他们在那儿戏谑着，欺骗着，嘲弄着，作弄着别人，踩踏着别人，蹬踹着别人——所有的人都由此而获得了远比喜剧还要来得快乐的快乐。此种快乐随同他们冲着生而奋进不已的进程而分化、发展，以致——喜剧进步将会显得永无止境，而道义观念则将逐日趋于堕落。

由于道义观念的极度衰竭，正在那儿努力维持着社会，以满足众人对于生的欲求之际，悲剧却一下子发生了。于是，众人的眼睛便各自转向了自己的出发点，这才意识到，从一开始起，死便是与生比邻而居的。意识到，步履轻狂地欢腾雀跃之际，不慎一脚踩踏在了生的界限之外，那时便已经涉足过死的范围了。意识到，那最让人、同时也最让自己所忌讳的死，竟然是最不该遗忘的永劫不复的一道陷阱。意识到，跨越陷阱周围拦着的那道朽腐不堪的道义绳索，是多么不智的轻狂举动。意识到，重新拉起一道拦绳，乃是一件刻不容缓的大事。意识到，第二义以下的活动，都是那么的无益和无聊。于是，这才开始真正地领悟到了悲剧的伟大……

两个月之后，甲野将这一节抄录了下来，寄给了远在伦敦的宗近。宗近在回信中这样写道：

此地所盛行者，皆为喜剧。